U0009162

藍小說 ⑨①②

村上春樹作品集

發條鳥年代記

第三部 刺鳥人篇

村上春樹著 賴明珠譯

ISBN 957-13-2246-6

1

笠原May的觀點

雖然從以前就一直想，要給發條鳥先生寫信吧，寫信吧，不過老實說我怎麼也想不起發條鳥先生眞正的名字，因此終於一延再延地拖下來沒寫。因爲如果信封寫世田谷區×××2丁目「發條鳥先生」的話，不管多親切的郵差先生恐怕也不會幫我送到吧。確實第一次見面時，發條鳥先生應該已經明白告訴過我眞正的名字了，但我卻完全忘記那是什麼樣的名字（畢竟岡田亨這種名字好像只要下個兩、三次雨就會令人忘記了嘛）。不過上次，由於某一個小小的契機，我忽然想到啊對了想起來了。就像一陣風吹來，門啪噠一聲打開一樣。對嘛，發條鳥先生眞正的名字叫岡田亨啊。

雖然首先第一件事，我可能必須大概說明一下我現在在什麼地方做什麼之類的吧，不過這並不是那麼簡單的事。雖然這麼說，我現在也並不是處於極端困難的立場。或許立場本身倒不如說還滿單純而容易瞭解的。到這裏的路，也絕不複雜難走。只要用尺和鉛筆從一點到一點順著連起線來就行了。很簡單喏。不過啊——一想到要把那「從頭」開始順序向發條鳥先生說明下去時，不知道爲什麼語言這東西卻完全出不來。腦子裏變成下雪天的兔子一樣雪白一片。怎麼說呢？要把簡單的事向誰說明這回事，在某種情況下是完全不簡單的。例如就像「象的鼻子非常長」一樣的事情，某個時候在某個地方說出口，聽起來竟好像是完全說謊似的對嗎？我一面寫這封信，一面平白浪費了幾張信紙之後，終於好不容易剛剛才發現這麼一回事。就像哥倫布發現新大陸一樣。

就這樣，雖然不想故弄玄虛，但我所在的場所是「某個地方」。從前從前在某個地方……的「某個地方」。我現在正在寫著信的是一個小房間，房間裏有書桌、牀、書架和衣櫥。一切都小巧簡樸沒有裝飾味道，和「必要最低限度」的字眼眞是完全吻合。桌上放著日光檯燈、紅茶杯和爲了寫這封信的信紙及字典。老實說字典是除非必要不查的。因爲，我不太喜歡字典這東西。外表看來就不喜歡，裏面的文章也不喜歡。每次一面翻字典總是皺起眉頭想道「哼，什麼嘛，這種事情不知道又有什麼關係呢？」這種人不可能跟字典處得好吧。比方說「遷移＝係由某狀態移往他狀態之謂。」什麼的，**這跟我完全沒有關係**。所以我看見字典放在自己桌上時，心情就會變成像看見不知道什麼地方的狗隨便跑進我家庭院裏來任意在草地上放肆大便一樣。不過我想在給發條鳥先生寫信時，如果有什麼不懂的字就有些傷腦筋了，因此沒辦法才買了一本。

此外也整齊地削了一打鉛筆排列著。剛從文具行買來的閃閃發亮的鉛筆。雖然不是在邀功，但卻是爲了給發條鳥先生寫信才買的噢。不過剛削好的新鉛筆感覺眞棒。還有煙灰缸、香煙和火柴。雖然不像以前抽得那麼多了，但偶爾爲了「轉換」心情而抽一根（現在正好在抽一根）。桌上有的東西大概就這樣了。書桌前面有窗戶，掛著窗簾。雖然窗簾的花紋很可愛，不過請別在意這個。並不是我覺得「窗簾花紋不錯」而選的，而是本來就有的。除了有花紋的窗簾之外，這房間看來是極其簡單的。看來與其說像十幾歲女孩子的房間，不如說更像是某人善意地爲初級犯罪者設計的監獄樣品屋吧。

關於窗外看得見的東西，還不想說。關於那個我想等更以後再說。雖然並不是故意做作，不過凡事都有個所謂順序這東西噢。我現在想跟發條鳥先生說的，只有這個房間裏面而已。現在喲。

自從和發條鳥先生不再見面之後，我還經常想起發條鳥先生臉上的青斑。突然出現在發條鳥先生右臉頰上的那個烏青斑痕。發條鳥先生有一天像穴熊般悄悄潛進宮脇家空屋的井裏去，過一陣子出來後竟沾上了那斑痕噢。現在想起來好像假的一樣，但那卻眞的是發生在我眼前的事噢。而且我從第一次看見的時候開始，一直覺得那斑痕是某種特別的記號吧。那裏面大概含有什麼，我所不瞭解的很深的意義在吧。因爲要不然的話，臉上是不會突然出現什麼斑痕的啊。

所以最後我才會，在發條鳥先生的那個斑痕上吻看看。會有什麼樣的感覺呢？會有什麼樣的味道呢？因爲無論如何都很想知道。我可不是每星期都在到處吻著身邊男人的臉喏。那時候我感覺到什麼，還有又發生了什麼——這些我想也留著等下次再慢慢說（雖然沒有自信能不能說得好）。

上個週末，我到街上美容院去把好久沒剪的頭髮剪了，那時候我在雜誌上看到有關宮脇家空屋的報導。當然我非常驚訝。雖然平常我是不看週刊雜誌的，那時候碰巧眼前放著那本週刊誌，我隨意翻一翻，竟然出現宮脇家空屋的報導，那當然會吃驚啊。對嗎？搞不清楚報導本身到底在寫什麼，當然也沒有寫到半點有關發條鳥先生的事。不過老實說我那時候忽然想道「說不定發條鳥先生和這個有關也不一定」。這種疑問忽然輕輕地飄浮在我頭腦裏。因此我認眞地想道這樣一來我還是不能不給發條鳥先生寫信，突然咻一聲一陣風吹來門便啪噠地打開了，就是在這時候想起發條鳥先生的本名的。嗯，對了對了，是岡田亨先生嘛。

如果有「閒工夫」做這種事的話，我或許應該像以前一樣一口氣翻過後院的圍牆，去造訪發條鳥先生。並且對坐在那不起眼的廚房餐桌前，面對面慢慢說才是吧。我想那樣應該是最快的。然而很遺憾的是由於種種原因演變到現在沒辦法做到。因此才會像這樣面對書桌，握著鉛筆努力地寫這封信。

我最近經常想起發條鳥先生的事。說眞的，我甚至夢見過幾次發條鳥先生。也夢見過那口井。都不是太怎麼樣的夢。發條鳥先生也不是主角，只像稍微「附帶」出來一下而已。因此夢本身並沒有什麼深意。只是我對這件事卻不知道怎麼非常非常非常在意。於是正如所料的那樣，那本週刊雜誌上刊登了有關宮脇家空屋（話雖這麼說但現在已經不是空屋了）的報導。

是我自己隨便想像的，我想久美子小姐一定還沒回到發條鳥先生家來吧。而發條鳥先生爲了找回久美子小姐，大概正在那邊開始做什麼奇怪的事吧。這是我直覺的想像。

再見，發條鳥先生。下次想寫的時候，再給你寫信。

2 上弔屋之謎

『聞名世田谷區、上弔屋之謎』

全家自殺後留下有問題的土地由誰來買？

高級住宅區一隅現在正發生什麼？

摘自「週刊——」12月7日號

坐落於世田谷區——2丁目的該土地，在附近以「上弔屋」聞名。建地約百餘坪，位於寧靜山腰住宅區的一隅，坐向朝南，通風採光良好，以住宅地而言首先就是理想地段，然而知情人士都異口同聲地說「那塊地就算免費我也不要」。會這麼說，是因爲過去住過這裏的人沒有一個例外，都遭遇不幸的命運。根據調查，自從進入昭和年間開始，買這塊地住過的人之中，到目前爲止居然總共有7人自殺，而其中大半是上弔死的，或自己選擇窒息死的。

（中略・目前爲止自殺者之詳述）

購買不吉之地的幽靈公司

在這令人不認為符合偶然條件的一連串陰慘事件中，以最近的例子來說，在銀座擁有連鎖餐廳老鋪總店「屋頂串燒」經營者，宮脇孝二郎氏（照片1）的全家自殺事件仍令人記憶猶新。宮脇氏由於事業失敗負債累累，於兩年前將店鋪全部賣出，宣告破產，其後仍被地下錢莊追討債務。結果於今年一月在高松市內的旅館，將熟睡中的次女幸江（當時14歲）以皮帶勒死，然後與妻夏子一起用帶去的繩索上弔自殺。當時大學生的長女現在行蹤不明。宮脇氏於一九七二年四月購入本土地時，對該地有關的不祥傳說雖有耳聞，但卻以「那只是純屬偶然」一笑置之。購入後，將長久空置的老屋拆除、整地，為慎重起見並請來道士除厄消災，改建成新的二層樓住宅。孩子們也明朗活潑，看起來是感情融洽的一家人，附近鄰居都異口同聲這樣說。但從此經過十一年後，宮脇氏一家竟突然遭遇命運逆轉。

做為宮脇氏貸款抵押的該塊土地，建物是在八三年秋季釋出的，但債權人之間由於貸款償還的順序引起內部紛爭，因此就那樣一直拖延著未能處分。經過法院仲裁調停，土地於去年夏天終於進行處分。首先土地由都內中堅不動產公司「——土地建物」以低於實際市價許多的價格賣出，「——土地建物」隨即將宮脇氏所住建築物拆毀，擬以建地轉售。由於屬於世田谷區的一等地，詢問者頗多，但因土地所涉及的種種事故，以致到最後每每都談不成。「——土地建物」的販賣課長M氏作如下表示。

「我們確實也耳聞那些惡劣傳說。但再怎麼說都是最佳地段，只要定價多少設定低一點的話應該可以賣出吧，我們樂觀地這樣想。但這塊土地實際推出市場之後，卻紋風不動。更不巧的是到了一月又發生不幸的宮脇家全家自殺事件，老實說我們也很傷腦筋。」

土地好不容易終於賣掉，是在今年四月的事。「對象和價格恕不能奉告。」（M氏）因此詳情並不清楚，不過根據業界內情報「——土地建物」以低於購入價格許多的金額忍痛將土地放手似乎是實情。「當然買主對事情全盤瞭解。因爲我們並不打算用騙的來賣，所以事先全部都向買主說明清楚了。」（M氏）

那麼到底是誰樂意購入這樣一塊問題土地呢？調查並不如預料的那麼順利。根據區役所的登記，購入土地的是在港區擁有辦公室自稱「赤坂研究所」的「經濟研究、顧問」公司，購入土地的目的是爲建築公司宿舍。而且實際上也立即建了「公司宿舍」。但這家公司是典型的紙上公司，實際到文件上寫的赤坂二丁目現址一看，只是一棟小住宅大廈的一戶門上掛著一塊小門牌「赤坂研究所」而已，按了門鈴也沒人出來。

徹底警備與祕密主義

現在的「舊宮脇邸」四周以高出附近房子許多的水泥牆圍起來。黑色油漆的鐵門看來大而堅固，從門外看不見裏面（照片2），門柱上裝有防盜用錄影鏡頭。根據附近的人說，偶爾電動門會打開，每天有裝備著防彈玻璃的漆黑賓士 500SEL 進出好幾次，但除此之外完全看不見人的出入，也聽不見任何聲音。

建築工程是五月開始的，但因爲工程始終是在高高的圍牆裏進行，因此裏面到底建了什麼樣的房子，附近的人都不知道。建築期間約兩個半月就出奇快速地完工了。附近偶爾會送便當到工地的餐飲外送業者這樣說，「房子本身不是很大。樣式也沒有什麼特別，感覺就像正四方形的水泥箱子一樣，看起來不像普通人一般會去住的那種房子。只是造園業者在那裏面種了相當多氣派的樹。我想庭院是花了不少錢吧。」

試著一一打電話給東京近郊的大造園業者問問看，其中一家告知有關「舊宮脇邸」工程的事。但該業者對委託主也完全沒有情報。只是認識的建築業者交給他們所要樹木的清單和庭園的圖面，要他們照做而已。

此外據該造園業者說，庭園植栽作業中還有挖井的業者被叫來，在庭園裏挖了深井。

「在庭園一角架起木櫓把挖的泥土運上來。因爲在那旁邊種有一棵柿子樹，因此那作業看得很清楚。是把以前埋掉的古井再一次挖掘起來，因此挖掘本身似乎還算輕鬆。但不可思議的是，沒有水冒出。原來是一口乾涸了的井，只是把它恢復原狀而已，因此沒有水冒出的道理。好像有什麼原因似的感覺怪怪的。」

雖然很遺憾未能追蹤到那位挖井的業者，但卻知道出入那屋子的賓士 500SEL 是總公司位在千代田區的大租賃公司的所有物，從七月開始租給港區內某公司當公務用車，租賃契約訂了三年。企業名稱雖然不對外公佈，但從事情的情勢來看，可能是「赤坂研究所」沒錯。500SEL 全年租金推測約一千萬圓。租賃公司並提供專用司機，但這部 500SEL 是否附帶司機就不清楚了。

對本刊記者的採訪，附近鄰居並不想多談這棟「上弔屋」的事。當地鄰居來往也不太多，或許不願牽涉入內的心情很強吧。住在附近的A先生這樣說。

「確實警備相當森嚴，不過沒有一件可以抱怨的理由，我想附近的人也不太在意吧。因爲與其保持風評不好的空屋狀態，不如現在這樣好多了。」

無論如何，到底是誰買了這住宅的？而且那「X氏」到底把那裏當做什麼目的在使用著呢？謎只有更加深一層而已。

3

冬天的發條鳥

從那個奇妙的夏天結束到冬天來臨之前，生活並沒有稱得上變化的事。每天安靜地天亮，就那樣天黑。九月裏經常下雨。十一月有幾天是還會流汗似的溫暖日子。但除了天氣之外，一天和另一天之間幾乎沒有差別。我每天都到游泳池去做長距離的游泳、散步，一天做三次菜，讓神經只集中在現實而實際的事情上。

雖然如此，偶爾孤獨依然強烈地刺激著心。連喝進的水和吸進的空氣都帶有長而尖銳的刺，手上拿著的書頁紙邊，就像薄薄的剃刀刃般威脅地閃著白光。清晨四時安靜的時刻，可以聽見孤獨的根嘰哩嘰哩地伸長的聲音。

但也有少數人是不放過我的。久美子娘家的人。他們有幾次寄信來。久美子說已經不能與我繼續婚姻生活了，所以希望我趕快同意離婚。說這樣問題就可以圓滿解決。剛開始的幾封是高壓式事務性的信。我沒有回信後，變成威脅式的信，最後則變懇求式的信。但所要求的則是同樣的事。

終於久美子的父親打電話來了。

「我並不是說絕對不離婚。」我回答。「但在那之前，我想和久美子兩個人單獨見面談談。如果那樣可以的話，離婚也沒關係。如果不行，離婚就免談。」

我把眼睛移向厨房的窗戶，眺望外面延伸的陰沈黑暗的雨空。那星期有四天連續一直下雨。整個世界黑黑地濡濕著。

我說「我和久美子是兩個人好好談過才決定結婚的。要結束時，希望也一樣。」

我和她父親的對話就那樣沿著平行線進行，什麼地方也沒到達。不，正確說並不是沒有到達哪裏。而是我們到達的場所不是有結果的場所。

還留下幾個疑問。久美子眞的希望和我離婚嗎？還有她是不是託父母親來說服我這件事呢？「久美子說已經不想見你了。」父親告訴我。久美子的哥哥綿谷昇，以前和我見面時，也說過同樣的話。那或許不完全是謊話。久美子的雙親會把事情往自己方便的方向解釋。但至少就我所知的範圍，他們不會從毫無根據的方面開始揑造事實。他們不論好壞總是很實際的人。那麼，如果她父親所說的是事實的話，久美子現在，是不是經由他們的手「藏在」什麼地方呢？

但我不相信這樣的事。久美子從小就對雙親和哥哥幾乎不抱有所謂感情這東西，而且一直拚命努力不麻煩他們任何事。或許有什麼緣故，久美子有了男人，由於那個原因而離開我。久美子在信上所寫的那說明雖然我還不能完全接受，不過但以可能性來說我可以承認不是不可能。但離家出走後的久美子就那樣寄身娘家，或娘家所安排的什麼地方，並透過他們和我取得聯絡，這種事我無法接受。

我越想越搞不清楚。可以想到的一個可能性是，久美子精神上出現某種破綻，變得無法維持所謂的自己了嗎？另外一個可能性是，由於某種理由，她被迫關閉在某個地方吧？我試著把各種事實、語言和記憶全都搜集齊全，重新排列組合看看，最後我放棄再想。推測並不能爲我帶來任何結論。

秋天接近終了，冬天的氣息正飄散在周遭。在那樣的季節裏，我每次都照樣地掃起庭院的枯萎落葉，用塑膠袋裝好丟掉。架著梯子爬上屋頂，把塞在屋簷雨溝的葉子掃掉。我住的房子小庭院裏雖沒有種樹，但兩鄰庭院落葉樹張開的大枝幹，被風一吹枯葉便紛紛散落過來。不過這種工作對我來說並不辛苦。在午後斜陽中恍惚地眺望著枯葉紛飛之間，不知不覺時間便過去了。右鄰庭院裏有一棵結了紅色果實的大樹，許多鳥偶爾會飛來競賽般啼叫。色調鮮艷，啼聲像要刺破空氣般尖銳短促的鳥。

我不知道久美子夏天的洋裝該如何整理、保管才好。我想過依照她來信所寫的那樣，全部處理掉。但我記得那些洋裝久美子曾經一件件珍惜地整理保存。並不是沒地方放，我想暫且就原樣放著吧。

但每次打開衣櫥時，我都不得不被迫想起久美子不在的事。排列在那裏的洋裝，是曾經存在過的東西執意遺留的空殼。我還清楚地記得身上穿了這些衣服的久美子的姿態，有幾件衣服的具體回憶更是印象深刻。而曾經一留神時，竟發現自己正坐在牀上只是呆呆地望著久美子羅列的洋裝、襯衫和裙子出神。記不得那樣坐著多久了。或許是十分鐘，或許是一小時也不一定。

有時一面看著那些衣服，我會想像就在我所不知道的某個地方某個男人正在脫久美子衣服的情景。腦子裏浮現那手脫著她的洋裝，脫著她的內衣。浮現那手愛撫著乳房、撥開腿的情景。我眼睛可以看見久美子柔軟的乳房、白皙的腿，看見那上面某個男人的手。我並不願意去想這種事情，但卻不能不想。爲什麼呢？大概因爲那是實際發生的事吧。而且我不得不讓自己習慣那印象。我無法適當地推開現實。

綿谷昇曾經擔任新潟縣眾議員的伯父在十月初死了。在新潟市醫院住院中，半夜心臟病發作，雖經醫師們極力搶救，仍在黎明時分徒然化爲屍體。但綿谷議員的死完全是預料中的事，曾經謠傳會是離總選舉不遠，因此後援會的對應也極迅速。依照原先的商議由綿谷昇接續地盤，綿谷前議員的集票組織既堅強，而原本也是保守黨的票庫。除非有什麼重大意外，他的當選應該錯不了。我在圖書館看到這則新聞報導。那時候我首先想到的是，這麼一來暫時綿谷家將會爲許多事忙碌而無暇顧及久美子離婚的事吧。

緊接著次年初春就發生總選舉解散，綿谷昇果然如大多數人所預料的，以大幅差距打敗對立的在野黨候選人而當選。這件事我從他登記候選到開票爲止，都在圖書館的報紙上追踪一應的經過，但對綿谷昇的當選卻幾乎不帶有任何感情。我覺得一切都像在很久以前就決定好了的一樣。現實只是隨後仔細地照圖樣描上去而已。

臉上的烏青斑痕既沒有加大也沒有變小。既沒有發熱，也不覺得痛。而且我逐漸忘記自己臉上有黑斑的事實。也不再爲了遮掩黑斑而戴太陽眼鏡或把帽子戴深。白天去買東西，擦身而過的人吃驚地看著我的臉，或把眼光躲開，會令我想起那存在，但習慣之後也不怎麼在意了。有黑斑並不會給什麼人添加麻煩。每天早上洗臉、刮鬍子時，我會仔細檢點黑斑的情形。但看不出有什麼變化。大小、色澤和形狀都還完全一樣。

我臉上突然出現黑斑，只有少數人注意到。總共是四個人。車站前的洗衣店老闆問過。經常去慣的理髮店老闆問過。大村酒店的店員過問。認識的圖書館櫃台女孩問過。這樣而已。每次我都一副很困惑的樣子，以「發生了一點事」似的簡短回答。他們也沒有再追究。只說「那麼要小心點」或「眞難爲你了」，好像過意不去般的含糊帶過。

自己覺得似乎逐漸一天天遠離自己的存在了。長久望著自己的手時，常常會覺得好像透明得可以看穿似的。我幾乎沒有跟誰開口說話。也沒有誰寄信給我，打電話給我。信箱裏的東西，說起來不是公共費用的繳費通知，就是廣告信函。大部分的廣告信函都是寄給久美子的，名家設計品牌彩色商品目錄，排滿春天洋裝、襯衫和裙子的照片。雖然是寒冷的冬天，但常常忘了點暖爐。因爲分不清那是眞的冷呢？或者是我心中的冷呢？我經常看溫度計，確定「是眞的冷」之後，再點著暖爐。但不管暖爐把房間變得多暖和，有時候感覺到的冷還是依然不減。

有時候會像夏天一樣翻過院子的圍牆，通過曲曲折折的後巷走到過去宮脇先生空屋的地方去。我穿著短外套，圍巾一直圍到下顎，踏著枯萎的冬草走在後巷。冰凍的風，發出短促的聲音從電線間吹越而過。空屋已經完全拆除，周圍被高高的牆圍起。雖然可以從牆的縫隙間往裏面窺探，但裏面什麼也沒留下。沒有房子、沒有鋪石、沒有井、沒有樹、沒有電視天線、也沒有鳥的雕像。只有被輾土機牢牢壓實後的平坦黑色地面冷冷地延伸著，只有一些地方像忽然想起來似地長出幾叢雜草而已。過去那裏曾經有井，自己還下到那底下去的事覺得好像是謊言般不實。

我靠在圍牆上眺望笠原 May 家。抬頭仰望她房間一帶。但笠原 May 已經不在那裏了。她也不再出來對我招呼「你好，發條鳥先生」了。

二月中旬一個非常冷的下午，我到以前舅舅告訴過我的車站前「世田谷第一房地產仲介公司」去看看。打開房地產仲介公司的門時，裏面有一個中年女事務員。入口附近排了幾張桌子，但椅子上沒坐任何人。大概大家都有事出去了。一個很大的瓦斯暖爐在屋子正中央燒得通紅。屋子後面有一間小接待室似的房間，裏面有個矮小的老人坐在沙發上獨自專心地看著報紙。「請問市川先生在嗎？」我問女事務員說。「市川就是我，有什麼事嗎？」裏面那個老人向我出聲道。

我說出舅舅的名字。然後說我是他外甥。現在住在他的房子裏。

「啊，原來如此，你是鶴田先生的外甥啊。」老人說著，把報紙放在桌上，摘下老花眼鏡收進口袋。並從頭到尾把我的臉和身體上下打量一番。他對我到底有了什麼樣的印象我不太清楚。「請到這邊來。怎麼樣，喝個茶吧。」

不用喝茶，請不必費心，我說。但不知道老人是聽不見我說的話，還是聽見了卻不理會，便叫女事務員泡茶。過一會兒事務員送來了茶，我們便在接待室裏兩個人面對面喝茶。暖爐熄滅了，屋子裏冷冷的。牆上掛著這一帶的詳細住宅地圖，有些地方用鉛筆或簽字筆做了記號。旁邊掛著有梵谷畫的著名的橋的月曆。是某個銀行的月曆。

「好一陣子沒見到鶴田先生了，他還好嗎？」老人喝一口茶後問我。

「很好。還是很忙的樣子，不太能見到他。」我回答。

「那很好。自從上次見面已經過了幾年了呢。覺得好像很久沒見面了啊。」老人說。然後從上衣口袋拿出香煙來，像瞄準好角度似地巧妙地擦著火柴。「蒙你舅舅的照顧，處理那棟房子，然後又一直幫他管理租賃的事。不過忙是再好不過了。」

姓市川的老人自己似乎不太忙的樣子。大概是以從前的顧客爲對象，因此只以半退休的身分到店裏來露面吧，我想像。

「怎麼樣，那房子住得舒服嗎？有沒有什麼不方便的地方？」

「房子沒有任何問題。」我說。

老人點點頭。「那很好。那是一棟相當好的房子噢。以房子來說雖然小一點，但住是好住的房子。住在那裏的人都很順利。你呢？順利嗎？」

「馬馬虎虎。」我說。至少還活著，我對自己說。「今天有一點事想請教您，因此來拜訪。我聽舅舅說，市川先生對這一帶土地的事情知道得最清楚。」

老人咯咯地笑著。「要說清不清楚，那可是很清楚噢。你知道嗎，我在這裏已經做了將近四十年房地產了啊。」

「我想請教的是，房子後面宮脇家住宅的事，現在已經變成更新建地了啊？」

「嗯。」老人說，好像在探尋腦子裏的抽屜似的表情把嘴唇一縮閉緊。「賣掉是去年八月的事。附加上貸款啦、權利問題啦、法律問題等名目，賣成了。糾紛拖了好久。結果業者買了，爲了轉賣而把房子拆毀變成更新建地。放著變成空屋那麼久的話，地上物是賣不了錢的。買方不是本地業者。因爲本地人是不會買的。你知道那棟房子出過很多事吧？」

「大概聽舅舅提過。」

「那麼你也知道吧。瞭解內情的人是不會買的噢。我們也不會買。幸運的話可以巧妙地找不知情的人賣掉，但那不管賺多少錢，騙人的滋味總是不好。我們可不會做這種生意。」

我同意地點點頭。「那麼，那是什麼地方的公司買的呢？」

老人皺起眉搖搖頭。然後把中堅不動產公司的名字告訴我。「可能沒有好好調查，只看了地段和價格就草率地買了吧。他們以爲可以輕易地賺取價差吧。然而卻不是這麼回事。」

「還沒賣掉嗎？」

「看起來好像很好賣，事實上卻相當難賣。」老人抱著雙臂說。「土地這東西並不便宜，又是一輩子的東西，所以想買的人大概都會多方打聽調查。於是，各種因緣往事便一一被扯出來了。沒有一件好事。聽到那些事的話，普通人是不會買的。因爲關於那塊地的事這一帶的人大概都知道。」

「價格變成多少呢？」

「價格？」

「宮脇先生家那塊土地的價格啊？」

叫市川的老人以好像興趣被引起來了似的眼光看我。「市價每坪一百五十萬。因爲那一帶是一等地呀。以住宅地的環境來說是絕佳的，日照又好。有這樣的價值。現在這時期土地市場不太熱絡，房地產景氣也不太好，但那一帶卻沒問題。普通情形的話，只要花一點時間，總會以平常價格動起來。但那裏卻不尋常，所以等多久還是不動。價格自然下滑。現在賣價正直線下滑到每坪一百一十萬圓。總共大約百坪出頭左右，所以再減一點大約正好一億吧。」

「往後還會再降嗎？」

老人很肯定地點頭。「當然會降。降每坪九十萬應該沒得抱怨的。因爲九十是他們的買價，所以會降到那裏。他們現在正覺得不妙吧，能夠撈回本錢就該偷笑了。再低我就不知道了。如果他們需要現金的話，或許多少會忍痛降價便宜賣吧。如果不愁錢用也可能一直抱著不放。公司內部情況倒是不太清楚。只有一件事可以確定，就是他們現在正後悔買了那塊土地。跟那塊地扯上關係總沒有好事。」老人說著把香煙灰咚咚地彈落在煙灰缸上。

「那家庭院裏有一口井噢？」我問。「關於井的事，市川先生知道些什麼嗎？」

「嗯，是有一口井。」市川先生說。「是一口深井。不過不久前埋掉了噢。反正已經乾涸的井啊。留著也沒用。」

「您知道是什麼時候乾掉的嗎？」

老人一面交抱著雙臂一面瞪著天花板，「好久以前的事了，所以我也想不太起來，不過戰前是出過水的。不出水是戰後的事。至於什麼時候開始不出水了我就不清楚。只是女明星住進去的時候水已經乾了，那時候曾經提到要不要把它埋掉的事。不過那話題也好像就那樣爲止了。畢竟要刻意去埋井也是一件麻煩事啊。」

「就在附近的笠原先生家，井現在還出水，據說水質很好。」

「是嗎？也許是這樣。那一帶因爲地質的關係，從以前開始就湧出相當多很甜的水。而水脈這東西是很微妙的，那邊明明會出水，但距離只差一點點，這邊卻不出水也不稀奇。不過你對那口井有什麼興趣嗎？」

「老實說，我想買那塊土地。」

老人抬起臉，重新把目光焦點對準我的臉。手拿起茶杯，安靜地喝一口。「想買那塊土地？」

我只點頭沒有回答。

老人拿起香煙盒抽出一根新的煙，在桌上咚咚地敲著尖端。但只把那夾在手指間而已並不點火。他用舌尖快速地舔了一下嘴唇。「就像我剛才一直說的那樣，那是一塊有問題的土地喲。到現在爲止住在那裏而順利的例子一個也沒有。這個你明白吧？說得淸楚一點，那不管價格多便宜，買了決沒有好處。這也沒關係嗎？」

「這我當然知道。雖然說其實不管比行情便宜多少，我手頭都還沒有足夠的錢買那塊土地。不過只要花一些時間總可以想辦法。所以想得到那個物件的情報。如果價格有變動、或有交易動向希望能告訴我。」

老人暫時之間，一面望著沒點火的香煙，一面沈思著什麼。小聲乾咳了一下。「沒問題，就算不急，那塊土地暫時也賣不掉。眞的會動也要等進入拋售價的階段之後，依我的感覺要到那個地步還得多花些時間。」

我告訴老人家裏的電話號碼。老人把那抄進染有汗漬的黑色小手册裏。手册收進上衣口袋之後，便注視著我的眼睛，然後看臉頰上的斑。

二月結束，三月也接近中旬時，凍結了似的寒冷，總算逐漸緩和下來，從南方開始吹起溫暖的風。樹上的綠芽看得見了，庭院裏也出現不同種類的鳥群。溫暖的日子我開始坐在簷廊眺望庭園。三月中的一個黃昏，市川先生打電話來。他說宮脇先生的土地還沒賣出，價格也稍微降下一些了。

「我不是說沒那麼容易賣掉嗎？」他得意地說。「沒問題，現在開始還會再鬆個一、兩口氣。怎麼樣呢？你那邊，有在存錢嗎？」

那天夜晚八點左右我在洗臉台洗臉時，發現臉上的斑開始發熱起來。用手指摸摸，感到以前所沒有的微溫。顏色也變得比平常鮮明，帶有一點紫色。我屏著氣長久凝視著鏡子，一直凝視到自己的臉都逐漸變得不像自己的臉了。那斑好像正在向我強烈地求著什麼似的。我凝視著鏡子裏頭的自己時，鏡子裏頭的我也同樣地朝這邊的我無言地凝視回來。

不管怎麼樣都必須得到那口井。

那是我所獲得的結論。

4 從冬眠中覺醒，另一張名片，金錢的無名性

當然並不是想要，就立刻能得到土地的。現實上我所能動用的金額幾乎接近零。母親留下當遺產的錢，雖然還剩一些，但那為了生活應該不久就會消失掉。而我既沒有職業，又沒有可供擔保的東西。對這樣的人會提供貸款的銀行恐怕全世界都找不到。總之這樣一筆錢，我必須像變魔術一般伸手從空中抓出來。而且就在最近之內。

有一天早晨我走到車站前面，在販賣店買了十張連號頭獎五千萬圓的獎券。並將它一張張用圖釘釘在廚房的牆上，每天看著。我有時候會坐在椅子上一直盯著看一個小時左右。好像在等待著只有我才能夠看得見的祕密暗號從那裏浮上來似的。但幾天之後我獲得一個類似直覺的東西。

我**不可能中這獎**。

終於那直覺變成確信。散步到車站在販賣店買了幾張獎券，光坐著等到開獎日，問題便能順利解決，絕對沒有這種事。我必須用自己的能力，憑**自己的力量**獲得那筆錢才行。我把十張獎券撕破丟掉。然後又站在鏡子前面，凝視那深處。**應該有什麼辦法**的，我試著問鏡中的自己。但當然沒有回答。

窩在家裏東想西想累了，便出門到附近走走。三天或四天繼續這種漫無目的的散步。只在附近到處走走累了後，便搭電車到新宿去。來到車站附近時，好久沒這樣想到街上去了。在和平常不同的風景中想事情也不錯。想想已經好久沒有搭電車了。一面塞零錢進車票自動販賣機，一面感覺到做不習慣的事時那種不舒服的感覺。仔細想想最後一次上街已經是半年多前的事了——那時候，我在新宿西口發現提吉他盒的男人，而跟踪他。

眼前好久沒見的都會雜亂將我壓倒。光是看到洶湧的人潮就有點窒息感，心臟悸動得有些激烈。雖然心想尖峰時段已經結束，應該不會太擁擠的，但剛開始竟然無法從其中走出來。那與其說是人潮擁擠，不如說令人感覺像沖得山崩屋倒的巨大洪流一樣。在路上走了一會兒之後，爲了安定情緒於是走進一家面臨大馬路有玻璃大窗的喫茶店，在窗邊的位子坐下。因爲還是中午以前所以喫茶店裏人並不多。我點了熱可可，恍惚地望著窗外經過的人群身影。

到底時間過了多久，我不知道。也許是十五分或二十分左右吧。一留神時，我眼睛一直在追踪著由眼前擁擠的道路慢慢通過擦得閃閃發亮的賓士、Jaguar 和 Porsche 車的影子。由於在雨後早晨的陽光中，那些車體彷彿是某種象徵般，必要以上眩眼的璀璨閃亮。沒有一絲瑕疵，沒有一點灰塵。這些傢伙很有錢我進而想道。有生以來第一次想到這種事情。我對著映在玻璃上自己的臉靜靜地搖頭。我有生以來第一次感覺到切實地需要錢。

到了中午休息時間喫茶店人多了起來，於是我決定走到街上看看。並沒有特定要去的地方，只是好久沒有走在都會裏了，想走看看。一面只想著別撞上迎面而來的人，一面從一條街走到另一條街。由紅綠燈的情形和當時想到的而往右轉、往左轉，或筆直前進。我雙手插進長褲口袋，集中意識於步行這個物理性作業上。從百貨公司或大型商店的櫥窗所串連而成的主要大街，穿過由裝飾俗艷的色情店相連而成的後街，走過熱鬧的電影街，又穿過靜悄悄的神社，再回到主要大街來。溫暖的午後，人們有接近半數已經沒穿大衣了。偶爾也可以感覺到風吹的舒適。而一留神時我正站在曾經見過的光景之中。我望著腳下鋪地磚的地，望著小雕像，抬頭望望眼前聳立的建築物玻璃壁面。我正站在巨大建築物前面所設廣場的正中央。那是去年夏天，我依舅舅的建議在繼續觀察過往行人的臉時的同一個地方。那時候我連續做了十天。而且偶然發現提著吉他盒的奇怪男人的踪影，我跟踪他，到一個陌生的公寓門口，結果左腕被球棒打傷。漫無目的地在新宿街頭繞著走，最後我竟然又回到了那個地方。

和以前一樣，我到附近的Dunkin' Donuts買了咖啡和甜甜圈，坐在廣場的長椅上吃。並且光是一直望著通過眼前的人們的臉。這樣做著之間，我心情逐漸安穩地放鬆下來。不知道爲什麼，那裏有好像在牆角發現一個和自己身體完全吻合的凹處時一樣的舒適感。好久沒有像這樣好好正常地看人們的臉了。然後我發現自己好久沒看的不只是人們的臉而已。我在這半年之間幾乎什麼也沒看。我坐在長椅上調整姿勢，重新眺望人們的姿態，眺望聳立的高層大樓，眺望雲彩裂開的春天明朗的天空，眺望各色各樣的廣告板，把放在身邊近處的報紙拿起來看。感覺隨著黃昏的接近，周圍的事物也逐漸恢復原來的色彩了。

第二天早晨，我同樣再搭電車到新宿去。而且坐在同一張長椅上眺望過往行人的臉。到了中午便去買咖啡喝，吃了一個甜甜圈。在黃昏尖峰時段之前搭電車回家。接下來的一天也完全重複一樣的事。還是沒有發生任何事。也沒發現什麼。謎依然是謎，疑問依然是疑問。但有一種自己正逐漸稍微接近什麼的模糊感覺。我站在洗臉台的鏡子前，可以用眼睛確定那接近。斑的顏色變得比以前更鮮明、更溫暖。這斑是活著的，有時候我這樣想。就像我是活著的一樣，這斑也是活著的。

和去年夏天一樣，一星期之間每天重複做那一樣的事。早上十點過後便搭電車上街，坐在高層大樓的廣場長椅上，什麼也不想地整天眺望著眼前過往的行人姿態。有時候由於某種原因，現實的聲音會從我周圍消失遠去。那時候只有流過那裏的深沈安靜水流聲，傳進到我耳裏而已。我忽然想起加納馬爾他。她確實提過聽水聲的事。水是她主要的動機。但我想不起來加納馬爾他對水聲說過什麼樣的話了。也想不起加納馬爾他的臉長成什麼樣子了。我能夠記得的，只有她那塑膠帽子的鮮紅色而已。為什麼她老是戴著紅色塑膠帽子呢？

但聲音終於逐漸恢復，我的視線又再回到人們臉上。

我上街後的第八天下午，一個女人來跟我開口說話。那時候我手上正拿著空杯子，望著別的方向。「嗨，你。」那個女的說。我回過頭仰望站在那裏的女人的臉。是去年夏天在同一個地方遇見過的中年女人。她是那十天左右之間唯一向我開口說話的人。雖然我並沒有特別預料會和她再見，但她實際向我開口時，我卻覺得那像是一種流動趨勢的自然結果似的。

女人和上次一樣穿著相當高級的衣服。裝扮也很像樣。戴著玳瑁框深色太陽眼鏡，穿著暗藍色有墊肩的上衣，紅色薄呢裙。襯衫是絲質的，上衣領襟上金色精巧細緻的小胸針正閃著光。紅色高跟鞋是沒有裝飾的簡單樣式，但可能值我幾個月的生活費。和那比較起來，我的樣子則依然很糟糕。穿的是上大學那年買的運動夾克，領子已經鬆掉的灰色毛線衫，好些地方已經脫線的牛仔褲。原來是白色的網球鞋污痕斑斑已經看不出是什麼顏色了。

她坐在這樣的我身旁，默默蹺起腳，打開皮包的絆扣拿出 Virginia Slim 香煙盒來。和上次一樣敬我一根。我和上次一樣說不用。她在嘴上含了一根，用細長橡皮擦一般大小的金色打火機點火。然後拿下太陽眼鏡放進外套的胸部口袋，以在淺水池中尋找掉落硬幣般的眼光探視我的眼睛。我也看看對方的眼睛。那是不可思議的眼睛。那裏有深度卻沒有表情。

她稍微瞇細眼睛。「結果又回到這裏了啊。」

我點點頭。

煙從細長的香煙尖端升起，我看著那煙被風吹得飄飄忽忽地消失而去。她環視一圈周圍的風景。好像要用自己的眼睛實際確認看看，我坐在這長椅上一直在看著什麼似的。但那光景似乎並沒有特別引起她的興趣。她的視線再回到我的臉上，長久一直看著那斑，然後看我的眼睛、我的鼻子和嘴，然後眼睛又再轉向青斑一次。可能的話，似乎想要像品評狗時一樣把嘴巴掰開檢查牙齒的排列，探頭看看耳朵裏面似的。

「看樣子我是需要錢了。」我說。

她停了一會兒，說。

「大概多少？」

「我想大約八千萬就好了。」

女人把視線從我的眼睛移開，一味地仰望著天空。看來似乎在她腦子裏計算著那金額的樣子。好像姑且不管從什麼地方先把什麼拿到這裏來，另一方面再把別的什麼從這裏挪到什麼地方去，那樣。我在那之間看著她的化粧。像微微的意識陰影般淡淡的眼影，和看來也像某種象徵似的睫毛的微妙彎度。

她嘴唇稍微往斜向一撇。「不是個小金額噢。」

「對我來說是覺得非常龐大的。」

她把抽了三分之一的香煙丟在地上，用高跟鞋底小心仔細踩熄。然後從薄皮包裏拿出皮名片夾來，把一張名片塞進我手中。

「明天下午四點整到這裏來。」

名片上只有以漆黑活字印刷的地址。地址是港區赤坂、號碼、大樓的名字和房間號碼。卻沒有姓名。也沒有電話號碼。愼重起見翻過背面看看，背面是一片白紙。我把名片拿近鼻尖聞聞，但沒有味道。那只不過是到處可見的白紙而已。

我看看女人的臉。「沒有名字啊？」

女人第一次微笑。然後靜靜地搖頭。「因爲你需要的錢對嗎？難道錢有名字嗎？」

我也同樣搖搖頭。當然錢沒有名字。如果錢有名字的話，那已經不是錢了。爲錢這東西加上眞正意義的，是那像暗夜般的無名性，和令人驚悚的壓倒性互換性。

她從長椅上站起來。「四點能來吧？」

「那樣錢就可以到手嗎？」

「這個嘛。」微笑像風紋般飄在她的眼睛旁邊。女人再一次眺望周圍的風景，用手形式性地拂一下裙子下襬。

那個女人快步消失在人潮裏之後，我望了一會兒她踩熄的煙蒂，和沾在那濾嘴上的口紅。那鮮艷的紅色，令我想起加納馬爾他的塑膠帽子。

如果我有什麼強的地方的話，那就是我沒有可失去的東西這一點。大概。

5 半夜發生的事

少年聽見那清楚的聲音，是在半夜。他一覺醒來，摸索著打開枱燈，四下看看房間裏。牆上的鐘指著二點前。在這樣的深夜時刻，世界在發生什麼事呢？少年實在無法想像。

然後又再聽見一次同樣的聲音。聲音沒錯是從窗外傳來的。有人在某個地方上著巨大發條的聲音。在這樣的半夜裏到底有誰在上著什麼發條呢？不，不對，是像上發條似的聲音，但這卻不是上發條的聲音。一定是在什麼地方啼叫的鳥聲。少年把椅子搬到窗邊站了上去，拉開窗簾把窗子打開一小縫。秋天結束的滿月正大而白地浮在天空正中央，庭園風景像白天一般可以一覽無遺。庭園樹木和少年白天裏所看見的印象相當不一樣。那裏完全看不見平常所見到的親近感般的感覺。櫸樹茂密的枝葉偶爾被風吹拂而不服氣似地動著，發出沙沙的討厭聲音。庭石比平常更白更光滑，簡直像死人的臉一樣裝模作樣地一直仰望著天空。

鳥好像是在松樹上啼叫的樣子。少年身體伸出窗外抬起頭看。但鳥的踪影被層層巨大的樹枝所隱藏，從下面看不見。少年很想看看那是長成什麼樣子的鳥。把顏色和形狀記住，等明天可以慢慢從圖鑑上查名字。由於強烈的好奇心使然，少年的睏意已完全消失。他最喜歡從圖鑑上查魚或鳥的資料。書架上排列著父母爲他買的豪華厚重的圖鑑。雖然小學還沒畢業，但他已經能讀夾雜有漢字的文章了。

鳥連續上了幾次發條之後，又再沈默下來。少年心想除了自己之外不知道有沒有別人聽見這聲音。爸爸和媽媽是不是聽見了？奶奶是不是聽見了？如果沒聽見的話，明天早晨我可以告訴大家。半夜兩點，庭園的松樹上眞的有叫聲像捲發條一樣的鳥停在樹上啼叫噢。如果能看見鳥一眼也好！那樣我就可以告訴大家鳥的名字了。

但鳥已經不再啼叫。停在浴著月光的松枝上，鳥像石頭般守著沈默。終於冷風吹進房間，簡直像在發布警告似地吹進來。少年渾身打個顫，只好放棄地關上窗戶。那鳥和雀和鳩都不一樣，不是那麼容易在人前現身的鳥。少年曾經在圖鑑上讀過，大多的夜鳥都聰明而小心警覺。而且可能那隻鳥，知道我在這裏張望，所以不管等多久應該都不會出來。他猶豫要不要去廁所。要去廁所必須走過長而暗的走廊。算了，就這樣上牀睡覺吧。並不是不能忍到早上的程度。

少年關了燈，閉上眼睛。但老是在意著松樹上鳥的事而不太能睡著。雖然關了枱燈，但明月的光卻像在引誘人似地從窗簾的一端溢進來。再一次聽見發條鳥聲音時，他毫不猶豫地從牀上起來。而且這次沒開燈，在睡衣上穿上毛衣，悄悄爬上窗邊的椅子上。窗簾只打開一點點，從那縫隙間往松樹的方向看。這樣的話鳥也不會知道我在偷看。

但少年這次看見的卻是兩個男人的身影。少年不禁倒吸一口氣。兩個男人像黑色影子般在松樹下彎著腰。兩個人都穿著深色衣服，一個沒戴帽，一個戴像壘球帽似的有帽舌的帽子。爲什麼在這樣的深更半夜裏有陌生人進入我們家庭園呢？少年覺得很奇怪。爲什麼狗不叫呢？也許立刻告訴父母比較好。但少年無法離開窗邊。好奇心把他強留在那裏。看看那兩個男人要做什麼吧。

好像想起來似地發條鳥開始在樹上啼。幾次長長的嘰咿咿咿地捲著發條。但男人們並沒有把注意力放在那聲音上。臉也沒抬起，身體絲毫不動。男人們悄悄把臉靠近地彎身蹲在那裏。看起來像在小聲商量著什麼似的，但因爲月光被樹枝遮住，無法看清他們的臉。兩個人終於像約好了似地同時站起身。兩個人之間身高的差別有20公分左右。兩個人都瘦瘦的，高個子（戴帽子的）穿著長外套，矮個子的穿著合身的衣服。

小個子的男人走近松樹，抬頭看了樹上一會兒。並將雙手放在樹幹上，像在檢查什麼似地撫摸一下，抓揑一下，但終於一把抱緊樹幹，然後毫不費力地（少年眼裏看來）沿著樹幹滑溜溜地往上攀爬。簡直像馬戲團的特技表演一樣，少年非常佩服。要爬上那松樹可不簡單。樹幹是光滑的，到上方爲止沒有一個可以搭手的地方。少年對庭園裏那棵松樹的事就像朋友一樣瞭解。但爲什麼非要在半夜裏特地去爬樹不可呢？難道是要捕捉在那樹上的發條鳥嗎？

個子高的男人，站在松樹根旁一直抬頭看著。終於小個子的男人從視野裏消失了踪影。不時傳來松葉摩擦所發出的沙啦沙啦的聲音。他似乎在那巨大的松樹上繼續往上攀登的樣子。發條鳥聽見男人來的聲音一定立刻飛走逃掉了吧。不管多會爬樹，都沒那麼容易捕捉鳥的。如果順利的話或許在鳥逃走時，能瞥見一眼鳥的姿影也不一定。少年屏著氣息，等著聽振翅飛起的聲音，但不管等多久都沒聽見振翅聲，也不再聽到啼叫聲了。

長久之間周遭毫無動靜，也沒有一點聲音。一切都被白色非現實的月光洗掉，庭園看來好像剛剛才完全失去水的海底一般光滑。少年像被魅惑了似地身體一動也不動地注視著松樹和留在下面的高個子男人。少年的眼睛已經變成無法離開那裏了。少年的吐氣令玻璃泛白起霧。窗外一定很冷。男人依舊雙手扠腰地一直抬頭注視著上方。他好像也凍僵了似地姿勢毫不改變。他一定是一面擔心一面等待著小個子男人達成某種目的從松樹上下來吧，少年想像。也難怪男人擔心，爬上高樹容易，要下來可難了——少年非常瞭解這點。但高個子男人突然好像丟下一切不管了似地快步離開而去。

少年覺得好像一個人被遺棄了似的。小個子男人消失在松樹裏。大個子男人不知道走到什麼地方去了。發條鳥守著沈默。是不是該叫醒父親呢？但他一定不相信自己所說的話。大概會說我又做夢了吧。少年確實經常做夢，常常會把現實和夢搞混。但這不管誰怎麼說都是眞的事。發條鳥、黑衣二人組都是眞的。只是都在不知不覺之間消失到什麼地方去了而已。如果好好說明的話，爸爸或許會瞭解吧？

然後少年注意到，那個小個子男人好像有點像爸爸。如果以爸爸來說覺得個子好像有點太矮了。但除了這點之外，體形和動作都和爸爸一模一樣。不，爸爸不能那樣高明地爬樹。爸爸既沒那麼靈活敏捷，也沒有那麼有力。少年越想越迷糊。

不久高個子男人又回到松樹下來。這次男人雙手拿著什麼？是鏟子和大布袋。男人把布袋輕輕放在地上，然後用鏟子開始在樹根附近挖洞。渣咕渣咕地周圍響起乾脆的聲音。這次大家應該會被這聲音吵醒了吧，少年想。因爲這聲音是那麼淸楚而巨大啊。

但誰也沒有醒來。男人不顧周圍，只一味不停地默默繼續挖洞。他雖然看來瘦弱，但似乎比外表看來有力的樣子。這只要從鏟子的動法就可以知道。動作俐落而規則。男人挖完預定大小的洞後，便將鏟子立著靠在松樹幹上。站在旁邊眺望著洞穴的樣子。他是不是完全忘了爬到樹上的男人了呢？竟然一次也沒抬頭看。現在他腦子裏只有那洞穴的事。少年對這個不滿意。要是我的話就會擔心爬到樹上的男人到底怎麼樣了。

從挖出來的泥土量大致可以推測那洞不是太深。大約比少年的膝部稍微深一點吧。看來男人對所挖掘的洞大小和形狀大致滿意的樣子。男人終於從布袋裏輕輕把一個用黑黑的布包著的東西拿出來。從男人的手勢看來，那好像是軟趴趴的東西。這男人現在或許正要將某種屍體埋進洞裏。想到這裏胸部便怦怦地跳著。但那布所包著的東西頂多只有貓那麼大。如果是人的屍體的話，那也是小嬰兒。但爲什麼非要把那種東西埋進我家庭園不可呢？少年連自己都沒留意到，嘴裏積滿的唾液往喉嚨深處吞進去。咕嘟一聲巨大的聲音令少年自己都吃了一驚。聲音大得令人要想會不會傳進外面男人的耳朵裏呢？

然後好像是被那吞進唾液的巨大聲音所刺激似地，發條鳥啼了。好像比以前捲著更大的發條似地，嘰咿咿咿咿咿、嘰咿咿咿咿咿地啼叫著。

現在開始正要發生非常重要的事了，聽到那聲音，少年直覺地這樣感覺。他咬緊嘴唇，無意識地摩擦著雙腕的皮膚。這種事從頭開始不看就好了。但已經太遲。到現在眼睛已經無法離開那光景了。他嘴巴微微張開，把鼻子抵在冷冷的窗玻璃上，一直安靜守望著庭園裏展開的那奇妙的戲劇。他已經不再期待家裏有誰會起牀走出來。不管發出多大聲音他們大概誰也不會醒過來吧，少年想。除了我之外大概誰也沒聽見那聲音。從頭開始就注定是這樣的。

高個子男人彎著身，以小心翼翼的手法把那包著什麼的黑黑的布包放進洞穴底下。並站在那裏，一直俯視著洞裏的東西。被帽舌的影子遮住，無法窺探男人的臉，雖然如此還是可以看出他似乎露出難過、而有些莊重的表情似的。到底還是什麼的屍體吧？少年想。男人終於下了決定似地拿起鏟子，埋那洞穴。埋完之後，在那表面輕輕踏平，然後把鏟子立著靠在樹幹上，手拿起布袋便以緩慢的步調走到什麼地方去了。他一次也沒回頭看。也沒抬頭看樹上。發條鳥已經不再啼叫。

少年轉頭看看牆上的鐘。定睛看可以看出時針指著二點半。少年接著有十分鐘左右，從窗簾縫隙間往松樹張望看有什麼動靜沒有，但終於忽然睏起來。簡直像從頭上被沈重的鐵蓋子覆蓋了一般睏。雖然很想知道在樹上的矮小男人和發條鳥接下來會怎麼樣，但已經沒辦法再睜著眼睛了。少年迫不及待地脫掉毛衣，便鑽進床上失去意識地睡著了。

6

買新鞋，回到家來的東西

從地下鐵赤坂車站走過成排餐飲店的熱鬧道路，稍微走上一條和緩斜坡的地方，就是那六層樓的辦公大樓。並不特別新也不特別舊，不特別大也不特別小，不特別豪華也不怎麼寒酸的建築物，一樓有旅行社，那大窗子上貼著希臘米可諾斯島港口的海報和舊金山路面電車的海報。兩張海報都像是上個月做的夢一般褪了色。三個職員在玻璃內側似乎很忙碌地做著電話應對，或敲著電腦鍵盤。

建築物造型沒有什麼特徵。好像某個地方的小學生用鉛筆畫出大樓的畫，就以那當設計圖建起來似的平凡建築。好像要隱藏在街容中，而刻意做得那麼平凡的也說得通。連依著地址號碼順序找到這裏的我，都有可能看漏而走過去似的。旅行社入口旁有一個不起眼的大樓門廳，那裏排著有大樓用戶的名牌。大致看一眼，用戶似乎是以法律事務所、設計事務所、進口代理店、牙科醫師診所之類，規模不太大的辦公室爲主。名牌中有幾個還閃閃發亮，站在前面，我的臉都快清楚地映出來了，但602號室的名牌則相當舊了，色調變糊了。她似乎從很久以前就開始在這裏設辦公室。名牌上刻著「赤坂服飾設計事務所」的名字。那名牌的老舊多少令我的心鎮靜一些。

門廳深處有玻璃門，要搭電梯，必須和要造訪的目的戶聯絡，才能解除安全鎖。我按了602室的門鈴。電視錄影機也許已經把我的影像送進室內的電視螢幕上了。我環視周圍一圈，天花板角落上果然有個小型電視攝影鏡頭似的東西。門鎖終於響起解除的鳴聲，我打開門進到裏面。

搭上沒有任何味道和裝飾的電梯上到六樓，我在依舊沒有任何味道和裝飾的走廊徘徊了一下後找到602室的門。確認上面刻著「赤坂服飾設計事務所」的名字後，我只在門旁的門鈴上短促地按了一聲。

開門的是一位年輕男人。身材修長、短頭髮、容貌很端正，恐怕是我見過的男人裏最英俊的。但眞正吸引我眼光的，與其說是容貌，不如說是那服裝。他穿著白得會刺痛眼睛的襯衫，深綠色細花領帶。領帶本身固然灑瀟，但不只這樣而已，光拿結法一件來說就沒得挑剔。凹凸的鬆緊法，簡直就像男性服飾雜誌的彩色相片一樣的感覺。我就實在沒辦法那樣高明地打領帶。到底要怎樣才能把領帶打得這麼高明呢？或許是天生的才能吧。或者只是單純努力苦練的成果。長褲是深灰色的，皮鞋是有裝飾帶子的茶色輕便皮鞋。每一件看來都像兩、三天前才從貨架上剛拿下來的似的。

個子比我稍微矮一點，他嘴角露出愉快的微笑。好像剛剛才聽完一個愉快笑話似的自然微笑。而且不是低級笑話。而是像從前外務大臣在園遊會中向皇太子說出口，而周圍的人便小聲咯咯地笑似的洗練笑話。我正要報出自己的名字時，他的頭便往旁邊稍微擺一下，示意什麼都沒必要說。於是將門往內敞開，讓我走進去。然後瞥了一眼走廊後便把門關上。在那之間一句話也沒說。只是朝我輕輕瞇一下眼睛而已。好像在說旁邊正有一隻神經質的黑豹在熟睡著，現在不能出聲很抱歉似的。但當然到處都沒有什麼黑豹，只是看起來有點那種感覺而已。

門裏面像是接待室一樣。有一套彷彿坐起來很舒服的皮沙發，旁邊放著老式木製衣帽架和立燈。後面牆上有一扇門，好像是通往下一個房間的。門旁邊，背靠牆放著一張式樣簡單的橡木事務書桌。桌上擺著大型電腦。沙發前有一張可以放電話號碼簿的小几。地上鋪著淺綠色地毯，那色調感覺相當好。不知從隱藏在什麼地方的喇叭小聲傳來海頓的弦樂四重奏。牆上掛著幾張畫有花鳥的美麗版畫。室內沒有一點凌亂，看起來很清潔。一面牆上定做的架子上排列著布料樣本册、流行雜誌等。這些家具配置雖然絕不算豪華也不算新，但適度的陳舊狀態令人有安定沈著的溫暖感。

男人引我坐在沙發，自己繞到桌子後面坐下來。並將雙手輕輕攤開，手掌朝向我這邊，示意要我在這裏稍微等候一下。以輕鬆的微笑，代替說「很抱歉」。以只立起一根手指，代替說「不會等很久。」不用言語，他似乎就可以把自己想說的事情傳達給對方。我只點了一次頭表示明白。跟他在一起，覺得開口好像是一件什麼低級的不適當的事似的。青年像在拿易碎物似地輕輕拿起放在電腦旁的一本書，翻開讀到一半的頁次。一本很厚的漆黑的書。因爲封面拿掉了不知道書名，但從翻開書頁的下一個瞬間開始，他便百分之百集中精神在讀書上。好像連我就在眼前的事也忘記了似的。我也想讀什麼來消磨時間，但並沒有東西可讀。沒辦法只好蹺起腿，靠在沙發聽著那海頓的音樂（雖然沒有自信說絕對是海頓的）。感覺不錯，但好像一發出來的同時立刻就會那樣被吸進空中而消失似的音樂。桌上除了電腦之外，還放著形狀極普通的黑色電話機、筆碟和桌曆。

我穿和昨天一樣的衣服。運動夾克、遊艇連帽衣、牛仔褲、網球鞋。把身邊有的東西隨手抓起來穿上而已。在清潔而整齊的房間裏，面對這位清潔而英俊的青年，我的網球鞋顯得更骯髒破舊。不，不只是顯得而已，實際上就骯髒破舊。鞋跟已經磨平，變色成老鼠色，旁邊還破了個洞。那上面很多東西像宿命般沾染滲透進去。

因爲我這一年之間，每天都穿這同一雙鞋子。而且有幾次翻越後巷，常常一面踏過動物的糞便一面穿過後巷，甚至下到井裏。骯髒破舊倒不奇怪。試著想想，我自從辭掉公司的工作後，就從來沒有刻意看過自己現在穿的是什麼樣的鞋子了。但像這樣認眞看了之後，就可以切實感覺到自己目前是多麼地孤獨，多麼地和世間遠遠隔離。差不多該買一雙新鞋子了，我想。這雙未免太糟糕了。

海頓的曲子終於播完。像切尾蜻蜓般唐突截斷的結束法。暫時有一段沈默，接下來像是巴哈的撥弦古鋼琴曲似的（我想大概是巴哈的，但也沒有百分之百的確信）開始響起。我坐在沙發上幾次交替換邊蹺腿。電話鈴響起。年輕男人把讀到中途的那頁用紙片夾著合上。然後把書推到旁邊拿起聽筒。側耳傾聽偶爾輕輕點頭。眼睛望一下桌上的月曆，用鉛筆做記號，把聽筒拿近桌面，像敲門般叩叩敲兩下桌子。然後掛上電話。大約二十秒左右的簡短電話，但他一句話也沒說。這個男人從我進到這個房間到現在，一次也沒發出聲音。是不是不能說話。但從電話鈴響的反應，拿起聽筒聽對方說話的情形看來，耳朵似乎是聽得見的。

青年好像在考慮什麼似的，望了桌上的電話機一會兒，終於無聲地從書桌前站起來，筆直走到我這兒，毫不猶豫地坐在我旁邊，並將雙手整齊地並排放在膝上。正如從容貌也可以預料到的那樣，修長而高尙的手指。手背和手指關節部分當然有少許皺紋。不管怎麼樣都沒有所謂完全沒有皺紋的手指。彎曲和動作時皺紋在某種程度是必要的。但並不多。正好只有必要的那麼多而已。我無意之間看著那手。我想這個青年說不定就是那個女人的兒子。因爲手指的形狀非常相似。這樣一想時，其他也有幾個相似的地方。鼻子的形狀相似。小而有點尖。還有眼珠的無機性透明感也相似。嘴角上那感覺良好的微笑又回來了。那就像由於波浪情況的不同，時而隱藏時而露出的海邊洞窟一樣，極自然地露出或隱藏。終於他像坐下時一樣突然站起來，朝我動一動嘴唇，形狀像說「請到這邊」或「請進來」之類的語言。但沒出聲。只是嘴唇輕輕牽動，作成無聲的發音形狀而已。不過他沒說出來我也能明白他的意思。我便也站起來跟在他後面。男人打開後方的門，讓我進去。

門裏有一個小厨房、有洗手間似的地方。然後更深處還有另外一個房間。那和我剛才所在的接待室式的房間很類似。只是小了一圈。有同樣適度陳舊的皮沙發，同樣形狀的窗戶。地上依然鋪著同樣色調的地毯。房間中央有一張很大的作業台，順序良好地排列著道具箱、鉛筆、設計簿。有兩具只有上半身的模特兒模型。窗上掛的不是百葉簾，而是布料和蕾絲的雙層窗簾。兩種都完全密閉著。天花板燈關著，屋子裏像陰天黃昏般陰暗，稍微離開沙發一點的地方有一盞立燈的小燈泡亮著。沙發前的桌上有玻璃花瓶，插著白色劍蘭。花像剛剛才剪下來的般新鮮。水也潔淨透明。聽不見音樂。牆上既沒掛畫也沒掛鐘。

要我坐在沙發，青年還是以無言表示。我依他的指示在那裏坐下後（坐起來同樣舒適），他從長褲口袋裏拿出潛水鏡似的東西。他把那攤開在我眼前讓我看。是眞的游泳用的潛水鏡。橡皮和塑膠製的普通潛水鏡。和我去游泳池時用的大致是形狀現同的東西。但爲什麼在這地方拿出潛水鏡來，我實在搞不清楚，也想像不到。

〈沒有什麼好害怕的。〉青年對我說。正確說並不是「說」。只是嘴唇那樣動著，手指也稍微動了一下而已。但我大體上可以正確理解他所說的意思。我點頭。

〈請戴上這個。等我幫你拿下爲止，請你不要自己拿下來。也不能動。明白嗎？〉

我再點一次頭。

〈沒有人會危害你。沒問題，不用擔心。〉

我點頭。

青年繞到沙發後面，爲我戴上那潛水鏡。橡皮帶繞到頭腦後方，調整覆蓋眼睛周圍的橡皮護罩。那和我經常用的潛水鏡不一樣的地方是什麼都看不見。透明塑膠的部分塗了什麼厚厚的東西。完全的、而且是人工的黑暗將我包圍。完全看不見什麼。連立燈的光在哪裏都不知道。我簡直像自己全身都被什麼塗得滿滿的似的錯覺所襲擊。

青年像在鼓勵我般輕輕把手搭在我兩肩上。雖然是修長而纖細的指尖，但絕不脆弱。正如鋼琴家將手指安靜地放在鍵盤上時那樣具有不可思議而確實的存在感。而且我可以從那指尖感受到類似善意般的東西。正確說不是善意，但是接近善意的東西。〈沒問題，不用擔心。〉那指尖對我訴說。我點頭。然後他走出房間。黑暗中他的腳步聲遠去，聽得見開門、關門的聲音。

青年出去之後有一會兒我就保持那姿勢安靜坐在那裏。感覺很奇怪的黑暗。什麼都看不見這點，和過去我在井底所經驗過的那種黑暗一樣，但質卻完全不同。那既沒有方向、也沒有深度；既沒有重量，也沒有著手的地方，與其說是黑暗不如說更接近虛無似的。我只是視力被技術性地剝奪，變成暫時盲目。身體肌肉縮緊變硬，喉嚨深處一陣乾渴。現在開始到底會發生什麼呢？但我想起青年指尖的觸感。不用擔心，那個這樣說。於是我並沒有特別理由，便覺得好像可以相信他那「語言」似的。

由於屋裏實在太靜，在那裏一直安靜屏息著時，我被彷彿世界就要那樣停止腳步，一切終於都要被飲進永遠的深水底下去似的感覺所捕捉。但世界似乎還好端端地繼續前進。終於有一個女人打開入口的門，好像悄悄壓低腳步聲似地進入屋裏來。

我知道那是女的，是因爲輕微的香水氣味。不是男用香水。而且可能是相當昂貴的香水。我想喚起那香味的記憶。但沒有自信。視力突然被剝奪之後，竟然連嗅覺的平衡也被擾亂了。不過至少，那和把我引到這裏來的那位裝扮良好的女人所擦的香水種類不同。女人一面發出衣服輕微摩擦的聲音，一面穿過屋裏走過來，在沙發上我的右邊安靜坐下。從那輕巧的坐法，可以知道似乎是個子小體重輕的女性。

女人坐在旁邊一直注視著我。那視線從皮膚上可以清楚地感覺到。原來眼睛完全看不見也能感覺到對方的視線呢，我想。女人長久之間身體動也不動地凝視著我。她呼吸的氣息完全聽不出來。刻意緩慢，而不出聲地呼吸著。我保持原來的姿勢筆直注視著前方。我臉上的黑斑似乎輕微地發熱著。想必顏色也變鮮明了吧。女人終於伸出手，就像在接觸有價值的易碎物般小心謹慎地，用手指尖碰我臉上的黑斑，並開始靜靜地撫摸。

我完全不知道我對那個應該如何反應才好，或對方期待我有什麼樣的反應。現實感變得非常遙遠。簡直像從一種交通工具飛轉到速度不同的交通工具上一般，有一種不可思議的奇怪乖離感。在那乖離的空白之中，我正如空屋般存在著。就如同過去的宮脇家那樣，我現在只是一棟空屋。這個女人走進空屋裏來，由於某種理由，擅自觸摸著牆壁啦、柱子之類的。但不管她用手觸摸的理由是什麼，身爲空屋（只不過是空屋而已）的我對那卻無法做什麼，而且也沒有必要做什麼。想到這裏我心情稍微輕鬆了一些。

女人一句話也沒說。除了沙沙的衣服摩擦聲之外，房間被深沈的沈默所包圍。女人簡直像要讀取從老早以前就刻在上面的細密文字一般，用指尖輕輕探觸我的肌膚。

終於她停止撫摸，從沙發站起來繞到我背後，用舌尖貼在那黑斑上。並像以前在那個夏天的庭園裏，笠原May所做的一樣，舔舔我的黑斑。不過那舔法，比笠原May的成熟得多。那舌頭巧妙地纏上我的肌膚。那舌頭以各種強度，各種角度，各種動作，品嚐、吸吮、刺激著我的黑斑。我感覺腰部一帶一股黏糊糊的熱疼。我不想勃起。我覺得那未免太沒有意義了。但卻停不住。

我想讓自己和空屋這存在更吻合地重疊。我把自己想成柱子、或牆壁、或天花板、或地板、或屋頂、或窗戶、或門、或石頭。因爲我覺得這樣做比較合乎道理。我閉上眼睛，從我這個肉體——穿著骯髒網球鞋、戴著奇怪潛水鏡、笨拙地勃起的肉體——離開。離開肉體並不是多麼困難的事。這樣一來我變得輕鬆多了，可以捨棄不舒服的感覺。我是雜草叢生的庭園、是無法起飛的鳥的石像、是水已乾涸的井。我知道女人在所謂我的這個空屋裏面，但卻無法看見那身影。不過我已經什麼都不在乎了。如果這個女人想從那裏面求取什麼的話，給她就是了。

時間的經過變得更不明確。那裏所有的各種時間制之中，自己現在所採取的是什麼樣的時間制，我逐漸搞不清楚了。我的意識慢慢回到我的肉體。和這交替似地可以感覺到女人離去的動向。她和進到這房間裏來時一樣，安靜地走出房間。聽得見衣服摩擦的聲音，飄散著香水的香氣。聽得見開門的聲音，聽得見關門的聲音。我意識的一部分還以一間空屋存在那裏。而同時我，做爲我坐在這個沙發上。並想現在該怎麼辦才好呢？哪一邊是現實呢？我還不太能確定。覺得所謂「這裏」這字眼在我心中正逐漸分裂開來似的。我在這裏，但我也在這裏。覺得這些對我來說好像一樣眞實似的。我還依然坐在沙發上，身體則浸在那奇妙的乖離之中。

稍過一會兒門開了，有人進入房間裏來。從腳步聲可以知道是那個青年。我記得那腳步聲。他繞到我背後，爲我取下潛水鏡。房間陰暗，只有地板立燈的小燈亮著。我用手掌輕輕按摩眼睛，讓眼睛適應現實的世界。他現在穿上西裝外套。領帶的顏色和那混有綠色的深灰色外套很搭配。他露出微笑，溫柔地握著我的手腕，讓我從沙發上站起來，他打開那個房間後面的門。那是一間洗手間。有便器，裏面有個小淋浴室。他讓我坐在蓋子掀開的便器上，把淋浴龍頭轉開。安靜等一會兒讓水變熱。準備好之後，用手指示要我沖澡。把新肥皀的包裝紙拿掉，把肥皀交給我。然後走出洗手間，把門關上。爲什麼自己非要在這種地方淋浴不可呢？我眞莫名其妙。是不是有什麼要這樣做的理由呢？

正在脫衣服時，我知道那理由了。我在不知不覺之間射精在內褲裏了。我站在熱水中，用綠色新肥皀把身體洗乾淨。把粘在陰毛上的精液沖洗掉。然後走出淋浴室，用大毛巾擦身體。毛巾旁邊放著卡文克萊的四角短褲和T恤衫。都是我的尺寸。這麼看來，我射精的事，或許是事先就被預定好的。我試著看了一會兒映在鏡子裏自己的臉。但頭腦不太能動。總之把弄髒的內衣丟進垃圾箱，穿上爲我準備的淸潔而嶄新的白色短褲。穿上淸潔而嶄新的白色T恤。然後穿上牛仔褲，把連帽遊艇裝從頭套上。穿上襪子，穿上骯髒的網球鞋。穿上夾克。然後走出洗手間。

青年在外面等我。他帶我回到原來的房間。

房間的樣子和剛才沒有改變。桌上放著看到一半的書。旁邊有電腦，喇叭正播出不知名的古典音樂。他讓我在沙發坐下，爲我拿來一玻璃杯冷得恰到好處的礦泉水。我只喝了一半。「覺得好像累了。」我說。但聽起來不像自己的聲音。而且我也沒有打算要開口說這種事的。那聲音和我的意志無關地，自然地從什麼地方出來。

但那是我的聲音。

青年點點頭。他從自己外套內側的口袋拿出一個雪白的信封，好像把完全吻合的形容詞放進文章裏一樣，把它滑進我運動夾克的內側口袋裏。然後又再一次，輕輕點頭。我眼睛往窗外看。天空已經完全變暗了，霓虹燈、大樓窗裏的燈、街燈、車前燈，則把街上照得光輝燦爛。我逐漸無法忍受再待在那個房間裏了。我默默從沙發上站起身，走過房間，打開門走出房間。年輕男人站在書桌前看著我，但依然什麼也沒說，也沒有阻止我擅自離開房間走出去。

赤坂見附車站擠滿了下班的人潮。因爲不想搭空氣惡劣的地下鐵，於是決定能走多少算多少。通過迎賓館前面來到四谷車站。然後沿著新宿大道走，進到一家人不太混雜的小店，點了小杯生啤酒。喝一口啤酒之後發現肚子餓了，於是點了簡單的料理。看看手錶，時刻接近七點。不過仔細想想現在不管是幾點，跟我幾乎都沒關係。

身體移動時，發現夾克內袋裏有什麼東西在裏面。我一直忘了臨分手時青年給我一個信封的事。是極普通的雪白信封，但拿在手上試試看好像比眼睛看到的重得多。不只是重而已，那是感覺不可思議的重。好像有什麼一直屏著氣息躲在裏面似的重。我猶豫了一下後打開信封——反正遲早要打開的。裏面放著整齊成疊的萬圓鈔票。沒有一絲皺紋，沒有一個摺痕的嶄新萬圓鈔票。由於實在太新看來竟不像是眞的紙幣，話雖如此卻也找不到那不是眞的紙幣的理由。鈔票全部是二十張。爲了愼重起見我重新數了一次看看。沒錯。還是二十張——二十萬圓。

我把錢放回信封，把信封放回口袋。然後拿起桌上的叉子沒什麼用意地看著。首先浮上腦子的，是用那錢買新鞋子。因爲新鞋子是遲早都必要的。付過帳走出店之後，便進入面臨新宿大道的大鞋店去。選了一雙極普通的藍色運動鞋，告訴店員我的尺寸。連價格都沒看。我說如果尺寸合的話我想就那樣穿著回去。中年店員（或許是老闆也不一定）手法俐落地把雪白的鞋帶穿進兩腳的鞋子之後，便問「現在穿著的鞋子怎麼辦呢」。我說已經不要了請隨便處理掉。但又改變主意，說還是決定帶回去。

「就算髒了，但有一雙好的舊鞋子，有時候還滿方便的噢。」店員一面露出感覺很好的微笑一面說。好像在說像這麼髒的鞋子每天都看慣了似地。並把那雙網球鞋裝進原來放那雙新運動鞋的盒子裏，爲我放進手提袋。放進盒子裏之後那看來便像小動物的屍體一樣。我用從信封拿出來的沒有一絲摺痕的一萬圓鈔票付帳，找回幾張不太新的千圓鈔票。於是提著裝了舊鞋的紙袋搭小田急電車回家。

擠在下班要回家的通勤乘客間，一面手抓著吊環，一面想著現在身上的幾件新東西。新短褲、新T恤，和新鞋子。

回到家，我和平常一樣坐在廚房桌前喝一罐啤酒，聽收音機的音樂。並想要跟誰說話。不管是談天氣也好，說政府的壞話也好，什麼都沒關係。總之我想跟人談話。但很遺憾我竟然想不起任何一個可以談話的對象來。連貓都不在。

第二天早晨，我在洗臉台刮鬍子時，跟平常一樣對著鏡子檢點臉上的黑斑看看。看不出斑有什麼特別的變化。我坐在簷廊，望著好久沒看的小後院，什麼也沒做地過一天。很舒服的早晨，很舒服的下午。初春的風靜靜地搖著樹葉。

我從運動夾克內袋拿出裝了十九張一萬圓鈔票的信封，把那收進書桌的抽屜裏。那信封在手上還是奇怪地沈重。那沈重似乎濕濕黏黏地滲進了什麼意思似的。但我無法理解那意思。好像什麼，我忽然想道。我所做的事情，非常像什麼。我一面注視著抽屜裏的信封，一面試著想那是什麼呢？但想不起來。

我把抽屜關上，走到厨房去泡紅茶，站在流理台前喝。然後才終於想起來。我昨天所做的事，和加納克里特告訴我的有關應召女郎的工作不可思議地類似。到指定的地方去，和不認識的某個人睡覺，接受報酬。雖然我實際上並沒有和那個女人睡覺（只是還穿著褲子射精而已），除了那個之外大體是一樣。需要一大筆錢，因此把自己的肉體拋棄給別人。我一面喝著紅茶一面試著想想。聽得見遠方狗的叫聲。稍過一會兒也聽見螺旋槳飛機的引擎聲音。但思緒無法理清。然後我又坐在簷廊，望著被午後陽光包圍著的庭院。庭院也望膩了之後，試著看自己雙手的手掌。這個我竟然變成妓女，我一面看著手掌一面想。我竟然會爲了錢而出賣身體，到底有誰想像得到？還有竟然用那錢，首先第一件事就買了一雙新的運動鞋。

因爲想呼吸外面的空氣，於是決定到附近去買東西。我穿上新的運動鞋走到街上。新鞋子，好像把我變成和以前不一樣的新存在似的。街上的風景，和擦身而過人們的容貌，也都顯得和以前有些不同。在附近的超級市場買了青菜、鷄蛋、牛奶、魚和咖啡豆，用昨天晚上鞋店找的零錢付了帳。我想對正在打收銀機的圓臉中年女人坦白供說，這錢其實是我昨天出賣身體賺來的。我收到二十萬圓當報酬。是二十萬圓喏。從前我在上班的法律事務所每天拚命加班，一個月也只能領到十五萬多一點而已。我想這樣說。但當然什麼也沒說。只把錢交給她，拿回裝了食品的紙袋而已。

不管怎麼樣事情開始動起來了，一面抱著紙袋走著，我一面這樣對自己說。現在總之只能牢牢抓緊不要被甩掉。那麼我或許可以找到什麼地方吧。至少和現在不同的地方。

我的預感沒有錯。回到家時，貓出來迎接我。我一打開玄關的門時貓便迫不及待地一面大聲叫著，一面立起尖端有些彎曲的尾巴走到我旁邊來。那是失踪將近一年的「綿谷昇」。我放下購物紙袋，抱起貓。

7

仔細想的話就知道的地方（笠原May的觀點2）

你好，發條鳥先生。

發條鳥先生大概在想，現在這個時候我正在某個高中教室裏，和「普通」的高中生一樣攤開課本用功讀書吧。確實，我在最後一次見發條鳥先生時，自己親口說過「要轉到別的學校去」，發條鳥先生這樣想自然也是理所當然的。而且實際上我也去學校了。很遠很遠的一所私立女子高中，全體住校制的那種。不過並沒有貧窮感，房間也簡直像飯店一樣清潔而氣派，用餐是採取自己選的自助餐式，網球場和游泳池是又大又閃閃發亮的，所以當然學費也相當高，就像千金小姐的大集合那種。而且就像都有一點問題少女的集合那種。這麼說來到底是怎麼樣感覺的地方呢？發條鳥先生大概也可以想像得到了吧。在山裏面，和附有高級「檻欄」的高級林間學校一樣的那種。被高牆團團圍住，連鐵絲網都附有，入口裝有大金鋼都踢不壞的大鐵門，有像電動「兵馬俑」般的警衛二十四小時輪班交替監視。這與其說是爲了不讓外人進來，不如說是不讓裏面的人出去而設的。

不過或許發條鳥先生會這樣問。本來就知道那麼悽慘，爲什麼還要去那種地方呢？不喜歡的話不去不就行了嗎？話是這麼說。理論沒錯。不過啊，老實說對那時候的我並沒有選擇餘地。由於我所引起的各種麻煩問題的關係，能夠以轉學生接納我的「奇特」學校除了那間之外就一間也沒有了，而我又總想離開自己的家。所以明明知道是個悽慘的地方，也決心暫且進去那裏再做打算了。不過確實還是很悽慘。雖然有所謂像惡夢一樣的比喻，但那個比這更悽慘。我就算做惡夢渾身是汗地醒來（實際上在那裏就經常做這種夢），每次甚至都想「啊，眞不想醒來」呢。惡夢還比現實好得多。你知道那是什麼感覺嗎？發條鳥先生到目前爲止曾經置身於恐怖得令人顫抖的最底層般悽慘的地方嗎？

不過結果，我在那「高級飯店監獄林間學校」裏只待了半年左右而已。春假回到家時，我對父母親明白地宣言。如果還要再回去那裏的話，我不如自殺。把三個左右的衞生棉條塞進喉嚨深處然後猛喝水，用刮鬍刀割兩邊的手腕，再從學校屋頂倒栽葱地跳下去。我是認眞說的。不是開玩笑。雖然我父母親兩個人加起來才只有一隻青蛙的想像力，不過我一認眞說出來的話，他們倒知道並不只是「嚇唬人」而已的噢。從「經驗」上知道。

就這樣我再也沒有回去那沒什麼了不起的學校了。於是我從三月底開始到四月裏便窩在家裏讀讀書、看看電視，或什麼也不做地閒著。並且一天大概想一百次左右「想跟發條鳥先生見面」。想穿過那條後巷，翻過磚牆，去和發條鳥先生說話。但是話雖如此，卻不能這麼簡單地去見發條鳥先生。那樣又會變成夏天的重複啊。所以我只是從房間裏望著後巷，想著發條鳥先生現在到底在做什麼。就這樣春天靜悄悄地來到了全世界，發條鳥先生在那裏面過著什麼樣的生活呢？久美子小姐是不是回來了呢？加納馬爾他和加納克里特這兩個怪人怎麼樣了呢？貓「綿谷昇」回來了嗎？臉上的黑斑消失了嗎？……之類的。

而一個月之後，我已經無法再忍受這種生活了。雖然不太明白爲什麼會變成這樣，但對我來說這裏已經只是「發條鳥先生的世界」了。而且在這裏的我，只不過是被包含在「發條鳥先生的世界」裏的我而已喲。在不知不覺之間變成那樣。因此，我覺得這樣事態可不妙了。雖然這當然不能怪發條鳥先生，不過這樣還是不行。所以我不得不去尋找一個屬於自己的地方。

而且想了又想之後，我忽然想到了。

（暗示）那是發條鳥先生好好想的話也知道的地方。只要努力的話就能想像得到的地方。那既不是學校，也不是飯店，既不是醫院，不是監獄，也不是家的地方。在更遠更遠的有點特別的地方。那是個——「祕密」。在目前的階段來說。

這裏也是山中。也被圍牆圍著（雖然不是多了不起的圍牆），有門、也有守門的歐吉桑，但出入完全自由。地非常廣大，裏面有個小森林也有個大水池，黎明時分散步時常常會看到動物。獅子或者斑馬之類的……這倒是謊言，而是狸子或雉雞之類的可愛傢伙。裏面有宿舍，我正在那裏生活。房間是單人房，雖然不比那高級飯店監獄林間學校，但也相當「漂亮」。嗯，關於房間我記得上次好像寫過了噢？從家裏帶來的收錄音機（大的那種，發條鳥先生還記得嗎？）放在架子上，現在正播著布魯斯史普林斯汀。現在是星期天下午，大家都出外遊玩了，因此可以大聲播放也沒人會抱怨。

週末便到附近街上去，在唱片行選幾捲喜歡的錄音帶買回來，這是目前我唯一的樂趣（幾乎不買書。想讀什麼書的話就到圖書室去申請就行了），隔壁房間住的滿要好的朋友買了中古的小汽車，因此可以讓我搭便車上街。老實說我已經用那部車練習過駕駛了。因爲地方非常廣大，因此要怎麼練習都行。雖然還沒有駕照，但駕駛技術已經相當高明了。

不過說眞的，除了買音樂帶之外，到街上去也沒什麼樂趣。雖然大家都說一星期不外出的話，頭腦都會變怪，但我在大家出去玩之後，卻覺得像這樣留下來一個人聽喜歡的音樂反而輕鬆。在那個有車子的朋友邀請下，有一次做過類似兩對約會的事。爲了「試試看」。因爲她是本地人所以認識很多人。我的對象是大學生，人不壞，但怎麼說呢？明白的說，我對很多事情的感覺之類的都還不太能好好掌握。覺得好像在很遠的地方排列著各種目標人形標靶，而那些和我之間好像垂著好幾層透明布幕似的。

老實說，我在那個夏天和發條鳥先生見面的時候，比方說坐在廚房桌子前，兩個人面對面一面喝啤酒一面談話時，我每次都這樣想。「如果在這裏發條鳥先生突然把我推倒要強暴我的話，我該怎麼辦才好呢？」我不知道該怎麼辦才好。當然我想我會說「不行，發條鳥先生不是這樣啦！」而且抵抗，爲什麼「不行」呢？我必須說明爲什麼不是這樣，而腦子東想西想之間逐漸混亂起來，在混亂中我說不定已經被發條鳥先生完全強暴到最後了也不一定。這樣想時心跳得非常厲害。這樣就傷腦筋了，這有點不公平啊。我腦子裏正在想這些事情，發條鳥先生完全不知道對嗎？你覺得像傻瓜一樣嗎？一定會這樣想吧。因爲眞的是像傻瓜一樣啊。不過，那時候對我來說那是非常、非常認眞的事噢。所以我那時候，想把繩梯拉上去，把發條鳥先生關在井底下，把井蓋完全蓋上。像在上封條一樣。因爲這樣的話發條鳥先生便不在任何地方，我也暫且不必去考慮那種麻煩事了。

不過很抱歉。我現在覺得對發條鳥先生（或許應該說對誰都一樣）不應該那樣。我常常會那樣無法控制自己，雖然很清楚自己正在做什麼，但卻無法停止。那是我的弱點。

但我想，發條鳥先生是不會「強迫」把我推倒而「強暴」我的。這點現在我總算也很明白了。那不是說發條鳥先生始終一貫不會把我推倒而強暴我（因爲會發生什麼誰都不知道），但至少不會爲了使我混亂而做那種事吧。雖然我無法說淸楚，不過，感覺上總覺得是這樣。

嗯，算了。別再提這麻煩的強暴話題了。

總之我那樣外出，去和男孩子約會，也不太能集中精神在那裏。就算笑笑地談著話，腦子都經常會像斷了線的氣球般飄飄忽忽地飛到別的地方去。一件接著一件地去想沒關係的事。怎麼說才好呢？結果我又想暫時一個人獨處。而且想要漫無目的地想一想事情。在這層意義上，我想也許我還在「康復途中」吧。以後會再給你寫信。下次我想也許可以寫更多各種事情，談更長遠的事吧。

——追伸

我現在在什麼地方做什麼事，在收到下一封信之前請試著想想看。

8 納姿梅格與西那蒙

貓的身上，從臉到尾巴尖端到處沾滿了乾泥巴。毛糾結在一起結成球狀。大概是在什麼骯髒的地上長久到處打滾了吧。我興奮地喉嚨發出咕嚕咕嚕的聲音把貓抱起來，仔細檢查牠身上的每個細部。雖然看起來顯得有些憔悴的樣子，但除此之外面貌、體格和毛相都和最後見到時沒什麼改變。眼睛還是漂亮的，沒有受傷的痕跡。實在看不出是將近一年沒回家的貓。好像一個晚上到外面痛快遊玩才剛剛回來的樣子。

我在簷廊，把超級市場買來的生鰆魚片放在盤子裏，給貓吃。貓似乎非常餓的樣子，把整個喉嚨都塞滿，一面不時喘著把嘴裏的東西吐出來，一面轉眼之間就把那生魚片吃光了。我從流理台下找出貓喝水專用的深盤子，裝了滿滿的冷水給牠，貓把那也全部喝光。並且終於舒一口氣，拚命舔著自己骯髒的身體，但忽然想到似地走到我這邊來，爬到我膝上，把身體縮成一團沈沈地睡著了。

貓把前腳縮進身體內側，把臉埋進自己尾巴裏睡著。剛開始發出咕嚕咕嚕很大的聲音，但逐漸變小，終於解開一切防備像泥一般地沈睡了。我坐在日照充足的簷廊，注意不驚醒牠用手指溫柔地撫摸那身體。由於身邊不斷發生各種事情，老實說，根本沒有想起貓不見了的事。但像這樣在膝上抱著這個小而柔軟的生物，並看見那生物似乎又完全信賴我地熟睡著時，心裏便熱了起來。我把手貼在貓的胸部一帶，試探看看那心臟的鼓動。是微弱而快速的鼓動。但那就像我的心臟一樣，順應那身體的尺寸認眞不停地刻著時間。

到底貓在什麼地方做了什麼呢？而且爲什麼現在又忽然回來了呢？我無法推測。我想如果能問貓的話，該多好啊！你這將近一年來到底在什麼地方？在那裏做什麼呢？你所失去時間的痕跡到底留在什麼地方呢？

我拿了一個舊椅墊子來，把貓放在那上面。貓的身體像要洗的衣服一樣累趴趴的。抱起來時貓半張開眼睛微張著嘴，但沒有出聲。我確定貓在椅墊上扭來扭去改變姿勢，打個呵欠又再睡著之後，走到厨房去整理剛才買回來的食品。把豆腐、青菜、魚整理好放進冰箱，愼重起見瞥一眼簷廊時，貓還是以同樣的姿勢睡著。因爲總覺得眼神有點像久美子的哥哥，因此我們開玩笑地把這貓叫做「綿谷昇」，但那並不是正式的名字。我和久美子都沒有再爲那貓取名字，結果就那樣已經過了六年之久。

但就算是半開玩笑也好，叫「綿谷昇」這名字實在太不適當了。因爲六年之間眞正的綿谷昇的存在逐漸變大了。總不能把那種名字永久強迫安在我們的貓身上。在這裏的期間，有必要給牠取個正式的名字。越早越好。而且盡可能單純而具體的現實的名字比較好。可以用眼睛看得見，實際用手觸摸得到的那種名字比較好。必要的是把「綿谷昇」這個名字的記憶、聲音和意思一掃而光。

我把裝過魚的盤子收下。盤子簡直像洗過擦乾淨了似的閃閃發亮。大概相當好吃吧！我爲自己正好在貓回來的時候，碰巧買了鰆魚回來覺得很高興。覺得那對貓來說和對我來說，似乎都是值得祝福的好預兆。我想爲這貓取名爲沙哇啦（鰆魚）。我一面撫摸貓的耳朵後面，一面告訴他，怎麼樣？你已經不是什麼「綿谷昇」而是

「沙哇啦」了噢。如果可能的話，我真想大聲向全世界到處宣布這件事。

一直到黃昏前，我就在簷廊坐在貓沙哇啦旁邊讀書。貓好像要恢復什麼似地，深深熟睡著。傳來像遠方的風箱般安靜的沈睡鼻息，身體配合著鼻息慢慢上下動著。我不時伸出手摸摸那溫暖的身體，確認貓真的在那裏。一伸手就能夠摸到什麼，感覺到什麼的溫暖，是一件很奇妙的事。我連自己都沒有留意到，那種感觸已經失去有相當長一段時間了。

第二天早晨沙哇啦也沒有消失。一醒過來時，貓就在我旁邊手腳往前伸得筆直，側躺著沈沈地睡著。可能夜裏醒來後，自己就仔細舔過身體，泥和毛球已經完全不見，外表恢復成幾乎和以前一樣了。本來毛相就很漂亮的貓。我抱著沙哇啦的身體一會兒，然後弄早餐給牠，換過飲用水，並從稍微離開的地方，試著叫「沙哇啦」。第三次貓才終於轉向這邊小聲地回答。

我有必要開始新的一天。沖過淋浴，把剛洗過的襯衫燙好，穿上棉長褲，穿上新運動鞋。天空雖然灰茫茫不著邊際地陰著，但並不特別冷，因此決定只穿厚毛衣而不穿外套。我搭電車在新宿車站下車。然後穿過地下道走到西口的廣場，坐在每次坐的長椅上。

那個女人三點過後出現。她看見我並不特別驚奇，我看見她走近來也不特別驚奇。好像事先約好見面的似地，我們都沒打招呼。我只稍微抬起臉而已，她只朝我微微彎曲嘴唇而已。

她穿著一副很春天的橘紅色棉上衣，黃玉色窄裙。耳朵戴著兩個小金飾耳環。她坐在我旁邊，默默吸一根煙。跟平常一樣從皮包裏拿出 Virginia Slim，含在嘴上，用金色細打火機點火。難得這次不再敬我了。並且像在考慮什麼事似的安靜吸了兩次或三次後，就像想試今天的引力情況似地突然出其不意地讓它墜落地上。然後輕輕拍我的膝蓋。「來吧。」她說。於是站起來。我把香煙的火踏熄，依她說的跟在後面。她舉起手招呼正要經過的計程車，坐進去。我在旁邊坐下。她以清朗的聲音告訴司機位於青山的地址號碼。然後在計程車穿過擁擠的道路直到青山路為止，一次也沒開口。我望著窗外的東京風景。從新宿西口到青山為止之間，蓋了幾棟以前沒見過的新建築物。她從皮包拿出手册來，用細小的金色原子筆在上面記下什麼。偶爾像在確認什麼似地看看手錶。那是個手鐲形的金手錶。看起來，她身上所戴的小東西似乎大多是黃金打造的。或者所有的東西一旦戴在她身上，一瞬之間就會變成黃金呢？

她帶我到面臨表參道的設計家品牌服飾店去。並為我選了兩套西裝。藍灰色和深綠色薄料子的西裝。穿著到法律事務所顯然不適合的那種款式的西裝，但手一穿進袖子立刻就知道那是高價的東西。她一切都不加說明。我也沒有特別要求說明，只是照著她說的做。那令我想起學生時代所看過的幾部「藝術電影」的畫面。在那種電影裏，狀況說明被當成會破壞眞實感，而一貫被排斥。那或許是一種想法，也是事物的看法吧。不過自己以一個活生生的人實際進入這樣的世界，則是滿奇怪的事。

我大體上屬於標準體型，因此尺寸不太需要修改。只有配合袖長和褲長而已。她各別搭配西裝，選了三件襯衫和三條領帶。選了兩條皮帶，並整批選了半打左右的襪子。用信用卡付了帳，讓他們全部一起送到我家。她腦子裏大概已經有了我該如何穿什麼樣的衣服的明確形象了，幾乎沒花時間選擇。我在文具行選橡皮擦時，花的時間還多一些。但對西裝，她那壓倒性的好品味，連我都不得不承認。她幾乎是從身邊順手拿起襯衫和領帶，每件都像是經過深思熟慮後所選的，色調和花紋完全搭配，同時組合也不俗氣。

然後她帶我到鞋店去，搭配西裝爲我買了兩雙皮鞋。這也幾乎沒花什麼時間。在這裏她也用信用卡付帳，叫他們送到我家。雖然我想只不過是兩雙皮鞋沒必要特地要人送到家吧，不過這似乎是她經常一貫的做法。不花時間地快速選擇，用信用卡付帳，讓他們送到家。

然後我們到鐘錶店去。在這裏也同樣重複一樣的事。她配合我的西裝，給我買了鱷魚皮瀟灑高級的手錶。一樣也幾乎沒花什麼時間。價格是五萬圓或六萬圓的東西。我向來都戴便宜的塑膠手錶。但她對這好像不太中意的樣子。這次她總算沒叫人把手錶送到家。只讓店員包裝好，默默交給我而已。

接下來我被帶到男女不分的美容院去。鋪著像韻律教室般閃閃發亮地板的寬大美容院，整面牆壁就是大鏡子。椅子共有十五張左右，美髮師們正拿著剪刀或梳子，像操縱木偶的師匠一般在椅子周圍繞來繞去。到處佈置著觀葉植物，從天花板漆黑的 Bose 喇叭小聲地播出 Keith Jarrett 些微繞圈子的鋼琴獨奏。她到這裏來以前好像已經從什麼地方先預約好了，一進店門我就立刻被帶到椅子上坐定。她跟好像有點認生的瘦瘦男美髮師仔細說出各種細微指示。美髮師一面以像在看聚集在大碗裏的大把芹菜梗料理般的眼神，打量著鏡子裏映出的我的臉，一面對她的指示一一應答著。臉長得像索忍尼辛年輕時一樣的男人，她跟那個男人說「等做好時我再回來」，便快步走出店去。

美髮師在剪著頭髮時，幾乎沒有開口。只在洗頭時說「請到這邊」，拂掉頭髮時說「對不起」而已。有時美髮師到什麼地方去了，我便伸出手，輕輕摸一下臉頰上的斑看看。整片牆壁貼的大面鏡子上映著許多人的身影，其中有我在內。而且我臉上有鮮明的藍黑色斑。但我覺得那既不醜，也不髒。那是我的一部分。是我不得不接受的東西。偶爾可以感覺到有人的視線在那斑上。好像有人在看映在鏡子裏的我的斑。但因爲映在鏡子裏的人數太多了，不知道到底是誰在看我。我只是感覺到那視線而已。

三十分鐘左右剪好了。自從我辭掉工作以來逐漸長的頭髮又變短了。坐在會客室椅子上，一面聽著音樂一面讀著並不特別想讀的雜誌時，女人終於回來了。她對我的新髮型似乎還算滿意的樣子。從皮包裏拿出一萬圓付帳，帶我出到外面。然後站定，正如我每次檢視貓時一樣，仔細把我的樣子從上到下打量一番。好像在看有沒有什麼遺漏的地方似的。不過她所預定的似乎全都達成了。她望一眼金手錶，然後似乎鬆了一口氣。時刻接近七點。

「去吃晚餐吧。」她說。「吃得下嗎？」

我早上只吃一片土司，中午只吃一個甜甜圈。「大概。」我說。

她帶我到附近的義大利餐廳去。她在那裏好像也是熟客的樣子，我們什麼也沒說就被引進靠裏面的安靜桌子。她在椅子上坐下，我在那對面坐定後，她便要我把長褲口袋裏的東西全部拿出來。我默默地照她說的做。我的現實似乎和我失散了，在這附近的某個地方徘徊似的。但願能夠好好找到我，我想。口袋裏沒放什麼了不起的東西。我拿出鑰匙、拿出手帕、拿出皮夾排在桌上。她並不特別感興趣地看了一會兒，終於拿起皮夾來看裏面。那裏面應該放有五千五百圓現金的。然後還有電話卡、銀行金融卡和區立游泳池入場證。這樣而已。沒有貴重稀奇的東西。沒有任何需要聞聞味道、量量尺寸、搖搖看、或必須沾水或照光線透著看之類的東西。她表情都沒變地把那些還給我。

「明天上街去買一打手帕、新皮夾和鑰匙包。」她說。「這些總可以自己選吧。還有你上次買內衣是什麼時候？」

我想了一想但記不得了。我說不記得。「我想不是最近的事，不過我算是喜歡清潔的人，以一個人獨居來說我想洗衣服也還算很勤快——」

「那都沒關係，你也去各買一打吧。」好像對這問題不再過問似的，她以斷然的口氣說。

我默默點頭。

「你把收據拿來的話帳由這邊付。盡量買高級的東西噢。還有洗衣費也由這邊付，所以只要穿過一次的襯衫就送出去洗。知道嗎？」

我又再點頭。如果車站前洗衣店老闆聽到這個一定會很高興吧。不過，我想。然後我把像以表面張力緊緊伏貼在窗子上似的簡潔接續詞，試著拉長成像樣的長文章。

「不過，爲什麼妳要特地爲我買全套服裝，還爲我出理髮錢和洗衣費呢？」

她沒回答。從皮包拿出Virginia Slim來，含在嘴上。一個高個子相貌端正的服務生不知道從什麼地方忽然冒出來，以熟練的手勢擦著火柴點上香煙。擦火柴時發出感覺非常好的乾爽聲音。彷彿可以增進食慾的聲音。然後他把晚餐菜單遞到我們前面。但她眼睛都不瞧菜單一眼。並說也不想聽今天的特餐。「給我青菜沙拉、小麵包和白魚料理。沙拉醬只要澆一點，胡椒撒一點點就好。然後有碳酸的水。不需要加冰塊。」因爲看菜單麻煩，於是我說也要一樣的就好。服務生行個禮退下去。我的現實似乎還沒有找到我的樣子。

「這純粹只是因爲好奇心而問的，並沒有什麼特別用意。」我乾脆再試著問一次看看。「妳買各種東西給我，雖然我不是在斤斤計較，不過請問這是有需要特地這麼麻煩又花錢的重要事情嗎？」

但依然沒有回答。

「只是好奇心而已。」我重複著。

還是沒有回答。她根本不理會我的問題，卻似乎興趣濃厚地望著牆上掛的油畫。那是描繪義大利鄉村（我想是）光景的風景畫。有修剪得很漂亮的松樹，幾家有紅色調牆壁的農家沿著山丘排列。不是很大的房子。但都是感覺很好的房子。那裏不知道住著什麼樣的人，我想。大概是過正常生活的正常人家吧。大概不會有莫名其妙的女人唐突地爲你買西裝、皮鞋和手錶的事情，也沒有必要爲了買水都已經乾涸的井而盤算大筆金錢吧。我對住在那種正常世界的人們感到切實的羨慕。如果可能的話，但願現在就能進到畫裏。進入某一戶人家去，讓人家招待一杯酒，蓋上棉被什麼都不想地就那樣沈沈睡著。

終於服務生來了，在我和她前面各放一杯加了碳酸的水。她把香煙在煙灰缸裏弄熄。

「你再多問些別的問題呀。」女人對我說。

我在想著別的問題時，女人喝著加碳酸的水。

「在赤坂事務所的年輕男人，是妳兒子嗎？」我問看看。

「是啊。」女人這次沒停頓地立即回答。

「他會不會是不能開口說話呢？」

她點點頭。「剛開始就不太說話的。不過到了六歲前突然變成不說話。變成完全不出聲了。」

「那一定有什麼理由之類的吧？」

她不理會這問題。我決定再想別的問題。

「什麼都不說，那麼有事情時怎麼辦？」

她只皺了一下眉。雖然不是完全無視我的問題，不過似乎還是沒有意志回答的樣子。

「他穿的衣服，一定也是你從上到下全部爲他選的吧？就像爲我做的一樣。」

她說了，「我只是單純，不喜歡看人家穿著錯誤而已。無論如何怎麼樣都無法忍受。至少我身邊的人，盡可能希望他們穿正常的衣服。有正常的模樣。比方是眼睛看得見的地方，或看不見的地方都一樣。」

「那麼妳不在意我的十二指腸的事嗎？」我開玩笑地試問看看。

「妳十二指腸的模樣有問題嗎？」她以認眞的眼神一直注視著我說。我後悔開了玩笑。

「我十二指腸目前沒有什麼問題。只是試說一下而已。比方說。」

她又再以懷疑似的眼光一直注視著我的臉一會兒。大概在想我十二指腸的事吧。

「所以就算自己花錢，也要好好讓人家像模像樣的。只是這樣而已。所以你不必在意喲。那畢竟因爲我的關係。我只是個人在生理上無法忍受骯髒的服裝而已。」

「就跟耳朵好的音樂家無法忍受音程狂亂的音樂一樣？」

「嗯，可以這麼說吧。」

「那麼，妳對身邊的人都買衣服給他們嗎？就像這樣？」

「是啊。不過並沒有那麼多人在我身邊喏。因爲再怎麼不順眼，總不能說買衣服給全世界的人吧？不是嗎？」

「因爲事情是有所謂限度的。」我說。

「嗯，可以這麼說吧。」她承認。

終於沙拉送來了，我們開始吃。確實沙拉醬只澆了一點點。屈指可以數得出來的幾滴而已。

「其他還有什麼想問的事嗎？」女人說。

「我想知道妳的名字。」我說。「或者說，有什麼像名字之類的東西的話就好了。」

她暫時無言地嚼著紅蘿蔔。並且好像吃錯了什麼非常辣的東西時似地，眉間皺紋深鎖。「爲什麼你需要我的名字呢？總不是要寫信給我吧？名字這東西說起來不是一件瑣事嗎？」

「不過比方要從後面喊妳的時候，沒有名字很傷腦筋吧？」

她把叉子放在盤子上，用餐巾靜靜擦拭嘴角。「說的也是。這點倒是完全沒想到。這種情況也許確實很傷腦筋。」

她長久一直靜靜沈思著。在她沈思時，我默默吃著自己的沙拉。

「也就是爲了從我後面喊我時，有必要有個適當的名字嗎？」

「嗯，可以這麼說吧。」

「那麼，那不一定要眞正的名字也可以對嗎？」

我點點頭。

「名字、名字……什麼樣的名字才好呢？」女人說。

「好叫又簡單的名字比較好吧。可能的話既具體又現實，手摸得到，眼睛看得見的東西比較好噢。因爲那樣也比較好記。」

「比方說？」

「比方說，我家的貓叫做沙哇啦。其實是昨天剛取的名字。」

「沙哇啦。」女人發出聲音說。像要確認語言的響法似地。然後凝視著眼前的椒鹽瓶組一會兒，終於抬起臉來說「納姿梅格」。

「納姿梅格。(nutmeg 肉豆蔻)？」

「我腦子忽然想到的。那就當做我的名字好了。如果你不討厭的話。」

「我倒沒有什麼關係……那麼妳兒子該叫什麼呢？」

「西那蒙(cinnamon 肉桂)。」

「Parsley, Sage, Rosemary and Thyme……」我像唱歌般地說。

「赤坂納姿梅格和赤坂西那蒙——還滿不錯的嘛。」

赤坂納姿梅格和赤坂西那蒙——如果笠原 May 知道我認識這些人的話，一定會很驚訝吧。要命！發條鳥先生，你爲什麼不能認識正常一點的人呢？爲什麼呢？笠原 May，我也完全沒料到啊。

「這麼說來，我一年前左右和叫做加納馬爾他和加納克里特的人認識。」我說。「因此遇到很多事情。不過現在兩個人都不在了。」

納姿梅格只點一下頭而已。關於這個並沒有陳述任何感想。

「不知道消失到什麼地方去了。」我無力地補充道。「就像夏天的朝露一樣。」或者黎明的晨星一樣。

她把菊苣般的葉子用叉子送進嘴裏。然後好像忽然想起從前的約會似地，伸出手拿起玻璃杯的水喝了一口。

「那麼，你大概想知道關於那錢的事吧？你前天收到的錢。怎麼樣？不對嗎？」

「非常想知道。」我說。

「我可以告訴你，不過也許說來話長。」

「到吃完甜點爲止說得完嗎？」

「大概很難。」赤坂納姿梅格說。

9 在井底

沿著設在牆上的鐵梯下到完全黑漆漆的井底時，我每次都用手探索著，尋找事先靠牆立著的棒球棒。那支從提吉他盒的男人那裏幾近無意識地帶回來的球棒。在井底的黑暗中拿起那傷痕累累的陳舊球棒時，心情便會不可思議地安定下來。那也幫助我集中意識。所以我總是把球棒一直放在井底。因爲每次都要抱著球棒上下梯子太麻煩了。

我找到球棒之後，就像站上打擊位置的棒球選手一樣，雙手緊緊地握住那把手。確認那就是我所經常抓的球棒。然後在完全看不見任何東西的黑暗中，一一確認事物是否沒變。側耳傾聽，把空氣吸進肺裏，用鞋底試探腳下泥土的狀況，用球棒尖端敲敲牆壁確定那硬度。但那只不過是讓情緒安定下來的習慣性儀式而已。井底和深海底很像。在那裏所有的東西就像被壓力鎮壓著一般靜靜地保持原形，並不會因爲日子不同而有所改變。

頭上的光被切成圓形浮在上方。黃昏的天空。我抬頭仰望著，試想有關十月黃昏的世界。在那裏應該有人們的生活。在那淡淡的秋光下，他們走在街上，買買東西，準備做吃的，搭電車正要回家。而且那些，是當做沒有特別考慮餘地的極爲理所當然的平凡事來考慮——或者沒有考慮。就像我以前也做過的一樣。他們是被稱爲「人們」的模糊存在，我也是其中的一個沒有名字的人。在那光之下，人們接受誰，並被誰接受。那既是永久繼續的事，也是極短暫的事，那裏面應該有被包含在光裏的類似親密的東西。但我已經不被包含在內了。他們在地面上，而我卻像這樣在井底下。因爲他們擁有光，而我卻正要失去。偶爾會想到我是否就這樣，再也不能重回那個世界了呢？是否再也不能感受到被光包含的那種安寧了呢？我是否再也不能抱起貓那柔軟的身體了呢？想到這裏，胸口深處感覺像有什麼在絞著般鈍鈍地疼。

然而在我用鞋子膠底反覆掘著柔軟地面時，地表的光景卻逐漸離我遠去。現實感次第變薄，代替的是井的親密包圍了我。井底溫暖而安靜，深奧大地的溫柔鎮定著我的皮膚。像波紋消失一般我胸中的痛逐漸變淡。那個場所逐漸接納我，我逐漸接納那個場所。我握緊球棒的把手。閉起眼睛，再一次睜開眼睛，仰望頭上。

然後我拉拉頭上的繩子把井蓋關閉（靈巧的西那蒙爲我製作的，憑自己的手就可以從下面關閉蓋子的滑車裝置）。黑暗變成天衣無縫式的。井的入口被塞起來，光已經不存在。連偶爾聽得見的風聲也聽不見了。我和「人們」的隔絕已成爲決定性的了。我連手電筒都沒帶。這就像是一種信仰告白似的東西。自己要將黑暗本身照單全收，我對他們顯示著。

我坐在地面，背靠著水泥牆，把球棒夾在兩膝之間閉上眼睛。並側耳傾聽著自己心臟的聲音。在黑暗中當然沒有必要閉上眼睛。反正什麼也看不見。不過還是閉上眼睛。不管在多麼黑暗之中，閉眼睛這行爲自有它的意義。深呼吸了幾次，讓身體習慣深圓筒型的黑暗空間，有一股和平常一樣的氣味，一樣的空氣肌觸。雖然是曾經一度被埋掉的井，但只有在這裏的空氣，卻不可思議程度地和以前沒有改變。有些黴臭、有些潮濕。那完全和我第一次在這井底所聞到的氣味一樣。這裏沒有季節，連時間都沒有。

*

我穿著每次穿的舊網球鞋，戴著塑膠手錶。是第一次潛進井底時身上穿戴過的鞋子和手錶。那鞋子和手錶也和球棒一樣，讓我情緒安定。我在黑暗中確認這些物體是和自己的身體完全吻合密接著的。我確認沒有離開自己。我睜開眼睛，停了一會兒之後又閉上眼睛。爲了讓自己內部的黑暗壓力，和自己周圍的黑暗壓力逐漸一點一點地接近、習慣。於是時間經過。終於和每次一樣地，逐漸無法區分那兩種黑暗的差異了。眼睛是閉著的還是睜開著的，連這個都分不出來了。臉頰上的斑開始微微發熱。我知道那開始泛起鮮明的紫色了。

我在正互相混合的不同種類的黑暗中集中意識於斑上，思考那個房間的事。和我在以「她們」爲對象時一樣，正要從自己離開。正要從蹲在黑暗中笨拙的我的肉體逃出。我現在只不過是在一間空屋裏而已，在被遺棄的井裏而已。我現在要從這裏出去，轉換搭乘速度不同的現實。雙手就這樣緊緊握著球棒。

現在把在這裏的我和那奇妙房間隔開的東西，只不過是一面牆壁而已。而且我應該可以穿越那面牆壁。憑我自己的力量，和在這裏的深深黑暗的力量。

屏住氣息把意識集中在一點時，可以看見那房間的東西。我不在那裏。但我可以看見那裏。那是和飯店相連的房間。208號室。厚厚的窗簾密密地拉上，房間非常暗。花瓶裏插著滿滿的花，那暗示性的香氣沈重地飄在房間裏。入口旁邊有一盞大立燈。但那電燈泡像早晨的月亮般白白的死掉了。不過眼睛睜著一直看時，不久不知從什麼地方溢出來似的極微弱的光，使在那裏的東西總算逐漸可以認出形狀來了。就像在電影院的黑暗裏眼睛逐漸適應一樣。在房間中央的小桌上，放著一瓶內容只減少一點點的 Cutty Sark 威士忌酒瓶。冰桶裏有剛剛切割下來的冰塊（那還留有清晰堅硬的銳角），玻璃杯裏放了威士忌和冰塊。不銹鋼盤子冷冷靜靜地放在桌上。時刻不知道。也許是早晨，也許是黃昏，也許是深夜。或者那裏本來就沒有所謂時間這東西，相連房間深處的床上躺著一個女人。我耳朵聽見那衣服摩擦的聲音。她輕輕搖晃玻璃杯時，便發出卡啦卡啦舒服的冰塊聲響。可以感覺到混合在空氣中飄浮著的細小花粉配合著那聲音，就像活生生的生物一般顫動著身子。只要空氣有一點震動，那些花粉就會哈地吹一口氣。淡淡的幽暗靜靜地接受著花粉，被接受的花粉則將那幽暗變得更濃密。女人嘴碰著威士忌的玻璃杯，讓那液體只流一點進入喉嚨深處，然後想對我說什麼。臥室一片漆黑，什麼也看不見。只有模糊的影子移動而已。但她有什麼話要對我說。我一直等著。等著她的話語。

那就是在那裏的東西。

*

我像飄在虛構的空中的虛構的鳥一樣地，從上面眺望那房間的光景。把那裏的某些情景擴大，然後退到後面俯瞰，再接近擴大。不用說，在那裏細部擁有極大的意義。那是什麼形狀的，什麼顏色的，擁有什麼樣感觸的？我一一順序地確認下去。一個細部和另一個細部之間幾乎沒有聯繫。那裏也失去溫暖。在那個時點，我所做的事只停留在單純的機械式羅列。但那是不壞的嘗試。不壞——就像石頭木片摩擦終究會產生熱和火焰一樣，逐漸一點一點將在那裏有聯繫的現實化爲具體成形的東西。就像將幾個偶然的音重疊累積，從猛一看無意義的單調重複中逐漸形成一個音節那樣……。

我可以在黑暗的更深處，感覺出那微小的聯繫正在發生。對，這樣就好。周圍非常安靜，他們還沒有發覺我的存在。我知道隔開我和那場所的牆正逐漸像果凍般柔軟地溶解著。我屏著氣息。**現在正是時候**。

但正當我朝著牆踏出腳步的那個瞬間，簡直像被看透了似地響起敲門聲。有誰正用拳頭用力捶著房間的門。和我上次聽過的一樣的敲門聲——用鐵錘在牆上筆直地釘進釘子一樣，清楚而尖銳的敲門。敲法也完全一樣。短間隔地兩次，然後再兩次。我知道女人正屏著氣息。周圍飄浮的花粉在震動，黑暗大大地搖晃。而且由於那聲音的侵入，好不容易剛剛開始成形的我的通路便完全被切斷了。

就像每次一樣。

*

我再度恢復爲我肉體中的我，坐在深井底下。靠著牆，手握緊球棒。正如形象逐漸對準焦點那樣，這邊的世界的感觸逐漸回到手掌上。我感覺得出球棒的把手已被汗微微滲濕了。喉嚨深處發出心臟強烈跳動的聲音。耳裏還鮮明地殘留著像貫刺世界般堅硬的敲門聲。然後聽得見黑暗中有慢慢旋轉門把的聲音。在外面的誰（或什麼）正要打開門。正想要慢慢地悄悄地進入房間裏去。但那一瞬間，一切印象便消滅了。牆壁再度變成堅固的牆壁，我被彈回這一側來。

我在深深的黑暗中，用球棒尖端試著敲眼前的壁看看。那是和平常一樣堅硬而冷冷的水泥牆。我被包圍在那圓筒型的水泥裏。**只差一點了**，我想。我逐漸接近那裏。這個不會錯。總有一天我會通過這阻隔而「進入」那裏吧？我會比那敲門聲更早潛入那房間，留步在那裏吧？但到那地步到底要花多少時間呢？而且我手上還留下多少時間呢？

不過在那同時，我也害怕*那事情的實現*。害怕面對會在那裏的東西。

我從那之後，還暫時蹲在黑暗中。不得不讓心臟鼓動鎮靜下來。雙手不得不放開球棒的把手。要從這井底的地面站起來，沿著鐵梯爬上地表，我還需要多一點時間，和多一點力氣。

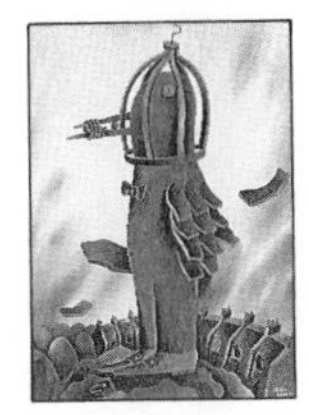

10

襲擊動物園（或不得要領的虐殺）

一九四五年八月的某個極酷熱的下午，關於被一群士兵射殺的老虎群、豹群、狼群、熊群的事，〈赤坂納姿梅格〉說。像記錄影片放映在雪白的銀幕上一樣，順序正確，活生生地她敘述著那發生的事。那沒有絲毫的曖昧不明。但那不是她實際上看到的情景。那時候納姿梅格正站在開往佐世保輸送船甲板上，在那裏實際目睹的是美國海軍的潛水艦。

她從蒸氣浴般的船倉逃出甲板上站著，和其他許多人一起靠著扶手，一面吹著微風一面望著沒有一點波浪的平穩海面時，那潛水艦沒有任何預告也沒有任何前兆，便像夢的一部分般冷不防地突然浮上海面來。首先是天線、雷達和潛望鏡露出海面，其次司令塔激起波浪分開海水，終於濡濕的鐵塊便在夏日陽光下赤裸裸地暴露出來了。雖然說是採取名為潛水艦這限定的體裁，但那看來勿寧更像是什麼的象徵性記號似的。或者像是不明白意思的比喻一樣。

潛水艦像在探視獵物的樣子般，暫時和輸送船並排前進。終於甲板的升降口打開了，船員們一個接一個，說起來是以緩慢的動作出現在甲板上。誰都不著急。士官們從司令塔的甲板，用很大的望遠鏡觀察輸送船的樣子。偶爾那鏡頭燦亮地反射著陽光。輸送船滿載著往本土的民間人士。那大半是女性和小孩，爲了避開迫在眼前的敗戰混亂，正準備撤回祖國的滿洲國日系官吏或滿鐵的高級職員家屬。在海上可能有被美國潛水艦攻擊的危險，但也總比留在中國大陸的悲慘可以承受——至少在那情況實際出現在眼前之前。

潛水艦的司令官確認輸送船沒有武裝，附近也沒有護衛艦。並沒有他們所害怕的東西。現在掌握制空權的也是他們這邊。琉球已經淪陷，日本本土已經沒剩多少能飛的戰鬥機了。不必慌張，時間在他們手中。士兵將方向盤一圈一圈地旋轉著，將甲板砲朝向輸送船。値星下士官確切地下達短截的命令，三個士兵操作著那砲。另外兩個兵打開後方甲板上的艙口，從那裏運來沈重的砲彈。幾個人將設置於司令塔附近較高一段甲板上的機關砲以熟練的手法設定好彈藥箱。擔任砲擊的士兵們全體戴上戰鬥用鋼盔，但其中也有上半身赤裸的。接近半數穿著短褲。仔細看時也可以看見他們手腕上刺著鮮明的刺青。睁著眼仔細看時，她看見了很多東西。

甲板砲和機關砲各一門，那雖然是潛水艦所裝備的全部火力，但要擊沈一艘由老朽貨船改造的遲鈍輸送船是綽綽有餘的。潛水艦載著航行的魚雷數有限，那些是爲了遭遇武裝船團時——如果日本還留有那樣的船的話——必須預先保留的。那是鐵則。

納姿梅格緊緊抓著甲板扶手，望著黑黑的砲身旋轉著朝向這邊。盛夏的太陽，將剛剛還濕嗒嗒的砲身轉瞬間便曬乾了。這麼大的大砲還是第一次看見。在新京街上雖然目擊過幾次日本軍的連隊砲，但潛水艦的甲板砲則是那些所無法比擬的大。潛水艦向輸送船發出燈火信號，傳達立刻停航！現在開始要砲擊將船擊沈，因此在那之前必須即速以救生艇將乘客退避的信號（當然納姿梅格是不會懂得燈火信號的。但記憶中她仍淸楚地記得那訊息）。只是在戰爭最混亂中以舊型貨船拼湊改造的輸送船，並沒有準備足夠的救生艇。乘客和船員總數超過五百人以上，卻只載了二艘小救生艇。連救生衣和救命用的浮板幾乎都沒有。

她還緊緊抓住扶手，像被魅惑住了似地凝視著那流線型潛水艦。潛水艦像剛剛造好似的閃閃發亮，沒有露出一點銹痕。她注視著司令塔上用白油漆寫著的號碼，注視在那上面旋轉著的雷達，注視戴著深色太陽眼鏡砂色頭髮的士官。這艘潛水艦是爲了殺我們而從深海底下露出來的。但這並不特別奇怪，她想。那跟戰爭沒有關係，是任何人任何地方都可能發生的事。大家都以爲這全是因爲戰爭。但並不是這樣。所謂戰爭，只是在這裏的各種東西中的一個而已。

她即使面對那潛水艦和巨大的大砲，也沒有感到恐怖這東西。母親朝向她喊著什麼，但那語言沒有傳進耳朵。她感到自己的手腕被抓住，被拉扯。但她不放開扶手。周圍的怒吼、吵雜，像收音機的音量扭轉小了一般逐漸遠去。爲什麼這麼睏呢？她覺得不可思議。一閉上眼睛意識就那樣急速淡化，離開了甲板。

她那時候，看著日本士兵們正一面在廣大動物園裏繞著，一面一一射殺可能襲擊人類的動物們的光景。軍官下達命令，三八式步槍的子彈便穿破老虎光滑的毛皮，割裂內臟。夏日天空碧藍，激烈的蟬聲像夏日驟雨般從周圍的林木紛紛降下。

士兵們始終沈默著。充分日曬過的臉上失去了血氣，因此他們看來像描繪在古代土器上的畫的一部分一樣。幾天後，最遲一星期後，蘇聯遠東軍的主力部隊應該會到達新京。要阻止那前進卻完全沒有辦法。爲了維持開戰以來擴展到南方的戰線，過去充沛而精銳的部隊和裝備大半都運走了，那大半已經沈入深深的大海底下，或在熱帶叢林中腐朽殆盡了。戰車砲和戰車也幾乎沒留下。輸送兵員用的卡車實際能動的所剩無幾，想修理卻沒有零件。即使發動總動員也只能夠召集士兵的人數，連舊式手槍都無法發到全體士兵手中。子彈也所剩不多。曾經發出不動北方之護衛豪語的關東軍，現在只不過和紙老虎一樣。擊潰德軍的蘇聯強大機動部隊卻正以鐵道往遠東陣線移動完畢。他們裝備齊全、士氣高張。滿洲國的崩潰已經迫在眉睫。

誰都知道這件事。關東軍的參謀們自己知道得最清楚。因此他們將主力部隊往後方撤退，對國境附近的守備部隊和開拓農民們事實上是見死不救。把許多非武裝農民們趕到前方，讓他們被——沒有餘裕養俘虜的——蘇聯軍殘殺。女性們大半選擇或被選擇與其被強暴不如集體自殺的道路。接近國界的守備隊困在他們命名為「永久要塞」的水泥城裏，經過激烈抗戰後，得不到後方的支援，受到壓倒性火力攻擊，幾乎所有的部隊都在那裏全滅了。參謀和高級將校多半「移動」到離朝鮮國境較近的通化新司令部去，皇帝溥儀和他的一族也火速整理行囊，搭專用列車脫離首都。曾經擔任首都警備的「滿洲國軍」中國士兵們多半聽到蘇聯軍進攻的消息後，立刻逃出軍營，或發動叛亂射殺曾經擔任指揮的日本將校。當然他們沒有意願為日本捨命，去和佔優勢的蘇聯軍戰鬥。這一連串動亂的結果，日本為顧及顏面，決定將建立於荒野中的滿洲國首都新京特別市遺留在不可思議的政治空白中。滿洲國的中國高級官僚們，為了避免無益的混亂和流血，主張將新京市以非武裝都市做無血開城，關東軍對這退讓了。

開往動物園的士兵們，也想到自己再過幾天後，將難免在這裏和蘇聯軍作戰而死的命運（實際上他們在武裝解除後被送到西伯利亞的煤炭坑，三個人因而喪命）。他們所能做的只有祈禱不要死得太痛苦而已。千萬不要被戰車的車輪血肉模糊地輾碎，在塹壕裏被火焰放射器燒死，或腹部中彈長久痛苦呻吟而死。不如乾脆腦部或心臟被射穿還好些。但在那之前，總之他們不得不射殺動物園的動物們。

爲了節省貴重的子彈，本來動物必須用毒藥「處分」掉的。擔任指揮的年輕中尉也是被長官這樣指示的。說是必要量的毒藥已經交給動物園了。他率領著完全武裝的八個士兵開往動物園。動物園在從司令部步行二十分左右的地方。自從蘇聯軍進攻以來動物園大門已經關閉，入口站著兩個配帶刺刀手槍的士兵。中尉把命令狀給他們看過後，進入園內。

但動物園的園長卻說，確實接到軍方指示要自己在非常時刻將猛獸「處分」，也知道那方法是藥殺，但實際上卻沒有收到那毒藥。聽到這話中尉莫名其妙。他本來是司令部所屬的主計軍官，在遇到這種非常事態被迫出來之前，並沒有率領過實戰部隊的經驗。慌慌張張從抽屜裏拿出手槍，也已經幾年沒保養了。還不確定子彈是否能順利射出。「中尉先生，公家的工作總是這樣的。」那個中國人園長很同情似地對中尉說。「必要的東西總是沒有。」

爲了確認起見叫了動物園的主任獸醫過來，他向中尉說明，最近由於補給不足，現在動物園所持有的毒藥量極少，連能不能毒殺一匹馬都有問題。獸醫是一位三十歲代後半（三十五至四十歲之間）的高個子男人，容貌端正，右臉頰有青黑色斑。像嬰兒手掌般大小和形式的斑。大概是與生俱來的吧，中尉想像著。

中尉從園長室打電話回司令部向長官請求指示。但關東軍司令部自從數日前蘇聯軍越過國界以來，正處於極端混亂的狀態，多數高級將領已經消失踪影。留下的將校們正在中庭燒毀大量的重要文件，或率領部隊到野外去正拚命挖掘對抗戰車的壕溝。對他發布命令的少校，現在也不知道身在何處。該到什麼地方去才能調度到必要量的毒藥呢？中尉也不知道。毒藥這種東西，大概是由關東軍的哪個部門管理的？司令部內到處轉接後，最後來接的軍醫上校高聲怒吼道：「你這個大笨蛋！這是一個國家會不會滅亡的生死關頭，動物園會怎麼樣，我怎麼知道！」

我也不知道啊！中尉也想。他以悵然的臉色把電話掛掉，毒藥的調度就算了吧。可以選擇的路只有兩條。一條是完全不殺動物就這樣退回去，另一條是用槍射殺。這兩者正確說來都違反命令，但結果他選擇了射殺。雖然日後可能因爲浪費子彈而被責罵，但至少「處分」猛獸的目的是達成了。但如果不先殺動物的話，也許會以未遂行所予命令而被告到軍法會議中去。雖然到了這樣的時期，到底軍法會議這東西是否還存在倒是個疑問，不過命令就是命令。只要有軍隊存在，命令便不得不遂行。

要是我的話也盡可能不想殺動物園的動物，他說給自己聽——他實際是這樣想。但既然沒有足夠的飼料可以挪來餵動物，往後的事態可能將變得更殘酷——至少還沒有變好的預兆。對動物們來說，乾脆被射殺或許比較輕鬆也不一定。而且萬一激烈戰鬥或空襲的結果，讓飢餓的動物放出街上的話，必然會帶來悲慘的狀況沒錯。

園長將事先接到「非常時期抹殺」指示的動物名單，和園內簡單地圖交給中尉。臉頰上有斑的獸醫和兩個中國打雜工人也隨著加入槍殺隊。中尉把接過來的名單快速瀏覽一眼。該感謝的是決定「抹殺」的對象動物數比預料的少。但裏面也包括兩頭印度象。「象？」中尉不禁皺起眉頭。要命！象這東西到底要怎麼個殺法才好呢？

他們配合道路的順序，首先決定「抹殺」老虎。象則總之決定挪到最後。這些老虎是在滿洲國內，大興安嶺山中捕獲的，檻欄前的說明這樣寫著。老虎因爲有兩頭，因此決定一頭各分配給四個人。雖然中尉指示要正確命中心臟，但心臟在哪裏，連他都不是很有信心。八個士兵們一起拉開三八式步槍往彈藥膛送進子彈時，那乾乾的不祥聲音令周遭的風景爲之一變。老虎們聽到那聲音後便猛然從地上站起來瞪著士兵們，從鐵欄杆對面揚起精猛威嚇的吟吼聲。中尉爲了愼重起見也把自己的手槍從槍夾裏抽出，撥開安全裝置。並且爲了鎭靜，輕輕乾咳一聲。這不算一回事，他想。這種事大家經常都在做。

士兵們單膝著地確實瞄準目標，在中尉一聲號令之下一起扣動扳機。著實的反彈強烈撞擊他們的肩膀，腦子裏瞬間像被彈飛了似地變成一片空白。在人跡斷絕的關閉動物園裏響起同時一起射擊的轟然巨響。那巨響如同遠方的雷聲般不祥地由建築物傳到建築物，由牆壁反射到牆壁，穿越樹林，渡過水面，刺穿聽者的心胸。所有動物都嚇得屏住氣息。連蟬都停止鳴叫。槍聲的回音消退之後，周遭仍聽不見一點聲響。老虎們像被眼睛看不見的巨人用巨大的棒子猛然敲擊般瞬間飛上空中，並發出巨大的聲音倒在地上。然後極痛苦地拚命打滾、呻吟、從喉嚨深處吐出血來。士兵們最初的齊射並沒有能夠制伏老虎。由於老虎在欄裏不斷地動著，沒辦法瞄準目標。中尉以沒有抑揚的機械聲音，再度下達進入一起射擊姿勢的命令。士兵們回過神來，快速拉開槓桿排出彈殼，重新瞄準目標。

中尉讓部下中的一個進入虎檻內，確認兩頭老虎是否已經死了。牠們閉著眼睛，露出牙齒，身體動也不動一下。但是不是眞的死了，不確認並不知道。獸醫將檻欄鑰匙打開，那個才剛二十出頭的年輕士兵便將上了刺刀的步槍一面挺向前方，一面戰戰兢兢地踏進檻欄裏。樣子實在很奇怪，但沒有一個人笑。他用軍靴的後跟輕輕踢老虎腰部附近。老虎依然一動也不動。在同一個地方再用力一點踢。老虎完全死了。另外一頭老虎（雌的）

也一樣不動。那年輕士兵有生以來一次都沒進過動物園，這是第一次目睹眞實的老虎。這點也有關係，因此自己現在正在這裏殺著眞的老虎，實在湧不出眞實感來。被帶到和自己無關的地方，做著和自己無關的事，他只能當做純粹是偶然。他站定在泛黑的血中，茫然俯視著老虎的屍體。死掉的老虎顯得比活著時大得多。爲什麼呢？他覺得不可思議。

檻欄裏的水泥地上，滲進大貓類特有的衝鼻小便臭味。在那裏又混合了血腥的氣味。血正從身上裂開的幾個洞裏大量流出，在他腳邊形成黏糊糊的黑色血池。手上的步槍急速感到沈重冰冷。他想把那丟下，蹲到地上，把胃裏的東西全部吐光。那樣應該會輕鬆一些。但不可能吐。因爲要是那樣的話，事後恐怕會被班長揍得臉都變形（但他本人並不知道，自己會在十七個月之後在伊爾庫次克附近的炭坑，被蘇維埃的監視兵用鏟子把頭割死）。他用手臂擦著額頭的汗。感覺鋼盔非常沈重。蟬好不容易重新回過神來似地，一隻又一隻地又開始鳴叫起來。終於也聽見混合著蟬聲的鳥聲。那鳥簡直像在上發條般以奇妙特徵的聲音啼叫。嘰咿咿咿咿咿咿、嘰咿咿咿咿咿地。他十二歲時從北海道遷移到北安的墾荒村住，到一年前被軍隊徵召之前，在那裏幫雙親做農耕工作。因此有關滿洲所有鳥的事他無所不知。奇怪的是，他不認得這種啼叫聲的鳥。或許是從那個檻欄裏啼叫的異國鳥吧？但那聲音又好像就在附近樹上傳來的似的。他轉過頭瞇細眼睛，仰望那發出聲音的方向。但什麼也沒看見。只有枝葉茂密的大楡樹，把似乎很涼的清晰影子灑落地面而已。

他像在尋求指示般看著中尉的臉。中尉點點頭，命令士兵可以出來了。中尉再一次攤開園內的簡易地圖來看。總算把老虎解決了。其次是豹。然後大概是狼。還有熊。象則最後再考慮，中尉想道。雖然如此還是太熱。中尉對士兵說休息一下喝口水好了。全體喝了水壺的水。然後他們背起步槍，排成隊伍無言地往豹的檻欄出發。

不知名的鳥還在某個地方的樹上，以毅然的聲音繼續捲著發條。汗水把他們短袖軍服胸前和背後染黑了。全副武裝的士兵列隊前進時，各種金屬互相碰撞的聲音在無人的動物園裏咔啦咔啦空虛地回響著。緊緊抓著檻欄的猴子們彷彿在預測什麼似地大聲叫著，割裂天空，強烈地發布警告給那裏所有的動物。動物們以各別不同的方法，和猴子唱和。狼朝天長號，鳥群猛拍翅膀，不知什麼地方的什麼大動物則像在威嚇似地猛烈地用身體撞擊檻欄。拳頭狀的雲塊好像想起來似地飄來，暫時把太陽藏在背後。在那八月的下午，人和動物，都在想著死的事。今天他們殺動物，明天蘇維埃士兵將殺他們。或許。

＊＊＊

我們在和平常同一家餐廳裏，同一張餐桌面對面談著。帳每次都由她付。餐廳深處的房間以隔間圍起來，說話聲不會傳到外面，也聽不見外面的說話聲。晚餐的客人輪轉次數規定一個晚上只有一次（註：高級餐廳非速食店，不接受第二批、第三批……來客，相對的價格也高），因此我們可以不必顧慮被別人打攪一直慢慢談到打烊時間。服務生也很機伶，除了送菜之外盡量不走近餐桌。她大概都會點一瓶年份固定的 Bourgogne 葡萄酒。而且每次都剩下一半。

「上發條的鳥？」我抬起頭問。

「上發條的鳥？」納姿梅格把我說的話照樣重複一遍。「我不明白你說什麼。那是指什麼？」

「可是，剛才妳不是談到上發條的鳥嗎？」

她安靜地搖頭。「是嗎？我不記得。我覺得我沒說到什麼鳥的事啊。」

我決定放棄。這是她每次的說話方式。我對斑的事也沒發問。

「那麼妳是在滿洲出生的嗎？」

她再搖一次頭。「我生在橫濱，三歲時父母親把我帶去滿洲。父親原來在獸醫學校當老師，但在新京決定新設動物園要請主任獸醫希望派人過去時，他自己便主動報名要去。母親雖然不想丟掉在日本的生活到那種世界盡頭般的地方去，但父親似乎堅持說要去。也許他想與其在日本當老師，不如到更寬廣的地方去考驗自己吧。但我還小，不管日本也好，滿洲也好，在哪裏都沒關係。動物園的生活我最喜歡。父親身上經常有動物的氣味。各種動物的氣味混合為一體，每天每天就像換香水一樣各有一點不同的變化。父親一回到家，我每次都爬到他膝蓋上去聞看看那氣味。

「但戰爭情況惡化，周圍的情勢變得不穩定後，父親便決定把我和母親送回日本。我們和別人一起從新京搭火車到朝鮮，從那裏搭上特別預備的船。於是父親就一個人留下。在新京車站揮手告別，那是我最後一次見到父親。我從火車車窗伸出頭，一直看著父親逐漸變小，消失在月台的人潮裏。父親後來怎麼樣，誰也不知道。我想說不定被進駐的蘇維埃軍逮捕帶到西伯利亞去，被強制勞動，和其他許多人一樣在那裏死掉了。我想在某個寒冷寂寞的土地上，連墓碑都沒有地被埋掉變成骨頭了。

「新京動物園的事，每個角落現在我都還記得清清楚楚噢。我頭腦裏可以全部想得起來。連那一條條的路，一隻隻的動物。我們所住的宿舍在動物園的一區。在那裏工作的人大家都認得我的臉，而且隨時隨地都可以自由地讓我進進出出。就算是動物園休息的日子也是。」

納姿梅格輕輕閉上眼睛，在腦子裏讓那光景再現。我默默等她繼續說。

「不過，我所記得的動物園，眞的是我記憶中那樣的動物園嗎？我不知道爲什麼沒有確實的信心。該怎麼說呢，有時候會覺得那未免太鮮明了。而且對那越想越覺得，那鮮明到底到什麼地方是眞實的，從什麼地方開始是我的想像力作出來的呢？我變得無法判斷喏。簡直就像在迷宮裏迷路了似的。你有沒有這種經驗？」

我沒有。

「現在那個動物園還在那裏嗎？還存在新京市嗎？」

「不知道。」納姿梅格說。並用手指摸摸耳朵尖端。「是聽說過動物園在戰後完全關閉了，但現在是不是還關閉著，我就不知道了。」

長久之間，赤坂納姿梅格對我來說，是這個世界上唯一的談話對象。我們每星期見一次或兩次，圍著餐廳的桌子面對面談話。見過幾次面之後，我發現納姿梅格是非常練達的聽者。她頭腦轉動迅速，對於如何適時加入應答和問題以引導談話順利進行的方法之類很有心得。

爲了不讓她覺得不愉快，我每次和納姿梅格見面時，總是注意盡可能衣著淸潔整齊。穿上洗衣店剛送回來的襯衫，打上色調搭配的領帶，穿著擦亮的皮鞋。她見了我時，總是以像在廚房選靑菜時那樣的眼光，首先從上到下檢點服裝。如果有一點不中意的地方，就會親自帶我到什麼地方的服裝店去，選對的西裝買給我。而且如果可能的話，當場就叫我換穿那新衣服。尤其對服裝，她是不接受不完全的東西的。

因此家裏的衣櫥裏，不知不覺之間我的衣服已經逐漸增加。新西裝、外套和襯衫逐漸將久美子的洋裝所占據的領域雖是一點一點地，但卻確實地侵蝕了。衣櫥變擁擠之後，我便把久美子的衣服摺起來放進紙箱，和防蟲劑一起收進壁櫥裏。如果她回來的話，或許會懷疑她不在的時候到底發生了什麼吧？我想。

我花了很長時間，將久美子的事一點一點地向納姿梅格說明。說我不得不想辦法救出久美子，把她帶回這裏。她在桌上托著腮看著我的臉一會兒。

「那麼，你到底要從什麼地方把久美子救出來呢？那個地方有沒有名字呢？」

我在空中尋找著適當的語言。但那種東西哪裏也沒有。空中也沒有，地底也沒有。「某個遙遠的地方。」我說。

納姿梅格微笑了。「嘿，那豈不是像莫札特的『魔笛』一樣嗎？有魔法的笛子，和有魔法的鐘，把囚禁在遠方城堡裏的公主救出來。我最喜歡那齣歌劇喲。看了好幾次好幾次。連台詞都完全記住了。『全國無人不知的刺鳥人，巴巴基諾就是我』。你看過嗎？」

我又搖頭。沒看過。

「在歌劇裏，王子和刺鳥人，乘著雲在三個童子引導下去到那座城堡噢。但那其實是晝之國和夜之國的戰爭。夜之國想從晝之國把公主搶回來。那一邊才是正義的一邊呢？主角在中途變迷糊了。是誰被囚禁了，是誰沒有被囚禁呢？當然最後王子得到公主，巴巴基諾得到巴巴基諾，壞人都掉落地獄……」納姿梅格這樣說著，用指尖輕輕撫摸著玻璃杯的邊緣。「但你現在既沒有刺鳥人，也沒有魔笛和魔鐘。」

「我有井。」我說。

「那是說如果你能得到那個的話噢。」納姿梅格像靜靜攤開高級手帕似地微笑。「那個你的井。不過，一切東西都有所謂價格這東西喲。」

我談累了，或找不到語言變得無法前進時，納姿梅格便叫我休息，代替地談她自己起步之初，那也是比我的事更長更複雜的話題。加上她說話不太按順序來，常會心血來潮隨處跳來跳去地說。也不說明年代的前後就對調，從來沒聽過的人突然變成重要人物出現。為了瞭解所談的片段該鑲入她人生的什麼時期，有必要非常注意地推理，有時推理之後還不清楚。而且她會談自己眼睛所看見的情景，同時談自己的眼睛所沒看見的情景。

＊＊＊

他們殺了豹，殺了狼群、殺了熊。為了殺那兩隻巨大的熊最費周章。兩隻熊被射進了數十發子彈，還是激烈地用身體撞檻欄，朝士兵張牙舞爪，垂涎咆哮。兩隻熊說來和容易放棄的（至少外人看起來）貓科動物們不同，對自己現在正被這樣繼續殺害的事實，似乎無法接受的樣子。也許因此，他們對被稱為生命的這暫定狀況做最終告別為止，花了必要以上的長久時間。好不容易終於熊停止了呼吸之後，士兵們當場累得幾乎想坐下來似地筋疲力盡。中尉把手槍的安全裝置還原，用軍帽擦著額頭流下來的汗。在深深的沈默中，幾個士兵當場不舒服地發出很大聲音往地上吐唾液。他們腳下空彈殼像香煙蒂般紛紛散落一地。他們耳朵裏，還殘留著子彈的回音。十七個月後在伊爾庫次克的炭坑被蘇維埃兵殺死的年輕士兵，眼光由屍體轉開繼續深呼吸著。他為了拚命壓制喉嚨深處想吐的感覺而費盡力氣。

結果決定不殺象。實際站在眼前看來象也太巨大了。在象前面，士兵們手上拿的步槍看來只不過是小玩具而已。中尉考慮一下後決定不動象。士兵們知道了全都鬆一口氣。眞奇怪——也許一點都不奇怪——他們大家都打心底這麼想。與其像這樣殺檻欄裏的動物，不如到戰場上去殺人還比較輕鬆。就算也許相反地是自己被殺掉也沒關係。

現在變成只是屍體的動物將經由打雜工人們的手由檻欄裏拖出來，堆到貨車上，運到空空的倉庫去。各種大小和形狀的動物，排列在倉庫的地上。看著這些作業結束後，中尉回到園長室要求在必要的文件上簽名。於是士兵們整隊，和來的時候一樣，一面發出鐵器碰撞的聲音一面列隊撤走了。被血染黑的檻欄地上，雜役工人正用水管沖洗。牆上到處附著著動物們的肉片，也用刷子刷掉。作業結束時，中國雜役工人們問臉頰有青斑的獸醫，動物的屍體打算如何處理。獸醫窮於回答。通常的情形，動物死了會請專門業者來處理。但血洗首都攻防戰迫在眼前的現在，不認爲有誰會一通電話便趕來收拾處理動物屍體。又是盛夏時節，蒼蠅已經黑壓壓地成群聚集。只有挖洞埋起來了，但現在所有的人手要挖這麼大的洞顯然不可能。

他們對獸醫說。先生，如果屍體能全部讓給我們的話，我們可以幫你收拾一切。用貨車運到郊外去，乾乾淨淨地處理掉，也有伙伴可以幫忙，不會給先生添麻煩。不過我們想要動物的毛皮和肉，尤其是熊肉大家都想要噢。熊和老虎身上的東西可以當藥用，還滿有價值的。現在說已經太遲了，其實只要射頭就行了啊。那麼毛皮也更有價值呢。這可眞是外行人的做法。如果一開始就全交給我們辦的話，可以更有要領地幫你們解決的。獸醫終於同意這個交易。只有任由他們了。再怎麼說這裏都是他們的國家啊。

終於十個左右的中國人拉著幾台空貨車出現，從倉庫將動物屍體拖出來堆上去，用繩子綑起來，上面蓋上蓆子。在那之間中國人幾乎都沒開口。表情沒有絲毫改變。堆積完之後，他們便不知道把貨車拉到什麼地方去了。由於動物的沈重，舊貨車發出喘氣般鈍重的輾軋聲。這就是那炎熱下午所實施的動物虐殺——以中國人說來是要領極惡劣的——結束。事後只剩下被清掃乾淨的幾個空檻欄。猴子們還興奮地繼續叫著莫名其妙的語言。穴熊在狹小的檻欄裏激動地徘徊。鳥群絕望地振翅拍撲，羽毛紛紛散落。蟬也繼續鳴叫。

射殺作業結束後軍隊退回司令部，留到最後的雜役工人也和堆著動物屍體的貨車一起不知消失到什麼地方去之後，動物園便像家具搬走後的空屋般空蕩蕩的。獸醫坐在不出水的乾枯噴水池邊，仰望天空，眺望輪廓清晰的白雲，並傾聽蟬的鳴聲。發條鳥的聲音已經聽不見了，但獸醫並沒有留意。他本來就沒聽見發條鳥的聲音。只有後來在西伯利亞炭坑被用鏟子割死的可憐年輕士兵聽見而已。

獸醫從胸部口袋掏出汗濕的香煙盒，含一根在嘴上，用火柴擦火點煙時，發現手輕微顫抖。那顫抖久久不停，擦了三根火柴才好不容易點著煙。雖說如此，但他並不是在感情上受到特別的打擊。在自己眼前，一瞬之間那麼多動物被「抹殺」掉，這件事情不知道爲什麼並沒有讓他感到多大的驚慌、哀愁或憤怒？他不知道。實際上，他幾乎什麼都沒有感覺。他只是非常困惑而已。

他一時之間，一面坐在那裏抽煙，一面試圖整理自己的情緒。他一直盯著放在膝上自己的雙手，然後再一次抬頭看天空的雲。映在他眼裏的世界，表面上是一如平常的世界。看不出什麼特別的改變。但那應該是和以往的世界確實不同的世界。結果，自己終究是被包含在「抹殺」了熊、虎、豹、狼的世界裏。那些動物今天早晨爲止還好好存在著，然而現在，下午四時，已經完全不存在了。牠們被士兵的手虐殺了，連屍體都不見了。

那麼，這兩個不同世界之間，應該有什麼巨大的、決定性的類似差異之類的東西。不能沒有。但他無論如何都找不到那差異。他眼裏所見到的世界是一如以往的同樣世界。令獸醫迷惑的，是自己內部那種從未有過的無感覺。

然後，他突然發現自己非常疲倦。試想一想，昨夜也幾乎沒睡。如果能夠到哪個樹蔭下去，稍微躺下來睡一下不知道有多好？他想——如果能什麼也不想地，暫時沈入靜靜的無意識的黑暗中的話。他看看手錶。他必須爲了留下的動物確保飼料。必須治療正在發高燒的一隻狒狒。該做的事還堆積如山。但暫且不管，我必須睡一覺才行。其他的事以後再想好了。

獸醫走進樹林裏，在人眼看不見的草地上仰天躺下。樹蔭下的草葉涼涼的很舒服。草叢散發著童年聞過的懷念香氣。幾隻滿洲的大蝗蟲一面發出嗡嗡的威猛聲音，一面從他臉上飛過。他依然躺著點起第二根香煙，幸虧的是，手已經不像剛才那麼抖了。他一面將香煙的煙深深吸入肺中，一面試著想像中國人正在某個地方，將剛剛被殺死的大量動物的皮一一剝光，正在分解著肉的情形。獸醫以前也看過幾次中國人那樣作業的詳細情形。他們手法俐落得可怕，作業的要領也很好。動物們片刻之間已經被分成皮、肉、內臟和骨頭。那些簡直像本來就是分別不同的東西，只是偶然因爲某種原因才變成一體的而已。我現在睡一覺醒來時，也許那些肉已經排在市場上了。現實這東西手法是非常迅速的。他一把抓起腳邊的草，在手中揉弄著那柔軟一會兒。然後將煙弄熄，隨著一聲長嘆，把留在肺裏的煙全部吐出外面。一閉上眼睛，在黑暗中，蝗蟲的拍翅聲羽音聽起來比實際更大。獸醫被像青蛙般大的蝗蟲在他周圍繞著飛似的錯覺所襲。

或許所謂世界這東西，是像旋轉門一樣只在那裏團團旋轉而已吧？在變得漸淡的意識中他忽然想道。要進入那結構的什麼地方，或許只是單純的腳步踏出法的問題而已。在某個結構中老虎存在著，在別的結構中老虎不存在——簡單說只是這樣而已吧。那裏面幾乎沒有邏輯上的連續性。而且正因爲沒有連續性，因此所謂選擇途徑這東西實際上也沒有意義了。自己無法明確感覺到世界與世界間的差異，就是因爲這個吧——。但他的思考只進行到這裏。無法再想得更深。體內的疲憊像濕毯般沈重、窒息。他不再想什麼，只是聞著草的氣味，聽著蝗蟲的羽音，感覺著像薄膜般覆蓋自己身體的樹蔭濃度。

於是終於被吸進午後深沈的睡眠中。

輸送船依照命令停止引擎，不久便安靜地停在海上了。反正要從以快速誇耀的新式潛水艦逃出的可能性是萬分之一都不到。潛水艦的甲板砲和兩門機關砲依然一直瞄準著輸送船，士兵們已經擺好立刻將要砲擊的態勢，但那兩艘船之間卻依然飄著奇妙的寧靜。潛水艦上的船員在甲板上現身，似乎有些閒得無聊的模樣望著並排的輸送船。他們多半甚至連戰鬥用的鋼盔都沒戴。是個無風的夏日午後。連引擎聲都消沈了，除了和緩的海浪拍打船身發出憂鬱的聲音之外，什麼都聽不見。輸送船向潛水艦發出訊息，表示本船爲非武裝的運送平民的輸送船，完全未載軍需物資或兵員。連救生艇都幾乎未準備。潛水艦發出「那不是我方的問題」的回答。「無論避難與否，確實將於十分鐘後開始砲擊」。這是最後打出的交換信號。輸送船決定不傳達通信內容給乘客。那有什麼用呢。或許會有幾個幸運的生還者。但大部分乘客可能將和這巨大金臉盆般悽慘的船一起沈入海底。最後想喝一杯威士忌，但酒瓶在船長室書桌的抽屜裏。原來是珍藏起來的蘇格蘭威士忌，但沒時間去拿。他脫下帽子，仰望天空。祈求日本軍的戰鬥機隊能突然奇蹟般列隊出現於天空一角。但這種事不可能發生。船長再也沒有其他辦法了。他又再想起威士忌。

砲擊前的暫緩時間即將截止時，潛水艦甲板上突然有了奇怪的動靜。排在司令塔甲板上的士官間有人慌張地交談，一個士官下了甲板急步繞到士兵間大聲傳達什麼命令。聽到命令後全體就砲擊位置的士兵們，各別露出些微動搖的神色。一個士兵大大地搖頭，用拳頭敲了砲身幾次。一個士兵脫下鋼盔一直仰頭凝視天空。那看來又像是憤怒的動作，又像是歡喜的動作。像是失望的樣子，也像是興奮的樣子。到底公布了什麼，或者現在即將發佈什麼？輸送船上的人們完全無法理解。人們像沒有劇情說明書（但卻含有極重要訊息）而在看著默劇的觀衆一樣，閉著氣，囫圇吞似地望著他們的動作。但願能夠猜出他們意向的一絲一毫也好。終於在士兵們間擴散開的混亂波潮逐漸平息下來，由於下士官的命令，砲彈由甲板砲上快速除去。他們旋轉著方向盤將對著輸送船的砲身恢復爲往前方位置，將那可怕的黑洞蓋上蓋子。砲彈收回艙口內，船員快步退進艦內。一切動作和剛才不同而嚴整地進行。沒有多餘的動作，也沒有私語。

潛水艦發出低沈而確實的吟聲，〈全體由甲板退下〉的哨號尖銳地鳴響幾聲。在那之間潛水艦開始前進，好像迫不及待地等士兵們蹤影從甲板上消失。艙口由內側閉起似地，已經一面濺起巨大的白色泡沫一面開始潛水了。細長的甲板覆蓋上一層海水的膜，甲板砲沒入水面，司令塔一面分開深藍色的水面一面沈下身子，最後簡直像要抹掉自己曾經存在那裏的所有證據似的，連天線和潛望鏡都完全消失蹤影了。一時之間波紋撩亂了海面，但終於連那也收斂，留下截然不同地方似的平穩夏日午後的海面。

和出現時一樣不合理而唐突地，潛水艦消失之後，乘客們還以相同的姿勢佇立在甲板上，望著海面出神。人們連咳嗽一聲都沒有。不久船長回過神來，命令航海士，航海士聯絡機關室，老舊的引擎像被主人踢了一腳的狗似地發出間距很長的聲音開始動了起來。

輸送船的船員們一面屏住氣息，一面準備防備魚雷攻擊。美國人也許由於某種原因而停止花時間的砲擊，改採快速的魚雷攻擊也不一定。船採取鋸齒狀航行，船長和航海士用望遠鏡在眩眼的夏日海面張望，在那裏尋找魚雷的致命性白色航跡。但魚雷也沒來。潛水艦消失二十分左右後，人們終於從深沈的死亡咒縛中解放出來。剛開始還半信半疑，但終於逐漸變爲確信。自己剛從生死關頭被拉回來。爲什麼美國人突然中止攻擊呢？船長也不明白原因。到底發生了什麼？（後來才知道，潛水艦在準備砲擊之前，剛剛接受司令部來的指令，除非受到對方攻擊，否則應休止積極性的戰鬥行爲。八月十四日日本政府向聯合國承諾菠茨坦宣言，提出無條件投降）。幾個乘客從緊張中解放後當場跌坐甲板上高聲哭出來，但大部分人是哭笑不得。他們從此經過幾小時，有人經過幾天，都完全陷入失心狀態。尖銳刺穿他們的肺、心臟、背骨、腦漿、子宮的長而歪斜的惡夢尖刺，永久無法拔出。

幼小的赤坂納姿梅格在那之間，在母親的臂彎裏沈沈熟睡著。她二十小時以上一次都沒中斷地，像喪失意識般地繼續沈睡。母親大聲叫她，拍她臉頰也不行。簡直像是沈進海底般深沈的睡眠。呼吸和呼吸的間隔逐漸變長，脈搏變遲緩。耳朵仔細聽時，連微弱的睡眠鼻息都聽不見。但船到達佐世保時，納姿梅格卻毫無預兆地忽然醒來。好像被什麼強有力的東西拉回這邊的世界似的。因此納姿梅格並沒有親眼目睹美國潛水艦中止攻擊消失踪影的實際情形。她從頭到尾，是在很久以後聽母親說的。

輸送船以刻不容緩的腳步，在第二天八月十六日上午十時過後駛入佐世保港。港內靜得可怕，沒有出來迎接他們的人影。設在港口附近的高射砲陣地周圍也看不見人影。只有激烈的夏日陽光無言地灼燒著地面。世界的一切似乎被深深的無感覺所覆蓋。船上的人們，簡直像自己搞錯踏上一個死者的國度般被這錯覺所襲。事隔多年所目睹的祖國風景，他們只能無言地望著。十五日中午，天皇終戰詔令由收音機播出。七日前，長崎街頭被一枚原子彈焚燒殆盡。滿洲國在數日之間，以夢幻國家被吞進歷史流沙之中消失而去。而那位臉頰有斑的獸醫，則踏進旋轉門的另一個隔間裏，雖然無心卻也變成和滿洲國的命運相同了。

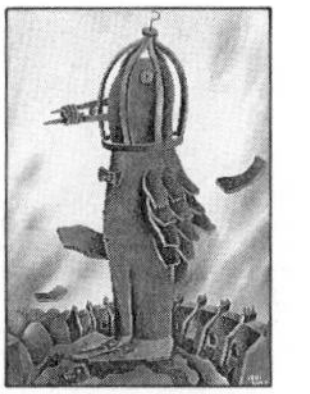

11

那麼下一個問題（笠原May的觀點3）

你好，發條鳥先生。

就像上次的信上最後寫的那樣，我「現在在什麼地方做著什麼」你想過了沒有？有點想像到了嗎？

首先，我暫且從假定發條鳥先生對我在什麼地方正在做什麼完全不知道——一定不知道噢——開始說起。

因爲太麻煩了，所以先告訴你答案。

我現在正在「某個工廠」工作。很大的工廠。在一個面臨日本海的某個地方都市，偏僻郊外的山中。雖說是工廠但並不是像發條鳥先生所想像的，最新型巨大機械咔鏘咔鏘運轉著，履帶流動著，煙囪猛冒著濃煙的那種「勇敢的」工廠；而是佔地廣闊，明朗而安靜的工廠。完全不冒煙。世上居然有這麼廣大的工廠，我從來沒有想像過。我所知道的其他工廠，只有小學時代去見習的都內牛奶糖工廠而已，只記得眞是又吵又狹小，工人都臉色陰沈地默默工作的地方。所以所謂工廠我以爲都是像教科書上登的「產業革命」插畫那樣的地方。

在這裏工作的大多是女孩子。稍微離開一點的地方還有另外一棟研究室，穿著白色實驗衣的男人們臉色凝重地做著產品開發工作，但以全體人數來說那只不過佔少數，因此其他都是十幾歲後半到二十出頭左右的女孩子。而且有七成左右，都是和我一樣住在這個工廠用地內的宿舍裏。因爲每天從市區搭巴士或開車來「上班」相當「吃力」，而且宿舍也很舒服。建築物很新，房間都是單人房，吃的也可以隨自己挑選喜歡的，味道也不錯，各種設備都齊全，而且相對地宿舍費又便宜。還有溫水游泳池，也有圖書館，如果想的話（雖然我是不會想的）還可以學插花學茶道，還有各種體育活動。所以剛開始從家裏「通車」來的女孩，後來也從家裏搬進宿舍來了。週末大家都回家去。跟家裏人吃吃飯、看看電影，跟男朋友約約會。所以一到星期六、日，宿舍就變成廢墟一樣。像我這樣星期六日也不回家的人似乎很少。但就如前面好像也寫過的那樣，我喜歡週末那種「空蕩蕩」的感覺。一整天讀讀書，放大聲聽聽音樂，在山中散步，或像現在這樣面對書桌寫信給發條鳥先生。

這裏的女孩子多半是本地人，也就是鄉下的農家女孩，當然不是全部一樣，但大多都是身體好體格棒個性樂天又勤快工作的女孩子。這個地區沒有大企業，因此過去女孩子高中畢業後就到大都市去找工作。所以町上年輕女孩都不見了，留在町裏的男人們要找結婚對象都不容易，因此人口的「過疏化」便更進一步。曾經有過這樣的過程，因此町便向企業提供廣大的工廠用地，吸引工廠進來，讓女孩子不要到外地去而能留在這裏。我覺得這個想法還不錯。因爲甚至也有像我這種特地從外地來的人哪。高中畢業（裏面也有像我這種中途退學的人），到這家工廠來就業，努力存錢，等到「適婚期」來臨再結婚，辭去工作，生二、三個小孩，大家都像蓋章一樣，長得像海象般胖胖的。當然也有不少結婚後還繼續來上班工作的。但多半的人結婚後就辭掉工作。

我所在地方的感覺，大致可以想到了吧？

那麼下一個問題是——**這裏到底是製造什麼的工廠**？

暗示。我跟發條鳥先生曾經有一次一起做過和「那」有關的工作。兩個人一起到銀座去做過調查的工作對嗎？

嘿，不管怎麼樣，不管發條鳥先生也好，總該知道了吧？

對，我在製造假髮的工廠工作。嚇一跳了吧？

我在那家上次也說過的沒什麼了不起的高級林間學校兼監獄待半年後離開，然後像腳痛的狗一樣在家閒著沒事，那時候忽然想到那家假髮廠商的工廠。「我們工廠工作的女孩子人手不足，如果妳想做的話隨時都願意雇用。」我想到負責的歐吉桑以前曾經半開玩笑地說過。我曾經看過一次那工廠的豪華說明書，工廠看起來非常好的樣子，能在這種地方試著勤快工作也許不錯，那時候想了一下。根據負責的歐吉桑說，在那裏女孩子都以手工作業將假髮的頭髮做植入工作。假髮這東西是極「微小」的產品，因此不能像製造鋁鍋那樣用機器快速地啪噠啪噠做。必須把眞的頭髮非常小心非常小心地，一束一束用針植入，要不然就沒辦法做出高級的假髮。你不覺得眞是令人快暈倒的工作嗎？因爲人的頭髮你想到底有幾根？以十萬根爲單位喲。這些全都要像插秧苗般地用手一一植入噢。不過這裏的女孩子對這種事卻不抱怨。這地方經常下雪，漫長的冬天農家女孩子們從以前就習慣做手工賺錢，大家都不覺得這種作業有多辛苦。所以據說假髮廠商因此便選擇這個地方當工廠用地。

老實說，我從以前開始對這種手工的工作就不討厭。雖然表面上也許完全看不出來，不過其實我很擅長縫東西喲。在學校時也經常被老師誇獎。看不出來吧？不過這完全是眞的。所以我忽然這樣想，在山中的工廠，從早到晚做著細細微微的手工，麻煩事情什麼都不想地暫時過一段人生也不錯嘛。學校已經厭煩透了，可是也不喜歡什麼都不做地老是讓父母照顧下去（對方也會討厭吧），但現在的我又沒有「這個我無論如何都想做」的事……這樣想下去，總之我只好就去這家工廠做看看吧。

我請父母當我的保證人，請負責的歐吉桑也幫我美言幾句（我在那裏打工評語還不錯），在東京總公司的口試順利通過錄用，接下來那星期就整理行李——說來也只有衣服和收錄音機而已——一個人搭新幹線，然後轉電車咔噠咔噠咔噠地來到不起眼的小町。感覺好像來到地球的背面似的。在車站下了電車時變得好膽怯，也想到這樣看來我是不是做錯了？不過最後，我想我的判斷並沒有錯。因爲自從那以後經過種種，也過了半年，並沒有覺得不滿也沒發生問題，已經在這裏安定下來了啊。

還有不知道爲什麼，我從很久很久以前就對假髮一直很感興趣。不，與其說感興趣，不如說是被吸引更接近吧。就像有一種男孩子被摩托車所吸引一樣，我是被假髮所吸引。到街上去一面做那市場調查，一面看到那麼多禿頭的人（我們公司的人稱那爲頭髮稀薄的人），而且過去雖然沒留意到，但世上眞的有很多禿頭（或頭髮稀薄的人）我眞的確實感受到了。我個人並不是對禿頭的人覺得怎麼樣，既不覺得「喜歡禿頭的人」，也不覺得「討厭禿頭的人」。就算發條鳥先生的頭髮比現在稀薄（我想發條鳥先生的頭髮以後也會變薄），因此我就對發條鳥先生的感覺有所改變？完全沒這回事。我看到頭髮稀薄的人強烈感覺到的是，我想這以前好像也跟發條鳥先生說過了，是「繼續在磨損」的感覺。我對這個感到非常非常有興趣。

人類達到某種年齡之後（十九歲，或二十歲我忘了），便面臨生長的顛峰，往後就只能「維持」下去的說法，我不知道在哪裏聽過。那麼頭髮掉了變薄，也只不過是那身體「磨損」的一環而已，一點也不奇怪。或者也可以說是理所當然的事吧。只是如果那裏面有什麼問題的話，「世上也有年輕就禿頭，也有上了年紀還完全不禿頭」的事實對嗎？因此對禿頭的人來說會想說「喂，這不太公平吧」。因爲畢竟是極醒目的部分哪。那種心情，那種心情，就算和頭髮稀薄問題沒關係的我，也非常瞭解。

而且多半的情形，比別人掉頭髮的量無論或多或少，也不是掉頭髮本人的責任。我打工時，負責的歐吉桑告訴我，根據調查，人們禿頭或不禿頭大約百分之九十是由遺傳因子決定的。從祖父或父親得到「薄毛遺傳因子」的人，不管本人多麼努力遲早還是會「薄毛化」的。所謂「有意志的地方路自通」，對脫毛幾乎不管用。如果遺傳因子想到「好了，差不多該動了」而站起來時（雖然不知道遺傳因子能不能坐），頭髮就只好紛紛掉落下去了。這要說不公平，確實是不公平噢。你不覺得嗎？我覺得不公平。

總之我在遙遠的假髮工廠每天努力勤快地工作著，現在你知道了吧。也知道我對假髮這種產品本身擁有個人性的深厚關心了吧。下次關於工作和生活我也想再稍微詳細寫一點。

嗯，好了，那麼再見。

12

這鏟子是眞的鏟子嗎？（半夜發生的事2）

深沈睡著之後的少年做了一個夢，非常淸楚的夢。但少年很明白那是夢，因此他稍微覺得鬆一口氣。知道那是夢，表示那不是夢。那不會錯，一定是眞的發生的事。我確實可以分出那不同。

在夢中少年走出沒有人的半夜的庭園。用鏟子挖起那洞穴。鏟子立著靠在樹幹旁。由於洞穴剛剛才由高個子的奇怪男人埋掉，因此要挖起來並不太困難。但因爲是才五歲的小孩，光要拿沈重的鏟子就快喘不過氣了。而且又沒穿鞋子。腳底下非常冷。他一面呵呵地喘著氣，還是一直挖掘到看得見男人埋布包下去的地方爲止。

發條鳥已經不叫了。爬上松樹的男人也從此沒再出現。周遭是令耳朶疼痛程度的寂靜。他們好像已經不知去向了。但結果這畢竟是夢，少年想。發條鳥和像爸爸的爬樹男人不是夢是現實發生的事。所以這兩件事之間一定沒有關聯。可是很奇怪。我像這樣在夢裏面，挖掘著剛才眞的被挖過的洞穴。那麼，夢和不是夢到底該怎麼區別才好呢？例如這把鏟子是眞的鏟子嗎？或者是夢中的鏟子呢？

少年越想越糊塗。所以少年不再想，只是拚命地挖洞。終於鏟子尖端碰到布包了。

少年小心地挖起周圍的土，以免碰傷布包，雙膝跪在地上把布包從洞穴裏拉上來。天空沒有一片雲。滿月沒有被誰遮擋，將濕濕的光投注到地上。夢中他感到不可思議的恐怖，這時候好奇心勝過一切強烈地支配著他。打開布包時，裏面放著人類的心臟。心臟正如少年在圖鑑中所看過的顏色和形狀。而且那心臟還鮮明地，像剛剛被遺棄的嬰兒一般，活著動著。切斷的動脈雖然沒有流出血來，但脈博依然強力地鼓動著。少年耳邊聽得見噗通噗通很大的鼓動聲。但那是少年自己心臟發出的聲音。那被埋掉的心臟和少年的心臟合爲一體似地互相呼應，簡直像在互相訴說什麼似地堅硬地鼓著脈搏。

少年調整呼吸，「這種東西一點都不可怕」，他堅定地說給自己聽。這是人類的心臟，不會錯。圖鑑上也登出來的。誰都擁有一個心臟。我也有。少年以鎮定的手勢把鼓動的心臟又再用布包起來，放回洞穴底下，用鏟子蓋土。並且用赤腳踏平地上，以免讓人知道再挖過了，把鏟子照舊靠樹幹直立放著。深夜的地面像冰一樣冷。然後少年翻越窗戶，回到自己溫暖親密的房間。少年爲了不弄髒牀單，於是把腳底沾的泥土拂落在垃圾箱裏，然後爬上自己的牀準備睡覺。但少年發現牀上已經有人。有人代替自己躺在牀上，蓋著棉被睡覺。

少年生氣地用力掀開棉被。並想朝向那個人叫道「喂！出去呀。這是我的牀啊。」但聲音卻出不來。因爲少年在那裏看見的，是他自己的身體。他自己已經躺在牀上，很舒服似地發出鼻息沈睡著。少年失去語言呆站在那裏。如果我自己已經睡在這裏的話，這個我又該睡哪裏才好呢？這時候少年才第一次感到恐怖。一直凍僵到身體的芯那種恐怖。少年想大聲喊叫。想盡情發出極尖銳的聲音把睡著的自己、還有全家人叫起來。但聲音出不來。即使用盡力氣，一絲聲音都無法從他嘴裏出來。然後他乾脆把手放在睡著的自己的肩膀上用力搖看看。但睡著的少年卻沒有醒來。

沒辦法，少年只好把毛衣脫下丟在地上，把睡著的另外一個自己使勁用力往旁邊推，在狹小的牀邊勉強把身體擠上去。不能不在這裏設法確保自己的場所。要不然自己或許就要被擠出這本來的世界了。姿勢非常拘束，連枕頭都沒有，不過一旦上了牀之後就變得非常睏，少年除此之外沒辦法想得更多。他在下一個瞬間已經落入睡眠。

第二天早晨醒來時，少年一個人躺在牀的正中間。枕頭還像平常一樣在他頭下。旁邊沒有任何人，慢慢坐起身體，環視房間一圈看看。一眼看來房間裏並沒有發現任何變化。同樣的書桌、同樣的衣櫥、同樣的壁櫥、同樣的檯燈。牆上的時鐘指著六點二十分。但少年知道有什麼怪怪的。即使看起來表面上一樣，但這場所已經和他昨天晚上睡覺以前的場所不一樣了。空氣、光、聲音和氣味不知道什麼地方都和平常各有一些不同。或許別人不會知道，但他知道。少年掀開棉被檢視自己的身體看看。手指試著順序動一動。手指好好的能動。腳也能動。既不痛也不癢。然後他下牀到廁所去。小便後站在洗臉台的鏡子前面，照照看檢查自己的臉。脫掉睡衣站到椅子上，照鏡子看看那又白又小的身體。但沒有任何改變的地方。

不過還是有什麼不一樣。覺得自己好像被裝進什麼別的東西裏面了似的。自己知道自己還不太能適應那新的身體。可以感覺到那裏好像有什麼不能和原來的自己相容的東西似的。少年忽然覺得很膽怯，決定喊「媽媽」。但那語言無法從喉嚨出來。他的聲帶無法震動那裏的空氣。簡直就像「媽媽」這語言本身已經從世界消失了似的。但少年終於明白消失的不是語言。

13 M的祕密治療

「被超能力所汚染的影劇圈事件」

摘自「月刊——」12月號

（前略）

像這種在影藝圈成爲一種流行的超能力治療，多半情況是經由口傳散播的，有時候並帶上祕密組織的色彩。

有一位叫〈M〉的女明星。年齡三十三歲，十年前左右因爲被起用於電視連續劇演配角而成名，從此以後便以第二主角級的女明星身分活躍於電視和電影上，但六年前和經營中堅房地產公司的「青年實業家」結婚。最初兩年間，結婚生活似乎沒問題地順利度過。丈夫工作順利，她自己當明星的成績也還不錯。但後來丈夫用她的名義開始經營副業，在六本木開設晚餐俱樂部和服裝店，卻經營不善支票跳票，結果負債名義上由她背負。M剛開始對經營店並沒有興趣，是在想要擴張事業的丈夫勉強說服下開始的。根據另一種說法是丈夫用形同詐欺的手法拉她下來。而且和丈夫雙親的嚴重不和也由來已久。

由於這些經緯，夫妻間的摩擦便傳開了，事態終於演變到分居。後來經過貸款處理的調解，兩年前兩人終於正式協議離婚，然而M不久便開始出現憂鬱症的傾向，爲了必須常往醫院治療而過著退休般的生活。根據M所屬的製片公司有關人士表示，她離婚後被定期性的重度妄想所惱，身體由於服用抑制劑而崩潰，到達已經「無法當明星」的階段。「因爲已經失去演技所需的集中力，而且容貌也衰退得驚人。本來個性是很認眞的，所以會東想西想的想不開，因此精神狀態就更惡化。由於金錢上以還不錯的方式解決，所以不工作暫時也可以生活，算是還有救。」（同氏）

M是曾任大臣的名政治家夫人的遠親，夫人疼她像親生女兒一般，這位夫人兩年前介紹一位女士給她。據說那位女士以極少數爲限的上流階級爲對象進行一種心靈治療。M在上述政治家夫人的建議下，定期到那位女性的地方做一年多憂鬱症的治療。在那裏具體上到底做什麼樣的治療不得而知。因爲M對那守口如瓶。但不管那是怎樣的東西，M的病情在定期和那位女士接觸之後確實大有進展，她不久便可以停止服用鎮定劑了。結果身體的虛胖消失了，頭髮重新長齊，容貌也恢復以前的樣子。精神狀態復原，逐漸可以開始做一點明星的工作。於是M不再去治療了。

但今年十月，正當惡夢記憶漸漸變淡的時分，只有一次沒來由地M又被以前同樣的症狀所襲。因爲不舒服而把重要工作往後延幾天，那樣的狀態下是沒辦法做好工作的。M和那位女士取得聯絡，託她爲她做和以前一樣的「治療」。但那時由於某種原因，她已經不再做治療。「很抱歉，我已經不能爲妳做什麼了。我已經沒有那資格，也沒有那力量。不過如果妳能嚴守祕密的話，我可以爲妳介紹一個人。但這件事絕對不能告訴別人。如果妳透露『一句』的話，就會很傷腦筋。明白嗎？」

於是據說她就被帶去某個地方，見一個臉上有黑青斑的男人。年齡大約三十歲左右，見面時沒有開口說一句話。那治療的效果，據說「令人難以相信的完美」。M沒提到那時候所支付的金額，不過推測「相談費」是相當高的。

到這裏爲止是M向信賴的「極親密」人物所說的謎般的治療情形。她在「某家都內飯店」等候帶路的年輕男人，從地下室VIP專用特別停車場搭上「漆黑的大轎車」後，到那個地方去是事實，至於在那裏實際實施的治療內容，終於未能掌握眞相。「他們擁有很強的力量，我如果打破約定會很糟糕。」M這麼說。

M只有到那裏去過一次，從此就沒有再發作過。關於那治療和謎樣的女士，雖然直接向M請求過採訪，但正如預料被拒絕了。據消息靈通人士說，這「組織」避開影劇圈，只以嚴守祕密的政界、財界關係者爲對象，由影劇圈通路目前無法獲得其他訊息。

（後略）

14

等候的男人，甩不掉的東西，人不是島嶼

夜晚過了八點周遭完全變暗後，我悄悄打開後門走出後巷。如果不扭轉身子便無法通過的狹小門扉。高度只有一公尺不到的門扉被巧妙僞裝在圍牆最角落，設計成光從外表看來或摸起來不知道那是出入口。後巷和平常一樣，承受著笠原 May 家庭園水銀燈白色冷冷的光，在夜色中浮現著。

我快速關上門扉，便急步穿過後巷。通過家家客廳、餐廳的裏側，眼光越過磚牆瞥見屋裏人們的身影。人們正在吃著飯、看著電視劇。各種食物的氣味，從廚房窗戶和抽風機飄到後巷來。有將音量降低以電吉他練習快速滑音的十幾歲少年，也看得見二樓窗邊面對書桌用功的小女孩認眞的臉。聽得見夫婦爭吵的聲音。嬰兒痛哭的聲音。某個地方電話的響聲。就像滿出容器從邊緣不斷溢出的水一般，現實正溢出後巷。以聲音、以氣味、以映像、以訴求、以回答。

爲了不發出聲音，我穿著平常穿的網球鞋。走的速度不能太快也不能太慢。重要的是不要引起別人不必要的注意。在充滿周圍的「現實」中，不要不小心地留下足跡。我記得所有的轉彎，所有的障礙物。即使在漆黑中，也不至於碰撞到什麼而能穿過後巷。終於來到自家後面時，我站定下來，看看周圍的情況再翻越矮牆。

房子像個巨大的動物空殼般，黑暗而安靜地蹲踞在我前面。我打開廚房後門的鎖，打開電燈，給貓換喝的水。並從餐櫥裏拿出貓食罐頭打開。沙哇啦聽見那聲音不知道從什麼地方走來。並把頭在我腳邊摩擦著，然後開始美味地吃著。在那之間我從冰箱拿出冰啤酒。晚餐每次都在「大宅院」裏吃西那蒙爲我準備的東西，因此如果說在家吃的話，大概也只做簡單的沙拉，或切乳酪吃而已。我一面喝著啤酒一面抱起貓，在自己手中確認那身體的溫暖和柔軟。我們分別在不同的地方度過所謂今天這一天，分別確認著各自已經回家的事實。

但回到家脫下鞋子，伸手正要打開廚房電燈時，我忽然感覺到某種動靜。我在黑暗中停下手的動作，側耳傾聽，用鼻子試著靜靜吸入一口氣。什麼也沒聽見。但有微弱的香煙氣味。似乎除了我之外，有人在屋子裏。那個人在這裏等我回來。而且稍早之前，也許忍不住點了香煙。把窗戶打開讓煙味散出去，只抽了兩、三口而已吧，但仍然留下氣味。可能不是我認識的人。房子是上鎖的，而且我認識的人除了赤坂納姿梅格誰也沒抽煙。而納姿梅格是不會爲了見我而在黑暗中一直等候的。

我的手下意識地在黑暗中摸索棒球棒。但棒球棒已經不在這裏。它現在在井底。心臟開始發出大得不自然的聲音。覺得那好像逃出我的體外，浮在耳邊似的。我調整呼吸。大概不需要球棒吧。如果有人要傷害我而到這裏來的話，不會悠哉地在裏面等。但手掌還是覺得非常癢。我的手渴求球棒的感觸。貓從什麼地方走來，像平常那樣一面叫著一面用頭用力摩擦我的腳。但貓不像平常那麼餓。從叫聲的調子就知道。我伸出手，把廚房電燈打開。

「對不起，我剛才餵過那隻貓了。」客廳沙發上坐著的那個男人，以很習慣的口氣對我說。「說起來，我一直在這裏一直等著岡田先生，貓老是在腳邊纏著叫得很煩，所以我就擅自從橱子裏拿出貓食餵牠。老實說我不太會應付貓。」

男人並沒有從沙發上站起來。我默默看著那男人的模樣。

「我擅自進來，悄悄在這裏等，你大概嚇了一跳吧。對不起噢，眞的。不過如果打開電燈等的話，也許你會警戒而不進屋子裏來也不一定吧。所以我就在黑暗中一直等你回來。因爲我絕不會害你，所以請你不要擺出一張可怕的臉。只是，想跟岡田先生談一點事情而已。」

是個穿西裝的矮男人。雖然坐著不能正確判斷，不過身高大概不會高過150公分太多。年齡大約四十五到將近五十，肥肥的像青蛙般胖而禿頭。以笠原May的分類法來說是屬於「松」。耳朵上方還留著纏上去似的少許頭髮，但以奇怪的形狀漆黑地殘留著，看來禿得更醒目。鼻子大大的不知道是有點鼻塞或怎麼，每次吸氣吐氣時，便發出風箱的聲音般膨脹收縮著。在那上面戴著深度金邊眼鏡。說話時上嘴唇不時往外翻，露出被煙油染黃而排列不整齊的牙齒。在我所見過的人裏面，確實沒錯是最醜幾個人中的一個。不只是容貌醜而已，身上還有什麼黏糊糊的，無法用言語形容的可怕感覺。那是像在黑暗中手摸到不明底細的巨大蟲子時的可怕感覺。這個男人，看來與其說是實際存在的人，不如說更像從前做過卻完全遺忘了的惡夢的一部分一樣。

「對不起，可以抽一根煙吧？」男人問。「一直忍耐著，可是這樣坐著等實在很難受。香煙這東西眞不行噢。」

我因爲沒辦法好好開口，因此只默默點頭。那個樣子奇怪的男人從上衣口袋拿出無濾嘴的Peace香煙含在嘴上，發出很大的乾乾的聲音用火柴點火。並拿起腳邊的貓食空罐頭，把火柴丟進裏面。看來他似乎拿那代替煙灰缸在用的樣子。男人一副很美味似地，將多毛的粗眉皺成一道猛吸著煙。像感動得受不了似地還發出一聲微小的聲音。男人猛吸進一口煙後，香煙尖端便燃燒成煤炭般鮮紅。我打開朝向簷廊的玻璃門，讓外面的空氣進來。外面還安靜地下著雨。眼睛看不見也聽不見聲音，但憑氣味可以知道正在下著。

男人穿著茶色西裝，白襯衫，繫著鈍赤色領帶，但看來全都是一樣便宜的東西，全都是胡亂穿久了的陳舊東西。西裝的茶色令人想到外行人湊合著重漆的老爺車的油漆，上衣和長褲都壓上像空中攝影的深刻皺紋般，看來已經沒有恢復原狀的餘地了。白襯衫全體變色成淡黃色，胸部一帶有一顆扣子快脫落了。因此尺寸似乎小了一號或兩號，最上面的扣子打開，領子邋遢地歪斜掀起。畸形原生動物般不可思議花紋的領帶，看來好像從奧斯蒙姊弟那樣古老時代便一直以同樣形狀繫著到現在似的。這個人對服裝幾乎既不用心也沒敬意，是任何人一看就很清楚的。只因要出現人前不得不穿上什麼，因此沒辦法才穿上衣服而已。從那上面甚至不是不能看出類似惡意的東西。這男人或許到這些衣服遲早終會穿破脫落分解成紛紛絲屑為止，他都打算每天每天穿一樣的吧。像高山上農夫從早到晚酷使驢子，最後將牠虐待而死一樣。

男人總之將必要的尼古丁吸進肺裏深處之後，放鬆地嘆一口氣，臉上露出介於微笑和輕笑正中間似的奇怪笑法。然後開口。

「哎呀呀，我太慢自我介紹了啊。失禮、失禮。我叫牛河。寫成動物的牛，三點水的河。很容易記的姓吧。周圍的人大家都叫我牛。〈喂，阿牛〉。被這樣叫很奇怪，自己竟然漸漸覺得像眞正的牛一樣了。實際上在什麼地方看見牛時，竟然會感覺親密呢。名字這東西眞奇怪。你不覺得嗎？岡田先生。岡田在這點，眞是淸楚的姓啊。我也常常會想如果自己的姓像這樣正常的話就好了，但是很遺憾姓名不能由自己的喜好來選擇。一旦以牛河被生到這個世界，不管喜歡或討厭一輩子就是牛河。因此自從上小學到現在，大家都繼續叫我阿牛、阿牛的。眞沒辦法。要是有姓牛河的人，誰都會叫阿牛噢。不是嗎？所以，人家常說名字會表現在身體上，我想也許是身體自然會滑溜溜地往名字靠上去吧。我這樣覺得。不過總之請你記住牛河吧。如果想的話，叫我阿牛也沒關係。」

我走到廚房去打開冰箱，拿出一小瓶啤酒回來。沒有請牛河喝什麼。又不是我請他到家裏來的。我默默就著瓶子喝啤酒，牛河也什麼都沒說地將無濾嘴香煙深深吸進肺裏。我也不坐在他對面的椅子，只靠在柱子上俯視他似地站著。他終於在將香煙插進貓食空罐頭裏弄熄，抬頭看我。

「岡田先生，你也許對我是怎麼打開門鎖進到屋裏來的感到懷疑吧？不是嗎？奇怪，我出門的時候明明上鎖了。是啊，當然是上鎖了噢，沒錯。不過，我也有鑰匙噢。眞正的鑰匙。你看，這個。請看。」

牛河把手插進上衣口袋，拿出鑰匙環上只有一支的鑰匙來，把那亮出在我眼前。那看來確實是我家鑰匙的樣子。但我的注意力被鑰匙環所吸引。因爲那很像是久美子保有的鑰匙環。附有綠色皮革的簡單配件，金屬環設計成有點特別的開合法。

「這是眞正的鑰匙噢。正如你看了就知道的那樣。而且鑰匙環是你太太的噢。我不喜歡被誤解，所以爲了愼重起見事先聲明，這是你太太給我的，久美子小姐給的。並不是悄悄偷來，或勉強搶來的噢。」

「久美子現在在哪裏？」我的聲音聽起來好像有點變調不順。

牛河把眼鏡摘下來，好像在確認鏡片的模糊地方似的望了一下之後又再戴上。

「你太太在哪裏我很淸楚噢。老實說，因爲好像是我在照顧久美子小姐的那樣。」

「你在照顧久美子？」

「說是照顧，你不要以爲是那樣。請你放心。」牛河說著笑了。一笑起來臉便往左右兩邊不均衡地嚴重崩開，眼鏡斜斜地扭曲。「請不要用那種臉色瞪著我。我只是當成工作之一，幫久美子的忙而已。聯絡兼雜用跑腿一樣的，岡田先生。我只是下面的人，沒有做任何了不得的事。因爲太太不能外出。你明白了嗎？」

「不能外出？」我又再像鸚鵡學話般反覆說。

他停頓一下，用舌尖舔了一下嘴唇。「啊，這個你不知道也沒關係，至於是出不去呢？還是不想出去呢？這個我也不能說明。這個，也許岡田先生很想知道也不一定，但請你不要問我。詳細情形我也不太清楚。不過請你不用擔心。並不是被迫關閉起來的。因爲不是電影或小說，那種事情現實上是不會發生的。」

我把手拿著的啤酒瓶小心地放在腳邊。「那麼你是到這裏來做什麼的？」

牛河用手掌拍了幾次膝蓋，然後確實地點了幾次頭，「啊，那個還沒提到噢。一下迷糊了。特地自我介紹，卻遺漏了那個眞是不行。廢話連篇正事都忘了，這是我向來的老毛病，因爲這樣所以老是失敗。忘了說，其實我是幫久美子哥哥做事的。叫做牛河。不，名字剛才已經說過了噢。我叫阿牛。我是做像大哥綿谷昇先生的祕書一樣的工作。不，說是祕書，是跟所謂議員的祕書不一樣的。那種是更上面的，更適合的人做的事，一樣說祕書也有各種不同的地方。岡田先生。也就是像大頭針跟鑽子那樣，我算是鑽子裏面比較好的鑽子吧。拿妖魔鬼怪來說應該算是下級幽靈般的傢伙吧。悄悄貼在廁所、壁櫥、屋角，那種髒兮兮的傢伙。不過也不能奢求啊。像我這樣見不得人的德性，如果站出去在外面走動的話，可眞的會妨礙綿谷先生清新活躍的形象呢。那種表面對外必須由長相更有學問，容貌端正的人出面才行。一個相貌不能登大雅之堂的禿頭阿伯出去說：『嗯，我就是綿谷的祕書』的話，只有讓世人當笑話而已。對嗎？岡田先生。」

我沈默著。

「所以我啊，就幫先生把不能讓人看見的，也就是說藏在背後的事一手包辦了。不是表面對外的那種。地下的小提琴手，這是我的專門領域。例如這久美子的一件之類的。不過岡田先生，我所謂照顧久美子的事，並不是掃地、倒茶之類的無聊打雜工作噢，請你不要這樣去解釋。如果我的說法給你這種印象的話，那就是一百八十度的誤解了。因爲久美子小姐可是我們家先生唯一重要的妹妹啊，所以照顧這麼一位重要人物，我也認爲是很有意義的工作在做著噢，老實說。

不過這種事情自己說出來好像滿厚臉皮似的，可以請我喝一瓶啤酒嗎？一說起話來喉嚨就渴了。如果方便的話我自己去拿。我知道地方。因爲剛才在等著的時候，很失禮我已經瞄了冰箱裏一下了。」

我點點頭。牛河站起來走到廚房去，打開冰箱拿出小瓶啤酒，然後又坐回沙發一副很美味似地就著瓶子喝。巨大的喉核在領帶結上像生物般地上下活動著。

「嘿，岡田先生，在一天的結尾，能喝一瓶冰得透透的啤酒，其實再好不過了。雖然世上也有嚕嗦的人說什麼太冰的啤酒不好喝，不，我可不這樣認爲。第一瓶啤酒這東西，最好冰得不太知道味道最好。第二瓶的話確實是稍微適度的冰比較好喝。不過第一瓶，怎麼說也是像冰塊一樣冰的我才喜歡。冰得太陽穴都會痛的那種。這純粹只是我個人的偏好。」

我還依舊靠著柱子站著，只喝了一口啤酒。牛河將嘴唇緊閉成一直線，暫時環視房子一圈。

「不過怎麼說呢，岡田先生。你太太不在，自己倒是把家裏整理得很乾淨啊。我眞佩服。實在丟臉，我就實在不行。屋子裏亂七八糟。垃圾堆、豬舍。連浴室也是一年以上沒洗了。我忘了說，我老婆其實也在五年前離家出走了，所以岡田先生的心情，我如果說是同病相憐也許你會誤解，不過我也很瞭解。雖然這麼說，不過和岡田先生的情況又不同，我老婆的情形逃出去也是理所當然的。因為我做為一個老公是最差勁、最惡劣的男人，沒得抱怨。她能忍到那個地步，我倒要覺得佩服呢。我是這樣差勁的老公。因為一生氣就揍老婆虐待她。我在外頭是不揍人的。那種事辦不到。正如你所看到的，我膽子很小。心臟像跳蚤一樣小。到外面去總是低聲下氣的，被人家叫『喂，阿牛』。不管人家說什麼，我都嘿嘿地陪著笑臉，沒有一句怨言。裝成一副您說的正是的臉色。但是啊，一回到家就揍老婆。不只是揍而已，還推她踢她。用熱茶澆她，往她丟東西，做盡各種事。小孩來勸阻，我連小孩也一起揍。還很小的孩子噢。七、八歲的小孩。而且，手不管輕重當眞的揍噢。我是鬼。不過就算想停，也停不下來，這種事。自己壓制不住自己，很傷腦筋吧。就這樣五年前，五歲女兒的手腕被我太用力折斷了，啪吱一下。因此我老婆終於想開了，帶著兩個小孩離家出走。從此以後我一次也沒見過老婆和孩子。也完全沒聯絡。眞沒辦法，這種事，從頭到尾就像是身上長出來的鐵鏽一樣。」

我沈默著。貓來到腳邊撒嬌般發出短短的叫聲。

「唉呀，說了些無聊話。在你疲倦的時候眞對不起。你大概在想，你有什麼事特地到我這裏來呢？對呀。是有事的。可不是特地來跟岡田先生閒聊的。是先生，也就是綿谷先生叫我來的，要我來傳個話。我就照他說的源源本本告訴你，請聽著啊。

「首先第一件事，先生說他認為岡田先生和久美子小姐之間的事情，不妨再考慮一次也好。也就是說，如果雙方希望的話，重新復合破鏡重圓也沒關係。因為現在久美子並不想這樣，現在不能夠立刻怎麼樣，不過如果岡田先生無論如何都不想離婚，要永遠等下去的話，那也可以。並不像過去那樣強求離婚。所以，如果岡田先生這邊有什麼事要跟久美子小姐聯絡的話，我可以當做管道，幫你們傳達。簡單說就是恢復邦交，不要像過去那樣針鋒相對了。這是第一件事。這件怎麼樣？」

我在地板上坐下來撫摸著貓的頭。而且什麼也沒說。牛河看了我和貓一會兒。然後又再開口。

「這倒也是。事情總是不聽到最後什麼也不能說。只說一件的話，不知道後面跟著要說什麼。好吧，我就說到最後吧。那麼第二件事。這個說起來倒有一點麻煩。其實是，上次週刊雜誌上刊登過有關『上吊屋』的報導。不知道岡田先生讀過沒有，這東西倒是相當有意思的讀物。寫得很好噢。世田谷高級住宅區一隅帶有緣故的土地。多年來很多人在那裏死於非命。這次得到那塊土地的謎中人物到底是誰呢？在那高牆之中現在正在進行什麼呢？謎又招呼著謎……。

「於是啊，綿谷先生讀了這個，忽然想起那個宅院就在岡田先生住的房子附近。而且漸漸想到說不定那個宅院和岡田先生之間有什麼關係？所以就調查了一下——其實說來也是這個不肖牛河運動這短腿調查來的，總之我就去調查。結果該說是正如預料呢，或者不出所料呢，我知道了岡田先生每天好像從後面的通路到那個宅院去的樣子。唉呀呀我也嚇了一跳噢。該說是綿谷先生果然慧眼獨具吧。

這篇報導說起來目前雖然是一次刊完的題材，沒有連續。但很難說不會又死灰復燃。畢竟以題材來說是滿有趣的啊。所以老實說，這對先生來說是有一點困惑。也就是說如果身爲他內弟的岡田先生因爲什麼無聊事情名字上了報紙的話，可能會變成把綿谷先生也牽涉在內的醜聞。綿谷先生畢竟也是當今名人，新聞界一定會立刻擁上來。而且先生和岡田先生之間比方久美子的這一件事，也有一點點麻煩的經過，所以結果或許自己不以爲怎麼樣，別人卻非要打破沙鍋問到底。說是不怎麼樣的事嘛，這個啊，誰都會有一兩件不想讓別人知道的事吧，總是。尤其私人的事嘛。先生再怎麼說，以現在的政治家來說正處於最重要的時期，目前這個階段總要如履薄冰般小心再小心地希望排除障礙確實前進哪。就是這樣的關係。所以呀，接下來有一點像是交易一樣，如果岡田先生能和那『上吊屋』完全切斷關係的話，他說或許可以再認眞考慮看看，讓你和久美子小姐復合的事。說得快一點就是這麼回事。怎麼樣？大體的意思你能瞭解嗎？」

「大概。」我說。

「那麼你怎麼想呢？對我們所說的話。」

我一面用手指撫摸貓的喉嚨一面試著思考一下。

我說，「不過綿谷昇爲什麼會想到我可能跟那宅院有關係呢？他爲什麼會這樣想呢？」

牛河又再嚴重地扭曲著臉笑起來。雖然是感覺很奇怪的笑，但仔細看來只有眼睛卻像玻璃做的一般冷。他從口袋裏拿出歪掉的 Peace 煙盒，用火柴點著。「啊，岡田先生，你問我這麼難的問題，我也很傷腦筋哪。好像是重複老話似的，我再怎麼說都只不過是個跑腿的。麻煩道理我不懂。我只是卑微的傳信鴿。從那邊把信銜著帶來，從這邊把回信銜著帶回去。你明白嗎？不過，我可以告訴你一件事，那個人並不是傻瓜。那個人對頭腦的用法很有心得，擁有某種一般人所沒有的第六感。而且綿谷昇這個人在這個世界，比岡田先生你所想的，擁有更強大的現實力量。而且那力量正一天比一天變強。這點不得不承認。岡田先生由於曾經有過各種過節好像不太喜歡他，那跟我沒關係，那個歸那個，完全沒關係，到了這地步，很多事情已經變成不光是喜歡或討厭的事了。這點還要請你瞭解。」

「如果綿谷昇擁有強大力量的話，只需伸出手叫那週刊雜誌不要刊登報導就好了。那樣事情比較簡單。」

牛河笑了。而且又再深深長長地吸進香煙的煙。

「岡田先生啊，岡田先生，你不要隨便亂說。你聽清楚噢，我們是住在所謂日本這個極正常的民主國家，對嗎？並不是四野一望無際只能看見香蕉莊園和足球場的什麼地方的獨裁國家。在這個國家政治家再怎麼有力，要蓋掉一篇雜誌的報導並不簡單。那檔子事未免太危險了。就算上面的人總算巧妙讓底下同意這樣做，但依然有人會留下不滿。難說不會發生反而招引世間耳目的事。也就是像草叢中的蛇一樣。而且這種程度的題材，也不適合用那麼粗野的方式處理，老實說。

而且這雖然只限於這裏才知道的事，但這件事或許還牽涉到岡田先生所不知道的有力方面也不一定。那麼畢竟也不只限於我們先生的事而已了，這麼一來流向可就會完全改變喏，說不定。總而言之岡田先生，就拿牙科醫師來比方吧，現在還是處於治療著麻醉有效部分似的狀態。所以誰也沒有特別抱怨。但不久之後麻醉退了，電鑽尖端稍微咻地碰一下活著的生神經。那麼不知道是什麼地方的誰就會跳起來。也許認眞生氣的人就會出現。我說的話你明白嗎？絕不是威脅，不過岡田先生在不知不覺之間，可能已經被捲進有點不妙的事情裏去了，這是我牛河的意見。」

牛河似乎已經把事情都說完了似的。

「在受傷之前最好能夠放手比較好嗎？」我問。

牛河點頭。「這就像岡田先生正在高速公路上玩著投球遊戲一樣。眞的很危險。」

「而且對綿谷昇也造成麻煩。所以如果我能完全乾淨地放手退出的話，也許可以讓我跟久美子取得聯絡嗎？」

牛河又再點頭。「大概是這個樣子。」

我喝了一口啤酒。

「首先第一，我會憑自己的力量找回久美子。」我說。「不管發生什麼我都沒打算借綿谷昇的力量。他不必幫我忙就可以了。我確實不喜歡綿谷昇這個人。不過，確實正如你所說的那樣，這不光只是喜歡或討厭的問題，而是在那之前的問題。在那之前是我無法接受他的存在。所以不和他交易。請你這樣傳達。然後請不要再隨便進到這裏來。再怎麼說這都是我家。不是飯店的門廳或車站的候客室。」

牛河瞇細了眼睛，從眼鏡深處望著我一會兒。眼睛動也不動一下，在那裏依然沒有所謂感情臉色這東西。並不是無表情。但那裏有的只是配合當場情況一時做出來的東西。然後牛河像在看看下雨的情形一般，以比身體比例算大的右手掌輕輕朝上。

「你說的我很清楚了。」牛河說。「我從一開始就料到可能不會那麼順利。所以得到這樣的回答，我也並不特別驚訝。我的個性是不太容易受驚嚇的。我也瞭解岡田先生的心情，話的條理清清楚楚有什麼不好呢。一切都沒有拖泥帶水，不是 Yes 就是 No 啊，容易瞭解很好。如果得到的是黑白不定，拐彎抹角的回答的話，我這個傳信鴿也不知道怎麼消化整理帶話回去，那才折騰人呢。不過噢，這個世界這種事還挺多的呢。不是我發牢騷，每天每天都像人面獅身的謎語一樣。這種工作對身體不好噢，岡田先生。沒有理由好。像這樣活著在不知不覺之間性格就變成彎曲迂迴了。你明白嗎？岡田先生？人會變成多疑，變成經常看背面的背面，變成無法相信單純明快的東西了。眞傷腦筋噢，眞的。

不過沒關係喲，岡田先生，我會對我們先生這樣淸楚地回答。只是啊，岡田先生，事情不會這樣就結束噢。

就算岡田先生想要快刀斬亂麻地乾淨了結，也沒那麼簡單。因爲這樣，所以我想我大概還會來這裏拜訪。所以雖然髒兮兮的矮冬瓜讓你看了不舒服，眞對不起，不過請你多少習慣一點我的存在。我個人對岡田先生並沒有任何懷恨的地方。眞的噢。不過不管喜歡或不喜歡，我目前這段時間是你想甩也甩不掉的東西之一。這說法好像很奇怪，但請你試著這樣想一想。只是像這樣厚臉皮隨便登門入室的德性，以後再也不會有了。正如你所說的，這不是正常的做法噢。唉呀呀，我只有說是的、是的，叩地謝罪請求原諒了。不過啊，這次這樣做我也是不得已的。請你理解。並不是每次每次都這樣亂來。我也像你所看到的，只不過是個普通人哪。以後會像一般人那樣先打電話。這樣可以吧？電話鈴先響兩聲就掛斷，然後再鈴鈴重打一次，所以如果有這樣的電話打來的話，你可以想這就是我，啊，那個傻瓜牛河不知道有什麼事，這樣想，請你好好拿起聽筒。可以吧，請你一定要接喲。要不然我又會不得不自己登上門來。我個人也不想這樣做，但沒辦法，拿人家薪水只好搖著尾巴替人家做事，所以人家叫我去做我就不能不盡力去做。你明白了吧？」

我沒有回答。牛河把變短的香煙在貓食罐頭底下用力按熄，然後好像忽然想起來似地眼睛看看手錶。「唉呀呀，好晚了。對不起，自己隨便打開門鎖進到別人家裏來，話說個沒完，而且還叨擾了啤酒。請多包涵。正如我所說的，我回到家也是沒有人在的卑微之身，偶爾找到談話對象就禁不住坐著不走說個沒完。眞沒出息啊。所以呀岡田先生，一個人的生活是不宜拖太久的噢。你看，人家不是說，人不是島嶼，或者說，小人閒居爲不善嗎？」

牛河用手輕輕拂去膝上假想的灰塵，然後慢慢地站起來。

「你不用送我，因爲我是一個人進來的，所以也一個人回去。門我會鎖上。還有岡田先生，或許我多管閒事，不過世上畢竟還是有一些事情是不必知道比較好的。不過這種事人家特別熱心想知道。眞不可思議啊。這終歸是一般而言……。以後終歸還會見面吧。那個時候如果狀況往好的方向改變的話，我也會覺得很高興的。那麼請休息吧。」

雨整個晚上就那樣安靜地繼續下著。直到早晨很早，周遭轉亮的時分才逐漸停下來。但那奇怪的矮小男人濕濕黏黏的氣息，和他吸過的無濾嘴香煙的臭味，卻和濕氣一起長久之間還留在家裏。

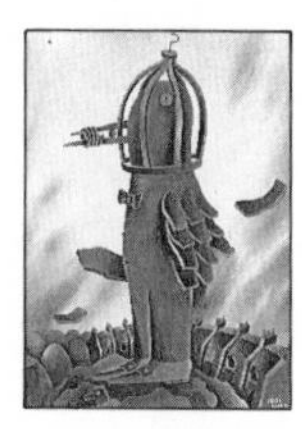

15

西那蒙不可思議的手語，音樂的獻禮

「西那蒙閉上嘴巴，是在迎接六歲生日稍前的事」，納姿梅格對我說。「那正好是要上小學的那年。那年的二月裏，他突然不能開口說話了。雖然是很不可思議的事，但他完全一句話都沒說出口這個事實，居然一直到那天的晚上了，大家才留意到。雖然本來就是個不太說話的孩子，但也未免太過份了。忽然留意到時，說起來西那蒙從早上開始就什麼也沒說了。我試著想讓他說話。試著對他說話、搖他，但都不行。西那蒙簡直像石頭一樣一直沈默著。是不是發生了什麼使他變成不能說話了呢？或者是自己決心不開口說話了呢？連這個都不清楚。現在還不明白。但他從此以後不但是不說話而已，連聲音本身都完全不發出來了。你懂嗎？連感覺到痛也不會喊叫一聲，連癢也不會發出笑聲了噢。」

納姿梅格帶兒子到幾個耳鼻喉科醫師的地方去。但原因還是找不出來。知道的只有，那好像不是由於肉體上的缺陷或疾病所引起的。醫師們從他的發聲器官無法找到任何異常。西那蒙可以確實聽見聲音。只是不說話而已。「這恐怕是屬於精神科的領域吧」他們異口同聲地這樣說。納姿梅格帶西那蒙到認識的精神科醫師那裏去。但精神科醫師對他的繼續閉口原因也無法解釋。他對西那蒙實施智商測驗，但思考能力完全沒有障礙。他實際上顯示出相當高的智商，情緒上也沒有什麼特別混亂的地方。「是不是有過什麼不尋常的打擊之類的事情呢？」醫師問納姿梅格。「請妳好好回想看看。例如目擊過什麼異樣的事物，或有誰在家裏動了暴力之類的，有沒有過這種事情呢？」但納姿梅格想不到任何一件事情。兒子照常吃飯，照常跟她說話，照常上牀安詳地睡著。而第二天早晨西那蒙便深深地沈入沈默的世界裏去了。家庭裏既沒有爭吵，孩子也在納姿梅格和她母親小心的照顧下被養育著。從來沒有一次對小孩做過類似舉手打他的動作。那麼只好暫時再多觀察一陣子，醫師說。因爲在原因還不清楚之下，也沒有辦法治療。請妳每星期帶他來這裏一次。或許以後漸漸會知道原因也不一定。或者過一陣子之後，就像從夢中醒來一樣，忽然又開始說話也不一定。我們只能耐心地等候了。確實這孩子是不能開口說話，但除此之外目前並沒有其他問題……。

然而不管怎麼等候，西那蒙還是沒有再從那深深的沈默海底浮上表面來過。

*

早晨九點，玄關的門發出低沈的馬達聲向內側開啓，西那蒙駕駛的賓士 500SEL 開進宅地裏來。汽車電話的天線從後座車窗後面，像嶄新生出來的觸手般突出來。我從百葉窗簾的縫隙間望著那光景。車子看來就像無所恐懼的巨大迴游魚一般。新的漆黑輪胎在水泥地面無聲地畫個圓弧，在固定場所停下。那每天畫著完全一樣形狀的弧線，在完全一樣的場所固定停止。應該連五公分的誤差都沒有。

我正喝著剛泡好的咖啡。雨停後的天空還被灰色的雲覆蓋著，地面還依然黑黑冷冷濕濕的。鳥一面發出尖銳的聲音一面在地面爲尋找蟲子而忙著飛來飛去。過一會兒駕駛席門開了，戴著太陽眼鏡的西那蒙下來。他小心地環視周圍，確認沒有異常後摘下眼鏡放進上衣內袋。把車門關上。大型賓士車的門發出確實關閉的聲音，和其他任何車種門的關閉聲都有一些不同。而這正意味著對我來說在「宅院」的一天開始了。

從早上開始我一直在思考著昨天晚上牛河來訪的事。我猶豫要不要告訴西那蒙比較好，關於牛河被綿谷昇差遣來訪，並要求我停止在這裏進行著的事。但結果決定不告訴他。至少決定暫時沈默。這是我和綿谷昇之間不得不解決的問題。我不想把第三者扯進來。

西那蒙像平常一樣穿著非常體面的西裝。全身都是手工良好的上等西裝，完全合身。服裝的款式算是比較保守的絕不顯眼，但一旦穿在西那蒙身上，就好像撒上魔法金粉般顯得嶄新而年輕。

當然搭配當天的西裝，領帶不同，襯衫不同，皮鞋也不同。這些大概都是母親納姿梅格以那一貫的調子從頭到尾挑選買給他的吧。不管怎麼說，正如他所駕駛的賓士車的車體一樣，西那蒙穿的衣服沒有一絲汚點，皮鞋也沒有一點灰塵。我每天早晨面對他的臉時，總是打心底佩服。不，應該說是深受感動吧。在這樣完美的優越外表之下，到底可能存在著什麼樣的實體呢？

他把兩個裝著食品和雜貨的購物紙袋從後車廂拿出來，用兩腕抱著走進屋裏來。讓他一抱連極平常的超級市場紙袋看來都像是高級藝術品一樣。也許抱法有訣竅吧。或者是那以前的問題也不一定。一看見我的臉，西那蒙整張臉愉快地微笑起來。非常燦爛的微笑。簡直像長時間在蒼鬱的森林裏散步，突然走出明亮開闊的空地時那種微笑。我開口說道「早安」。他則沒出聲地說〈早安〉。從嘴唇的微小動作可以知道。然後他從紙袋拿出食品，就像腦筋好的小孩把新學到的知識記入腦袋裏一樣，很有要領地收進冰箱。把雜貨整理好，放進櫃子。然後喝我泡好的咖啡。我和西那蒙隔著廚房的桌子面對面坐下。正如從前，我和久美子每天早晨所做的一樣。

*

「結果西那蒙一天也沒上過學校。」納姿梅格說。「一般學校不肯收不會說話的小孩，專收殘障小孩的學校所做的我總覺得不正確。他不能開口的原因——那不管是什麼原因——都和其他小孩的完全不同噢。西那蒙也不想去上學。他窩在家裏一個人安靜地讀書，聽古典音樂唱片，和那時候養的雜種狗在庭院裏遊戲，這樣子他似乎最高興。雖然有時候也到外面去散步，但他討厭在附近遇到同年齡的小孩，所以對外出並不那麼積極。」

納姿梅格去學手語，用那和西那蒙做日常性的會話。手語不夠用時便用便條紙做筆談。但有一天，她發現即使不特地用這些麻煩手段，依然可以和兒子充分傳達感情，自己幾乎沒有感覺到什麼不方便。只要些微身體的移動或表情變化，她就可以完全明白對方正在想的事情和需求的東西。自從發現了這個之後，她已經不太在意西那蒙不說話的事了。那並不有損她和兒子之間精神的交流。當然由於聲音性語言的不在，並非沒有感到物理性的不方便。但那終歸不過止於所謂「不便」這個次元而已，在某種意義上由於那不便，兩人之間的溝通，在質上反而更精純化了。

工作的空檔時間，她教西那蒙漢字和語言，教他計算方法。但實際上，她不得不教的事並不太多。他喜歡讀書，必要的事透過讀書一個人就自己學會了。納姿梅格的職責與其說是教什麼，不如說是選擇他必要的書給他。因為他喜歡音樂所以想學鋼琴，但只有最初的幾個月跟專門的老師學基礎運指法而已，然後就沒有接受正式教育，光用練習本和錄音帶便學會以那個年齡小孩來說算是相當高度的演奏技術。尤其主要以巴哈和莫札特是他最喜歡主動演奏的，除了浦朗克(Francis Poulenc)和巴爾托克(Béla Bartók)是例外之外，對演奏浪漫派以後的音樂他幾乎都不感興趣。最初的六年間，他的興趣集中在音樂和讀書。終於到了上中學的年齡時，他的關心轉向學習語文方面。他首先選英語、然後法語來學習，各學半年左右就可以讀簡單的書了。雖然不能發音，但西那蒙的目的不在會話，而是閱讀以這些語言所寫的讀物。然後他開始喜歡玩弄複雜的機械，買齊了各種專門工具試著組合收音機、眞空管音響主機，分解修理手錶。

身邊的人——說來和西那蒙現實上實際有關的對象，只不過是納姿梅格和父親、外婆（納姿梅格的母親）三個人而已——對他的凡事不開口已經完全習慣了。既不覺得不自然，也不認為異常。幾年後納姿梅格不再帶兒子去看精神科醫師了。每星期一次的面談，對他的「症狀」沒有帶來任何效果，而且因為正如醫師最初說過的那樣，除了不能開口之外，其他方面西那蒙完全沒有問題。他在某種意義上來說是個完美的小孩。納姿梅格不記得有命令過他做什麼，也不記得曾經叱責過他什麼。西那蒙自己該做的事自己決定，並以自己的方式徹底完成。西那蒙一切的一切都和普通小孩不同，比較本身便毫無意義。十二歲時外婆去世之後（他在那之後連續無聲地哭了幾天），納姿梅格白天出外工作時，他就自動做一些煮飯、洗衣、打掃之類的家事。納姿梅格在母親去世後準備請女傭，但西那蒙對那強烈地繼續搖頭。他拒絕讓新的外人加入，不喜歡改變家中的秩序。結果家庭生活的大部分都經由西那蒙的手條理井然地維持著。

＊

西那蒙用雙手和我說話。遺傳自母親的修長美好手指。雖然手指長，但絕不過長。十根手指在他臉前面就像靈巧的生物般流利而沒有多餘地動作著，將必要訊息傳達給我。

〈今天下午兩點有一個客人，只有這樣。在那之前沒有任何事。我在這裏花一個小時左右把工作做完，然後回去。並在兩點再帶客人來。天氣預告今天整天陰天，所以我想在白天還亮的時間進入井裏眼睛也不會痛。〉

正如納姿梅格所說的，要瞭解他的十根手指所訴說的語言我不會感覺不方便。雖然我完全不懂手語這東西，但順著他手指流利而複雜的動作解讀，並不覺得痛癢不自在。也許因爲他手指動作太高明了，光是一直看著就能理解那是什麼意思。正如看一齣以不懂的外國語演出的戲劇而感動一樣。或許我雖然眼睛追踪著手指的動作，而其實卻一點也沒在看那些也不一定。手指動作就像建築物的裝飾性正面一樣，其實也許我在不知不覺之間，已經在看那背後所有的別的什麼也不一定。每天早晨和他對桌談話時，總想試著看出那境界來，但還不太行。假設那裏有類似界線一般的東西，也是經常移動著變形著似的。

簡短會話，或溝通結束後，西那蒙便脫下西裝上衣掛在衣架上，把領帶塞在襯衫裏，開始打掃房子，站在廚房爲我做簡單的吃的東西。在那之間用小音響裝置放音樂。有一星期光聽羅西尼的宗教曲錄音帶，有一星期光聽韋瓦第的管樂協奏曲錄音帶。一直放好幾次，到我都可以完全暗記那旋律的程度爲止。

西那蒙的工作手法非常俐落，沒有一點多餘的動作。剛開始我說要不要幫什麼忙，但每次他都咧嘴微笑搖著頭。確實看西那蒙的一連串動作時，覺得讓他一個人做似乎一切都可以圓滑順利進行。從此以後我在西那蒙做早晨整理工作時，便避免妨礙他而坐到「假縫室」的沙發上讀書。

房子雖然不大，家具也真的只放必要的東西而已。不是有誰實際住在那裏生活，因此並不特別髒，也不亂。但西那蒙每天都把每個角落用吸塵器吸過，用抹布擦家具櫥櫃，把每一片玻璃噴上洗潔劑擦亮。桌上打臘。電燈泡擦乾淨。把屋子裏所有一切的東西，放回原來應該在的位置。整理餐具櫃的餐具，鍋子依大小順序整齊排正。把櫥子裏疊放著的餐巾布、毛巾等四個角重新整平。咖啡杯把手方向調一致。洗臉台的肥皂位置放正，毛巾即使沒有用過的形跡仍然換新。垃圾整理成一袋，將袋口綁緊拿到某處去。配合自己的手錶（可以打賭應該不會差過三秒）將時鐘的針調正。一切事物如果稍有偏離應有的樣子，便將經由他那優雅、確實的手指動作還原到應有的正確樣子。如果我試著將櫃子上的鐘往左邊移動兩公分的話，他第二天早晨便會將它往右移動兩公分。

但西那蒙這種舉動並沒有神經質的印象。那樣子看來是自然的、「正確的」。在西那蒙的腦子裏這個世界——至少存在這裏的一個小世界——該有的樣子或許已經鮮明地烙在上面，而維持那樣子，對他來說則像呼吸一樣理所當然。或者西那蒙被每件事物想要恢復本來的形狀這內在的激烈欲望所驅使時，只要一伸手便在做著了也不一定。

西那蒙把做好的飯菜放進容器收進冰箱，指示我午餐該吃什麼才好。我道過謝。然後他對著鏡子重新打領帶，檢點襯衫，穿上西裝上衣。於是嘴角浮起微笑，嘴唇動了一下對我說〈再見〉，轉一圈看看四周然後走出玄關。坐上賓士車，把古典音樂錄音帶放進卡匣，以遙控器打開門，和進來時完全一樣地畫個相反弧形出去了。車子出去之後再把門關上。我依然手上拿著咖啡杯，從百葉窗簾的縫隙之間眺望著。鳥已經沒有剛才叫得那麼吵了，看得見低低的雲有些地方裂開被風吹著飄去。但低雲之上還有別的厚雲在後面。

我在廚房的椅子上坐下，把杯子放在桌上，試著環視經由西那蒙的手美好整頓過的房間。那看來簡直像一幅巨大的立體靜物畫一般。只有時鐘安靜地刻著時間。時鐘的針指著十二時二十分。我一面望著剛才西那蒙坐過的椅子，一面再一次自問不告訴他們昨天晚上牛河來我家的事是否妥當。那到底適當嗎？那會不會損傷我和納姿梅格之間，或我和西那蒙之間類似信賴感的東西呢？

但我想暫時維持現況看看事情的自然演變。我想知道自己現在所做的事有什麼，因爲什麼理由而令綿谷昇那麼生氣。我到底踩到他什麼樣的尾巴了？還有他對那個將要採取什麼樣的具體對抗手段呢？我想要知道這個。這樣一來，或許可以多少接近一些綿谷昇所抱有的祕密了。而且那結果，我或許也可以更接近久美子所在的地方也不一定。

在西那蒙往右挪兩公分（也就是移回原來的位置）的鐘針指十一點稍前時，我爲了進入井裏而走出庭園。

*

「我對幼小的西那蒙講潛水艦和動物園的事。昭和二十年八月我在輸送船的甲板上看見的事。美國潛水艦大砲轉過來正準備把我們搭乘的船擊沈的時候，日本士兵們正在動物園趕盡殺絕地射殺著動物。那些事長久之間我沒有對任何人談起過，一直一個人藏在心裏。並在那幻影和眞實之間擴張著的幽暗迷路裏默默徘徊著。但西那蒙出生時我這樣想。我能夠談這些事的對象只有這孩子。我從西那蒙還不瞭解話語的時候開始，就將那些事對他說了好幾次又好幾次。我對著西那蒙將那事情一五一十地小聲說著時，那些情景就像撬開蓋子似地活生生地又重現在我眼前。

「等到他稍微聽得懂話的時候，西那蒙便好幾次要我把那故事重複說給他聽。我大概把那故事重複說過一百次、兩百次，或五百次了。但我不只是完全照樣地反覆說。我每次說的時候，西那蒙就想要知道包含在那故事裏的別的小故事。想知道那樹木所有的枝枝節節。所以我就在他發問之下沿著那枝節，說出那裏所有的故事。就這樣故事逐漸膨脹變大。

「那就像是，經由我們兩個人的手所建立起來的神話體系似的東西。你懂嗎？我們每天熱心入迷地交談著。關於動物園裏動物們的名字，關於牠們毛皮的光澤啦，眼睛的顏色啦，關於散發在那裏的各種不同氣味，關於士兵們每個人的名字和長相，關於他們的出生身世教養，關於步槍啦子彈的重量，關於他們所感覺到的恐怖和渴望，關於飄在天空雲的形狀……我跟西那蒙交談著，那些東西的顏色和形狀便清晰可見，看得見的東西就可以用語言照樣傳達給西那蒙。我可以找到完全符合那情景的語言。在那裏沒有所謂的限度。細部永遠持續，故事逐漸深入，擴大。」

她好像想起那個時候似地微笑。我第一次親眼看見納姿梅格那樣自然的微笑。

「但是有一天，那卻突然結束了。」她說：「從他無法開口說的二月早晨開始，西那蒙就停止跟我共同擁有故事了。」

納姿梅格停頓一會兒點起香煙。

「現在我已經知道了。他的語言被吞進那故事所擁有的世界迷路之中而消失了。從那故事裏出來的東西奪去了他的舌頭噢。而且那個，在那幾年後又殺了我的丈夫。」

*

風比早上增強了幾分，沈重的灰色雲塊被筆直朝東不休止地吹流過去。看來他們像朝向土地盡頭沈默前進的旅人們一樣。葉子翩然飄落的庭園樹木枝條之間，風偶爾發出不成語言的短促低吟。我在井邊抬頭仰望那樣的天空一會兒。那時候想到久美子是否也在某個地方同樣地眺望著那雲呢？沒有特別的，只是忽然這樣覺得。

我沿著梯子下到井底，把繩子一拉關上蓋子。於是深呼吸兩、三次，手用力握緊棒球棒，在黑暗中安靜坐下。完全的黑暗。對，這比什麼都重要。那沒有雜質的黑暗正握著鑰匙。好像電視的烹飪節目一樣，我想。「請注意噢，完全的黑暗是重點喏。所以太太，黑暗要盡量採用越深而完全的黑暗噢。」還有盡量堅固的棒球棒也是，我想。於是我在黑暗中稍稍微笑著。

可以感覺到臉頰上的斑輕微地開始發熱。我逐漸接近事物的中心。斑這樣告訴我。我閉上眼睛。西那蒙那天早上一面工作一面重複聽的音樂旋律已經黏在我的耳朵上。巴哈的「音樂之獻禮」。那像在天花板很高的大廳裏留下人們的吵雜聲一般留在我的腦子裏。不過終於沈默降臨，就像產卵的蟲子一般潛進我腦波的皺褶裏去。陸陸續續地。我張開眼睛，又閉上眼睛。黑暗互相混合，於是我逐漸從自己這個容器分離而去。

就像每次那樣。

16

這裏也許是路的盡頭（笠原 May 的觀點 4）

你好，發條鳥先生。

上次我說到我在遙遠的，深山裏的假髮工廠，和很多本地女孩子一起工作噢。這次繼續接下去。

不過我最近卻覺得在冒冷汗，人類像這樣每天從早到晚埋頭苦幹地工作好像有點奇怪噢。你沒這樣想過嗎？該怎麼說呢？我在這裏所做的工作，只是依照上面的人說這個這樣做，就照著做而已。什麼都不需要想。腦漿是在工作之前就先鎖在保管箱裏，回家時才去輕鬆拿回來就可以了。一天有七小時左右面對作業台勤快地把毛髮植入假髮基部，然後在餐廳吃飯，到浴室洗澡，然後當然不能不跟平常人一樣地睡覺，一天二十四小時裏自己能自由支配的時間眞是只有一點點而已。何況那「自由時間」也已經相當累了，所以多半只是躺著發呆，能夠靜下來想事情的情況幾乎等於沒有。當然週末會從工作中解放出來，但那也在做一星期份的洗衣服、打掃，偶爾上街之間很快就結束了。曾經有一次下決心寫日記，但完全沒有可寫的事，結果一星期就停下來了。因爲每天每天都是同樣事情的反覆而已呀。

但雖然如此，但雖然如此，對於自己這樣成爲工作的一部分，我完全不覺得不愉快。也沒有特別感到不適應。倒不如說由於我這樣，像螞蟻似的目不斜視地工作，甚至反而覺得好像逐漸接近「眞正的自己」了似的。怎麼說呢？雖然我無法適當說明，不過好像有一種不去想自己反而逐漸接近自己的中心似的感覺喲。我說「有點奇怪」是指這個。

我在這裏「一生懸命地」拚命工作著。雖然不是我自誇，但甚至獲得當月最優秀工作者的獎狀。我說過了吧，我的手工比外表看來靈巧噢。我們分班工作，而我加進的班成績進步了。因爲我做完自己的份量會去幫忙動作慢的人工作。所以我在大家之間評語相當好呢。這種事你大概不相信吧？我這個人評語居然會不錯。這個暫且算了不提。總之我想告訴發條鳥先生的是，我來到這個工廠之後，像螞蟻先生一樣，像村子裏的打鐵工人一樣，只是努力地埋頭工作。到這裏爲止你大概明白了嗎？

然而，我每天作業的場所是個奇怪的地方。簡直像是飛機倉庫一樣廣闊，天花板高得不得了，空空曠曠的。裏面大約有一百五十個左右的女孩子氣勢如虹地一起工作著，這倒是個相當可觀的場面。又不是在製造潛水艦，何必蓋一個這麼誇張的地方，我覺得不妨分成幾個小房間也沒關係呀，但這樣子或許可以讓大家容易產生「有這麼多人大家一起在工作著」的連帶感之類的吧。或者上面的人們比較容易「統一」監視也不一定。這裏頭一定有「某某心理學」之類的吧。桌子正如解剖青蛙之類的理化實驗室一樣每班各別分開，最邊邊坐著一位年長的班長。手一面動一面說話雖然沒關係（因爲再怎麼說總不能一整天默不作聲地工作吧），但如果太大聲說話，或高聲大笑，或太熱心講話時，班長就會擺一張很難看的臉過來說「弓子小姐，請你不要動嘴巴，要動手。工作好像有點落後的樣子噢。」這樣諷刺地提醒一下。所以大家都像半夜去尋找空巢時那樣小聲地說著悄悄話。

工作場所播放有線電台播的音樂。音樂種類因時間而不同。如果發條鳥先生是巴瑞曼尼洛(Barry Manilow)和空中補給(Air Supply)迷的話，大概會喜歡這裏吧。

我在這裏花好幾天，完成一頂「自己的」假髮。雖然也因等級不同而異，但製作一頂假髮要花好幾天。基部區分成細細的棋盤格子，在每一個十字框框裏一一順序植入毛髮。不過，這不是履帶流過來的作業，而是我的工作。不像卓別林電影裏的工廠一樣，把一定的大螺帽咔鏘絞緊後，就說嗨！下一個。我花了好幾天才把那一頂「我的假髮」做好。完成時甚至想在什麼地方加進我的簽名呢。〈某月某日，笠原May〉。當然，如果被發現我在做這種東西的話，是會被罵的，所以沒做。但想到我所做的假髮在這個世界上的某個地方戴在某個人頭上，總覺得心情滿棒的。覺得自己這個人好像確實和什麼緊緊聯繫著似的。

不過，所謂人生眞是滿奇妙的東西啊。因爲如果三年前有人跟我說「妳從現在開始三年後會到一個深山裏的工廠去，跟鄉下女孩子一起做假髮噢」，我想我一定會哼一聲笑翻天吧。我想那種事是完全無法想像的。所以反過來說，現在開始三年後誰也不知道我會做什麼對嗎？發條鳥先生知道三年後自己會在什麼地方做什麼嗎？一定不知道吧。就像現在我在這裏所有的錢跟你打賭都可以，別說三年後，就是一個月後的事都未必知道。

現在我周圍的人，大多是大概知道三年後自己將在什麼地方的人。或者以爲知道的人。她們想在這裏工作存錢，幾年後找個適當對象幸福地結婚。

她們的結婚對象大體上是農家子弟、商店老闆的後繼者，或在本地小公司上班的人。就像我前面也說過的那樣，這一帶地方年輕女孩正「慢性」地不足，因此她們「銷路」很可觀，只要運氣不太差就不會賣不掉，大家都能各自找到適合的對象，皆大歡喜地結婚。眞了不起。而且結婚後就像前次寫過的那樣，大多數人都會離開工作的地方。對她們來說，假髮工廠的工作，是爲了塡滿從學校畢業到找到結婚對象爲止的幾年空白時間的一個階段。就像進來一下，待一陣子，然後出去的房間一樣。

不過假髮公司對這方面不但無所謂，反倒不如說更歡迎像這樣適度工作幾年，結婚後就辭職的人。與其留下長久佔位子不走，卻老是鬧著薪水如何、「待遇」如何、搞組織工會之類的麻煩員工，不如工人經常有一點適度的更新比較「方便」。雖然能力高到可以當班長「等級」的人，公司某種程度是會重視的，但普通一般女孩子則像「消耗品」一樣。所以結婚後辭掉工作，是好像兩者都有「默契」互相瞭解的。就因爲這種種原因，對她們來說所謂三年後，是二者「擇一」可以想像得到的。不是在這裏跟大家一樣一面工作一面斜眼找著結婚對象，就是已經結婚辭掉工作了，這二者之一。你不覺得這樣非常「簡單」嗎？

像我這樣悄悄想著「三年後的事情完全無法推測」的人，在這周圍是沒有的。她們都很努力工作。不太看得到摸魚偷懶，或討厭工作的人。連抱怨也很少說。頂多偶爾有人對餐點的菜單有一點意見而已。當然因爲是工作，所以並不完全都是輕鬆愉快的，比方覺得今天妳想到什麼地方去輕鬆地玩一玩，但「義務」在身卻不得不從九點到五點，中間夾兩小時的「休息」照常工作，不過大體說來，我想大家都很快樂地工作著。那大概是因爲知道，這是由一個世界移往另一個新世界之前，有限的「過渡」期間吧。因此決定在這裏的期間，大家要一起吵吵鬧鬧高高興興地享樂一番。對她們來說那只不過是通過地點而已呀。

但對我來說卻不是。對我來說這裏完全不是「過渡」期間。也不是通過地點。因爲從這裏要去哪裏呢？我完全不知道。說不定，對我來說這裏就是終點了也不一定。對嗎？所以正確地說，我在這裏工作，心情並不輕鬆。我只是全面接受這工作而已。正在製造著假髮時，只想著製造假髮的事。而且是相當認眞地，眞的是認眞得渾身冒汗地想。

雖然我沒辦法適當說明，最近我偶爾會想起騎機車出事死掉的男孩子。老實說，到目前爲止很少想到。由於事件的打擊，我的記憶之類的，不知道是咻一下奇怪地扭緊歪曲了呢，還是怎麼樣了，記得的盡是一些不太重要的奇怪事情。例如腋下的汗臭、無可救藥的差勁腦袋、正要伸向奇怪地方去的手指，全是這一類的。但因爲某種契機，漸漸也開始想起一點一點不壞的東西來了。尤其腦袋一片空白，努力往基部植進毛髮時，毫無「脈絡」可循地，這些會忽然哈地一下醒過來。對了對了，就是這樣嘛。時間這東西一定不是依照ＡＢＣＤ的順序進行的，而是一下往東一下往西隨便走的。

發條鳥先生，我說眞的眞的眞的，我常常會害怕得要命。半夜裏醒過來，一個人孤伶伶的，每個人每個地方都遠遠離開在五百公里之外，一片黑漆漆的，往哪邊看都完全看不見前面，眞的害怕得想大聲喊叫出來。發條鳥先生難道沒有過這種事情嗎？那樣的時候，我會想道自己是跟某個地方聯繫著的。而且拚命地在腦子裏排列出有聯繫的東西的名字。在那之中，當然發條鳥先生在裏面。那後巷、那枯井、那柿子樹，這些東西也全都在裏面。自己在這裏製造的假髮也在裏面。逐漸想起來死掉的男孩子的事情也在裏面。而且藉著這些各種微小的東西（當然發條鳥先生並不是「微小的東西」，不過總之），我逐漸能夠一點一點地回到「這邊」來了。這樣的時候，我會忽然想到，如果當時能夠讓那個男孩子好好地看一看，讓他摸一摸我的身體就好了。但那時候我卻想「哼，才絕對不讓他摸一下呢」嘿，發條鳥先生，我也在想，我這一生要不要就一輩子處女下去呢？想得滿認真的。關於這件事，你怎麼想？

再見，發條鳥先生。但願久美子小姐也快點回來。

17 全世界的疲勞和重擔，神燈

夜裏九點半電話鈴聲響起。響兩聲斷掉，過一會兒又再開始響。我想起來那是牛河打來的電話暗號。

「喂。」聽得見牛河的聲音。「你好，岡田先生。我是牛河。其實我已經來到你家附近了，現在過去不方便嗎？不，我知道已經很晚了。不過，我想直接跟你談一下。怎麼樣。因爲是久美子小姐的事，所以我想你也有興趣吧。」

我一面聽著那聲音，一面腦子裏浮現電話那頭牛河的長相。那裏頭浮現著你大概不能拒絕吧的一副心裏有數的笑法。嘴唇翻起，露出骯髒的牙齒。但確實他是正確的。

正好十分鐘後牛河來了。他穿著和三天前完全同一套衣服。或者那是我想錯了，是完全別套衣服。但不管怎麼樣卻是同樣的西裝、同樣的襯衫和同樣的領帶。全都是髒兮兮、皺巴巴、不合身的。這些被貶低的衣服，看起來像是不當地被迫承受著全世界的疲勞和重擔似的。如果人能夠重新投胎轉世，而且被保證下一次的轉世能得到稀有的榮光，我不願變成那樣的衣服。他得到我的同意之後，自己去打開冰箱拿出啤酒，摸摸瓶子確認過那冰冷程度後，把它倒進眼前看見的玻璃杯裏喝起來。我們隔著廚房的桌子面對面坐下。

「那麼爲了節省時間，閒話少說，一開始我就單刀直入明白地向你報告。」牛河說：「岡田先生，你想不想跟久美子小姐談話？直接地，和久美子兩個人談。那不是岡田先生一直希望的嗎？你說不這樣的話事情就免談。不是嗎？」

我對這個試著考慮了一下。或者裝成在考慮的樣子停頓一點時間。

「當然如果能談的話是想談。」我說。

「不是不可能。」牛河安靜地說。並點頭。

「但是有條件……？」

「沒有任何條件。」說著牛河喝口啤酒。「只是今天這邊也有一個新建議。請你稍微聽一下。然後好好考慮看看。要不要跟久美子談，那又是另一個問題。」

我默默看著對方的臉。

「那麼我就開始說，岡田先生，你從某一家公司租下連土地帶房屋噢。那『上吊屋』的土地。因此你每個月要支付相當的金額。但那不是普通的租賃契約，而是包括幾年後也買下拍賣物的特別方式租賃契約。對嗎？當然那契約書沒有對外公開，因此岡田先生的名字也沒有被誰看過。嗯，本來就是這樣設計好的。但岡田先生實際上是那塊土地的擁有者，實質上付租金和付貸款完全達到一樣的機能。最後付款金額，對了，連房子在內大約八千萬圓左右吧。而且這樣下去，恐怕不到兩年那土地和房子的權利就屬於你了。哎呀呀眞了不起。速度眞快。我好佩服啊。」牛河說。而且像要確認似地看我的臉。

我還是沈默著。

「請不要問我爲什麼連這麼細微的地方都知道。那種事，如果想知道的話拚命奮力去調查總會知道的。只要懂得調查方法。而且大概也推測得出誰是那虛構公司背後控制的人。雖然因爲很多地方像迷魂陣一樣團團繞著，所以要調查這些還眞折騰人。打個比方來說吧，就像被偷的車子油漆整個重新漆過，輪胎換新，座椅也換掉，引擎號碼刮掉，卻還能從什麼地方找出來那樣辛苦。我做的是這麼費事的工作噢。是專家噢。不過，正因爲這樣，所以現在很多事情大概都知道。不知道的是岡田先生，你這邊喏。你大概不知道自己到底在還誰錢吧？」

「錢是沒有名字的。」我說。

牛河笑了。「確實沒錯。說得漂亮。錢確實沒有名字。眞是名言。我甚至想寫進手册裏。不過岡田先生，事情可沒那麼順利吧。就算稅務署這地方沒那麼聰明。他們只會從有名字的地方扣稅。所以沒名字的地方，便勉強安一個名字上去。何止名字，連號碼也編上。完全不必動到什麼情緒喲。但那就是我們生活著的這個現代資本主義社會成立的方式。……就是這樣，我現在這樣談著的錢是好好的有冠冕堂皇名字的。」

我默默看著牛河的頭。那隨著光線的角度而產生幾個奇怪的凹陷地方。

「沒問題，稅務署不會來。」牛河笑著說。「就算來了，在穿越這樣的迷魂陣途中，就會在什麼地方碰壁了。喀噹一下。腫起一個大疱。稅務署的人嘛，也是爲了工作在做的，所以並不想無謂地受傷。同樣是收錢，與其從困難的地方不如從簡單的地方順利地收比較輕鬆愉快吧。因爲不管從哪邊收的成績都沒有變。尤其如果上面的人親切地招呼指點一聲『與其從這邊做，不如從那邊做比較輕鬆愉快』的話，一般人都是往那邊去喲。我能夠調查得這麼徹底，是因爲我才有辦法噢。不是我自誇，別看我這副德性，手腕可高明呢。我知道怎麼不受傷的『訣竅』。可以咻咻地穿過黑漆漆的夜路。眞的是像童謠猴子抬轎那樣。提著小田原燈籠……就是這樣。

不過岡田先生，因爲對象是你，所以我眞的全部老實透露給你知道，就連這個我，對於你那裏到底在幹什麼？我眞的都完全搞不懂。到那裏來的人，大家都付給你相當高額的錢。這點我很淸楚。那麼也就是說，你給了他們値得付那樣代價金錢的特別的什麼噢。到這裏爲止是像在下雪日數烏鴉頭數一樣淸楚的。然而你在那裏到底具體上在做什麼？爲什麼非要那麼在意那塊土地不可呢？這個我就不明白了。唉！眞是傷透腦筋。再怎麼說，那都是這件事情最關緊要的重點。然而那核心的地方卻像算命的招牌一樣藏得乾乾淨淨的。這眞教人掛心。」

「也就是說綿谷昇也掛心這個嗎？」我說。

關於這個牛河沒有回答，只用手指拉拉耳朵上僅剩少許的凌亂頭髮。

「老實說，我只在這裏說，我眞的相當佩服岡田先生。」牛河說。「眞的噢。這不是客套話。這麼說有點失禮，不過岡田先生本來怎麼看都是個普通人。說得更露骨一點，是沒有可取之處吧。對不起噢，這種說法請不要介意。以世間的眼光來看的話是這樣。不過噢，像這樣跟你面對面說話，我眞是相當佩服。唉呀呀！眞是能幹哪。因爲岡田先生現在多多少少讓綿谷昇先生動搖、困惑著啊。所以才趕緊派我來做交涉的傳信鴿。普通人是很難辦到這地步的。

我啊，個人私下很中意岡田先生這種地方。不是說謊噢。我啊，正如你所看到的是個惹人厭的人，是個沒什麼用的東西，不過這種事我不會說謊。岡田先生的事我並不認爲完全是別人的事。我這個人從世間的眼光看來是比岡田先生更沒有可取之處的人。像這麼個矮冬瓜，旣沒學歷，也沒教養。父親是船橋地方做榻榻米的工人，幾乎是酒精中毒，總之怎麼說都是個討厭的傢伙，早點死掉就好了，小時候心裏這樣想，不知道是好還是壞。眞的很早就死掉了，後來我就像畫成畫掛在看板上一樣貧窮。小時候，沒有任何好的回憶，一點都沒有。從來不記得有聽過父母一句溫暖的話。那麼，當然變不良囉。高中總算熬畢業了，但接下來是人生大學，黑漆漆的小路上抬轎的猴子。憑自己這個空腦袋瓜活下去。所以，我討厭社會精英或政府官吏。說出來很抱歉，不過我最討厭從大門堂堂步入社會，討個漂亮老婆，衣食無憂的傢伙。像岡田先生這樣憑自己一個人的能力活下去的人，我喜歡。」

牛河擦火柴點上新的香煙。

「不過岡田先生，這可不會永遠繼續喲。人這東西是不知道什麼時候會栽倒的。沒有人是不跌倒的。人靠著兩隻腳走路，一面走著一面開始思考各種麻煩事，從進化歷史來看才是不久以前的事。這個啊，會跌倒噢。尤其現在岡田先生所咬著的世界，沒有一個人不跌倒。總之複雜事太多了，也好像正因爲麻煩事多所以才成立似的世界喲。我是從等於綿谷昇先生的伯父這上一代開始，就在這個世界一直工作到現在的。附帶家具器物整個地盤都被現在的先生繼續接收。在那之前做了很多危險的事。那樣做下去的話，我現在不是在監獄，就是變僵冷地躺在什麼地方了。不是我誇張。在適當時候被上一代的先生撿起來，所以大體上的事情都憑著這兩隻小眼睛確實地看過來了。這個世界不管是生手是老手，大家全都會滑溜溜地跌倒，健壯的人不健壯的人也同樣會受傷。所以爲了那時候著想，大家都多少保了一點險。像我這種末端的人也都好好這樣做。這樣預先做準備的話，就算跌倒了也總算能夠生存下去。不過如果你只有一個人哪裏也不屬於的話，只要跌倒一次就完了。劇終，沒戲唱了。

「而且岡田先生啊，這樣說有點那個，不過你也快要跌倒了。這是很確定的。在我的書上啊，再往前翻個兩、三頁，就用粗黑的大活字好好印刷著。岡田先生馬上就要跌倒了。眞的噢。不是在威脅嚇唬你。我在這個世界，比電視的氣象預報要準得多了。所以我想說的是，凡事都有個所謂止步的時候。」

牛河在這裏閉口，看我的臉。

「那麼，岡田先生，差不多彼此不要再互相做麻煩的猜測了，還是把話轉到具體的事情上吧。……就這樣，閒話扯太長了，現在總算談到那件事的提案上了。」

牛河把雙手放在桌上。並把舌尖伸出來舔一下嘴唇。

「這樣好嗎？岡田先生，我現在跟你提到『你差不多該把那塊土地放掉退出來比較好』噢。不過也許岡田先生想要放手也有放不了手的情況也不一定。例如像有約定之類的，貸款還沒解決之前不能隨心所欲地做之類的。」牛河在這裏切斷了話，像在試探似地抬頭看我的臉。「怎麼樣岡田先生，如果是錢成問題的話，由我們這邊來準備那個錢吧。如果說需要八千萬的話，我們就把八千萬一次湊足帶過來這裏。一萬圓鈔票整八千張。岡田先生從這裏把剩下的實質貸款還清，多出來的錢往口袋裏一塞就行了。於是你可以輕鬆地自由了。怎麼樣，這不是非常恭喜嗎？這樣怎麼樣呢？」

「於是那塊土地和建築物就變成綿谷昇的。是這樣嗎？」

「應該是這樣吧。從自然趨勢來說。當然還有很多麻煩手續囉。」

我對這個想了一下。「嗨，牛河先生，我不太能理解。綿谷昇爲什麼要這樣費事，想要我遠離那裏呢？還有他得到那土地和宅院到底打算做什麼用呢？」

牛河用手掌愼重地摩擦著臉頰。「噢噢岡田先生，那種事我實在不清楚。就像一開始我也說過的那樣。我只是個微不足道的傳信鴿。被主人呼喚道，你去做這個，就『是是，我這就去』照做而已。而且大多都是麻煩事。記得小時候讀過『阿拉丁神燈』，很同情那個被使喚照做的神燈魔法巨人，唉呀，怎麼會想到自己長大後居然也會變成那樣呢。眞可憐哪，實在是。但不管怎麼樣，那是我被交代的訊息。是綿谷昇先生的意思。要怎麼選擇就看岡田先生了。怎麼樣，如何？我該帶什麼樣的答覆回去才好呢？」

我沈默著。

「當然岡田先生也需要考慮的時間吧。可以呀，我們給你時間。並不是一定非要你現在立刻決定不可。本來想說請花時間慢慢考慮……，不過老實說也許沒有那個餘裕也不一定。岡田先生，這樣吧，以我牛河個人的意見向你報告噢，像這樣的慷慨提議，並不是永久都會一直擺在桌上的。只要轉頭看一下旁邊，不知不覺之間就會不見，這種情形也有可能噢。就像玻璃上的霧氣咻一下就會消失一樣，可能轉瞬間就消失不見了。所以請你務必認眞地趕緊考慮看看。這提議還不錯啊，怎麼樣，你明白嗎？」

牛河嘆一口氣，然後眼睛看手錶。「唉呀呀，該走了。又待得太久了。啤酒也叨擾了，照例還是我一個人嘮嘮叨叨說個不停，眞是厚臉皮啊。不過不是我找藉口，到岡田先生家很奇怪自然就會長坐下去喲。一定是很舒服吧。」

牛河站起來，把玻璃杯、啤酒瓶和煙灰缸拿到流理台放。

「我會很快再跟你聯絡，岡田先生。並安排準備讓你可以和久美子小姐談話。這個我跟你說定了，請你期待噢。」

牛河走了之後我打開窗戶，讓悶在屋裏的香煙氣味散出外面。然後用玻璃杯裝水喝。坐在沙發上，把貓沙哇啦抱到膝上，並想像牛河走出我家一步後，就脫掉虛假的化裝，回到綿谷昇那裏去的情形。但那是很愚蠢的想像。

18 假縫室，後繼者

到這裏來的女人們的底細納姿梅格並不清楚。誰也沒有自我介紹，納姿梅格也沒有問。她們口中說出的名字顯然都是假名。但那裏散發著金錢和權利結爲一體時所醞釀出來的特殊氣味。雖然女人們並沒有刻意要炫耀，但納姿梅格從那服裝的種類和穿著打扮，就可以一眼看穿她們所屬場所的成立類型。

納姿梅格在赤坂的辦公大樓租了一個房間。顧客們大部分對隱私極端神經質，因此她盡量選擇不顯眼地方的外觀不顯眼的建築物。而且經過各種考慮，最後決定採取服裝設計工作室的形式。她過去實際上做過服裝設計，而且不特定多數的女性來見她也沒有人會覺得奇怪。很巧的是她的顧客全都是穿定做高價衣服的三十歲代到五十歲代的女性。她在屋子裏擺出洋裝、設計畫或流行雜誌，也把服裝設計的道具、工作檯和模特兒模型放進去，爲了讓人看起來像眞的，而實際在那裏做一些洋裝的設計。並把另一間小一些的房間做爲假縫試穿用的房間。顧客們被帶進那假縫室，在沙發上讓納姿梅格做「假縫」。

顧客名單由百貨公司經營者的夫人做成。她是一個人面很廣的人，但只以覺得可以信賴的對象，愼重選擇有限的人數。她爲了避免鬧奇怪的醜聞，深信不得不採取由嚴選出來的成員組成俱樂部。如果不這樣的話事情很快會傳開。嚴格規定被選爲會員的人，對外部絕口不提這「假縫」的事。她們都是口風很緊的人，而且也知道如果打破約定的話，會被俱樂部永久放逐。

她們預先以電話預約「假縫」，在指定的時刻到這裏來。顧客之間不必顧慮彼此會碰面，隱私完全被保密。謝禮當場以現金支付。金額由百貨公司經營者的夫人做主決定，那是比納姿梅格預料中的大得多的金額。但曾經和納姿梅格見過一次，被「假縫」過的女士們，必定還會再打電話來預約。一個都不例外。「妳不必覺得這錢的事是一種負擔，」夫人剛開始就對納姿梅格說明。「因爲金額越高，這些人越安心。」納姿梅格每週三天到那辦公室去，一天爲一位顧客做「假縫」。那是她的限度。

西那蒙到了十六歲時，開始幫忙母親的工作。納姿梅格一個人要完成所有的雜務漸漸困難起來，但話雖如此，又不想雇用不認識的人。考慮的結果便問西那蒙願不願意幫忙自己的工作，他說〈好啊〉。甚至連母親在做什麼樣的工作都沒問。他早上十時搭計程車到辦公室(他無法忍受跟別人一起擠地下鐵和巴士)，做做打掃房間、把所有的東西整齊放在該放的地方，在花瓶裏插花，泡咖啡、買必要東西，用卡式錄音帶小聲播放音樂，記帳簿等事情。

終於西那蒙變成辦公室不可或缺的存在了，不管客人有沒有來，他都經常穿著西裝打著領帶坐在接待室的書桌前。他不開口說話顧客沒有一個人抱怨。人們對這件事不但不覺得不方便，反而喜歡他不說話。他也接預約電話。顧客們說出自己希望的日期時間，西那蒙便敲桌面回答。叩敲一次是「No」，叩叩敲兩次表示「Yes」。女人們喜歡這種簡潔。西那蒙容貌端莊是那種就那樣原樣化爲雕像放在美術館都行得通的青年，而且一般年輕男人往往說出口的掃興事他也不會說。女性顧客們臨走之前向西那蒙說什麼，他便露出微笑，把從外面世界帶進來的緊張解除，減輕「假縫」後的不適應。而且不喜歡與他人接觸的西那蒙，似乎對和來辦公室訪問的女人們交接不覺得痛苦。

到了十八歲西那蒙拿到汽車駕駛執照。納姿梅格找來看似親切的私人駕駛教練，請他教不能開口的兒子駕駛技術。但西那蒙讀遍了專門書，已經把駕駛方法從頭到尾徹底吸收。不是靠書就能明白的幾個實際上的祕訣，在他握方向盤的最初幾天就學會了，他立刻就成為熟練的駕駛者。拿到汽車駕駛執照，西那蒙便翻閱中古汽車專門雜誌買了中古的保時捷（德國 Porsche Carrera）。以每月從母親那兒領到的薪水全部儲蓄起來的錢當頭期款（他在現實生活上完全不花錢）。他買了車之後，便把引擎擦得閃閃發亮，透過郵購買新的零件幾乎全部照樣換新，裝上新輪胎，整理成幾乎可以出場參加像樣賽車的狀態。但他只開著那車從廣尾家裏到赤坂辦公室之間經過混雜擁擠的道路，每天沿著相同的路線來回而已。因此那輛車自從交到西那蒙手上之後，時速幾乎沒有開超過60公里以上，變成世界稀有的保時捷——。

納姿梅格繼續做那工作七年以上。在那之間有三個顧客離開（一個因為事故死亡，一個由於某種理由被「永久放逐」，一個因為丈夫工作調動的關係搬到「遠方」去了），代替的是增加了四個新顧客。同樣穿著高價衣服，使用假名的有魅力中年女士。七年之間工作內容沒有改變。她為顧客做「假縫」，西那蒙保持室內美麗，記帳簿，繼續開保時捷。在那裏既沒有進展，也沒有後退。大家只是逐漸一點一點增長年齡。納姿梅格將近五十歲，西那蒙二十歲。西那蒙似乎一貫樂於做那工作似的，而另一方面納姿梅格則逐漸被無力感所捕捉。她長年累月為顧客們體內所抱有的什麼繼續做「假縫」。雖然無法正確理解自己在做什麼，但總之盡可能繼續努力。不過納姿梅格並不能治癒那什麼。那絕不會消失。只會因她的治癒力暫時緩和活動而已。但經過數日後（大約三天，長則十天)那又開始像以前一樣開始活動,以這有一進一退的情形,從長期間來看沒有例外,會逐漸變大變強——像癌細胞一樣。納姿梅格對那成長情形像拿在手中一樣可以清楚地感覺到。那些會告訴她。做什麼都白費喲,不管多努力,我們最後都會勝利,這樣。他們說的是眞實的。納姿梅格沒有勝算。她只能讓進行稍微緩和,並且給顧客數日短暫的平穩而已。

「不只是這些人,難道世上的女人們全都抱有這樣的什麼嗎?」納姿梅格自問過幾次。「而且爲什麼到這裏來的人全部都是中年的女人呢?我自己也和她們一樣體內抱著那種什麼嗎?」

但納姿梅格並不太想知道那答案。納姿梅格所知道的,只是自己由於某種情況而被關閉在這個「假縫」室的事實。人們需要她,只要人們還需要,納姿梅格便不能離開那個房間。有時候覺得那無力感變得很深很強烈,自己好像變成一個空殼子一樣。覺得自己逐漸被磨損快要消失到虛無的黑暗中去了。那時候她會向西那蒙坦白說出那種心情。安靜的兒子,一面點頭一面熱心聽母親的話。他什麼也沒說,但光是對兒子說話納姿梅格心情便能變得奇妙的安穩。感覺自己不是孤獨的,也不是完全無力的。「眞不可思議,」納姿梅格想。「我治癒別人,西那蒙治癒我。但誰來治癒西那蒙呢?只有西那蒙像黑洞一樣一個人呑下一切的痛苦和孤獨嗎?」納姿梅格只有一次把手放在西那蒙的額頭上探索看看。就像爲顧客做「假縫」一樣。但她的手掌在那裏無法感知任何東西。

納姿梅格開始認眞考慮想辭掉工作。我的力量已經所剩不多了。再這樣下去我可能終究會在無力感中燃燒殆盡。但人們切實地需要她的「假縫」。納姿梅格不能因爲自己一個人的方便,而乾脆地把那些顧客放下不管。

納姿梅格找到那工作的後繼者,是那年夏天的事。當她看見坐在新宿大樓前,年輕男人臉上的黑青斑時,納姿梅格就知道了這個。

19 遲鈍雨蛙的女兒（笠原 May 的觀點5）

你好，發條鳥先生。

現在是半夜兩點半。周圍的人都像木頭一樣沈沈睡著了。而我卻睡不著，所以從牀上起來寫這封信。老實說睡不著的夜晚對我來說就像適合戴法國帽的相樸選手一樣稀奇。平常，時間到了就會自然而然地睡著，時間到了又自然而然地醒來。雖然也有一個鬧鐘，但幾乎沒有用過。不過非常稀有偶爾也會這樣。半夜忽然醒來，就一直睡不著了。

我想像這樣坐在桌前給發條鳥先生寫信直到睏爲止。大概不久就會睏起來吧。所以這封信會變很長，或變很短，連自己都不知道……雖然這麼說，但不只是這次而已，每次也都在寫完之前，不知道會變怎麼樣。

那麼我這樣想，世上的人們多半的人生和世界，雖然多少有例外，不過基本上大概以爲會始終活在一貫的地方（或應該在）吧。我跟周圍的人談著時，常常會這樣想。發生什麼事時，不管是社會性的事或個人性的事，人們常常會說「那是因爲，那個是這樣，所以變成那樣的」，多半的情況都會同意「啊是這樣啊，原來如此」。可是我就不太明白。「那個是這樣」「所以變成那樣」的意思，就像把「茶碗蒸的原料」放進微波爐按下按鈕，叮一聲響後打開爐門茶碗蒸已經蒸好了一樣，完全不能說明什麼不是嗎？也就是在按下按鈕和叮一聲之間實際發生了什麼，只要一關上爐門就完全不知道了。「茶碗蒸料」在大家不知不覺之間在黑暗中曾經一度化身爲焗義大利麵，然後又忽然變回茶碗蒸也不一定。但我們以爲把「茶碗蒸料」放進微波爐叮一聲了，當然結果茶碗蒸就做好了。可是我覺得那只不過是推測而已。要是我的話，倒不如放進「茶碗蒸料」叮一聲打開，偶爾會出現焗義大利麵，反而鬆一口氣。那當然可能會嚇一跳噢，不過還是可能鬆一口氣也不一定。至少不至於太混亂，我想。因爲那樣對我來說，在某種意義上似乎覺得很「現實」。

雖然「那個爲什麼是現實性？」的道理很難用語言來說明，不過假如以自己以往走過來的像道理一樣的東西當做實例好好想想看時，我想應該很清楚在那裏幾乎沒有所謂「一貫性」這東西。首先我爲什麼會被生爲那像雨蛙一樣無聊的夫婦的女兒眞是個謎。一個很大的謎。爲什麼呢？雖然由自己說來有點那個，因爲我比那夫婦兩個人加起來還要正常。不是在自誇，這眞的是事實。雖然不是說自己比雙親更偉大，但至少以人來說是比較正常的。如果發條鳥先生見過那兩個人的話一定會明白。他們相信這個世界是像興建出售高級住宅的平面格局一樣「首尾一貫」附有說明的。所以只要以「首尾一貫」的做法去做的話，一切最後都會順利進行的。而且對我的沒有這樣做感到混亂、悲傷、憤怒。

爲什麼我會以這樣遲鈍麻木雙親的孩子被生到這個世上來呢？爲什麼我由他們扶養長大，卻爲什麼不能變成遲鈍麻木的雨蛙的女兒呢？我從很久以前就一直對這個想了很多。但卻無法說明。又覺得好像有什麼確實的理由，但我卻想不起來。這種不合道理的事其他還有很多。例如「爲什麼周圍的人都把我當異類般的嫌惡呢？」之類的。我並沒有做什麼特別壞的事。我是極普通地活著的。但有一天忽然注意到，我沒有依賴過任何人。我對這個眞的是無法理解。

而且缺乏「脈絡」的事導致別的非脈絡，因此發生了許多事，我想。例如和那個騎機車的男孩相遇發生不可收拾的事故之類。在這記憶中，或者說在我頭腦裏的順序上，沒有「這個因爲這樣，所以變那樣」的東西。好像每次叮一聲打開來時，總是砰地冒出自己都曾經不記得看過的東西。

而且自己周圍到底發生了什麼事情，我都完全不知道。在這樣的情況下，我不去上學只在家裏閒著沒事，就是那時候跟發條鳥先生認識的。不，在那之前我就在假髮公司打工做社會調查了。不過爲什麼是假髮公司呢？那也是個謎。想不太起來了。出事的時候稍微撞到頭，因此腦的位置錯亂了也說不定。或者受到精神上的衝擊，很多記憶都咻一下藏到什麼地方去變成一種毛病了也說不定。像松鼠挖洞把樹子藏起來，然後卻把埋的地方就那樣忘掉了一樣（發條鳥先生看過這種事嗎？我有噢。小時候，我那時還笑松鼠傻呢。不知道自己有一天也會變成那樣）。

總之我在假髮公司做調查工作，因此對假髮像宿命般地喜歡上了。這也是沒有「脈絡」可循的事。爲什麼會是假髮，而不是絲襪或杓子呢？如果那是絲襪或杓子的話，我現在就不會這樣努力在假髮工廠工作。對嗎？如果那愚蠢機車事故沒發生的話，我那個夏天就不會在後巷遇見發條鳥先生吧？如果沒遇到發條鳥先生的話，發條鳥先生也許就不知道宮脇先生家有井的事結束了，因此臉上也不會出現青斑，不會被捲進那種怪事裏去……也許噢。這樣一來「世界到底什麼地方有一貫性呢」我便這樣想。

或者是世上有各種人，對有些人來說人生和世界是茶碗蒸式的一貫東西，而對另一些人來說，則是焗義大利麵式的走到哪裏就碰到什麼。我不太淸楚。但只是這樣想像而已，我那雨蛙的雙親，如果把「茶碗蒸料」放進去叮一聲拿出來是焗義大利麵的話，恐怕會對自己說「我一定是放錯成焗義大利麵料了吧」。或者手上拿著焗義大利麵，卻拚命對自己說「不不，這猛一看表面上是焗義大利麵，但其實是茶碗蒸」。而且如果我對他們親切地說明「把茶碗蒸料放進去叮一下　偶爾也會變成焗義大利麵」，他們也絕對不會相信，反過來還會氣得要命呢，我想。這種事發條鳥先生能明白嗎？

關於發條鳥先生的斑下次再談，以前我在信上這樣寫過對嗎？關於我在上面親吻時的事。我想大概是第一封信上吧。記得嗎？老實說自從去年夏天和發條鳥先生分開之後，我回想那時候的事時，便像貓在看下雨一樣地繼續一直想東想西。那到底是什麼呢？但老實說，我對那無法適當說明。也許有一天更久以後——十年後或二十年後——還有這種機會的話，而且我變成更大人、更「聰明」的話，或許會對發條鳥先生適當地說「其實啊」怎麼樣也不一定。但是很遺憾現在的我，覺得大概還沒有具備把那「適當明確」化爲語言的資格和想法。

不過只有一點我可以老實說，我比較喜歡沒有斑的發條鳥先生。不，這不對。因爲發條鳥先生也不是想沾上那斑而沾上的，這種說法有點不公平噢。也就是說對我來說沒有斑的發條鳥先生就已經足夠了，大概是這樣吧……。不過只有這樣一定也不清楚到底是怎麼回事吧？

嘿，發條鳥先生，我這樣想。那斑也許帶給你什麼重要的東西也不一定。但那應該也從你那裏奪走了什麼。好像相抵一樣。而且大家如果像那樣從發條鳥先生這裏奪走什麼的話，不久發條鳥先生就會漸漸磨損掉吧？也就是該怎麼說呢，我眞正想要說的是，發條鳥先生就算沒有那樣的東西，我也一點都不在乎的意思。

老實說，我現在在這裏每天這樣「默默」地做著假髮，我想畢竟也是因爲那時候吻了發條鳥先生的那個斑吧。因爲有那回事所以我才會想離開那裏，決心稍微離發條鳥先生遠一點吧。這種說法或許會傷害到發條鳥先生，但那也許是眞的。不過託那個福我才能夠好不容易在這裏找到了自己的地方。所以在某種意義上我該感謝發條鳥先生。雖然說是某種意義上被感謝，可能也不是多快樂的事吧。

就這樣，我覺得我想不能不對發條鳥先生說的事，大體上好像都說出來了。現在已經是四點前了。該起牀的時間是七點半，因此還可以睡三個多小時。但願能立刻睡得著就好了。總之信寫到這裏差不多該打住了。再見，發條鳥先生，請爲我祈禱能順利睡著。

20

地下迷宮，西那蒙的兩扇門

「那個宅院裏放有一部電腦對嗎？岡田先生。雖然我不知道誰在用。」牛河說。

那是夜晚九點，我坐在廚房把聽筒貼在耳邊。

有，我簡短地回答。

牛河發出好像在吸鼻子似的聲音。「嗯，我們照例調查了一下，掌握到大概有的這回事。不，並不是有電腦就怎麼樣，當然不是對這個有意見喏。現在這個時代，對於用腦工作的人，電腦是必需的，所以有也一點都不奇怪。

所以呀，岡田先生，長話短說的話，因爲有一點緣故，我就想到如果能透過那電腦跟岡田先生通信的話該多好。於是我自己就試著做了各種調查，唉呀呀這可不那麼簡單呢。光是普通線路號碼還接不上呢。而且還設定成如果不悄悄打進什麼特別的謎語還不能運作呢。沒有謎語，那門就動也不動。這可就傷腦筋了。」

我沈默著。

「不過，要是被奇怪地誤解可就麻煩了，所以我並沒有想要進入那個電腦，或做什麼壞事，或這類姑息的事。因爲光是想接近那通信機能就已經被硬梆梆地擋在外面，所以要想從那裏抽出資訊來也不可能那麼簡單。所以那麼麻煩的事，我們根本就不去想。我只是想建立起久美子小姐和岡田先生會話的網路而已。上次我不是跟你約好了嗎？說我會努力讓你跟久美子小姐能夠直接對話對嗎？久美子小姐離家也已經有相當時日了，像這樣事情拖著下去不解決也不好。這樣下去岡田先生的人生或許會往奇怪的方向偏掉也不一定。不管有什麼樣的情況，人類面對面開誠佈公地交談是很重要的。不這樣的話總是會發生一些錯誤偏差，使人變得不幸。……嗯，我也盡我的力量把道理說明了，總算說服了久美子小姐。

不過噢，久美子小姐也眞不容易點頭。她說不打算跟岡田先生直接說話。她說見面就不用提，也不能在電話上談。說**連打電話**也不要。唉呀呀！我也眞沒轍噢，對這個。我眞是用盡各種手法跑疲了腿去勸說噢，決心眞堅定啊。就像千年頑石一樣硬。這樣下去的話，青苔都會長出來喲。」

牛河稍微等了一下我的反應，但我還是什麼也沒說。「不過啊，總不能被這麼一說就『哦，這樣子啊，我知道了』就簡單地打退堂鼓。那樣的話我這個牛河可會被先生揍慘呢。不管對方是岩石也好，土牆也好，都得去找出一個妥協點來……那是我們所做的事。妥協點啱。如果對方不賣冰箱給我的話，至少也買個冰塊回去，這種精神。於是啊，我想有沒有什麼好方法呢？眞是絞盡了腦汁，不過人總是會考慮看看的，不久我這個不怎麼樣的陰暗腦袋，也像從雲間看見星星一樣忽然浮起一個點子來。對了，用電腦畫面來談話不就行了嗎？也就是敲鍵盤在畫面上把字排出來，這岡田先生會吧？」

我在法律事務所工作時，爲了做判例調查或檢查委託人的個人資料而使用過電腦。也用過通信機能。久美子應該也在工作場所使用過。她所編輯的自然食品雜誌，將各種食品的營養分析和餐點食譜之類的東西，全部記錄在電腦上。

「不過啊，普通一般的電腦是不行的，但使用我們的機器跟那邊的機器的話，應該可以做到速度還算快的相互通信。久美子小姐也說如果用電腦畫面的話倒也可以和岡田先生對話，她這樣說噢。到這裏爲止總算有個結果。這樣的話總算可以同時間互相對答，我想這算是接近會話吧。這就是我所能提供的最大限度的妥協點了。薄命猴子的智慧。怎麼樣呢？或許不合您的意，不過光這樣我已經絞盡腦汁了。用起不中用的腦袋還滿累人的。」

我默默把聽筒換到左手拿。

「喂喂，岡田先生，有沒有在聽啊？」牛河以擔心的聲音說。

「我在聽啊。」我說。

「說得簡單迅速一點哪，如果能把進入那邊電腦通信機能的謎語告訴我的話，立刻就可以把跟久美子小姐的對話設定好。怎麼樣呢？岡田先生。」

「那有幾個實際上的困難點。」我說。

「說來聽聽。」牛河說。

「一點是，不能確定會話對象是不是久美子。如果用電腦畫面對談的話，既看不見對方的臉，也聽不見聲音。也許有人裝成是久美子在打鍵盤呢。」

「原來如此。」牛河像很佩服似地說。「這個倒沒想到，但以可能性來說，並不是沒有可能。不是我說客套話，凡事一一懷疑是很好的噢，我懷疑，故我在。那麼這樣如何？岡田先生首先試著問只有久美子小姐才知道的問題。然後如果對方答得出來，那就是久美子小姐。一起生活了幾年的夫婦，所以總有一件或兩件只有兩個人才知道的那種事吧?」

牛河說的也合道理。「好吧。不過不管怎麼樣,我還不知道那謎語。我手還沒碰過那機器。」

根據納姿梅格說的,西那蒙對那電腦系統從頭到尾徹底照自己的意思改裝過。他把原來的機器能力提高,自己做複雜的相關資料集中管理系統,將程式暗號化,巧妙設計成別人無法輕易打開。西那蒙以十根手指堅固地支配著,綿密地管理著,通路以三次元錯綜形成那地下迷宮。所有的通路都有系統地刻進他腦子裏,只要一按鍵盤操作,他就可以走捷徑跳到任何喜歡的地方去。但不明底細的侵入者(也就是除了西那蒙之外的人),要到找到特定情報為止,很可能會被拖著在迷魂陣裏繞幾個月,而且到處藏有警報裝置和陷阱。這是納姿梅格告訴我的事。「宅院」裏的電腦不是很大。和赤坂辦公室的電腦相當。但這些和他們自己家裏的母機網路相連線,資訊可以相互處理。在那裏應該塞滿從顧客名單到複雜的雙重帳簿、納姿梅格和西那蒙有關工作上的機密。不過我推測不只是這些而已。

這樣想,是因為西那蒙實在太深刻、親密地和那機器相聯的關係。他經常躲在自己的小房間裏作業。但偶爾由於某種事情門開著時,可以窺見那樣子,每次這樣的時候,我總覺得好像在偷看別人的事似的有些愧疚。因為他和那電腦難分難捨化為一體,顯得很安詳地行動著。他熱心專注地敲著鍵盤,讀著畫面上浮現的文字,偶爾不滿地撇撇嘴,偶爾輕輕微笑。有時候一面慢慢一個字一個字按著鍵,有時候像鋼琴家在彈李斯特的練習曲般激烈快速地運指。看來他好像以那機器為對象一面進行無言的會話,一面透過電腦畫面眺望著另一個世界的光景似的。那對西那蒙而言似乎是既親密又重要的光景。我不得不想他眞正的現實,或許不在這地上的世界而是存在那地下迷宮中吧。而且在那個世界裏，西那蒙或許正以澄澈的聲音善辯地說話，大聲地哭笑著。

「我不能從這邊操作那邊的電腦嗎？」我問。「那樣不是不需要謎語嗎？」

「那樣不行。那樣做，就算那邊的送信可以傳過這邊來，這邊的送信卻還是不能傳進那邊。問題是那芝麻開門的謎語啊。如果不能解開這個就沒辦法。不管用多巧妙的聲色，還是不能開門讓狼進來。狼敲門說『你好，我是你的朋友小白兔噢』，沒有謎語還是要砰一聲吃個閉門羹。鋼鐵處女。」

牛河在電話那頭用火柴點香煙。我腦子浮現他那變黃的不整齊牙齒和鬆垮的嘴角。

「謎語是三個字。英文字母或數字。或兩者的組合。指示出現後十秒之內要輸入謎語。三次連續錯誤的話電腦就會關閉，警報會響。說警報其實不是眞的嗶地響，而是狼來了的足跡會立刻被發現。怎麼樣？做得很好吧？實際排列組合計算看看就知道了，說起來26個英文字母和10個數字組合的可能性將近無限，所以不知道的人根本沒有勝算。」

我對這個默默考慮了一下。

「嘿，有沒有想到什麼啊，岡田先生。」

*

第二天下午，〈客人〉坐著西那蒙開的賓士離開之後，我走進西那蒙的小房間，坐在桌子前把電腦電源開關打開。電腦畫面浮現藍色冷冷的光。文字一列排開。

本電腦操作需要暗語。

十秒內請輸入正確暗語。

我把預先準備好的三個英文字母輸進去。

zoo

畫面不開，警告聲響起。

暗語未登記。

十秒內請再輸入一次正確暗語。

畫面上開始倒數計時，我把英文字母轉換成大寫，輸入和前面一樣的組合。

ZOO

但答案是No。

暗語未登記。

十秒內請再輸入一次暗語。

如果再輸入一次錯誤暗語，

電腦將自動關閉。

倒數計時開始。還有十秒。我只留第一個字母大寫，剩下的兩個。試著改爲小寫。這是最後的機會。

Zoo

響起明朗的鳴聲。

暗語正確輸入。

請由以下項目選擇程式。

於是選項畫面打開。我從肺裏慢慢吐出空氣。然後調整呼吸，將長長排列的項目往下移動，尋找選擇被指定網路通信的程式。畫面上無聲地排列出網路通訊的新項目。

請由以下項目選擇通信程式。

我選了mutual（相互通信）按滑鼠。

mutual項的受信機能部分需要暗語。

請在十秒內輸入正確暗語。

這對西那蒙來說應該是重要的封鎖。要阻止熟練的電腦侵入者進入操作，只有堅固地防守入口。而且如果那封鎖是重要的話，所使用的暗語也應該是重要的。我在鍵盤上打著。

SUB

畫面不開。

本暗語未登記。

請在十秒內再輸入一次正確暗語。

計時開始。10、9、8……。我重複和剛才一樣的手法順序前進。以大寫開始小寫繼續。

Sub

響起明朗的鳴聲。

暗語正確輸入。

請輸入網路號碼。

我抱著雙臂看著訊息。不錯。我已經連續解開兩扇西那蒙迷宮的門扉了。完全不錯。動物園和潛水艦。然後按滑鼠取消前進。畫面恢復初期的選項。操作結束，按關閉欄，畫面便浮現文字。

如無指示時
本次操作程序，將自動記錄於操作檔案。
如不必記錄時請選擇不存檔。

依牛河教的，選擇不存檔。

本次操作程序不記錄於檔案。

畫面靜止地死了。我用手指擦額上的汗。小心謹慎地將鍵盤和滑鼠還原到原來的位置（不要差別超過2公分），我離開了變冷的電腦畫面前。

21

納姿梅格的故事

赤坂納姿梅格花了好幾個月，把她的發跡故事告訴我。那是長得無止盡，充滿無數揷曲的故事。所以雖然我只把那極簡單的（雖說如此也沒那麼短）類似概要的東西顯示在這裏，那是否能夠適當傳達事情的骨架精髓，老實說我沒有自信。但至少應該能傳達她人生各個階段所發生事件的概要。

赤坂梅格和母親只帶著隨身珠寶爲財產，從滿洲撤回日本來。並在橫濱的母親娘家寄居。娘家是做以台灣爲主的貿易方面的工作，戰前景氣好時還賺錢，但長期戰爭之間交易大多已經散失。向來主持事業的父親也因心臟病死去，幫父親忙的次男也在終戰稍前被砲彈擊中而死。當教師的長兄辭去工作繼承了事業，但原本性格就不適合做生意，家業終於無法再度復起。廣大的宅院雖然留下來了，但在戰後物資缺乏的時代在那裏起居生活並不是一件多愉快的事。母女總是縮著身子銷聲匿跡地過著日子。吃得比別人少，早晨比任何人都早起，家務雜事主動找來做。少女時代的納姿梅格穿的衣服，一切的一切，連手套、襪子到內衣都是接收表姊妹穿過的，連鉛筆都是別人丟掉的短的收集來用。早上睜開眼睛是一件痛苦的事。光想到這又要開始新的一天時，心裏就痛。不管多貧窮都沒關係，只要跟母親兩個人不必顧慮別人地過日子就好了。但母親卻不離開那裏。「我母親以前是個活潑明朗的人，但從滿洲撤退回來之後卻變成像個空殼子一樣了。一定在什麼地方喪失生的力氣了。」納姿梅格說。母親再也不能夠重新站起來。只能以女兒爲對象反覆談起快樂時候的往事。所以納姿梅格不得不學習自己一個人活下去的本事。

雖然她並不討厭讀書，但對於在高中所教的一般學科幾乎都沒興趣。光把歷史年號、英語文法或幾何公式硬塡鴨式地塞進腦袋，她無論如何都覺得對自己沒有幫助。不如學會什麼實際的一技之長，早一天自立，這是納姿梅格的願望。和悠哉快樂地過著高中生活的同班同學們不一樣，她實在是遠遠地離開她們。

老實說，當時她滿腦子所有的只有流行服飾的事。從早到晚她都想著服裝的事。雖然這麼說但因爲自己實際沒有餘裕裝扮，因此只是反覆翻閱從什麼地方得到的流行雜誌，模仿著做素描，或者把腦子裏浮現的服裝畫不斷地畫在練習簿上而已。爲什麼會那樣強烈地被服裝吸引呢？那原因她自己也不明白。大概在滿洲時經常摸弄母親衣服的關係吧，納姿梅格說。母親擁有很多衣服，是個講究穿著的人。洋裝與和服都多得塞不進衣櫥的程度，少女時代的納姿梅格一有空閒便把那些衣服拉出來摸摸瞧瞧的。但撤退時衣服的大半都不得不留下，塞在旅行背包裏帶回來的也依序換成食品了。母親每次攤開下次不得不賣的衣服時便唉聲嘆氣。

納姿梅格說「設計服裝對我來說是通往別的世界的祕密門扉。一打開那扇小門，就有一個只屬於我的世界展開。在那裏，想像力是一切。只要自己想要想像的東西，能夠多強烈地想像，你就可以多從現實遠離。而且對我來說最高興的，那是免費的。想像不需要花一分錢喏。不是很棒嗎？在腦子裏想著美麗的洋裝，把那轉換成畫，不只是所謂離開現實耽溺於夢想而已，對我來說也是活下去不可或缺的事。就像呼吸一樣當然而自然的事。所以我想像每個人是不是多少也都在做著同樣的事。但其他的人卻沒有這樣做，想做也做不好，當我瞭解到這個時，這樣想『我在某種意義上和別人不一樣，所以只好過不一樣的生活』。」

納姿梅格退出高中，轉到洋裁學校。拜託母親籌措學費，把剩下的少數珠寶給一次處分掉。她在那裏學了兩年縫製、剪裁、洋裝的設計等實際技術。從洋裁學校出來後，她便租公寓開始一個人生活。一做縫東西、編織的打工，晚上則做女服務生，一面到服裝設計專門學校上課。畢業後，在一家高級女裝公司就業，按照希望被分配到設計部門。

她確實有創新的才華。不僅能畫服裝設計畫，同時擁有和其他人不同的看法和想法。在納姿梅格頭腦中有「想要做這種東西」的明確意象，那不是從別人借來的，而是從自己心中自然產生出來的東西。那些意象的細部，她可以像鮭魚溯著河川找回源流一樣，一直無限地追尋下去。納姿梅格沒有空暇睡覺地努力工作。工作既覺得快樂，而且滿腦子只想早一天成爲能夠獨當一面的設計家。她既不想出去外面玩，也不知道任何一種遊玩的方法。

上司終於承認了納姿梅格的工作成績，對她所畫的流麗而奔放的線條感到興趣。並且經過幾年的見習期間之後，把一個小工作部門交給她做主管理。那在公司裏是特例的拔擢。

納姿梅格的工作實績一年一年著實地提升。終於不僅在公司內，連業界的許多人都對她的才能和熱力感到興趣。服裝設計的世界一方面是閉塞的世界，同時某方面也是個公平競爭的社會。自己設計的服裝有多少被事前預訂，就那樣成爲設計家的實力。那既會以具體數字呈現出來，而且勝負可以用眼睛清楚地看得見。她並沒有刻意和別人競爭，但那實績卻令人無法忽視。

到二十歲代後半為止，納姿梅格目不斜視地埋頭工作。在那之間認識了許多人，有幾個男士對納姿梅格表示好感，她跟他們的關係既短又淡。她總是無法對生身的人懷有深刻的關心。納姿梅格腦子裏被服裝的形象佔滿了，對她來說覺得眞正的人不如設計的人來得更活生生更肉感。

但到了二十七歲時，納姿梅格在業界新年宴會中被介紹認識一個風貌不可思議的男人。長相本身很端莊，但頭髮凌亂，下顎和鼻尖像石器般尖銳，因此看來與其說是婦女服裝設計家不如說是狂信的宗教家一樣。比她年齡小一歲，像鐵絲般瘦，擁有一對無底的深奧眼睛。而且好像以讓對方不自在為目的似的，以頗具攻擊性的視線，環視著人們。但納姿梅格可以在那眼睛裏看見自己本身的反映。他當時還是個不知名的新進設計師，兩個人是第一次碰面。不過納姿梅格倒已經聽過關於他的傳言。評語是有特異才華，但傲慢任性，動不動就跟人家吵架，幾乎沒有人喜歡他。

「我們兩個人是相似的類型。都是大陸出生的，他戰後身無分文地從朝鮮搭撤退船回來。他父親是職業軍人，戰後經歷過相當貧乏的日子。小時候母親因為傷寒去世，因此他對女人的服飾開始感到強烈的興趣。雖然有才華，但為人處世卻不高明得沒話說。做的是婦女服裝設計，但一出現在女人面前卻會立刻臉紅，變得很粗暴。也就是說我們都像是離群的動物一樣。」

第二年兩個人結婚，那是一九六三年的事，接下來的一年（東京奧運會那年）春天生下的孩子就是西那蒙。名字是西那蒙啊，眞的？西那蒙生下來之後，納姿梅格就把母親接來請她代為照顧孩子。因為自己必須從早到晚拚命工作，沒有空照顧幼小的孩子。所以西那蒙幾乎是在外婆手中養育長大的。

自己是否曾經對丈夫以一個男性眞的去愛過呢？納姿梅格也不知道。納姿梅格缺乏下這種判斷的價值基準，對男方來說也一樣。他們的結合是靠一種偶然邂逅的力量，和對洋裝設計的共通熱情。雖然如此，結婚生活的最初十年對雙方都是結果豐碩的。納姿梅格和他結婚後便辭掉公司的工作，開始擁有獨立的設計事務所。在青山路後巷裏一棟小建築物朝西的小房間，通風不良也沒有空調設備，因此夏天熱得鉛筆都要從汗濕的手上滑掉的程度。當然工作不是一開始就一帆風順。因爲兩個人都驚人地缺乏實務能力。有時遇到惡劣對手便沒辦法地受騙，由於不知道業界的習慣而沒有拿到訂單，或犯下無法想像的單純錯誤，總是無法上軌道。也曾經到達貸款累累只好半夜逃走的地步。不過納姿梅格在偶然的機緣下，找到一個對兩個人的才華評價很高，又矢志忠誠的能幹經紀人，才有了突破轉機。過去的煩惱好像假的一樣，公司後來快速發展。營業額每年倍增，他們身無分文所建立起來的公司，一九七〇年可以說是奇蹟式地成功。連不知人情世故傲慢的他們自己，也預料不到能有那樣可觀的成果。兩個人增加員工數，搬到大馬路邊的大辦公大樓，在銀座、青山和新宿開出直營店。兩個人所成立的創作品牌名稱，經常被大眾傳播媒體提起，也被世間廣泛地知道了。

公司變大之後，兩個人分擔的工作性質也改變了。服裝製作工作雖然可以說是一種創作行爲，但和製作雕刻或寫小說不一樣，也是一種和許多人的利害有關的生意。不是躲在後面一個人做自己喜歡的東西就可以的。必須有人到外面去扮演「臉」的角色。生意上的交易額做得越大，這種必要性也跟著增加。宴會、服裝秀必須出面去招呼應酬，接受媒體採訪。納姿梅格完全不想接受這個任務，結果只好由丈夫出面。丈夫對交際應酬的笨拙也不輸給納姿梅格，因此剛開始他覺得痛苦得沒辦法。在不認識的人前既不能好好說話，每次回來都疲勞困德。但半年繼續下去之後，他突然發現自己覺得走出人前已經不再像以前那樣痛苦了。雖然依然無法順暢說話，但和年輕時候相反，他的這種沈默木訥反而吸引人們的興趣。人們把他那木訥而被動的應答（那是本來天生內向所發出的），不再認爲是不懂人間世故的傲慢，而是以迷人的藝術資質來接受。他甚至終於很樂於置身在自己這樣的立場。而且他在不知不覺之間，被抬舉到那個時代文化英雄般的地位。

「你可能也聽過他的名字吧？」納姿梅格說。「不過實際上那時候，設計的作業有三分之二都是我一個人做的噢。他的大膽而有創意已經以商品的形式上了軌道，他已經想出綽綽有餘之多的創意，把那發展膨脹成形下去則是我的任務。我們公司規模擴大之後，也沒有從外頭請設計師。只有幫忙的人增加而已，重要的核心部分只有我們在做。我們想做的只是，不分階級、不分一切，做我們想做的衣服而已。市場調查、成本計算、會議之類的一概沒有。只要想做這種東西，便照著設計，盡可能用好料子，花時間製作。其他廠商做二倍工夫的東西，我們要花四倍工夫做。其他廠商可以用三公尺布料做的，我們用四公尺。做好細密的檢查，除非滿意的東西否則不拿出外面去。賣剩的全部丟掉。也沒有折扣。當然價格也相對提高。剛開始業界的人都認爲這樣不可能順利行得通而把我們當傻瓜。但我們的服裝卻變成那個時代的一個象徵。就像彼得馬克思的畫、Woodstook、崔姬、和『簡易打火機』這一類東西一樣。當時的服裝設計眞的很快樂。多大膽的東西都可以做出來，顧客也跟得上。簡直像背上長了大翅膀一樣，到處都可以自由地飛。」

但自從他們的工作開始進行順利之後，納姿梅格和丈夫的關係也逐漸疏遠了。即使在一起工作，丈夫的心也不知道飄到什麼地方去，她常常發現有這種情形。他的眼睛似乎已經失去過去的閃閃光輝和飢渴光采。一不如意便隨手抓起東西亂丟的激烈氣性，幾乎不再在臉上顯露出來。偶爾落入沈思似地呆呆凝視著遠方的情形也增加了。他們除了在工作場合之外幾乎不再對話。他不回家的事也變多了。雖然她多少知道丈夫在和幾個女人交往，但納姿梅格並沒有特別受傷。因爲兩個人之間已經長久沒有肉體關係（那主要是因爲納姿梅格這邊失去性慾的感覺），丈夫另外有了戀人也是沒辦法的事，她想。

丈夫被殺是一九七五年底發生的。那時納姿梅格四十歲，兒子西那蒙十一歲。他在赤坂的一家飯店房間，被用刀子刺死。早上十一點整理客房的女孩要去打掃時，用備份鑰匙打開房門進入房間發現屍體。浴室簡直變成洪水般血跡斑斑。全身血淋淋的，血幾乎已經一滴不剩地流出外面。而且心臟、胃、肝臟、兩個腎和胰臟都從身上被挖走了。殺害他的人好像將這些器官全部切下，用塑膠袋或什麼裝著帶走了。頭從胴體切斷，正面朝外地放在馬桶蓋上。那臉也用刀子切割過。犯人似乎是先將頭切割掉，然後將內臟一一切掉回收的樣子。

要切除人的內臟除了需要銳利的刀刃，還得要有相當專門的技術。肋骨必須用鋸子或什麼切開才行。而且既花時間，又會流大量的血。爲什麼非要特地這麼麻煩地做呢？原因不明。

飯店櫃台負責人說，記得前一天晚上十點左右他和女人兩個人來開房間。房間在十二樓。但因爲也是年底的忙碌時期，只記得對方是三十歲左右的漂亮女子，穿著紅色大衣，個子不是很高——這種程度的事而已。不過那個女的只帶小皮包其他沒帶什麼。牀上有性行爲的痕跡。從牀單上回收的陰毛和精液是他的。房間裏留下多數的指紋。多得沒辦法搜查。他所帶的小皮包裏，只有少數換洗衣服、化妝品、和工作有關的文件紙夾，還有一本雜誌而已。皮夾內有十萬多一點的現金，和信用卡一起留下來，但應該帶著的手冊則沒有找到。房間裏沒有手執的痕跡。

警察調查過他的交友關係，但沒有符合飯店櫃台負責人所描述特徵的女性。有三個或四個女性的名字被提出來，但警察調查的結果，並沒有發現仇恨或嫉妒的過節，而且她們全都有不在場證明。在流行服飾業界就算有人不覺得他人很好（當然有幾個人。那不是一個被認為充滿溫情友愛氣氛的世界），但並不至於因此便說這些人對他懷有殺意，更不認為他們擁有以刀刃將六個內臟割出的特別技術。

因為是世上知名的設計家，所以那事件被報紙、雜誌廣泛報導出來，成為不小的醜聞，但警察以獵奇型殺人不願意讓這事件太過於受到注目渲染，以各種技術上的理由，而沒有正式發表內臟經由誰的手帶出去的。也有一種說法是不願意名字被傷害的那家飯店輾轉施加壓力。只發表他在飯店的一個房間，被刀刺殺而已。也曾經有過傳言說在那裏舉行了「什麼異常的事」，但結果則不了了之。警察雖然展開大規模的搜查，但犯人始終沒有被捕，連殺人動機到最後都不明白。

「那個房間到現在應該還緊緊釘起來封鎖著。」納姿梅格說。

在丈夫被殺的第二年春天，納姿梅格將公司連直營店、庫存品和品牌名全部賣斷給一家大服飾廠商。她連賣斷交涉律師所帶來的文件金額都不怎麼去確認便默默蓋上印鑑章。

公司放手後，納姿梅格發現自己對洋裝設計已經完全失去熱情。過去和活著成同義語一般的那激烈切實的慾望水脈，唐突而完全地乾涸了。雖然也曾極稀有地受委託做設計工作，成品達到一流專家的水準。但那裏頭已經感覺不到喜悅了。就像在吃著沒有味道的食物一樣。簡直像他們連我的內臟也完全拔掉了似的，她想。知道她過去的熱力和嶄新創意的人，記憶中還把納姿梅格當做傳說性存在，這些人的設計委託還不斷進來，除了無論如何都推不掉的之外，她全都不接。她在稅務會計師的勸告下，將賣斷公司的錢轉到股票和不動產投資，由於景氣好的關係，那資產又逐年膨脹。

公司放手後不久，母親便因心臟病去世。八月某個炎熱的日子母親在玄關潑水時，突然說出「不舒服」，便在牀上躺下，發出很大的鼾聲。於是就那樣死掉了。納姿梅格和西那蒙便只剩下兩個人。從此以後的一年左右，納姿梅格幾乎足不出戶地窩在家裏。她好像要一次找回過去的人生中從未得到過的安靜和平穩似的，坐在沙發整天望著庭園。也不怎麼吃東西，一天睡十小時。平常的話應該上中學年齡的西那蒙，便代替母親料理家事，在空閒時便彈彈莫札特或海頓的奏鳴曲，學了幾種語文。

但在那幾近空白的安靜一年過去時，納姿梅格忽然在偶然之間，知道自己擁有某種特異能力了。那對她來說是完全沒見過不記得有過的奇妙能力。這是代替對服飾設計激情消失後，在我心中產生的新東西吧，納姿梅格想像。而且那能力實際便代替服裝設計成爲納姿梅格的新職業。雖然那絕不是她自己所追求的。

剛開始是那位大百貨公司經營者的夫人，年輕時候曾經是歌劇歌手，聰明而充滿活力的女性。她從尙未成名以前就格外注目納姿梅格的設計家才華，經常會來看她。如果沒有她的支援也許公司在早期就垮了也不一定。由於這關係納姿梅格答應接下爲夫人的獨生女打點結婚典禮，幫母女雙方選擇衣服，搭配飾品的工作。那並不是特別困難的工作。

但在一面等候假縫，一面和納姿梅格聊天時，那位夫人沒有任何前兆地便雙手抱起頭，搖搖晃晃地倒在地板上。納姿梅格吃了一驚抱起她的身體，用手摸摸她右側的太陽穴。她什麼也沒想只是反射性地那樣做，並可以感覺到那裏有什麼存在著。就像從布袋上摸裏面的內容一樣，她手掌可以感覺得到那形狀和感觸。

因爲不知道該怎麼辦才好，於是納姿梅格便閉上眼睛準備想一點別的什麼事情。於是她想起新京動物園的事。沒有任何入園者的休園日動物園。只有她以主任獸醫女兒的身分特別被允許進入裏面。那對納姿梅格來說可能是一生中最幸福的時光。在那裏她被保護、被愛、被承諾。那是最初浮上她腦海的印象。無人的動物園。納姿梅格一一回想起在那裏的氣味、光彩、浮在天空雲的形狀。她一個人從一個檻欄走到另一個檻欄前。季節是秋天，天空無限高爽，滿洲的鳥成群結隊地從一個樹林飛到另一個樹林。那是本來屬於她的世界，而且在各種意義上是永遠失去的世界。不知道時間經過多久，終於夫人慢慢地站起來，向納姿梅格道歉。夫人還驚魂未定，但激烈的頭痛似乎已經過去了。過了幾天，納姿梅格收到工作的謝禮，由於金額比預料中高出許多而吃驚。

那次事件經過一個月左右，百貨公司經營者的夫人打電話來，邀她一起吃中餐。中餐過後夫人帶納姿梅格到自己家裏，並對納姿梅格拜託說：「爲了想確認，能不能請妳再摸一次我的頭看看？」因爲沒有理由拒絕，她便依照她的要求做。納姿梅格坐在夫人旁邊，用手掌輕輕放在她的太陽穴上。於是她可以感覺到那裏又有同樣的什麼。她集中意識試著更具體地探索那形狀。但她一集中意識，那什麼便像扭動身體似地滑溜溜地變形著。這個是活著的。納姿梅格微微感到恐怖。她閉上眼睛想著新京動物園的事。那並不困難。納姿梅格只要想起來就好了。想她以前爲西那蒙說的故事和那光景。她的意識離開肉體，在記憶和故事的狹小空間裏徘徊，然後回來。一留神時，夫人正牽著她的手道謝。納姿梅格什麼也沒問，夫人也什麼都沒說明。納姿梅格和上次一樣感覺到輕微的疲勞感，額頭也滲出薄薄一層汗。臨分手時夫人說謝謝妳特地來一趟，於是要交給她一袋謝禮，但納姿梅格鄭重地，而且明白地拒絕了。這不是工作，而且上次的工作已經收到足夠有餘的報酬了。夫人沒有勉強。

幾星期後，那位夫人又介紹另外一位婦人來見納姿梅格。年齡約四十五歲，眼睛凹陷銳利，個子矮小的女人。穿著高級服飾，但除了銀結婚戒指之外沒有戴任何首飾。從氣氛就知道不是普通的人。百貨公司經營者夫人預先告訴納姿梅格「那位婦人希望妳為她做跟我一樣的事。請不要拒絕。而且默默收下謝禮。因為那從長遠來看對妳來說和對我們來說都有必要。」

她和那位女士在後面的房間兩人單獨在一起，同樣用手掌壓在太陽穴上。那裏有別的什麼在。那比百貨公司經營者夫人的更強、動作也更快。納姿梅格閉目屏息，試著鎮定那動作。她意識更努力集中，更鮮明地喚起記憶。她進入那皺褶細部，對那個什麼傳送她記憶的溫馨。

「於是我在不知不覺之間，開始把那個當工作來做了。」納姿梅格說。她知道自己已經被捲進一個巨大的流裏。終於，成長的西那蒙也開始幫忙起她的工作。

22 上弔屋的謎 2

「世田谷區名宅、上弔屋出沒者」若隱若現政治家影子、驚人巧妙隱情、其中藏著什麼祕密？

摘自「週刊──」12月21日號

正如12月7日號中介紹過的，世田谷幽靜住宅區有一棟被悄悄稱爲「上弔屋」的住宅。因爲住在那裏的人，結果都像約好了似地遭遇不幸而自絕生命，其中大半選擇上弔做爲自殺方法。

（中略──前回報導提要）

我們到目前爲止的調查，只有一件事實已經明確。想查出「上弔屋」新主人習性，但無論從任何通路調查都經常碰壁。尋訪負責房屋建築的建設公司，卻被嚴厲拒絕採訪，購入土地的「隧道公司」在法律上完全清白沒有紀錄，這頭的通路也無跡可尋。一切都周密巧妙地預先設計好。因而不得不令人推測其中必有什麼隱情。

另一件引人注意的事是，購入該土地的隧道公司設立時負責申請的會計事務所。經過調查，已知該事務所其實是在政界著名會計事務所的「下包」機構，設立於五年前，換句話說也就是似乎以它的影子部分發揮機能的。這家「會計事務所」擁有幾家這類「下包」機關，依目的不同而加以適當利用，一旦發生什麼問題，便像蜥蜴尾巴一樣斷然切除。這家「會計事務所」從未受到檢察廳的直接調查，「但在有關幾件政治疑獄事件時名字曾經曝光過，當然已受到當局注目」（某報政治部記者）。那麼和這家會計事務所有關的線當然可以推測出，「上弔屋」的新入居者和有力政治家間或許有某種關聯。而且由這觀點來看，高牆、使用最新電子機器的嚴密警衛態勢、租用的漆黑賓士車、巧妙設立的隧道公司……這些專業知識，一一向我們暗示政治家的介入。

極度徹底保密

對調查結果已經明白的幾件事實感到興趣的採訪小組，針對造訪這「上弔屋」的賓士車展開出入調查。根據該紀錄，十天間賓士車出入總次數共二十一次。一天中該車子進出大門約兩次。其中有幾個規則性。首先車子於早晨九時開來進入大門，十時半出去。駕駛極爲守時，出入時刻誤差不到五分鐘。但和早晨出入時間的明確相比之下，其他的出入則不規則。其中大多紀錄在下午一時至三時之間，車子進入時刻和出去時刻皆不一致。從車子進入到出去有不到二十分鐘的，也有長達一小時的。

由這些跡象可以推測出以下事實。

(1)早晨規則的車子出入——意味著有人到這裏來「上班」。車子四面玻璃都經過從外面看不見裏面的反光處理，因此「上班者」身分不明。

(2)白天不規則的車子出入——可能意味有來訪客人。往來時間的不規則可能依「客人」的方便。客人是單數或複數則不明。

(3)夜間家中似乎沒有活動。有人在宅內與否也不明。從牆外看不見有沒有燈光。

另一件想明白的是，調查十天之間通過這扇大門的，只有那漆黑賓士車一輛而已的事實。除此之外，沒有一輛車子、一個人通過該入口。這是超越一般常識之外的不自然現象。住在這屋子裏的「什麼人」既不出外買東西，也不散步。人們除了坐那輛車窗反光的大型賓士車之外不會來這裏，也不會出去。換句話說，由於某種原因，他們決定絕對不對外露臉。原因是什麼？為什麼他們要如此費事和花費這樣高金額，徹底將一切事情藏進祕密深處呢？

順便一提，這房子出入口僅有正面玄關一處而已。宅院後方是狹小的後巷，但這巷子不通任何地方。除非穿過誰家的土地，否則這後巷既進不去，也出不來。問附近的人，現在這後巷並沒有居民在使用。也許因為這樣，這房子在朝後巷的裏側並沒有設後門。只有高牆像城牆般聳立著而已。

這十天之間推銷報紙的，或被認為推銷員的人，曾有幾次去按宅院門上裝的對講機，但完全沒有應答的跡象，當然門也沒有開過。推測就算裏面有人，也以電視錄影鏡頭觀察訪問者，除非必要場合否則不予應答吧。既沒有郵件，也沒有送快遞的人登門送貨。

就這樣，要說剩下的調查方法的話，只剩下跟蹤出入那裏的賓士車，掌握它的行蹤了。要追蹤耀眼地以緩慢速度在街上前進的賓士車並不是太困難的作業，但這也只能止於這輛車開進赤坂某一家一流飯店的地下停車場為止。停車場入口有穿制服的警衛，設計成沒有專用卡片便無法進入裏面，因此我們的車子便不能再前進了。這家飯店經常有國際會議在這裏召開，因此很多要人住宿。也有很多來日著名藝人住宿的機會。做爲這些時候被要求的安全對策、隱私對策，而設有ＶＩＰ專用停車空間，與一般住宿客人使用的停車場分別設置。使用的複數電梯也有獨立專用的，運行狀態由外部無法得知。也就是設計成可以完全不被人看見地訂房、退房。這部賓士車正是確保使用著這種ＶＩＰ專用空間的。對本雜誌的採訪，飯店方面小心謹慎地簡單說明，這些空間「平時」是以經過「嚴格身分調查」僅對具備應有資格的法人爲對象，以特別租金租賃的，至於使用條件或利用者等詳細情報則無從獲得。

　該飯店內設有購物名店街、幾家喫茶店、餐廳、也有四個結婚會場、三個會議廳。也就是經常有多數人日夜不分地出入，要在這些場所找出搭乘該賓士車者的特定身分，除非擁有特權否則不可能。從車上下來的人可以搭乘眼前的電梯在適當樓層出來，就那樣溶入人群中去。由此可知從頭到尾都經過周密的機密維持體系控制著。由此顯示有過剩的金錢和政治力的介入。由飯店方面的說明也可以知道，要訂契約利用這ＶＩＰ專用停車場空間並不簡單。很可能這「嚴格的身分調查」也包含了負責外國要人警衛保安當局的意向，這裏頭應該需要政治性的關係。不是光有錢就可以的。而同時也需要高額金錢則不在話下。

　（後略——據說利用這宅院者，推測可能是有力政治家在背後支持的宗教組織）

23 全世界的各種水母，變形的東西

在指定的時間，我坐在西那蒙的電腦前，用暗語進入通訊網路系統。並把牛河告訴我的號碼鍵入畫面。花了五分鐘接上網路。我喝著預備好的咖啡，調整呼吸。但咖啡簡直沒味道，吸進的空氣有點粗粗的。

終於線路聯繫上了，可以相互通信的訊息隨著輕微的呼叫聲浮上畫面。其次我指定由對方付費。然後只要注意操作紀錄不要在機械上留下檔案的話，就應該不會讓西那蒙知道我用過電腦了（不過沒有自信。那是他的迷宮，我只不過是一個無力的異鄉人而已）。

經過比預料中長的時間。但終於畫面上浮出對方接受對方付費通信的訊息。這畫面的另一頭，爬過東京地下黑暗中長長的電纜延長線的某個地方，久美子應該在那裏。她在那裏應該同樣坐在電腦畫面前，雙手放在鍵盤上。但我在這裏現實上眼睛能夠看見的，則是發出嘰哩嘰哩輕微機械聲的電腦螢幕而已。我用滑鼠選擇送信項目欄，將到目前爲止，已經在腦子裏反覆過無數次的文章打字進去。

＞有一個問題。不是很難的問題。但我必須確認在那邊的眞的是妳。問題——結婚前，兩個人第一次出去

時，我們到水族館去。在那裏妳最熱心看的東西請告訴我。

我在畫面上排出字。按下送信記號（希望告訴我，妳最熱心看的東西↵）。然後改爲受信模式。

回答在咻一聲時間落差之後送回來。很短的回答。

＞水母。全世界的各種水母↵

我的問題和那回答上下並排在電腦螢幕的畫面上。我一直注視著那文章。全世界的各種水母↵。那沒錯是久美子。但在那裏的是眞正的久美子這事實，反而使我覺得很難過。就像自己的內容被完全拔掉了，被掏光了似的感覺。爲什麼我們只能夠以這種形式對話呢？但對現在的我，只能夠就這樣接受。我敲著鍵盤。

＞先從好消息開始。今年春天，貓突然回來了。雖然瘦了很多，但沒受一點傷很健康。從此以後貓沒再出去，一直在家。其實不能不跟妳商量的，但我擅自爲牠取了新名字。沙哇啦。鰆魚的沙哇啦。我們兩個過得還好。這是好消息。大概↵

停了一會兒。那是通信的時間落差？或是久美子的沈默呢？我無法分出來。

〉**那隻貓還活著眞的很高興。因爲我很擔心貓。↵**

我爲了滋潤口中的乾渴喝了一口咖啡。然後再度敲鍵盤文字。

〉**其次是壞消息。雖這麼說，但除了貓回來之外，其他大體上好像全都是壞消息。第一我還沒辦法解答各種謎。**

我這樣寫。並迅速地重讀畫面上排出的文字後繼續。

謎之一——妳現在到底在哪裏？在那裏到底在做什麼？爲什麼繼續和我分開呢？爲什麼妳不想見我呢？那總有什麼原因吧？我們之間應該有很多事情是必須兩個人見面商量的。妳不覺得嗎？↵

她花了些時間才回答。我想像在鍵盤前，一直咬著嘴唇安靜思考的久美子的臉。終於畫面上的排列，隨著她手指的動作而開始快速移動起來。

〉**我想傳達給你的事，已經全部寫在給你的信中了。最後希望你知道的是，現在的我在各種意義上已經不是你所知道的我了這個事實。人這東西是會因各種原因而改變的，有些情況會變形而變不行了。我不想見你是**

爲了這個。不想回你的地方去，也是爲了這個。

游標一直停留在一點上，一面明滅著一面探尋語言。十五秒或二十秒，我瞪著那游標。而它在螢幕上正等待著新語言的成形。變形而變不行了？

可能的話，請儘早忘記我。正式離婚，你步上新的別的人生，對我們兩人都是最好的路。我現在在什麼地方做什麼不是大問題。比什麼都重要的事實是，由於某種原因，我們兩人已經分別處在不同的世界了。而且那是回不了原來的地方的。希望你明白，連這樣和你通信，我也像身體被刀割著般痛苦。相信你一定無法想像↵

我把那文章重讀了幾次。她的用語毫不拖泥帶水，那裏充滿了令人心痛的濃密確信。相信久美子這些用語，已經在自己腦子裏反覆許多次了吧。但我不得不想辦法動搖那堅強確信的牆壁。就算一點點也好。我敲著鍵盤。

＞妳說的話有點含糊難懂。妳所說的〈不行了〉具體上是怎麼回事呢？那是什麼意思我不太能理解。蕃茄不行了。雨傘不行了……那當然瞭解。是指番茄腐爛了，雨傘骨折了。但妳所說的〈變不行了〉是指什麼呢？我想不起具體的形象，除了我之外和別人有肉體關係妳在信上寫過，但那件事使妳〈變不行了〉嗎？當然對我來說那是個打擊。但那應該和一個人〈變不行〉有一些差別吧↵

停了很久。久美子會不會就那樣消失到什麼地方去呢？我不安起來。但終於畫面上開始排出久美子的字。

＞那件事也有。但不只是那樣而已。

久美子寫道。又落入深深的沈默。她正在抽屜裏小心謹愼地選著語言。

那是一種顯示。我說〈變不行了〉，是指更長時間的事。那已經預先在某個漆黑的房間中。和我無關地在別人手中被決定了。但和你認識結婚時，那裏看來好像有了新的別的可能性似的。我以爲這樣大概就可以從某個地方的出口溜出去。但那似乎終究只不過是幻影而已。一切都有記號這東西，所以我那時就想要想辦法找出我們的貓。

我長久之間望著浮在畫面上的訊息。但送信終了的記號一直都不出現。我的畫面通信模式也還停留在受信的狀態。久美子在思考那繼續。我說〈變不行了〉，是指更長時間的事。久美子到底要向我傳達什麼呢？我把意識集中在畫面上。但那有眼睛看不見似的牆存在。畫面再開始排出字來。

可能的話希望你這樣想。也就是我正慢慢地死去，得了像身體、臉形逐漸變形之類無藥可救的不治之症。當然這是比喻。並不是實際上身體、臉形正逐漸變形了。但那是極接近眞實的比喻。所以我才不想在你前面現

身。當然這是模糊的比喻，但我所處狀況的一切，我不認爲你能理解。也不認爲你能認同。雖然覺得抱歉，但現在的我，不想再多說什麼了。只好請你把那照樣接受吧↵

不治之症。

我確認畫面的模式狀態是送信後開始敲鍵盤。

>如果妳要我接受那比喻的話，我可以照樣接受。但有一件事我無論如何無法理解。假定妳正如妳所說的那樣〈變不行了〉，或者得了〈不治之症〉，爲什麼那麼不巧非要到綿谷昇的地方去不可呢？爲什麼不留下來跟我在一起呢？我們不是爲那個而結婚的嗎？↵

有一陣沈默。好像可以拿在手上確認重量和硬度似的沈默。我雙手手指在桌上交叉，慢慢地深呼吸。然後回答出來了。

>我現在在這裏，跟喜不喜歡無關，只因爲這裏和我相配。這是我不得不在的地方。我沒有選擇喜好的權利。就算我想見你，也不能見面。你以爲我不想見你、或沒有想見你嗎？

一段令人窒息的空白，終於她又開始動手指。

所以希望你不要爲這件事再使我痛苦了。如果你能爲我做什麼的話，那就是早一刻忘記我的存在。請把我和我們兩個人生活過的歲月，當做不曾存在的東西從記憶中趕出。那樣終究是，對我們兩個人最好的結果。我確實這樣相信。↵

我說。

>妳要我忘記一切。叫我不要再理會妳了。但同時，妳在這個世界的某個地方正向我求救。雖然那是非常微弱遙遠的聲音，但在安靜的夜晚我可以清楚地聽得見那聲音。那沒錯是妳的聲音。我這樣想，確實有一個妳正想從我這裏遠離而去。妳那樣做大概有那原因吧。但另一方面另一個妳正拚命地想向我接近。我確實這樣深信。而且我，不管妳在這裏怎麼說，我都不能不相信正在向我求助、想接近我的那個妳。不管別人怎麼說，就算有什麼樣的正當理由，我都無法輕易忘記妳，離開妳，把和妳生活過的歲月趕到什麼地方去。因爲那是實際在我的人生中發生過的事，不可能將它完全消去。因爲那就像消去我自己一樣的事。要那樣做，我必須知道爲什麼要那樣做的正當理由↵

又經過一連串空白時間。我可以歷歷清楚地從電腦畫面上感覺到她的沈默。那就像比重較重的煙一樣，從畫面的角落洩出來低低地飄在房間裏。我非常瞭解久美子那樣的沈默。在兩個人的生活中，我曾經好幾次經驗過、眼看過那樣的沈默。久美子現在正屏著氣息、皺著眉頭似地將意識集中在畫面前。我伸出手拿起咖啡杯，喝一口變涼的咖啡。然後雙手還捧著變空的咖啡杯，和久美子一樣靜靜屏著氣息，注視畫面。我們藉著沈重的沈默的聯繫，通過分隔兩個世界的牆結合在一起。我們比什麼都更需要彼此，我想。沒有錯。

＞我不知道↵

＞我知道。

我把咖啡杯放下，好像要抓住若隱若現的時間的尾巴似的快速敲著鍵盤。

我知道。我想要想辦法找到妳在的地方，〈求助〉的妳所在的地方。但遺憾的是現在的我還不明確知道要到那裏的方法，和那裏到底有什麼在等我。自從妳出走以後，長久之間，我一直在被丟進黑漆漆裏似的心情中過著日子。但我，雖然很少但也正逐漸一點一點地接近事情的核心了。我想我正在接近那個地方。這件事我無論如何要傳達給妳。我正在接近那裏，而且打算更接近↵

我把雙手排放在鍵盤上等她的回答。

＞**我眞的不知道**。

久美子這樣打出字。於是會話結束。

再見↵↵↵

畫面傳達出對方已離開網路的訊息。會話已被停止。我依然注視著畫面，等待那裏發生什麼變化。也許久美子又改變心意回來也不一定。想到什麼忘記說了也不一定。但久美子沒有回來。等了二十分鐘左右之後我終於放棄。保留畫面站起身來，走到廚房去喝冷水。我暫時讓腦子一片空白，在冰箱前調整呼吸。周遭靜得可怕。甚至覺得好像全世界都在對著我的思考安靜側耳傾聽著似的。但我什麼都不能思考。很抱歉什麼都不能思考。

我回到電腦前，在椅子上坐下，在藍色畫面上從頭到尾小心謹愼地試著重新再讀一次問答對話。我說了什麼，她說了什麼。關於那個我說了什麼，她說了什麼。我們的會話就那樣留在畫面上。那上面有不可思議的活生生的東西。我一面用眼睛追逐著排在畫面上的字，一面可以聽見她的聲音。那抑揚、微妙的聲音的調子和停頓的方式，我可以知道。游標在最後一行上還像心臟的鼓動般繼續規則地明滅著。我屏著氣息繼續等待接下來的語言發出。但已經沒有接續的語言。

我把那上面的會話全部確實地刻進腦子裏之後（我判斷大概不要列印出來比較好），用滑鼠選項離開通信模式。下達指令不留紀錄於操作檔案上，確認過操作沒留下痕跡之後將電源關閉。螢幕畫面變白呼叫聲靜止下來。

單調的機械聲被吞進房間的沈默中。像被虛無的手撕扯掉的鮮明的夢一樣。

然後經過多少時間，我不知道。但一留神時，我正一直安靜地凝視著排放在桌上自己的手。我的雙手留下長久被凝視的痕跡。

我說〈變不行了〉，是指更長時間的事。

那到底是多長時間的事呢？

24

數羊，在圈子中心的東西

牛河第一次到我家來的幾天後，我拜託西那蒙從今以後每天帶報紙來好嗎。我想，好像已經到了差不多不得不和外面世界的現實接觸的時期了。不管怎麼想避開，時期一到他們就會從對面自己找上門來。

西那蒙點點頭，然後每天早晨帶三種報紙到宅院來。

早餐過後我便將這些報紙過目一遍。手上好久沒有拿起報紙了，感覺有點奇怪。那看起來怪生疏而空虛。刺激性油墨的氣味令人頭痛，黑黑的細小活字群挑戰性地射進我的眼睛。排列和標題和文章的調子感覺非常非現實。我好幾次放下報紙，閉眼嘆氣。從前應該不會這樣的。我應該是更平常地看著報紙的。到底報紙的什麼這樣不同了呢？不，大概報紙沒有任何不同。不同的是這個我這邊吧。

不過繼續看了一會兒報紙之後，我對綿谷昇可以理解一件明確的事實了。那就是他在世間正更確實穩固地建立起他的地位這個事實。他以新進眾議院議員身分除了積極從事政治活動外，另一方面也在雜誌上擁有連載專欄，在綜合雜誌上發表意見，在電視節目中擔任定期評論解說者發表言論。我開始在各種地方看到他的名字。不知道為什麼，但人們似乎更加熱心地傾聽他的意見了。以政治家身分才新登上舞台，他的名字已經被抬高到前途有望的年輕政治家之一，在某女性雜誌所舉辦的最受歡迎政治家投票中並被選爲上位。他被視爲行動派知識份子，是過去以來政治世界中所無法見到的新型態知性政治家。

我託西那蒙爲我買他執筆的雜誌。爲了不要引起對綿谷昇這個特別人物的注意，也在其中混進沒關係的幾本雜誌。西那蒙瀏覽一下那書單，並不特別關心地放進上衣口袋。第二天西那蒙將那些雜誌和報紙一起放在桌上。然後像平常那樣一面聽古典音樂一面掃除。

我把那些雜誌和報紙上綿谷昇所寫的文章，和有關他的報導用剪刀剪下存檔。檔案立刻變成厚厚的。我透過這些文章和報導，試圖接近所謂〈政治家〉綿谷昇這樣一個新人。試圖忘記過去存在於他和我之間不能說太愉快的個人性過節，拋棄偏見，以一個讀者的身分從零開始重新理解他。

但要理解綿谷昇這個人的實體，畢竟還是困難的事。公平地看來，他所寫的記事每一件都不壞。這些他寫得相當好，道理也通。有幾篇寫得非常好。將豐富的資訊俐落地處理，也提出像結論的東西。那跟以前他所寫的專門書的迂迴曲折比起來要正常幾級。至少像我這樣的人也能夠理解地寫得比較容易懂。雖然如此，在猛一看平易近人的文章背後，我依然不是不能忽然認出那看透人似的傲慢影子。潛藏在那裏的惡意令人背脊發冷，但那是因爲我知道綿谷昇這個實際的人，眼裏浮現那銳利冰冷的眼光和嘴形的關係，一般人恐怕很難從那文章裏頭感受到吧。因此對這個也盡量不去想。我只追蹤著在那裏的文章行文而已。

但不管多麼精密而公平地熟讀這些，我依然無法掌握綿谷昇這個政治家眞正想說什麼。一個個理論和主張各自正常而合理，但將這些總合起來到底他想說什麼，則搞不太清楚。不管怎麼將細部總合，總是浮不出明確的全體像來。完全。但我想那不是因爲他沒有明確的結論。他有明確的結論。但把它隱藏著。他看來就像在對自己方便的時候，把門只打開一個小縫，從那裏走出外面一步用很大聲音告訴大家什麼，說完之後又進到裏面把門緊緊關起來的人一樣。

例如在一家雜誌上投稿的文章中，他說今天世界上壓倒性的地區經濟落差所帶來的暴力性水壓，不是能以政治的、人爲的力量永久壓制得了的，那終將導致世界結構雪崩般的變化。

「而且酒桶的箍一旦鬆脫後，世界就將化爲巨大的〈混沌狀態〉，過去存在那裏被視爲當然東西的世界共通精神語言（在此暫且稱爲〈共通原則〉）不是停止機能，就是被迫幾乎接近停止的狀態。而從混沌到下一世代的〈共通原則〉再度成形爲止，恐怕需要等候比大多數人所預料的更長的歲月。以一句話簡單說，有一個令我們吃驚的深長精神危機性混沌就在眼前。而且當然隨著那變動，日本戰後的政治社會結構、精神結構也將被迫從根本改變。在許多領域中狀況將恢復白紙，架構將大幅度重新檢討，而開始重新構築——在政治的領域、經濟的領域、文化的領域都一樣。在這裏過去認爲當然的事，誰也不存懷疑的事，現在已經不是當然，那正當性將很簡單地喪失。那當然也是日本這個國家變革的好機會。但很諷刺的是，這種難得的機會擺在眼前，我們手上卻沒有那〈重新檢討〉應該用做指標的共通原則。很可能我們眼看著那致命的逆流就在眼前，卻茫然呆立著。因爲發現帶來共通原則迫切需要這狀況時，正是共通原則的喪失消滅本身這個單純的事實。」

那是相當長的論文，但簡單整理則變成這樣。

但現實上人們完全沒有任何指標是不可能行動的——綿谷昇說。在這裏至少需要暫定的、假設的原理模式。日本這個國家現在的時點所能提供的模式大概是「效率」而已。共產體制長期以來不斷受到正面打擊，如果導致崩潰的是「經濟的有效性」，那麼我們處於混亂期，將其作爲實務性的規範，整體敷衍下去或許也是當然的吧。請想一想，怎麼樣凡事才會有效率呢？經過了戰後的歲月，我們日本人產生了不同於過去的哲學，或類似哲學的東西了嗎？但效率性是在方向性明確的時候才有效力。一旦方向性的明確性消滅了的話，那將瞬間無力化。就像在大海中央遇難而失去方向時，雖然備齊了許多有力而熟練的划槳手也是無意義的一樣。效率好而朝錯誤方向前進，比毫不朝任何方向前進更糟糕。要規定正確的方向性，唯有擁有更高度職能的原理原則。但我們現在缺乏這個。決定性地缺乏。

綿谷昇所展開的理論自有他的說服力和洞察。這點我也不得不承認。但重讀多少遍，我還是不明白綿谷昇以個人或以政治家來說到底在追求什麼？那麼你說該怎麼辦才好呢？

綿谷昇也在一篇文章中提到有關滿洲國的事，我很有興趣地讀了。他寫到有關帝國陸軍昭和初期在那裏，爲了預備預想中和蘇聯的全面戰爭，檢討大量調度防寒服的可能性。陸軍因爲過去並沒有在西伯利亞這種極端寒冷的地方實際作戰的經驗，因此冬季酷寒對策是屬於急迫需要整備的領域。如果以國境紛爭爲契機出其不意地提升到眞正的對蘇戰爭（那不是不可能的），軍方幾乎等於沒有爲了戰勝的冬季戰爭準備。因此參謀本部設置了對蘇戰爭假想研究小組，在後勤部門進行寒冷地特殊被服的正式研究。爲了掌握所謂眞正的寒冷是怎麼一回事，他們實際在嚴冬到樺太去，在酷寒中使用實戰部隊試穿防寒靴、大衣和內衣。對蘇聯現行裝備，和對俄戰爭的拿破崙軍隊所準備的衣服做徹底研究。而且他們獲得「陸軍現在的防寒裝備要在西伯利亞順利過冬是不可能的」。前線的士兵大約將三分之二凍傷不得不成爲不能用的東西吧，他們試算了。陸軍防寒被服是以想定爲比較緩和的中國北方所做的，絕對數量也不足。研究班暫且試算製作十個師團士兵行得通的有效防寒被服所必需的綿羊數（連睡眠時間都沒有地計算著羊的頭數，據說這是該班流行的笑話），並試算加工所需的設備規模，提出報告書。

日本一面受到經濟制裁或實質封鎖，一面要在北方長期對蘇聯戰爭而戰勝的話，日本國內飼養的綿羊頭數顯然不足，結果可以考慮確保滿蒙地區安定的羊毛（或兔等毛皮）供給，以及加工設施是不可缺少的，該報告書如此陳述。於是為了視察狀況，昭和七年到達剛建國後的滿洲的，正是綿谷昇的伯父。他的任務是算定那樣的供給要在滿洲國內實際做到為止，需要多少期間。他是陸軍大學畢業專攻兵站學(後勤學 logistics)的年輕技師，那是他所受命的第一個正式任務。他將這防寒被服問題當做近代兵站的模式案例來掌握，徹底進行數字的分析。

綿谷昇的伯父，經友人介紹在奉天見石原莞爾，相對一夜暢飲到天亮。石原提到日本繞了中國大陸一圈，和蘇聯全面戰爭是難以避免的，要完成那戰爭的關鍵是強化後勤，也就是將新生滿洲國急速工業化，確立自給自足經濟，他條理井然，而熱烈激昂地力說。並說到為了農業畜牧的組織化、效率化，由日本農業移民的重要性。石原認為滿洲國不應該像朝鮮和台灣一樣明顯地成為日本的殖民地，而應該成為亞洲國家的新典範，他雖然有這種意見，但滿洲國終究為了對蘇作戰，至少對英美作戰是日本的後勤基地，這認識十分現實。在現在的時點要遂行對西歐戰爭（他所謂的「最終戰爭」）有能力的國家，亞洲只有一個日本而已，為了讓其他亞洲各國從西歐諸國解放出來，日本有協力的義務，他相信。無論如何在當時的帝國陸軍將官中，沒有比石原對後勤問題更關心，造詣更高的人物。大多的軍人都只把後勤本身當成「娘娘腔」式的發想，而認為就算整備不足也要果敢地捨身戰鬥才是陛下的軍人之道，以貧弱的裝備和稀少的人員面對強大的對手，還能贏得戰果才算眞正的武勳。「以後勤無法追上的速度」驅逐強敵向前推進視爲名譽。對優秀技師綿谷昇的伯父來說，沒有比這更愚蠢的想法。若沒有後勤在背後支持而開始發動長期戰爭無異自殺行爲。蘇聯在史達林的集約五年經濟計畫之下軍備已飛躍增強和近代化。五年之間血腥的第一次世界大戰已使舊世界的價值觀崩潰。機械化戰爭已使歐洲各國的戰略和後勤學概念爲之改觀。對於曾以派駐武官在柏林生活過兩年的綿谷昇的伯父來說，這種事情已經耳濡目染地深深體會。然而日本大多的軍人意識，仍然停留在日俄戰爭當時戰勝的陶醉中。

綿谷昇的伯父爲石原清晰的理論、世界觀，以及他超能力的人格而心醉，歸國後兩人的親密交情依然繼續。伯父後來甚至好幾次去造訪從滿洲撤退轉任舞鶴要塞司令官的石原。伯父對滿洲國內綿羊飼養狀況，及其加工設施所寫的詳細確實報告書，歸國後不久即向本部提出，受到很高評價。但終於因爲昭和十四年的諾門罕事件慘痛敗北，以及英美經濟制裁的強化，而使軍部的眼光逐漸轉向南方，對蘇假想戰研究班的活動於是逐漸萎縮。本來諾門罕事件在秋初早期終結而沒有發展成正式的戰爭，也是由於研究班提出「冬季對蘇戰鬥現階段裝備不可能遂行」的果斷報告發揮作用。大本營在一開始吹起秋風時，對重面子的日本軍來說算是極少見的乾脆便從戰爭退出，將不太起眼的呼倫貝爾草原的一區，以外交交涉讓渡給外蒙古和蘇聯軍。

綿谷昇把這段從去世的伯父生前聽來的插曲放在最前面敘述，然後以後勤線的思想爲模式，進展到與區域經濟有關的地勢學上。但我感到興趣的是，綿谷昇的伯父過去曾經在陸軍參謀總部服務擔任過技師，和滿洲國與諾門罕戰爭有關的事實。綿谷昇的伯父終戰後曾經被麥克阿瑟占領軍勒令免除公職，暫時回到新潟鄉里過著隱遁生活，但終於因爲免除令解除，而開始受推舉進出政界，由保守黨推選擔任二屆參議院議員，然後移到眾議院。在他的事務所牆上掛著石原莞爾的書法。我不知道綿谷昇的伯父是什麼樣的議員，以政治家來說做了什麼。他也曾經一度擔任過大臣的職務，在地方上具有很大的影響力，但結果似乎未能成爲國政層次的指導者。而現在，他的政治地盤則被姪兒綿谷昇所繼承。

我把檔案合上，收進書桌的抽屜裏。於是雙手在腦後交叉，望著窗外看得見的門。不久之後門將向內側開啓，西那蒙駕駛的賓士應該會出現。他會像平常那樣載著「客人」過來。我和「客人」以這臉上的黑斑相聯繫。我因爲這黑斑而和西那蒙的外公（納姿梅格的父親）相聯繫。西那蒙的外公和間宮中尉，和新京這個地方相聯繫。間宮中尉和占卜師本田先生因爲在滿洲和蒙古國境的特殊任務而相聯繫，我和久美子是經由綿谷昇家介紹而認識本田先生。而我和宮間中尉又因井底而相聯繫。間宮中尉的井在蒙古，我的井在這宅院的庭園裏。這裏曾住過中國派遣軍的指揮官。一切就像圓輪般聯繫著，那圓輪的中心是戰前的滿洲，是中國大陸，是昭和十四年的諾門罕戰爭。但爲什麼我和久美子會被牽涉進那歷史因緣中去呢？我無法理解。那些都是在我和久美子出生的很久以前發生的事。

我坐在西那蒙的書桌前，把手指放在鍵盤上，我還記得和久美子對話時手指的感觸。那時候的我和久美子的電腦對話一定被綿谷昇遙控監視著不會錯。他想從中知道什麼。應該不是出於好心而爲我和久美子設立好那對話的。或許他們想藉通信網路爲立腳點，從外部進入西那蒙的電腦，想知道這地方的祕密也不一定。但對這個我倒不太擔心。因爲這電腦的深度，正如西那蒙這個人的深度本身。而他們應該不知道西那蒙這個人擁有無法測知的深度。

我打電話到牛河的事務所。牛河在那裏，立刻拿起聽筒。

「唉呀呀岡田先生，你眞會抓時間哪。老實說，我才剛剛在十分鐘前，匆匆忙忙從出差的地方趕回來，從羽田機場搭計程車飛奔回來（雖然這麼說可是交通好塞呀），一切暫且不說，幾乎連擤鼻子都沒空，只抓起文件又要出去了。計程車還在那裏等著呢。唉呀呀，簡直像看準了時間打電話來似的。眼前電話鈴鈴響的時候，我就問自己說『喂，這個運氣特別好的人物到底是誰呀？』不過特地給這個不肖牛河打電話，不知道有何貴幹哪？」

「今天晚上能不能跟綿谷昇用電腦談話？」我說。

「跟先生啊？」牛河聲調降了一級，小心地說。

「對。」我說。

「不是用電話，而是用電腦畫面哪。像上次那樣？」

「沒錯。」我說。「因爲我想這樣對彼此都容易說。我想他大概不會說不要噢。」

「有自信啊。」

「沒有自信。只是這樣覺得而已。」

「這樣覺得。」牛河小聲地反覆道。「不過我請教一個冒昧的問題，岡田先生那個『這樣覺得』是不是很靈？」

「不太清楚。」我像別人的事似地說。

牛河在電話那頭沈默地沈思一下。他似乎在腦子裏迅速地計算著。好預兆。不壞。就算不比讓地球逆轉那麼困難，但光要讓這個男人沈默一下就不是簡單的事了。

「牛河先生，你在那邊嗎？」我試著叫看看。

「在呀，當然。」牛河連忙說。「像神社門前的獅子狗一樣在這裏呀。不能到處亂逛。不管下雨也好、貓叫也好，都好好地在這裏守著獻金箱啊。是的，我知道了。」牛河恢復平常的口氣。「很好。我會想辦法把先生好好押來。不過，要說今天晚上就未免太勉強了。如果明天可以的話，我以這禿頭打賭跟你約定。明天晚上十點前，我會把椅墊子鋪好，請先生在那裏坐下來。這樣怎麼樣？」

「明天也沒關係。」我頓了一下後說。

「那麼猴子牛河就這樣準備吧。反正我整年都像在做忘年會幹事一樣。不過岡田先生，不是我愛唱哭調，先生可從來沒有被勉強做過什麼噢，這非比尋常噢。像叫新幹線停在別的車站一樣難喏。因爲他是個大忙人。他要電視錄影、寫稿子、記者採訪、接見選民、參加院會或跟人家聚餐之類的，幾乎每十分鐘都在動著。好像每天都在不斷搬家和換衣服一樣忙亂。比差勁的國務大臣還要忙。所以『先生，明天晚上十點鐘電話會鈴鈴地打來，請把時間預先空出來安靜坐在電腦前面等候噢』，『是嗎牛河君，那眞開心，我會泡茶等候噢』，不可能這樣吧。」

「他不會說不要的。」我重複說。

「只是這樣感覺噢？」

「對。」

「很好很好。那再好不過了。眞是溫暖的鼓勵。」牛河以心情很好的聲音說。「那麼事情就這樣決定，明天晚上十點等你。在平常的地方和平常一樣，你和我的約定語——簡直像歌詞一樣。請務必不要忘了暗語喲。很抱歉我差不多不走不行了。計程車還在等著呢。對不起啊。眞的是連擤鼻子都沒時間。」

電話掛斷。我把聽筒放回電話機，再一次把手指放在電腦鍵盤上。並想像在陰暗地死著的畫面另一頭所有的事物。我想再跟久美子談一次。但在那之前，我無論如何都不得不和綿谷昇對面談話。正如行蹤不明的預言家加納馬爾他過去曾經對我預言過的那樣，我和綿谷昇似乎無法互不相關地活下去。這麼說來過去她是否曾經對我做過不是不祥的預言呢？我試著想想。但她嘴裏所說的很多事，我已經記不起來了。不知道爲什麼，我覺得加納馬爾他好像是一世代以前的人一般遙遠。

25

信號變紅，伸出來的長手

第二天西那蒙到「宅院」來的時候，不是一個人來的。助手席坐著母親納姿梅格。納姿梅格最後一次在這裏露面是一個多月前的事了。那時候她也沒有任何前兆地和西那蒙一起來，和我吃簡單的早餐，聊了一小時左右家常然後回去。

西那蒙把西裝掛在衣架上，一面聽韓德爾的大管弦樂曲錄音帶（他這三天一直聽那音樂），一面在廚房泡紅茶，爲還沒吃早餐的納姿梅格烤土司。他簡直像在做商品樣本一樣漂亮地烤好麵包。然後在西那蒙和平常一樣地整理著廚房時，我和納姿梅格兩個人便隔著小餐桌面對喝茶。納姿梅格只吃了一片薄薄地塗了奶油的土司。外面正下著雪雨般的冷雨。她不太說話，我也沒說話。只是談了一下天氣而已。但納姿梅格好像想說什麼的樣子。從她的臉色和說話方式可以知道。她把土司撕成郵票般大小地慢慢送進嘴裏。我們不時看著窗外的雨。就像那是我們長年以來的共通朋友一樣。

西那蒙把廚房整理好後，開始打掃房間時，納姿梅格把我帶到「假縫室」去。那跟赤坂辦公室的「假縫室」做得體裁完全一樣。房間的大小和形狀都大體相同。窗上同樣掛著雙重的窗簾，白天也是陰暗的。窗簾只有在西那蒙掃除的時候拉開十分鐘左右而已。有皮沙發，桌上有玻璃花瓶，插著花，有高立燈。房間中央放著大作業檯，上面排列著剪刀、裁布邊剪子、裝針線的木盒、鉛筆和設計簿（那上面還畫有幾種服裝設計畫），其他並排列有不知道名字和目的專門道具。牆上掛著一面試穿用照全身的大鏡子。房間一角放有換衣服用的屏風。到「宅院」來訪的客人都被帶到這個房間。

爲什麼他們要在這裏做另一間和原來的「假縫室」一模一樣的房間呢？我不知道理由何在。因爲這種偽裝在這個房子裏是不需要的。或許他們（或訪客）已經太習慣赤坂辦公室「假縫室」的光景了，對室內裝潢已經沒有其他創意進來的餘地也不一定。相反的或許也可以說「爲什麼在假縫室不行呢？」但不管那理由是什麼，我個人還滿喜歡這個房間。那是「假縫室」不是別的房間，自己在那裏被各種又雜又多的洋裁道具所包圍著甚至奇怪的覺得有安心感。那雖然相當非現實，但並不是特別不自然的光景。

納姿梅格要我坐在皮沙發上，自己也在旁邊坐下。

「情況怎麼樣啊？」

「情況還不壞。」我回答。

納姿梅格穿著鮮艷的綠色套裝，短裙子、大六角形扣子像從前的立領套裝一樣連續扣到領口爲止，肩部墊有捲麵包般大小的墊肩。令我想起從前看過描寫未來的科幻電影。在那種電影裏出現的女人大多都穿這種衣服，生活在未來都市中。

納姿梅格耳朵上戴著和套裝完全同色的大塑膠耳環。好像用幾種顏色調合起來似的色調獨特的深綠色，因此那可能是搭配套裝特別定做的。或者相反是爲了搭配耳環才做了那套裝的。就像配合冰箱形狀作出牆壁凹洞一樣。那或許也是不壞的想法，我想。她進到屋子裏時，戴著即使下雨也不例外的太陽眼鏡，那鏡片確實是綠的。絲襪也是綠的，今天大概是綠色的日子。

她跟平常一樣以一連串滑順的動作打開皮包，拿出香煙含在嘴上，稍微彎曲一下嘴唇，用打火機點火。打火機不是綠色，而是平常那又細又貴似的金色打火機。但那金色和那綠色也很搭配。然後納姿梅格蹺起被綠色絲襪包著的腳，很小心地凝神檢點過自己的雙膝，拉平裙襬。然後好像以自己雙膝的延長似的感覺看我的臉。

「情況還不錯。」我反覆說。「跟平常一樣。」

納姿梅格點點頭。「會不會太累？沒有想休息一陣子之類的嗎？」

「並不覺得多累。我想已經慢慢習慣這種工作了，比以前輕鬆多了。」

納姿梅格對這什麼也沒說。香煙的煙像印度人的魔法繩一樣，化爲筆直一根線滑滑地上升，被天花板的換氣裝置吸進去了。就我所知那可能是全世界最安靜而強力的換氣裝置。

「妳呢？還好嗎？」我試著問。

「我？」

「會不會很累之類的。」

納姿梅格看我的臉。「看起來很累嗎？」

從第一眼看到她的時候開始，我就覺得她好像很累的樣子。我這樣說，納姿梅格就短短地嘆一口氣。

「今天早晨發售的週刊雜誌上，又寫了這宅院的事。『上吊屋』系列。眞要命，簡直像怪談電影的標題。」

「第二次報導啊？」我問。

「對，變成系列報導的第二次。」納姿梅格說。「老實說在那之間還有另一家別的雜誌也登了相關的報導，幸虧還沒有人想到這關聯。至少到目前爲止。」

「那麼，有什麼新發現嗎？關於我們的事？」

她伸手在煙灰缸上把香煙的火仔細按熄。然後輕輕搖頭。成對的綠色耳環像早春的蝴蝶般飄飄地搖著。

「沒寫什麼不得了的事。」她說。並停頓一下。「我們是誰，在這裏做什麼……這誰都還不知道。我把雜誌留下來，如果有興趣你再慢慢看好了。不過聽說你有個義兄，那個人是個年輕政治家，有人在我耳根悄悄告訴我，那是眞的嗎？」

「是眞的。很遺憾。」我說。「是我太太的哥哥。」

「不見了的你太太的哥哥？」她確認著。

「妳說的沒錯。」

「那個哥哥對你在這裏做的事情，掌握住什麼了嗎？」

「我每天到這裏來，在做著什麼他是知道了。他指使人調查過。好像很擔心我在做什麼的樣子。不過除此之外應該還不知道。」

納姿梅格對我的回答思考了一下，然後抬起臉來問我「你不太喜歡那個哥哥嗎？」

「確實不太喜歡。」

「而且他也不太喜歡你。」

「沒錯。」

「而現在，他對你在這裏做著的事情不知道正擔心著什麼。」納姿梅格說。「那是爲什麼？」

「如果義弟跟什麼可疑的事有關聯的話，也可能會變成他的醜聞。他是所謂當紅的人，擔心這種事態也許是當然的吧。」

「那麼，你哥哥沒有可能故意把有關這裏的情報放給媒體對嗎？」

「老實說，綿谷昇在想什麼，我並不知道。但以常識來想，那樣做他也不能得到什麼吧。應該是盡量不引人注目地祕密把事情壓下來才對呀。」

納姿梅格把手指夾著的細長金色打火機長久繼續一圈一圈地轉著。那看來像微風日的金色風車一樣。

「爲什麼到目前爲止你對義兄的事都保持沈默沒對我們說呢？」納姿梅格說。

「不只是對妳，我基本上對誰都沒說過這個。」我回答。「我跟他一開始就處不好，現在幾乎是互相憎恨。不是我隱藏。只是不覺得有談他的必要而已。」

納姿梅格這次嘆了一口稍長的氣。「但是你應該說的。」

「也許是這樣。」我承認。

「我想你也料想得到，到這裏來的客人中有幾個政界和財界的關係者。而且是一些相當有力的人。還有各種名人。這些人的隱私不管怎麼樣都必須保守，因此我們極端費心注意。這個你知道吧？」

我點頭。

「西那蒙花時間和精神，一個人建立起現在這種複雜精緻的保密系統。像迷魂陣般的好幾個模擬公司，幾層僞裝帳簿，爲了不暴露眞面目還確保了赤坂飯店的停車場，嚴格的顧客管理、金錢的出入處理、這〈宅院〉

的設計，一切都是從他腦子裏想出來的東西。而且到目前爲止，這個系統依照他的計算幾乎完美無瑕地運作著。當然維持系統很花錢，但錢不是問題喲。重要的是能給她們自己確實被保護著的安心感。」

「但這現在卻逐漸變危險了，是嗎？」我說。

「很遺憾正是。」納姿梅格說。

納姿梅格伸手從煙盒拿出一根煙來，但卻一直沒點火。只是靜靜地夾在手指之間而已。

「更不巧的是我有個多少有點名氣的政治家義兄，因此事情就更往醜聞的方向發展。」

「就是這樣啊。」納姿梅格只稍微撇一下嘴。

「那麼，西那蒙對這事情怎麼分析？」我問。

「他沈默著啊。像海底的大牡蠣一樣。潛藏在自己裏面，緊緊關閉著門，認眞地在想著什麼。」

納姿梅格一對眼睛一直注視著我的眼睛，終於像想起來似地點上香煙。

納姿梅格說「我現在也還常常想到被殺丈夫的事。爲什麼那個誰非要殺我的丈夫不可呢？爲什麼特地把飯店房間弄得那樣血淋淋的，非要把內臟挖掉帶走不可呢？怎麼想都不明白那理由。我丈夫不是那種非要被那種特殊手法殺死不可的人哪。

但不只是丈夫的死而已，還有在我過去的人生中也發生過幾件無法說明的事——例如我心中產生對服裝設計激烈的熱情，然後又突然消失，西那蒙變成完全不能開口，還有我被捲進這種奇怪的工作中——我想這些是不是全都爲了把我帶到這裏來，而從一開始就巧妙精密地程式化設計好的呢？我怎麼也無法擺脫這種想法。覺得自己好像被從某個遙遠地方伸過來的非常長的手之類的東西緊緊支配著似的。而且我懷疑所謂我的人生這東西，也許只是爲了讓那些事物通過的，純粹爲了方便的通路而已。」

從隔鄰的房間傳來西那蒙用吸塵器掃除地面的聲音。他像平常般用心地、有秩序地進行著那作業。

「怎麼樣，你有過這種感覺嗎？」納姿梅格問我。

我說「我不覺得自己被捲進什麼。我在這裏，是因爲有這樣做的必要。」

「爲了吹魔笛尋找久美子小姐嗎？」

「是的。」

「你有要追求的東西。」她把綠色絲襪包著的腳慢慢換邊蹺起。「而且一切都有所謂代價這東西。」

我沈默著。

然後納姿梅格終於提出結論。「暫時客人不到這裏來了。西那蒙這樣判斷。由於週刊雜誌的報導，和你哥哥的出現，信號已經從黃燈變成紅燈。今天開始的預約在昨天之內已經全部取消了。」

「暫時是多久呢？」

「等西那蒙把系統的各種破綻重建起來，確定完全迴避過危機之後。很抱歉，我們就是一點點險都不願意冒。西那蒙還會照舊來。但客人不來。」

西那蒙和納姿梅格離開時，從早開始下的雨已經完全停了。有四、五隻麻雀正用停車場的水窪熱心地洗著羽毛。西那蒙所駕駛的賓士車消失蹤影，電動門慢慢關上後，我坐在窗邊望著樹木的枝葉那邊看得見冬天陰雲的天空，並忽然想到納姿梅格說的「從某個遙遠地方伸過來的非常長的手」。我想像那手從低垂的陰雲中伸出來的樣子。簡直像不祥畫冊的插畫似的。

26

損壞的東西，成熟的果實

夜晚九時五十分我坐在西那蒙的電腦前，把開關打開。用暗語依序解除封鎖，進入通訊網路程式。然後等到十時把線路號碼打進去，要求對方付費。幾分鐘後畫面傳達對方同意支付。於是隔著電腦畫面，我和綿谷昇相對。最後一次跟他說話，是一年前的夏天，我跟他在品川的飯店在加納馬爾他陪同下見面，談有關久美子的事。並在互相深深憎恨之下分開。從此之後我們沒有交換過一句話。那時候他還沒當政治家，我臉上也還沒有黑斑。感覺上那簡直像是前世發生的事似的。

首先我選擇送信。就像打網球發球時一樣，我安靜調整呼吸，然後雙手放在鍵盤上。

＞聽說你希望我退出這個宅院。說你可以買下這土地和建物，那條件是可以進行談讓久美子回我這裏的事。是眞的嗎？

於是我顯示通信結束，打進↵鍵。

回答接著進來。畫面以很快的速度排出字來。

＞我想先解開誤會，久美子回不回去你那裏並不是由我決定的事。那完全是久美子自己的判斷。在前幾天你和久美子談話中你自己應該已經確認過了，久美子並不是被監禁。我只是以親人的身分提供落腳的地方，暫時保護她的安全而已。所以我能做的只有勸她，爲你們提供對談的場所而已。實際上我也已經設立起電腦網路讓你和久美子可以用這來會話。我具體上能做的就是類似這樣的事。↵

模式切換成送信。

＞我這邊的條件非常清楚。如果久美子回來的話，我可以乾乾脆脆地放棄現在我在那宅院所做的事。但如果她不回來的話，那就一直繼續維持現狀。只有這一個條件↵

對這個綿谷昇的回答很簡明。

＞似乎有點重複，這不是交易。你沒有立場對我開條件。基本上我們只針對可能性交談而已。如果你從那『宅院』放手退出的話，我當然會勸說久美子，但那並不能確實保證久美子會回你那裏。爲什麼呢，因爲久美子是擁有獨立人格的大人，我不能強制她什麼。但不管怎樣，如果你繼續再進出那裏的話，你就可以認爲久美

子永遠也不會回去你那裏了。這點非常清楚。我保證↵

我敲鍵盤。

>你聽清楚噢，你根本不必保證什麼。我很明白你在想什麼。你希望我退出那個宅院。非常希望我放手退出。不過不管我怎麼做，你根本就不打算勸久美子。從一開始你就不想放開久美子的。不對嗎↵

答案立刻回來。

>當然你頭腦裏要怎麼想，那百分之百是你的自由。我無法阻止↵

對，我用我的頭腦想事情是我的自由。

我打字。

>你聽清楚噢，我不是完全沒有開條件的立場。你對於我在這裏做什麼，應該相當介意吧。因爲你還不太能掌握那到底是什麼，所以你很急躁不安對嗎？↵

綿谷昇好像故意要讓我等得焦急似的，這次停了很久。他要故意顯示自己很有餘裕似的。

>我想你對你的立場相當誤解。說得更正確的話，我覺得你對自己評價過高了。你在那裏做什麼我不知道，也並不特別想知道。只是我站在自己社會性立場，盡可能不想被麻煩事牽連進去，因此才說久美子的事我來盡我的力看看也好。但如果你對我的提案從頭拒絕的話，我這邊倒無所謂。往後和你沒關係，自己各自保重而已。這可能是我和你談話的最後機會，你和久美子恐怕也不會再談了。如果沒有別的新話題，這會話差不多想打住了。接下來我跟別人還有約↵

不，話還沒結束。

>話還沒說完。這上次也跟久美子說過了，我已經逐漸接近事情的核心了。這一年半之間，我一直在繼續思考，爲什麼久美子非要離家出走不可。在你當上政治家逐漸成名之間，我在黑暗安靜的地方不斷觀察推測。想過各種可能性，累積了各種假設。正如你所知，我頭腦轉得不太快。但因爲有的是時間，所以眞的想了很多事。而且某個時點得到這樣的結論。久美子突然離家出走的背後，應該一定隱藏著什麼我所不知道的重大祕密，如果一天不能解開那隱藏的眞正原因，久美子很可能便眞的不會回到我這裏來。而打開那祕密的關鍵鑰匙是我想正緊緊握在你手中。我去年夏天跟你見面的時候也說過同樣的話。我很知道你假面具下的東西，只要我想的話也可以揭發出來。老實說，我那時嘴巴說的幾乎是虛張聲勢，沒有根據的事，只是想動搖你而已。但那沒錯。

我正逐漸接近你所抱有的眞相，你應該也感覺到這件事了。所以你才介意我在做著什麼，甚至想用大把金錢把土地整個買下來都可以。怎麼樣，不對嗎？↵

輪到綿谷昇說了。我交叉手指，眼睛追著畫面上排出的字。

＞你到底想說什麼，我不太瞭解。我們似乎是以不同的語言在交談。前面已經說過了，久美子討厭你，交上別的男人，結果離家出走。而且希望離婚。雖然覺得這結果很不幸，但也是常有的事。然而你卻一再不斷地提出奇怪的道理，一個人把事態弄混亂。那怎麼想，對雙方都是時間的浪費。

不管怎麼樣，那塊土地想從你手上收購的事根本不存在。那提案，很抱歉已經完全消失了。我想你也知道吧，今天發售的那本週刊雜誌上又登出「上弔屋」的第二次報導。那個場所似乎已經開始聚集世人的注目眼光了，到現在那種地方已經不能出手了。而且根據我的情報，你在那裏做的事已經接近終點。你在那裏似乎和複數的信者也好，客戶也好見面，給他們什麼，相對地接受酬金。但他們大概再也不會到那裏去了吧。因爲接近那裏有點太危險。而人們如果不來，相對的錢也不進來。那麼你每個月會付不起還貸款的錢，早晚也會維持不下那個地方。我只要一直安靜等著成熟的果實，從樹枝上掉落下來就好了。不對嗎？↵

這次輪到我停頓下來。我喝著預先準備好的玻璃杯的水，重讀幾次綿谷昇傳送過來的文章。然後慢慢沈著地運動手指。

>我確實不知道那個房子能維持到什麼時候。正如你所說的。但請聽著，到資金用盡爲止還有幾個月的餘裕。只要有這些時日，我還可以做很多事情。包括你所料想不太到的事噢。這次可不是虛張聲勢。舉一個例子吧。例如最近，你不會做討厭的夢嗎？↵

綿谷昇的沈默由畫面上像磁力般地傳過來。我磨亮著感覺凝視電腦畫面。想多少讀取一些在那背後綿谷昇感情的震顫。但那是不可能的。

終於畫面排出字來。

>很抱歉我不吃這一套滑稽威脅。這種迂迴曲折毫無意義的痴人夢話，不妨寫在你的筆記上爲你那些慷慨的客戶們珍惜保留吧。相信大家會流著冷汗付給你大把鈔票。那也只是假設，如果他們有一天萬一又回來的話。此外再跟你多談也無益。我想打住了。剛才已經說過，我很忙。↵

我說。

>請等一下。我現在要說的話請你好好聽。因爲是不壞的話，聽了絕不會有損失。好嗎？我可以讓你從那夢中解放出來。你大概是爲了這個才提出交易建議來的吧。不對嗎？對我來說只要久美子能回到我這裏就好了。

這是我提議的交易。你不覺得是很好的交易嗎？

我瞭解你想要根本忽視我的心情。也瞭解你根本不想跟我交易的心情。你要用你的腦袋想什麼，百分之百是你的自由。我沒辦法阻止。因爲在你眼中看來我確實是接近零的存在吧。但很抱歉，並不完全是零。想必你擁有比我更強的力量。這個我也承認。但是你到了晚上也總不能不睡覺，一睡覺的話一定會做夢。這個我保證。而且你不能選擇自己做的夢。對嗎？我有一個問題。你每天晚上到底換幾次睡衣？是不是多得來不及洗呢？

我停下手休息，吸進空氣慢慢吐出來。然後我再一次確認排在那裏的文字。尋思該接續的用語。我可以感覺到畫面深處的黑暗中，布袋裏無聲蠢動的東西的氣息。我透過電腦的線正在接近那裏。

你對死掉的久美子的姊姊做了什麼，我現在可以猜到了。這不是說謊。你到目前爲止一直繼續在損傷各種人，今後也會損傷下去吧。但你逃不出夢。所以放棄吧，讓久美子回來比較好。我所希望的只有這個而已。還有你最好不要再對我〈裝〉什麼了比較好。這樣做也沒有意義。因爲我正確實地接近你假面具下的祕密了。你在內心底下應該正害怕著。對自己的這種心情最好不要掩飾比較好。

在我按送信終了「↵」的幾乎同時，綿谷昇已經打住通信了。

27

三角形耳朵，雪橇的鈴聲

沒有必要急著回家。因爲可能會晚歸，所以離家時已經爲沙哇啦放了兩天份的乾貓食了。也許貓會不喜歡，但至少不會餓。想到這裏，覺得現在要穿過後巷翻牆回家嫌太麻煩了。老實說也沒自信能不能順利翻過磚牆。和綿谷昇的對話把我消耗得筋疲力盡。身體的很多部分感到討厭地沈重，頭腦不能正常運轉。爲什麼那個男人總是這樣令我疲倦呢？我想躺下來睡一下。在這裏睡一覺休息一下，然後再回家好了。

我從櫥子裏拿出毛毯和枕頭，舖在假縫室的沙發上，把燈關掉，躺在那裏閉上眼睛。睡覺時我想了一下貓沙哇啦。我想要一面想著貓一面睡。再怎麼說那都是回來的東西。從遙遠的什麼地方順利回到我的地方來的東西。那應該一定是像某種祝福似的東西。我閉上眼睛想著貓腳底柔軟的感觸、三角形冷冷的耳朵、粉紅色舌頭。沙哇啦在我的意識中縮成一團安靜地睡著。我手掌可以感覺到那溫暖，耳朵可以聽到那規則的鼻息。雖然神經比平常亢奮，但睡意仍然在不久後來臨。深沈的睡眠，連夢都沒做。

但半夜裏我忽然醒來。覺得好像遠遠聽見雪橇的鈴聲似的。簡直就像聖誕音樂的背景音一樣。

雪橇的鈴聲？

我從沙發上坐起身，伸手拿起放在桌上的手錶。夜光錶針指著一點半。似乎比想像的睡得更沈的樣子。我安靜側耳傾聽。只聽得見心臟在體內發出咕咚咕咚乾乾的微小聲音而已。也許是聽錯了吧。也許在自己也不知道之間做了夢也不一定。不過我決定慎重起見查查屋子裏看看。我撿起腳邊的長褲穿上，躡著腳走到廚房去。走出房間後聲音聽得更清楚了。確實是像雪橇鈴聲般的聲音。那似乎是從西那蒙的小房間傳來的。我站在那門前側耳傾聽一會兒，試著敲敲門看看。或許在我睡著的時候西那蒙又回來了也不一定。但沒有反應。我打開一點門，從縫隙間探望裏面。

在黑暗裏，看得見高度大約在腰部左右懸空浮著白色的光。光是切成四方形的。電腦螢幕正發著光。鈴聲，則是機械運轉反覆呼叫聲（以前從來沒聽過的新呼叫聲）。電腦在那裏呼叫著我。我像被引導著似地在那光的前面坐下，讀著畫面所浮上來的訊息。

你現在正在啓動「發條鳥年代記」。
請從文書1到16中選擇號碼。

有人打開電腦的電源，正在啓動「發條鳥年代記」的文書。這個屋子裏除了我之外應該沒有別人。那麼是誰從外部操作使機械啓動了呢？如果是這樣的話，能夠做到這種事的人除了西那蒙之外沒有別人。「發條鳥年代記」？

雪橇的鈴聲般明朗輕盈的呼叫聲一直繼續鳴響著。簡直像聖誕節早晨一樣。那似乎在向我要求選擇似的。

我猶豫一下後，沒有特別理由地選擇了＃8。呼叫聲立刻停止，像在展開卷軸似地螢幕上展開了文書。

28

發條鳥年代記#8
（或第二次不得要領的虐殺）

獸醫早晨六點前醒來，用冷水洗過臉後便一個人準備吃早餐。夏天的早晨天亮得早，園內的動物們大半已經醒來了。從敞開的窗戶和平常一樣可以聽見牠們的聲音，牠們的氣味隨風飄過來。光從那聲音的響法和氣味，獸醫不必看外面都可以說中當天的天氣。那是他早上的習慣之一。首先側耳傾聽、從鼻子吸進空氣，讓自己習慣正在來臨的一天。

但今天和昨天以前應該有什麼不同才對。當然不能沒有不同。因爲裏頭少了幾種聲音和氣味。虎、豹、狼、熊——牠們昨天下午，被士兵們抹殺掉排除掉了。睡一覺醒來之後，那件事感覺雖然像是從前做過的慵懶惡夢的一部分似的，但那卻是眞的發生過的現實。鼓膜被槍彈震動過的疼痛還隱約留著。不可能是夢。現在是一九四五年八月，這裏是新京的市區，突破國界的蘇聯戰車部隊正一刻一刻地迫近。那是和眼前所有的洗臉盆、牙刷差不多一樣確實的現實。

聽見了象的聲音時，他稍微鬆一口氣。對了，象總算是活下來了。擔任指揮的年輕中尉，光以還會把象從一群被抹殺的名單中除外，就表示幸虧他還是個擁有正常神經的人。他一面洗臉一面這樣想。渡海來到滿洲以來，獸醫遇到很多狂熱而一板一眼的年輕軍官，總是不得不對他們屈服。他們多半出身農村，一九三〇年代不景氣時代被貧困的悲劇圍繞下度過少年時代，被灌輸誇大妄想的國家觀念。長官所下達的命令不管是怎麼樣的東西，都豪不懷一點疑問地去遂行。如果以天皇陛下之名被命令「筆直挖洞直到巴西」的話，就會立即拿起鏟子開始工作的年輕人。也有人稱他們為「純粹」，但獸醫則盡可能想用不同的用語。不管怎麼說比起挖洞挖到巴西，還是用槍殺死兩頭象要容易多了。生為醫師的兒子在都市裏長大，並在大正時代比較自由的氣氛下受教育的獸醫，跟他們總覺得不太搭調。但是擔任槍殺隊指揮的中尉，語言雖然聽得出有輕微的地方口音，但比其他年輕軍官則是正常得多的人種。既受過教育也懂得分寸。從談吐和舉止動作，獸醫就知道。

總之象沒有被殺，光是這樣也許就不能不感謝了，獸醫這樣告訴自己。士兵因為不必殺象想必也鬆一口氣吧。但那些中國人也許覺得很遺憾。因為如果象死了可以得到大量的肉和象牙。

獸醫用水壺燒開水，用毛巾蒸臉刮鬍子。然後一個人喝茶、烤麵包、塗奶油吃。在滿洲食物絕稱不上充足，但還算是比較豐富的，這對他和對動物園的動物來說都值得慶幸。動物們雖然為了飼料分配的逐漸減少而憤怒，但比起食物已經見底的本土動物園來事態還算好得太多。未來會怎麼樣沒有人知道。但至少現在，動物和人還不必嚐到強烈的飢餓滋味。

妻子和女兒不知道怎麼樣了，他想。如果依預定進行，她們所搭的火車應該已經到達釜山。釜山有他在鐵路公司上班的堂兄弟一家住在那裏，母女在能夠搭上回本土的輸送船之前應該會住在那個家裏。獸醫一醒過來看不到那兩個人的影子覺得很寂寞。沒有平常早晨準備出門前的熱鬧聲音，屋子裏空虛地沈靜。這裏已經不是他所愛的、所屬於的家庭。但同時，自己一個人被留在官舍裏，獸醫也不是沒有感覺到一種奇妙的喜悅。他現在對「命運」這東西不可動搖的強大力量，在自己體內正逐漸深切地感覺到。

命運是獸醫宿業的毛病。他從很小的時候，就很明確奇怪地懷有這種想法：「自己這個人終究是被外部力量支配著活著的」。或許，那是因爲他右頰上所帶有的鮮明黑青斑的關係吧。他小時候強烈地憎恨，別人沒有而自己有的那刻印般的斑。被朋友們嘲笑、被陌生人盯著瞧時，他每次都想死掉。他想如果用刀子把那部分剝掉該有多好。但隨著成長之後，他慢慢學會把那臉上的斑，當做是無法分割的自己的一部分，「不能不接受的東西」來安靜接受的方法。這件事也許也是他對命運形成宿命性諦觀的主要原因之一吧。

命運的力量平常是以通奏低音般，安靜、單調地爲他的人生光景加上一層彩色的邊線而已。他在平常的生活中很少意識到那存在。但一旦有什麼（那到底是怎麼樣的加減他也不清楚。那上面幾乎看不出任何像規則性的東西。）強烈的時候，那力量會把他趕進一種類似痲痺的深沈諦觀中。那時候他會放下一切，讓自己不得不隨著那流勢隨波逐流。因爲他憑經驗知道自己這時候想什麼、做什麼，事態也絲毫不會改變。命運是不管有什麼可以取得的就會取走，非要等到那可以取得的什麼已經讓他到手，否則什麼地方也去不了，什麼結論都出不來。他這樣深信。

雖然這麼說，但這與其說意味著他是一個缺乏生氣的被動的人，不如說他是一個有決斷力的人，一旦決定了什麼便會努力去貫徹的努力家，職業上是個技術優越的獸醫，也是個熱心的教育者。雖然稍微欠缺創造性靈感，但從小學業就很優異，也被推爲班級的領導。在工作場上受到重視，許多年輕人尊敬他。他並不是所謂世間一般的「命運論者」。只是雖然如此，他有生以來，無論如何都無法懷有自己主動去做什麼決斷的眞實感。他覺得自己經常都是在命運的使然之下「被迫做決斷」。例如即使覺得這次總算順利依照自己的自由意志做了決斷，但後來試著回想時，卻經常發現實際上那也是由於外力預先安排好讓自己「被迫做決斷」的。那只是巧妙地被僞裝成「自由意志」的形式而已。或者他主體性決斷的事，仔細看來實際上全是些不需要決斷的瑣碎小事而已。他覺得自己就像被掌有實權的攝政者強制蓋國璽的名義上的國王一樣。正如滿洲國的皇帝一樣。

獸醫打心底愛著妻子和女兒。他相信這兩個人，是自己有生以來所遇到的最美好的東西。尤其他最溺愛這獨生女。他打心底相信如果是爲了她們自己死都可以。獸醫在腦子裏想像過很多次自己爲這兩個人而死去的情景。他覺得那似乎是一種非常甜美的死法。但同時獸醫工作完畢回到家裏看到妻子女兒的身影時，也曾經感覺過這兩人終究是和自己沒有關聯的各別存在。覺得她們好像存在於離自己非常遙遠的地方，她們其實是他所不知道的什麼似的。那樣的時候，獸醫便想，這兩個女人終究也不是我所選擇的東西。雖然如此，他還是毫不保留毫無條件地強烈愛著這兩個人。這對獸醫來說是極大的矛盾，永遠無法解除的（他這樣覺得）自我矛盾。感覺就像是在他的人生中被設計好的巨大陷阱一樣。

但獨自一個人被留在動物園的官舍之後，獸醫所屬的世界變成更單純而容易瞭解了。他只要考慮照顧動物的事就可以了。妻子和女兒不管怎麼樣已經離開自己身邊了。我暫時不必考慮她們了。在獸醫和命運之間已經沒有任何介入，只剩下他和命運了。

無論如何一九四五年八月的新京街頭，正被巨大的命運力量所支配。在那裏扮演最重要角色，而且今後還要發揮更大影響力的，不是關東軍、不是蘇聯軍、不是共產黨軍隊，也不是國民黨軍隊，而是命運。那在誰的眼裏都一目了然。在那裏所謂個人的力量之類的東西，幾乎沒有任何意義。那命運在前一天埋葬了虎、豹、狼、熊，救了象。那接下來到底要埋葬什麼救什麼？已經沒有任何人能夠預測了。

他走出官舍開始準備給動物們分發早餐。他想大概沒有人會來工作了吧，但卻看見兩個沒見過的中國少年在事務所等他。兩個都是十三、四歲左右，皮膚黑黑身架瘦瘦的，眼睛像動物般骨碌碌轉著。少年們說，他們被指使到這裏來幫先生工作。獸醫點點頭。他問了兩個人名字，但少年們並沒有回答這個。好像耳朵聽不見似的，表情絲毫沒變。讓少年來這裏的顯然是昨天爲止在這裏工作的中國人。他們已經看出未來情勢停止和日本人有任何關聯比較好，但認爲小孩子應該不妨礙吧。那是表示他們對獸醫的好意。他們知道獸醫一個人是照顧不了那些動物的。

獸醫給兩個少年各兩片餅乾之後，開始著手差使他們給動物分發早餐的作業。讓他們牽騾拉車從一個檻欄往一個檻欄繞著走，給各種不同的動物不同的食物，換新的水。不可能連打掃都做。只用水管大概沖一沖糞尿，沒有餘裕再做除此之外的作業了。反正動物園已經關閉，多少臭一點也沒有人抱怨。

結果因爲沒有了虎、豹、熊、狼，作業輕鬆多了。要照顧大型肉食動物的飼料是很吃力的作業，而且危險。獸醫一面以難過的心情通過空空的檻欄前面時，一面也暗地裏不得不對牠們的不在懷有安堵的感覺。

八點作業開始，十點過後結束。獸醫因爲激烈勞動而筋疲力盡。作業結束後少年們便無言地消失。他回到事務所，向園長報告早上的作業結束了。

中午以前中尉和昨天一樣，帶著同樣的八個士兵又來到動物園。他們依然全副武裝，一面從老遠之外就發出金屬碰撞的聲音一面前進。軍服被汗濡濕變黑，從周圍的樹木傳來激烈的蟬鳴聲。但士兵們今天不是爲了殺動物而來的。中尉向園長簡單地敬禮，然後說「請告訴我這個動物園裏可以使用的拖車和拉車馬的狀況。」園長說，現在這裏只剩一匹騾子和一台拖車而已。因爲一輛卡車和兩匹使役用的馬兩星期前已經供出去。中尉點點頭，說根據關東軍司令部的命令今天要徵收那匹騾子和拖車。

「請等一下。」獸醫急忙插嘴。「那是每天早晚分配動物飼料時需要的。雇用的滿人已經全部不見了。沒有騾子和拖車動物會餓死的。現在這樣都已經很勉強快不行了。」

「現在大家都快不行了。」中尉說。中尉眼睛紅紅的，臉上鬍子沒刮形成薄薄的一層黑影。「對我們來說首都防衛是先決事項。如果沒辦法的話，就請把牠們放出檻欄吧，危險的肉食動物已經處分掉了，剩下的放出去在保安上應該也不妨礙。這是軍方的命令。其餘的事就請你們自己適當判斷。」

他們不由分說，便把騾子和拖車拉走了。士兵們消失後，獸醫和園長互相對看著對方。園長拿起茶來喝，只搖著頭什麼也沒說。

四小時後士兵們讓騾子拉著拖車回來了。拖車上載著貨物，上面蓋著骯髒的軍用帆布罩子。騾子由於炎熱和貨物的沈重而喘著氣，流著汗。八個士兵佩帶的步槍上了刺刀，押著四個中國人同行。中國人都是二十歲前後的年輕人，一律穿著棒球制服，手用繩子綁在背後。四個人似乎被毆打得很厲害，臉上留下黑青的瘀痕。一個右眼腫起幾乎睜不開眼，一個嘴唇流血染紅了制服。制服胸部沒有寫名字，還留下名牌扯掉的痕跡。背上都有個號碼。四個人的背號是1、4、7、9。爲什麼在這樣的非常時期中國人還穿著棒球制服呢？被痛毆之後還被士兵押著來呢？獸醫不明白原因。那看來就像是精神異常的畫家所描繪的不存在於這世上的想像中的光景似的。

中尉對園長說，可以借用鏟子和鐵鍬嗎？中尉的臉看來比剛才更憔悴，更蒼白了。獸醫帶他們到事務所後面的材料倉庫。中尉選了兩把鏟子和兩個鐵鍬，讓士兵拿。然後他要獸醫跟著來，便一個人走出路外走進附近的樹林裏去。獸醫依著他的話跟在他後面。中尉一走進去，大蝗蟲便從草叢裏發出聲音飛起來。周圍散發著草的香氣。混合著令人平靜的蟬鳴，偶爾從遠方傳來象那警告似的尖銳叫聲。

中尉什麼也沒說地往樹林裏前進一會兒，終於找到一個開闊的空地似的地方。那是爲了讓小孩子可以和聚集成群的小動物一起玩而準備作成廣場的預定地。但由於戰況惡化建築材料缺乏，計劃便無限期地延期了。樹木被砍清，露出圓形地面。太陽就像舞台照明般只把那個部分清晰地照出來。中尉站在那正中央環視四周一圈。然後用軍用靴底在地面用力地刮圈子。

「我們從現在開始，要暫時駐屯在這園裏。」中尉彎下身一面用手挖起泥土一面說。

獸醫點點頭。雖然他不知道他們爲什非要駐屯動物園不可的理由何在，但他決定控制自己不發問。對軍人最好什麼也不問，這是他到新京城裏之後憑經驗學到的規則。多半的情形發問只會引起對方憤怒，反正也得不到什麼正常的回答。

「首先，要在這裏挖個大洞。」中尉像在說給自己聽似地說。然後站起來，從胸部口袋拿出香煙含一根在嘴上。他也敬獸醫一根，用火柴點上兩人的煙。兩個人頻頻吸著煙將那裏的沈默埋掉。中尉又用靴底在地面繞圈子刮著。在地上畫出什麼圖形，又把它抹消。

「請問你生在哪裏？」中尉終於問獸醫。

「神奈川縣。叫做大船的地方，靠近海邊。」

中尉點點頭。

「中尉是哪裏出身？」獸醫問。

沒有回答，中尉只瞇細了眼睛，看著從手指之間上升的香煙的煙而已。所以向軍人發問也沒用嘛，獸醫重新想道。他們總是只會發問，但絕對不會回答問題。可能連問他們時間都不會回答吧。

「有電影製片廠。」中尉說。

花了一點時間才明白原來他是在說大船的事。「是的，有一個大製片廠。雖然我沒進去過。」獸醫說。

中尉把變短的香煙丟落地上踏熄。「但願能順利回得去就好了，回日本不能不過海。也許大家都要死在這裏也說不定。」中尉眼光依然落在地面這樣說。「怎麼樣，你害怕死嗎？獸醫先生？」

「那大概要看怎麼個死法吧。」獸醫考慮一下後回答。

中尉從地面抬起臉，興趣濃厚地看著對方。他似乎預料的是別種回答吧。「確實是這樣，要看怎麼個死法噢。」

兩個人再度沈默一會兒。看來中尉好像站在那裏就會睡著了似的。他顯得那樣的疲勞。終於一隻大蝗蟲像鳥一樣高高飛起，留下啪噠啪噠的急躁聲音消失到遠處的草叢裏去了。中尉看一眼手錶。

「差不多必須開始作業了。」他像在說給誰聽似的說。然後朝向獸醫說「請你暫時跟我在一起。也許還有什麼事要拜託你。」

獸醫點點頭。

士兵們把中國人帶到那樹林裏，解開手上綁著的繩子。伍長用棒球棒——到底爲什麼軍隊會帶著棒球棒呢？

這對獸醫來說是個謎——在地面畫一個大圓圈，用日本語命令在這裏挖一個這樣大的洞穴。穿著棒球制服的四個中國人拿起鐵鍬和鏟子，默默挖掘著洞穴，士兵們在那之間便各分四個人一組交替休息，在樹蔭下躺下睡覺。到現在爲止好像沒有好好睡的樣子，他們就那樣穿著軍裝在草叢裏躺了下來，立刻發出鼾聲開始睡覺。沒有睡的士兵們腰間端著裝有尖刀的步槍擺出立刻可以用的架式，在稍微離開一點的地方監視著中國人的作業。擔任指揮的中尉和伍長也交替地到樹蔭下去假寐。

不到一個小時，便挖出直徑四公尺左右的洞穴。深度到達中國人的脖子一帶。一個中國人用日本語說讓我們喝水。中尉點頭後，一個士兵便用桶子汲了水提來。四個中國人用杓子輪流美味地喝著。一桶水喝得幾乎快光了。他們的制服被血、汗、泥土沾得變成烏黑。然後中尉叫兩個士兵去把拖車拉來。伍長掀開帆布罩子，那上面堆積著四具屍體。那四個人也穿著同樣的棒球制服，看來像是中國人。他們被射殺了，那制服被流出的血染黑，上面開始飛著大蒼蠅。從血的僵硬情形來看死掉似乎經過接近一天了。

中尉朝向挖完洞的中國人命令，把屍體丟進洞穴裏。中國人依然什麼也沒說地從拖車上卸下屍體，無表情地一一丟進洞穴裏。每具屍體撞到洞底時，便發出咚地一聲鈍鈍的無機的聲音。死掉的四個人背號是2、5、6、8。獸醫記住那號碼。屍體全部丟進洞穴裏之後，四個人便被緊緊綁在附近的樹幹上。

中尉舉起手以認眞的表情看著手錶。然後好像在尋求什麼似地暫時眼望著天空的一角。看來他就像站在月台上，正在等候致命性遲到的列車站員一樣。但他並沒有看什麼。只是讓時間過去幾許而已。然後他向伍長發出簡短的命令，用手槍刺刀刺殺四個人中的三個（背號1、7、9）。三個士兵被選出，各站在中國人前面。士兵們比中國人臉色更蒼白。中國人看來要指望什麼似乎已經太過於疲勞了。伍長向中國人一一敬煙，但誰也沒抽。他把香煙再收回胸前口袋裏。

中尉帶著獸醫，到稍微離開其他士兵的地方站住。「你最好也確實地看一看。」中尉說。「因爲這也是一種死法。」

獸醫點點頭。這個中尉不是對我，而是對他自己說的。獸醫想。

中尉以平靜的聲音向獸醫說明。「以殺法來說，用槍殺比較簡單省事快速得多，但上面命令就算一發子彈也不要浪費珍貴的彈藥。彈藥是爲蘇聯人保留的，用在中國人身上太可惜了。但一句話說用步槍刺殺，說來容易做起來可不簡單。獸醫先生在軍隊裏學過刺刀術嗎？」

自己是以獸醫入營到騎兵部隊的，因此沒受過刺刀術，獸醫說。

「用刺刀正確殺人，首先要刺進肋骨下的部分——也就是這裏。」中尉用手指著自己的腹部稍高的一帶。「把內臟剮一圈似地又深又大地剮，然後朝心臟刺上去。並不是一股勁地刺進去就行的。士兵們都被灌輸過太多次了。用刺刀的白刃戰和夜襲並列爲帝國陸軍的拿手招數——說得快一點，是因爲比戰車、飛機、大砲都不花錢。但不管說是怎麼灌輸訓練過，因爲訓練的對象是稻草人，和生身的人不同是不流血的，也不會哀叫，腸子也不會出來。實際上這些士兵們還沒有殺過人。我也沒有。」

中尉向伍長點頭。伍長下達命令後，三個士兵首先採取直立不動的姿勢。然後端槍把刺刀向前伸，瞄準目標。一個中國人（背號7）用中國話說了什麼類似詛咒的話，往地上吐口水。但那口水沒到達地面，卻無力地落在自己的制服胸部。

士兵們在下一聲號令時，刺刀尖端使勁往中國人肋骨下刺進去。並像中尉說的那樣，用刃尖扭轉似地往內臟絞一圈，然後尖端往上刺上去。中國人的哀叫聲不是很大。那與其說是哀叫不如說是深沈的嗚咽更接近。留在身體裏的氣息全部一次從什麼空隙間吐出似的聲音。士兵們拔出刺刀，退到後面。然後依伍長的命令，再一次正確地重複同樣的作業。刺入刺刀、迴轉、刺上、拔出。獸醫無感動地望著。他被自己正開始分裂著的錯覺所襲。自己是刺對方的人，同時也是被對方刺的人。他可以同時感覺到那手槍刺出的手感，和被切割內臟的疼痛。

中國人到完全死掉爲止花了比預料更長的時間。他們身體的內容已經被切割得支離破碎，大量的血流出地面，內臟一面已經被拔出了，一面還繼續發出輕微的痙攣。伍長用自己的刺刀割斷把他們綁在樹上的繩子，讓沒參加刺殺的士兵們幫忙，把倒在地上的三個人的身體拉去丟進洞穴裏。那摔到地面時也同樣發出鈍重的聲音。但那和剛才丟進屍體時的聲音似乎有些不同。也許因爲還沒有完全死掉吧，獸醫想。

最後只留下背號4的中國人而已，三個臉色發青的士兵扯起脚邊大片的草葉用那擦著血淋淋的刺刀。刺刀上黏著色調奇怪的體液和肉片似的東西。他們爲了讓那長刃恢復原來的雪白，不得不用好幾片又好幾片的草。

爲什麼只留下這個男的（背號4）不殺呢？獸醫覺得很奇怪。但他已經決定什麼也不問了。中尉又拿出香煙，抽著。並也敬獸醫一根。獸醫默默地接受，含在嘴上，這次自己擦火柴。手雖然沒發抖，但已經不太能感覺到那上面有什麼感覺了。簡直像戴著厚手套擦火柴似的。

「這些傢伙是滿洲國軍士官學校的學生。他們拒絕就新京防衛任務，昨天半夜殺了兩個日系指導教官後逃走。我們夜間巡邏中發現他們，當場射殺了四個，逮捕了四個。只有兩個人趁著黑暗逃脫了。」中尉用手掌撫摸著臉頰的鬍鬚。「他們想穿著棒球制服逃走。大概以爲穿軍服會被知道是逃兵而被逮捕吧。或者怕穿滿洲國軍的軍服會被共產軍逮捕也不一定。總之在軍營裏，除了軍服之外只有這士官學校的棒球部的制服。所以把制服上的名牌扯掉，穿上了準備逃。也許你也知道，這個士官學校的棒球部相當強噢。還去過台灣和朝鮮參加過親善比賽。於是那個男的，」說著中尉指著被綁在樹幹上的中國人。「他是球隊的主將四號打者，大概是這次逃走計劃的主謀。他用球棒把兩個教官打死，日系教官們知道營內的氣氛不穩，所以決定盡可能不給他們武裝。但沒想到棒球的球棒。兩個人頭都被打破了，幾乎當場立即死掉的樣子。被打個正著，所謂的justmeet。用這根球棒。」

中尉命令伍長把球棒拿過來。中尉把那支球棒交給獸醫。獸醫用兩手握著，像站上打擊位置時一樣在眼前舉起球棒看看。一根很普通的棒球球棒。並不是多高級的東西。手工粗糙、木紋也雜亂。但那卻很扎實沈重，被頻繁用過的樣子。手握的部分被汗滲透變黑了。看不出是剛剛才殺過兩個人的球棒。大約感覺過那重量之後，獸醫把那球棒還給中尉。中尉拿起來，以一副很熟練的手勢輕輕揮了幾次球棒。

「你打棒球嗎？」中尉問獸醫。

「小時候常常打。」獸醫回答。

「長大後打嗎？」

「沒打。」中尉呢？獸醫想問，但把那話吞了回去。

「上面命令我用這同一根球棒打死這個男的。」中尉一面用球棒尖端咚咚地輕輕敲著地面，一面以乾乾的聲音說。「以牙還牙、以眼還眼噢。因爲是你所以我敞開肚子老實跟你說，眞是無聊的命令。到現在還殺這些傢伙，到底又能怎麼樣呢？已經是沒有飛機、沒有戰艦、像樣的士兵大多死掉了。新型的特殊炸彈把廣島在一瞬之間就消滅掉。我們不久後不是要被趕出滿洲，就是被殺掉，中國還是中國人的。我們已經殺了夠多的中國人了。再增加屍體數也沒什麼意義。但命令就是命令。我身爲軍人，不管什麼樣的命令都不得不服從。就像殺虎、豹一樣，今天不得不殺這些傢伙。唉，請你好好看吧。獸醫先生。這也是人死的一種方法。你是醫師，所以對刀刃、流血、內臟大概習慣了，但用球棒打死大概沒看過吧。」

中尉命令伍長，把背號4的打者帶到洞穴旁邊。他像原來那樣手被反綁在背後，眼睛遮起來，雙膝跪地。一個高個子體格魁梧的男人，手臂粗壯，有普通人的大腿那麼粗。然後中尉喊了一個年輕士兵，把球棒交給他。「用這個把那男的打死。」中尉說。年輕士兵直立敬禮。從中尉手中接過球棒。但球棒拿在手中卻像失了魂似的呆站在那裏不動。他似乎無法掌握所謂用球棒打死中國人這行爲的實體似的。

「以前打過棒球沒有？」中尉問年輕士兵（後來在伊爾庫次克附近的炭坑被蘇聯監視兵用鏟子割死的男人）。「沒有，我沒有。」士兵大聲回答。他所出生的北海道開拓村，和成長的滿洲開拓部落都同樣貧窮，周圍沒有一家人買得起棒球或球棒。他們只是無意義地在原野奔跑，用棍子當武士刀打著玩，或捉捉蜻蜓度過少年時代。這輩子從出生到現在既沒打過棒球，也沒看過棒球比賽。手上拿球棒當然是有生以來的第一次。

中尉教士兵握球棒的方法，教他基本揮棒。自己實際揮了幾次示範。「聽好噢，重要的是腰部的迴轉。」他慢慢咬字清楚地說。「球棒往後舉，下半身扭轉過來，讓身體迴轉。球棒的頭部隨後自然地跟過來。嘿你！聽懂我說的沒有？想要揮棒的意識太強的話，力量總是只集中在手的前面。這樣揮棒自然就失去力氣。不是用手臂，而是用下半身的迴轉好好的完全揮出去。」

士兵想必不能理解中尉的指示，但他依然照著命令脫下沈重的軍服，練習了一會兒揮棒。大家都在一旁觀看。中尉補充幾個重要的重點似地矯正士兵的揮棒。他教法相當高明。終於雖然握棒笨拙但也能在空中揮出咻一聲的程度了。年輕士兵小時候每天在農家作業中鍛鍊過來的，因此再怎麼說臂力總是很強的。

「嗯，這樣大概行了吧。」中尉用軍帽擦著額上的汗說。「你聽噢，盡量使勁讓他一棒就輕鬆過去噢。不要耗時間讓人家痛苦受罪噢。」

我也不願意用什麼棒球棒打死人哪。中尉很想說。到底是什麼地方的誰想出這餿主意的。但指揮官總不能對部下開口說出這種話。

士兵站在眼睛被蒙起來跪在地上的中國人後面，舉起球棒。黃昏強烈的日照把那球棒的粗影子長長地照落地上。好奇怪的光景，獸醫想。正如中尉所說的。我完全無法適應用球棒打死人這種事。年輕士兵把球棒舉在空中好長一段時間。看得見那尖端大大地顫抖著。

中尉向士兵點頭。士兵拉緊球棒，吸一口大氣，將那球棒用勁使力往中國人後腦部打去。令人吃驚的像樣一揮。依照中尉所教的用下半身迴轉，將球棒烙印的部分往耳後直擊。球棒揮滿到最後，聽得見頭蓋骨破碎的嘎啦一聲鈍重的聲音。中國人連聲音都沒發出。他以奇怪的姿勢在空中一度靜止，然後像想起什麼似的沈重地往前倒下。從耳朵流出血來，臉頰貼在地面就那樣一直不動了。中尉看一眼手錶。年輕士兵兩手還緊緊握著球棒，張開嘴巴看著空中。

中尉是個謹慎心細的人，他就那樣等了一分鐘。並確定中國人已經絲毫不動之後對獸醫說「麻煩你，幫我確定一下那個男的死了沒有好嗎？」

獸醫點點頭走到中國人旁邊去，彎下身把眼罩拿下。那眼睛睜得大大的黑眼珠朝上，正從耳朵流出鮮紅的血。半開的嘴巴深處看得見糾結的舌頭。由於被打擊，頭朝奇怪的角度扭曲，從鼻孔溢出濃厚的血塊，染黑了乾乾的地面。一隻眼尖的大蒼蠅鑽進那鼻孔裏準備產卵的樣子。獸醫爲了愼重起見抓起他的手腕，用手指試探動脈的鼓動。但鼓動已經停止了。至少在該有脈動的位置，完全摸不到鼓動了。那個年輕士兵只揮了一次棒（那是有生以來的第一次），這個強壯的男人氣息便已經斷了。獸醫望了一眼中尉那邊，點頭示意，沒問題，已經死了不會錯。然後慢慢站起來。忽然感覺到照在背上的陽光變得好強烈的樣子。

就在這時，那個中國人4號打者好像醒過來似的，忽然坐起身子，沒有一絲猶豫地——在人們眼中看來——抓緊獸醫的手腕。一切都在一瞬間發生。獸醫還搞不清楚是怎麼回事。這個男人已經死了不會錯。但中國人不知道從哪裏吹出生命最後的一滴力氣，簡直就像被千斤頂抬起來似的，緊緊扣握住獸醫的手。而且眼睛依然睜得大大的黑眼珠朝上，像要把獸醫一起帶去做伴的樣子，往那洞穴裏倒下去。獸醫像疊在他身上似地掉落洞穴裏。他的身體下面，傳來對方肋骨折斷的聲音。但中國人這樣還是緊緊握著獸醫的手不放。士兵們從頭到尾看在眼裏，但全部嚇慌了，只呆呆站在原地不動。中尉第一個回過神來飛奔跳進洞穴。從腰間拔出自動手槍來，槍口對準中國人的頭連扣兩次扳機。乾乾的槍聲連續響遍周遭，太陽穴射開巨大的黑洞。他已經完全失去生命了。雖然如此中國人還是不放手。中尉彎下身，一隻手還拿著手槍，把那屍體的手指一根一根花時間撬開般地解開。在那之間獸醫在洞穴底下，被穿著棒球隊制服的八個無言的中國人屍體所包圍。洞穴底下，蟬聲聽起來和在地上聽見時響法相當不同。

獸醫的手好不容易才從屍體手上解開之後，士兵們把他和中尉拉出那墓穴。獸醫趴在草上喘了幾次大氣，然後看看自己的手腕。那上面還留著五根手指的鮮紅手印。在那炎熱的八月下午，獸醫身體感到凍徹骨髓般的強烈冷氣。我大概再也無法把這股寒氣趕出體外了吧？他想。那個男人真的，認真地想要把我一起帶到什麼地方去呢。

中尉把手槍安全裝置復原，慢慢放進腰間的槍匣裏。對中尉來說，對人射槍這也是第一次。但他盡量努力不去想這件事。至少暫時戰爭還在繼續著，人將繼續死去。很多事情以後再深入想吧。他把右手掌的汗用長褲擦擦，然後命令沒有參加處刑的士兵，把丟棄屍體的洞穴埋掉。現在已經有無數的蒼蠅在周圍肆無忌憚地繞著飛了。

年輕士兵還緊緊握著球棒以失了魂的狀態呆站在那裏。他的手無法適當從球棒上散開。中尉和伍長，都放任他站在那裏。他視而不見地望著，應該已經死去的中國人突然抓緊獸醫的手腕，連成一體掉落墓穴裏，中尉從後面追來跳進洞穴用手槍射擊，然後同伴的士兵們用鏟子和鐵鍬埋洞穴。但實際上他什麼也沒在看。他只是側耳傾聽發條鳥的聲音。鳥叫聲從昨天下午同樣的樹林某處傳來，同樣是那捲發條般的嘰咿咿、嘰咿咿咿咿的叫聲。他抬頭環視周遭，像要看準從哪個方位傳來的聲音。但依然到處都看不見發條鳥。喉嚨深處感到一陣噁心想吐，但並不像昨天那麼強烈。

在側耳傾聽著發條鳥聲音的時候，各種片段的印象在他眼前出現又消失。那個年輕主計中尉被蘇聯軍解除武裝之後被引渡到中國方面，追問這次處刑責任而被處以絞首刑，據說伍長在西伯利亞的收容所得了黑死病死掉。他被丟進隔離的小屋，一直放著不管直到死掉。其實伍長只是因爲營養失調昏倒而已，並沒有感染黑死病——至少在被丟進那小屋以前。臉上有青斑的獸醫一年後死於事故。他雖然是平民，但因爲和軍隊一起行動而被蘇聯軍拘留，同樣送到西伯利亞的收容所。在強制勞動的西伯利亞炭坑，進入深深的直立洞穴裏作業時，穴裏出水，他和其他眾多士兵們一起被溺死。而我——那個年輕士兵看不見自己的未來。不只是未來而已。連現在在自己眼前發生的事，不知道爲什麼，他都不覺得看來像是眞的。他閉上眼睛，只是側耳傾聽發條鳥的聲音。

然後他忽然想起海，從日本渡海過來滿洲時，從船的甲板上所看到的海。那次他是有生以來第一次看到海，也是最後一次。那是八年前的事。他可以記得那潮風的氣味。海，到目前爲止的人生中，是他所見過最棒的東西之一。遼闊、深沈，遠超越一切預測的東西。那會隨著不同時刻、不同天候、不同場所而變色、變形、改變表情。那在他心中勾起深沈的悲哀，同時也安靜地治癒心靈的創傷。不知道什麼時候才能夠再看見那海？他想，然後士兵讓拿在手上的球棒掉落地上。球棒摔在地面發出乾乾的聲音。球棒不見了之後，噁心變得比剛才稍微強烈。

發條鳥還繼續在啼叫。但其他的任何人都沒聽見那聲音。

＊

「發條鳥年代記＃8」在這裏結束了。

29

西那蒙失落的環結

〈發條鳥年代記＃8〉在這裏結束了。

我按滑鼠結束，回到原來的畫面，從下一個選項中選了〈發條鳥年代記＃9〉按滑鼠。我想繼續讀那文章。但畫面沒有打開，代替的卻浮出這樣的訊息。

〈發條鳥年代記＃9〉不能在R24號線上處理。
請選擇其他文書。

我試著選擇＃10看看。但結果還是一樣。

〈發條鳥年代記＃10〉不能在R24號線上處理。請選擇別的文書。

♯11也是一樣。結果只弄清楚那上面的所有文書都不能處理。雖然我不知道〈R24號線〉是什麼樣的東西，但總之似乎由於某種原因或原理，而封鎖了其他文書處理的樣子。在打開〈發條鳥年代記♯8〉的當時我還被許可處理所有的文書。但選完♯8而打開並結束的現在，任何一扇門都已經被緊緊地封鎖起來了。或許這程式是不許連續選擇文書處理的也不一定。

我面對畫面，想了一下接下來該怎麼辦。但沒辦法。這是依照西那蒙的頭腦和原理所作成並發揮機能的精巧緻密世界。我不知道那遊戲規則。我放棄地關閉電腦。

首先這〈發條鳥年代記♯8〉是西那蒙所述說的故事應該不會錯。他在〈發條鳥年代記〉這個題目下在電腦裏寫下16個故事，而我碰巧選了那其中的8號故事來讀。我大概回想自己剛才讀過故事的長度，單純地試著乘以16倍看看。絕不算短的文章。如果實際要整理成活字的話，應該會成為一本很厚的書。〈♯8〉這號碼意味著什麼呢？因為從附上年代記這個名稱來看，也許故事是依照年代順序一一連續下去的也不一定。♯7的續是♯8，♯8的續是♯9這樣。這是妥當的推測。但也不一定是這樣。故事也許依照完全不同的順序排列也不是沒有可能。相反地也有可能從現在到過去倒溯上去。更大膽地假設的話，一個故事也許只是從各種不同的版本給予不同號碼平行並列而已也不一定。但不管怎麼說我選擇的是♯8，母親納姿梅格以前告訴過我的，新京動物園的動物被士兵們射殺是在一九四五年八月的事，這♯8則確實是那件故事的連續。那第二天，以同一個動物園為舞台的故事。故事的主角也是納姿梅格的父親，西那蒙的外公，那位沒有名字的獸醫。

故事到什麼地方爲止是眞實的，我無法下判斷。是否從頭到尾都是西那蒙手下純粹的創作？或有幾個部分是實際發生的事？這也不淸楚。母親納姿梅格對我說，獸醫從此之後便「毫無消息」了。所以首先那故事全部是事實的可能性就沒有。但有幾個細部是歷史上的事實則可以考慮。在那混亂時期，新京動物園內舉行了滿洲國士官學校學生的處刑，屍體埋在洞穴裏，擔任指揮的日本軍官戰後被處刑的可能性是有。滿洲國士兵的逃走和反叛在當時並不稀奇，被殺的那些中國人穿著棒球隊制服——就算是相當奇怪的設定——但並不是沒有可能的事。西那蒙知道那事件的存在，把在那裏的外公身影重疊起來，作成他的故事也是有可能的。

但原本西那蒙爲什麼要作成這故事呢？爲什麼他非要賦與那個以故事的體裁不行呢？爲什麼那些故事群非要按上「年代記」這個標題不可呢？我坐在假縫室的沙發上，一面把設計用的顏色鉛筆拿在手中團團轉著，一面試著想想看。

要找出答案，也許必須看完那裏所有的故事才行吧？在光讀完＃8一篇之後，雖然模糊，但我可以推測西那蒙在那裏面追求的東西。很可能西那蒙正認眞地探求所謂自己這個人的存在理由。想必他是在追溯自己尚未出生以前的事不會錯。

爲了這個，他有必要將自己的手所無法到達的幾個過去的空白塡滿。他想憑自己的手作出的故事，充當那遺失的環結。以從母親那裏一再反覆聽來的一個故事當做踏腳板，西那蒙從那裏派生出新的故事，想將被謎包著的外公身影在新設定之中再創造。而故事的基本風格，則承接他母親的故事而來。也就是說在那裏事實可能不是眞實，眞實可能不是事實。很可能故事的什麼部分是事實，什麼部分不是事實，這件事對西那蒙來說應該不是那麼重要的問題。對他來說，重要的不是他外公在那裏做了什麼，而是應該做了什麼？而且當他有效地說著那故事的時候，他同時也變知道了那個。

而且那故事以「發條鳥」這字眼當做關鍵語，以年代記（或非年代記）一直到達現在不會錯。但「發條鳥」這字眼不是西那蒙創作出來的。那在以前在青山的餐館裏，他母親納姿梅格對我說的故事中已經無意識地說出口過了。而在那個時點納姿梅格應該還不知道我被叫做「發條鳥」的事。那麼，我和他們的故事是由於偶然的一致而結合在一起的。

但我並沒有確實的信心。也許納姿梅格對於我被叫做「發條鳥」的事因爲某種原因已經知道了也不一定，而且那字眼在潛意識的領域裏作用著、侵蝕著她的（或母子二人共有的）故事，那不是被固定成形的故事，而是像口頭傳承般一面接受著變化一面繼續增殖、變形、繼續存在的故事也不一定。

但那不管是偶然的一致也好，在西那蒙的故事中，「發條鳥」這個存在擁有很大的力量。人們被只有特別的人才聽得見的那鳥聲所引導，邁向不可避免的毀滅之路。在那裏，就像獸醫始終一貫繼續感覺到的那樣，人類的自由意志這東西是無力的。他們就像人形娃娃背上被上了發條後放在桌上一樣從事著沒有選擇餘地的行爲，朝向沒有選擇餘地的方向前進。在聽得見那鳥聲的範圍內幾乎所有的人都強烈地被破壞、喪失。多半的人死去。他們就那樣從桌子邊緣掉落下去。

西那蒙一定是藉著遙控知道我和綿谷昇的對話。還有同樣也以遙控知道幾天前我和久美子的對話，恐怕凡是那電腦所發生的一切他都無所不知。而且西那蒙等到我和綿谷昇對話結束後，把〈發條鳥年代記〉的故事顯示在我面前。那顯然不是偶然或當場想到的。西那蒙是擁有清楚目的而操作著機械，想把那故事中的一篇讓我看到。並暗示我在那裏同時還存在著很長故事群的可能性。

我在沙發上躺下，抬頭看著假縫室幽暗的天花板。夜既深且重，周遭靜得令人心痛。白色天花板看來像是整個把房間蓋住的厚冰蓋似的。

我和那位應該算是西那蒙外公的沒有名字的獸醫之間，存在著幾個共通點。我們共有著幾個東西——臉上的黑青斑、棒球棒、發條鳥的叫聲。還有，西那蒙故事中出現的中尉，令我想起間宮中尉的身影。間宮中尉也在同一個時期在新京的關東軍總部服勤。但現實的間宮中尉不是主計軍官而是屬於製作地圖的單位，終戰後沒有被絞首處刑（他怎麼說都是被命運作弄而被死拒絕的人），只在戰鬥中失去一隻手臂回到日本來。但我無論如何都無法抹去那個指揮處刑的中尉其實可能就是間宮中尉的印象。至少那是間宮中尉也不奇怪。

然後還有棒球棒的問題。西那蒙知道我在井底放著棒球棒的事。所以那球棒的印象，正如「發條鳥」這字眼一樣，有從後來「侵蝕」他的故事的可能性。但假設就算是那樣，關於棒球棒還是有無法那麼單純說明的部分。在那被關閉的公寓玄關用球棒朝我毆打過來的提吉他盒的男人……他在札幌的酒店裏用蠟燭火燒手掌給我看，其次用球棒毆打我，又變成被我用球棒毆打。而且那球棒便引渡到我手中了。

還有爲什麼我臉上非要被烙上和西那蒙的外公一樣顏色、一樣形狀的斑不可呢？那也是他們的事被我的存在「侵蝕」而產生的結果嗎？現實的獸醫臉上難道沒有黑青斑嗎？但納姿梅格沒有任何必要對我捏造關於自己父親那樣的事情。首先第一點，納姿梅格在新宿街上「發現」我，也是因爲我們兩人共有那斑的關係。事情簡直像三次元的謎團一樣交錯複雜糾結不清。在那裏眞實不一定是事實，事實不一定是眞實。

我從沙發上站起來，再一次走到西那蒙的小房間去。並坐在電腦桌前，手肘支在桌上注視著西那蒙的電腦螢幕畫面。西那蒙也許在那裏。在那裏他沈默的語言，化成幾個故事正活生生地呼吸著。那在思考、追求、成長、發熱著。但畫面像月亮一樣繼續在我面前深沈地死著。那存在的根，在迷宮的森林裏消失了蹤影。四方形玻璃螢幕，還有應該在那深處的西那蒙，已經不再準備朝向我述說什麼了。

30

房子是不能信任的（笠原 May 的觀點 6）

你好嗎？

上封信的最後，我寫說想對發條鳥先生說的話，好像都說完了。很有一點「這樣就沒了」的意味。對嗎？不過經過一段時間想到各種事情之後，又覺得還是再多寫一點什麼比較好，所以才又這樣偷偷摸摸像蟑螂一樣半夜起來，面對書桌寫起信來。

是這樣的，我最近不知道爲什麼，經常想到宮脇先生一家人的事。在那空屋從前住著的，被貸款債主窮追不捨，最後不知道在什麼地方自殺的可憐的宮脇先生一家的事。雜誌上確實寫著只有最大的女兒沒有死，但行蹤不明……。我在工作的時候、在餐廳吃飯的時候、在房間一面聽音樂一面讀書的時候，不知道怎麼搞的腦子就會忽然浮現那一家的形象。雖然還不至於糾纏著不離去，但只要腦子一有空隙（老實說，有很多空隙），就會從那裏滑溜溜地溜進來，就像從窗外進來的燒柴煙味一樣，暫時停留一陣子。這一星期或兩星期經常有這種情形。

我從生下來就一直住在那裏，隔著後巷眺望那一棟房子活到現在。從我房間的窗戶可以筆直看到那家的正面。我是從上小學後才有自己房間的，那時候宮脇先生一家已經住在那新蓋的房子裏了。在那裏經常可以看到人影，晴朗的日子曬著很多洗的衣服，兩個女孩在庭院裏大聲叫著黑色大牧羊犬的名字（我現在想要想那名字，但怎麼都想不起來），天一黑窗裏就亮起看來好像很溫馨的燈光，然後隨著時間漸漸晚了，那燈便一盞又一盞地關掉。大女孩學鋼琴，小女孩學小提琴（大的比我大，小的比我小）。生日或聖誕節時就開 Party 之類的，聚集了好多朋友，看起來總是很熱鬧。只看過那靜悄悄廢墟般空屋的人，想必無法想像那樣的情景吧。

休假日主人經常在庭院裏整理花樹。宮脇家主人好像很喜歡親手做清掃雨簷、遛狗、給汽車打蠟之類花時間的工作的樣子。我永遠無法理解人爲什麼會去喜歡那樣麻煩的事情，不過那怎麼說都是個人的自由，而且一個家裏有一個那樣的人一定是一件很好的事噢。還有去滑雪好像也是全家人共同的「興趣」似的，一到冬天他們就把滑雪板綁在大車的車頂上，很開心地不知道開到什麼地方去（我是一點都不喜歡滑雪，不過這也總之暫且不提）。

這樣一說，聽起來好像是到處都有的極普通的幸福家庭的樣子。不只是聽起來，他們實際上就是眞的到處都有的極普通的幸福家庭。在那裏沒有一件會叫人說「唉呀，這到底是什麼？」而皺起眉頭，或歪起脖子的事。附近的人雖然在背後悄悄說「那樣不乾淨的地方免費送我都不想住」，但就像剛才說過的那樣，宮脇家就像畫成畫裱成框，用雞毛撢子撢過的一樣和平的一家。全家四口，就像從前故事的「後來大家都過著幸福快樂的日子」結局的連續一樣，眞的是過著非常幸福快樂的生活，至少看起來比我家要幸福十倍左右。還有偶爾在門口碰面的那兩個女孩子，也都是感覺很好的人。我常常想如果有那樣的姊妹在我家的話該有多好。總之好像經常笑聲不斷，連狗都一起笑著的樣子，是這種感覺的家。

這種幸福會在什麼地方忽然噗哧一下被切斷消失，我眞是無法想像。但有一天我忽然發現，在那裏的人一個都不剩地（連德國牧羊犬）像被強風吹走似地，咻一聲就消失了，只剩下一棟房子。有一段時間——說起來也只不過是一星期左右——附近的人，誰也沒留意到宮脇家全家消失的事。我到了傍晚也沒看見燈亮，雖然覺得奇怪，但想道大概是跟平常一樣全家到什麼地方去旅行了吧。然後我母親說，在什麼地方聽人家說他們好像是「趁夜逃走」的。我不太明白所謂「趁夜逃走」，記得還問過那是什麼意思。以現在的說法就是「蒸發」了。

不管是趁夜逃走或是蒸發了，住著的人一旦消失之後，宮脇家的印象看起來便不可思議地不同了。因爲我過去從來沒有看過所謂空屋這東西，因此不知道平常的空屋到底看起來是什麼樣子。不過所謂空屋這東西大概就像被遺棄的狗一樣，或者像蟬蛻之後的空殼子一樣，感覺一定是很可憐的「無精打采」的樣子。但宮脇先生家的那空屋卻完全不是這樣。那房子並不「無精打采」。那房子在宮脇先生離家之後的同時，就一副「我已經不認識什麼宮脇先生這個人了」的冷漠臉色。至少在我看起來是這樣。那就像一隻不懂得恩情的笨狗一樣。總之那棟房子在宮脇先生離家之後的同時，就和宮脇先生一家的幸福沒有任何關係，忽然變成一棟「自己本身的空屋」了。我覺得那樣未免太過份了。雖說是房子但應該也是和宮脇先生一家人在一起的那時候過得最快樂啊。他們很勤快地淸潔打掃，而且大體上來說房子也是宮脇先生蓋起來的啊。你不覺得嗎？房子這東西眞是完全不能信任啊。

發條鳥先生也知道，房子在那以後沒有住過一個人，到處都是鳥糞地被遺棄了。幾年之間我就從我房間的窗戶眺望著那空屋過日子。面對書桌一面做功課，或者假裝做功課，一面不時瞟著那空屋。晴朗的日子、下雨的日子、下雪的日子、颱颱風的日子都一樣。因爲那就在窗外，只要一抬眼自然就會看到啊。而且很奇怪眼睛就是躲不開。我經常在桌上托著下巴呆呆望著那房子三十分鐘之久。怎麼說呢？不久以前那裏還充滿了大家的笑聲，雪白的曬洗衣物就像電視上洗衣粉的廣告一樣被風吹得飄飄撲撲的噢（宮脇先生的太太雖然不能說「異常」的程度，但怎麼想都比一般人更喜歡洗衣服）。然而那卻在一瞬之間啪地消失到什麼地方去了，庭院雜草叢生，已經沒有人會想起宮脇先生一家幸福日子的情景了。我覺得那眞是不可思議的事。

我要聲明一下，我跟宮脇先生一家人並不親密。老實說，幾乎沒有開過口，只是在路上碰面時稍微會打招呼而已。雖然如此，由於每天從窗戶熱心眺望的關係，我覺得宮脇先生一家的那種幸福營生好像變成我自己的一部分似的。就像家族相片的角落裏加進一個沒關係的人似的。而且甚至曾經覺得我的一部分也和那些人一起「趁夜逃走」，消失到什麼地方去了似的。不過怎麼說呢？那種感覺很奇怪。自己的一部分居然可能跟不太認識的一些人「趁夜逃走」而消失這種事。

奇怪的事情順便再繼續提一件吧。老實說這是非常怪的事。

老實說，我最近常常覺得自己好像變成久美子小姐了。我眞的是發條鳥先生的太太，因爲某種原因而逃開你，到這深山裏，一面在假髮工廠工作一面躲著活下去。但因爲各種原因我暫且用笠原May的假名戴上面具，裝成不是久美子小姐。而發條鳥先生則在那簡陋的簷廊一直等候著我的回去……怎麼說呢？非常有這種感覺。

嘿，發條鳥先生你會妄想嗎？不是我自誇我常常會。經常會。嚴重的時候也曾經一整天都一面被妄想的雲籠罩著一面工作。反正是單純的作業，所以也不妨礙工作，不過周圍的人偶爾也會臉色怪怪的。也許我在愚蠢地自言自語也不一定。不過那很討厭，你就是不想去想，但妄想這東西卻像生理一樣，要來的時候就自己來了。並不能在門口簡單地說「對不起，我現在很忙，請你下次再來」。眞傷腦筋。不過總之，我常常假裝成久美子小姐的樣子，但願發條鳥先生不要生氣才好。因爲我也不是故意想要那樣的。

漸漸睏起來了。我現在開始要拋開一切好好地睡個三、四小時，然後起牀，又開始努力工作一天。一面聽著無害的音樂一面跟大家一起拚命製造假髮。請不用擔心我。我雖然一面妄想，但也一面順利地做著各種事。我祈禱發條鳥先生一切順利。但願久美子小姐能回家來，恢復以前的平靜幸福。

再見。

31

空屋的誕生，換乘的馬

第二天早晨到了九點半、十點都還見不到西那蒙出現。那是前所未有的事情。我在這個地方開始「工作」以來，他一天也不例外地，準時於早晨九時開啓大門，讓賓士車炫亮的鼻尖出現那裏。隨著這樣的西那蒙日常準時的登場，我的一天也明確地開始了。我在那完全確定的每日生活的定型中，正如人們習慣於引力和氣壓的存在一般地完全習慣了。在那種西那蒙嚴守的規律之中，除了所謂單純的機械式之外，似乎有什麼撫慰我、鼓勵我的溫暖似的東西。因此看不見西那蒙身影的早晨，看來就像雖然畫得很高明，但卻缺少了焦點的平凡風景畫一樣。

我放棄地離開窗邊，削了蘋果代替早餐吃。然後想到也許電腦上會浮出什麼訊息也不一定，於是到西那蒙的工作室探頭看看。但畫面依然是死著的。沒辦法我像西那蒙平常做著的那樣，一面聽巴洛克音樂帶一面在廚房洗洗東西、用吸塵器吸吸地、擦擦窗戶。爲了消磨時間，把各種作業故意多花工夫仔細地做。連換氣扇的葉片都擦。雖然如此時間還是過得很慢。

到了十一點，我已經想不到還有什麼事可做了，因此我在假縫室的沙發上躺下來，決定讓自己任隨那緩慢的時間之流流過。我盡量想成西那蒙一定是因爲某種事情而稍微遲來而已。也許車子在途中故障了。也許遇到難以相信的交通阻塞也不一定。但那是不可能發生的。我可以用我所有的錢打賭。西那蒙的車子才沒有故障，他對交通阻塞的可能性也都在事先計算進去。如果假定發生了預料之外的事故的話，也應該會用汽車電話跟我聯絡。西那蒙沒有到這裏來，是因爲他決定不來。

一點之前，我試著打電話到納姿梅格赤坂的事務所、沒有人接。試了幾次都一樣，然後我打電話到牛河的事務所。但代替呼叫鈴的是播出錄音，告訴我現在那號碼已經是空號。眞奇怪，才兩天前我還撥那號碼打電話跟牛河談過。我放棄了又回到假縫室的沙發。這一、兩天之間，人們似乎全約好了，決定不接受我的聯絡似的。

我又走到窗邊去，從窗簾縫隙眺望外面。兩隻看來很活潑的冬季小鳥飛來停在樹枝上，頭機伶地環視周圍，然後突然好像對那裏所有的東西不再留戀了似地毫不遲豫地飛走了。除此之外沒有動的東西。房子感覺簡直像才剛剛完成的新的空屋一樣。

＊

接下來的五天之間，我一次也沒走到「宅院」去。想要下去井底的念頭，也不知道爲什麼已經失去了。我不知道爲什麼。正如綿谷昇說的那樣，我在不久的將來即將失去那井。如果「客人」就這樣繼續不來的話，以我手頭的資金要維持宅院最高限度頂多兩個月。所以那還在自己手上的時候，應該盡可能頻繁利用井才對。呼吸變得很難過。突然之間，我開始感覺那地方像是一個錯誤的、不自然的地方似的。

我不再去宅院，而漫無目的地在外面閒逛。下午就到新宿西口的廣場去，坐在每次坐的長椅上，無所事事地只是消磨時間。但納姿梅格並沒有出現在我前面。我也想去赤坂她的事務所拜訪看看。我在電梯前按了門鈴，安靜望著電視監視器的鏡頭。但不管等多久都沒有回答。因此我終於放棄。也許納姿梅格和西那蒙都決定跟我斷絕關係了吧。那對奇怪的母子已經離開即將沈沒的船隻，逃到什麼安全的地方去了吧。這件事出乎意料之外地令我心情感到悲哀。就像被真的家人在最後關頭背叛了似的心情。

第五天中午過後，我到太平洋飯店的咖啡廳去。那是我去年夏天，和加納馬爾他及綿谷昇見面談話的地方。我既不是懷念那時候的事，也不是特別喜歡那咖啡廳。但我就在沒有特別理由和目的之下，幾乎是無意識地從新宿搭上山手線在品川下車。然後從車站走過陸橋進入飯店，坐在靠窗的桌子點了小瓶的啤酒，吃較遲的午餐。並且像是在望著無意義的一串長數字值般恍惚地望著陸橋上來來往往的人群。

我從洗手間回來時，眼睛看見擁擠的客人席後方有一頂紅帽子。那跟加納馬爾他每次都戴的塑膠帽的紅色一模一樣。我被吸引似地朝向那桌走過去。但走近一看那是不同的女人。比加納馬爾他更年輕，個子更高大的外國女人。帽子也不是塑膠的而是皮製的。我付了帳走出外面。

我手伸進深藍色短外套口袋裏，暫時在附近走走看。我戴著和外套同色的毛線帽，為了不讓斑太醒目而戴上深色太陽眼鏡。十二月的街頭洋溢著季節獨特的生氣，車站前的購物中心擠滿了穿著厚衣服的購物客。是一個安穩的冬天下午。覺得光線鮮明，各種聲音好像比平常聽來更短促清晰似的。

看見牛河的身影，是在品川車站的月台等電車的時候。他正好跟我隔著鐵道面對面，等著相反方向的山手線電車。牛河還是跟平常一樣穿著有點怪的衣服繫著華麗的領帶，歪著往上禿而長相惡劣的頭，熱心地讀著什麼雜誌。我在品川車站人潮擁擠之中能夠立刻發現牛河，是因爲他看來和周圍的人顯然不同。我以前只在自己家廚房裏看過牛河，時刻都在夜裏，每次都只有單獨兩個人而已。在那裏牛河看起來顯得非常非現實。但假定是在外面的世界，假定時刻是在中午，假定是混合在不特定多數的群眾之中，牛河依然和平常一樣看起來非現實而奇怪，顯得從周圍清晰地浮上來。那裏似乎飄散著和現實風景絕不相融合的異形空氣。

我把人潮撥開，撞到什麼人，一面被怒罵著一面跑下車站的階梯。跑上對面的月台，尋找牛河的身影。但他到底是站在月台的什麼方位，我忽然迷失了那位置。車站又大又長，人的數目太多。不久電車來了門開了，吐出一群無名的人群，吞進另一群無名的人。在我找到牛河的身影之前開車的鈴聲已經響起。我暫且跳上那往有樂町的電車，從一個車廂往下一個車廂走著尋找牛河的身影。在第二輛車廂的門附近牛河正站著讀雜誌。我一面調整呼吸一面在他前面站一會兒，但牛河似乎完全沒有感覺到。

「牛河先生。」我開口招呼。

牛河從雜誌上抬起臉，隔著厚厚的眼鏡鏡片一副在看什麼可疑東西的眼神看我的臉。在白天的光線下近看起來，牛河比平常看來更落魄的樣子。疲勞好像擋不住的汗脂般從皮膚濕濕黏黏地滲出來。眼睛浮上泥水般的混濁，耳上殘餘的稀少頭髮，像從廢屋的瓦片空隙裏探出來的雜草一般。從翻起的嘴唇間閃現的牙齒看來比我記憶中的更髒、排列更惡劣。上衣依然皺巴巴的。好像剛才還在什麼地方的倉庫角落縮成一團睡著，才剛剛起來的樣子。並不是要強調那印象，但連肩膀上都沾著鋸屑似的灰塵。我拿下毛線帽，摘下太陽眼鏡放進大衣口袋。

「噢，這不是岡田先生嗎？」牛河以乾乾的聲音說。並且好像把變零散的東西重新整合在一起似地調整姿勢，把眼鏡再戴好，輕輕乾咳一下。「唉呀呀……又在奇怪的地方見面了啊。那麼，嗯……今天沒去那裏呀？」

我默默搖頭。

「原來如此。」牛河說。而且除此之外什麼也沒再問。

從牛河的聲音感覺不到平常慣有的力氣。說話的方式也比平常慢，成為特徵的饒舌也消失了。那是因為時刻的關係嗎？在明亮的白晝光線下，他無法獲得本來的能量嗎？或者牛河眞的已經筋疲力盡了也不一定。兩個人並排說話時，我好像從上面俯視他一樣的說。從明亮的地方由上往下看時，他頭形的歪斜就更明顯了。看來就像發育過度形狀變形決定處分掉的果園水果一樣。我想像有人拿球棒把那一擊打破的情形。浮現那頭蓋骨像成熟果實一樣啪地裂開的情形。我並不想去想像那種事情，但那意象卻浮在我腦子裏，無法停止而鮮明地擴展下去。

「嘿，牛河先生。」我說。「方便的話我想跟你兩個人單獨談一下。我們下電車找個安靜的地方坐下來好嗎？」

牛河似乎有些猶豫地皺了一下眉。然後舉起粗短的手腕瞄了一眼手錶。「這個嘛……我也很想跟岡田先生慢慢談的……不是說謊噢。不過其實我現在，非去一個地方不可。也就是說，有事情停不下來。所以這次就算了，等下次再專程……不能這樣子吧？怎麼樣？」

我簡短地搖頭。

「只要一下子就好了。」我一直注視著對方的眼睛說。「不會花你很長時間。牛河先生。我也知道你很忙，不過雖然你說下次再專程，但我覺得或許我們之間已經沒有下次了。你不覺得嗎？」

牛河好像在說給自己聽似的小聲嘀咕著，把雜誌捲起來插進大衣口袋裏。他花三十秒左右在腦子裏加加減減。然後說「好吧。我知道了。在下一站下，一面喝個咖啡談三十分左右吧。不能停的事情，由我這邊來想辦法解決。跟岡田先生在這裏碰巧遇見也是一種緣份。」

我們在田町站下了電車，走出車站走進眼睛看見的第一家小喫茶店。

「老實說，我本來打算不再見岡田先生了。」咖啡送來之後牛河開始說「再怎麼說，很多事情都已經結束了啊。」

「結束？」

「老實說，我已經在四天前辭掉綿谷先生那裏的工作了。是我自己說要辭而請他讓我辭的。從以前就想這樣做了。」

我把帽子和外套脫下放在旁邊的椅子上。店裏甚至有點熱，但牛河並沒有脫外套。

我說「就是因爲這樣，前兩天我打電話到你的事務所也沒有人接啊？」

「是啊。電話拔掉了，事務所也收起來了。人要走的時候，就乾脆早一點走比較好。我討厭拖拖拉拉的，就因爲這樣，現在我是不被誰指使的自由之身。說得好聽一點是free的，用另外一種說法則叫做失業者噢。」

牛河說著微笑起來，但那微笑和平常一樣只有表層而已。眼睛一點笑意都沒有。牛河在咖啡裏加奶精和一匙砂糖，用湯匙攪拌著。

「岡田先生，一定是想問我有關久美子小姐的事吧。」牛河說。「久美子小姐在哪裏？在做什麼之類的。怎麼樣？不是嗎？」

我點點頭。

然後我說「不過在那之前，我想聽聽爲什麼你會突然辭掉綿谷昇的工作。」

「岡田先生眞的想知道這種事嗎？」

「我有興趣。」

牛河喝一口咖啡後皺起眉頭。然後看我的臉。

「是嗎？不，如果你叫我說的話我當然會說。但那並沒有什麼特別趣味可言喏。老實說，我從一開始，就沒有那種想要追隨綿谷先生一輩子的心。就像以前也說過的那樣，這次綿谷先生的候選是連家具人員調度全盤一起接收的選舉地盤讓渡，我也包括在內，由上一代轉到綿谷先生的地方。那是一種不錯的移動。客觀看來，與其跟著已經可以看得到前途的上一代，不如昇先生這邊未來發展性更大。我覺得昇先生這個人如果照這樣走下去的話，在這個世界是會變成一個大人物噢。

不過雖然如此，我就是完全沒有『我就跟定這個人了』的心情——或者叫做忠誠心也可以——不知道爲什麼。我這個人，說起來也許很奇怪，並不是沒有所謂忠誠心這東西的。我被上一代的綿谷先生毆打、腳踢，被當成汚垢、耳屎一樣對待。跟那比起來這次的綿谷先生要親切多了噢。不過岡田先生，世間這東西還眞奇怪，我對上一代總是默默地唯命是從，到哪裏都跟到底，但對綿谷先生卻有一點辦不到。你知道爲什麼嗎？」

我搖搖頭。

「那終究啊，這樣說起來就太露骨了，不過我想是因為我和綿谷先生是從根本就很像的人。」牛河說，並從口袋裏拿出香煙來，擦火柴點火。慢慢吸進香煙，慢慢吐出來。

「當然我和綿谷先生外貌不同，出身不一樣，頭腦也不一樣。開玩笑地拿來相提並論也未免不同得太失禮了。不過啊，可是噢，只要剝掉一層皮的話，我們大致上是同類。這我從第一眼看見他的時候開始，就像晴天打雨傘一樣的，啪一張開就全知道了。喂喂，這男人表面上是知識份子公子哥兒，但其實是個假道學，沒什麼了不起的傢伙。

不，不是說因為假道學就不行噢。在政治世界這東西啊，岡田先生，是一種鍊金術。我看過太多不合身分的下賤慾望卻結出了不起果實的例子。相反的例子也看了很多。也就是見過看來高潔大義似的東西卻結出腐爛果實的例子。老實說也難說那一邊比較好。在政治這個世界，不是憑道理這樣那樣，而是出來的結果就是一切。但這個綿谷昇先生，這樣說也許太怎麼樣了，連以我的眼睛看來，都糟糕透了，站在那個人前面，我的下流看來都顯得像微不足道的猴子一樣。這個我還贏不了他，我想。這種情形在同類之間只要一瞬間就一目了然了。低級的說法很對不起，不過就像陰莖的大小一樣。大的傢伙就是大。你懂嗎？

嘿，岡田先生，一個人要恨一個人的時候，你覺得什麼樣的恨最強烈呢？那就是，自己強烈渴望卻得不到的東西，卻看見別人毫不吃力就輕易得到的時候噢。在自己無法踏進去的世界，卻眼睜睜看著別人只靠著一張臉孔護照就大搖大擺地踏進去時，尤其那個人如果越靠近你身邊的話，那憎恨就越強烈，就是這麼回事。而對我來說那就是綿谷先生。他本人如果聽到的話，也許會大吃一驚吧。怎麼樣？岡田先生有沒有感覺過這種憎恨？」

我確實曾經對綿谷昇感覺過憎恨，但那和牛河所說的憎恨定義卻偏離了，我搖搖頭。

「那麼，岡田先生，現在開始其實要進入久美子小姐的話題了，有一次先生把我叫去，說要我照顧久美子小姐，給了我這樣一個值得感謝的任務。綿谷先生並沒有告訴我久美子小姐的詳細情形是怎麼樣。他只告訴我，那是他妹妹，結婚生活不順利，現在正分居一個人生活，這個程度而已。說是身體情況也不太好。因此我暫時依照命令把那件事以事務性去解決。每個月從銀行滙入公寓的租金，安排定期打掃幫傭的管家，這些不怎麼緊要的雜事。因爲我也很忙，所以對久美子小姐的事剛開始幾乎沒什麼興趣。偶爾實際上有事時打個電話簡單說幾句而已。不過久美子小姐怎麼說都是個非常沈默寡言的人。感覺好像一直安靜地關閉在房間的角落裏似的。」

牛河說到這裏休息一下喝一口水，瞄一眼手錶。然後又鄭重其事地點上新的香煙。

「不過光到這裏事情還沒完。這時候，岡田先生你的事又突然糾纏進來了啊。就是那個上弔屋的事噢。週刊雜誌上登出那篇報導時綿谷先生把我叫去，說我有點掛心，你去調查一下，看看岡田先生跟那篇報導上的宅院有沒有關聯。因爲綿谷先生也很清楚，那方面的祕密調查我的手腕還不錯，當然就輪到我出場了。於是我就像一條狗一樣拚命地去挖，調查出來了噢。然後接下來的發展岡田先生也很清楚。不過唉呀我倒是嚇了一跳噢。雖然我預料可能是跟政治家有關吧，不過卻沒料到會挖出那樣的大人物。我想這種說法眞是失禮，不過這就叫做用小蝦釣大鯛噢。不過對這件事，我沒向綿谷先生說，只擺在自己心裏。」

「於是你就利用這個機會順利地換了一匹馬是嗎？」我問。

牛河朝天花板吹出香煙的煙，然後看我的臉。那眼光中微微露出剛才所沒有的奇特興味。

「唉呀，第六感眞靈啊，岡田先生。說得快一點完全沒錯。我對自己這樣說。喂！牛河，要換工作地方的話就是現在囉。不過先當一陣子浪人，接下來要去的地方大體已經決定了。暫且先擱置一段冷卻期間。我也想休息一下，再怎麼說立刻從右邊轉到左邊也未免太露骨了啊。」

牛河從上衣口袋拿出面紙來擤鼻子。並把那紙揉成一團塞回口袋。

「那麼久美子的事變怎麼樣了？」

「對了對了，久美子小姐的事繼續下去噢。」牛河像想起來了似地說。「在這裏坦白告白喲，我到目前爲止一次也沒見過久美子小姐。沒有被賜與拜見的榮耀。只通過電話而已。那個人哪，岡田先生，不只我而已，她跟任何人都完全不見面。至於跟綿谷先生是不是有見面我就不知道了。那有一點像個謎，不過除了他之外大概誰都沒見過吧。連定期去的家政婦都不太有碰面，我這是從家政婦直接聽來的。需要買什麼東西或辦什麼事的聯絡全部用便條紙寫。有人要去看她也避不見面，據說幾乎都不開口。我也曾經實際去過那公寓看看樣子。久美子小姐應該是在裏面的，但那裏完全沒有住人的氣息動靜傳出來。眞的是靜悄悄的。問過同一棟公寓的人，大家也說從來沒見過久美子小姐的臉。久美子小姐在那公寓裏一直那樣生活著。已經一年以上了，正確說是一年五個月左右了啊。她一定是有什麼不想外出的理由吧。」

「久美子小姐的那公寓在什麼地方，你一定不肯告訴我吧？」

牛河慢慢地大搖著頭。「雖然我覺得很抱歉，不過只有這個請包涵。這是一個像死胡同一樣的小世界，那會影響我個人的信用。」

「到底久美子身上發生了什麼事？關於這個你知道什麼嗎？」

牛河不知道爲什麼猶豫了一下。我什麼也沒說，只是安靜看著牛河的眼睛。感覺周圍的時間流動好像變慢了似的。牛河發出很大聲音再擤一次鼻子。然後站起一半，又再坐回椅子上，並嘆一口氣。

「你聽著噢，這只不過是純粹的想像。但在我想像中，那個綿谷家可能本來就有一點麻煩問題。是什麼樣的問題具體上我並不清楚。不過總之久美子小姐也許從以前就感覺到或知道了，才想離開那個家的。這時候岡田先生出現了，兩個人相愛結婚，最後長久過著幸福的日子，非常恭喜……能這樣的話眞是沒話說，然而卻不能這樣。綿谷先生不知道爲什麼不想把久美子小姐從自己手上放開。怎麼樣，到這裏爲止，你有沒有想到什麼？」

「有一點。」我說。

「於是，我隨便繼續想像噢，綿谷先生想從岡田先生手上勉強把久美子奪回自己的陣營。也許在久美子和岡田先生結婚時，並不覺得那麼珍惜久美子小姐。但隨著時間的過去，可能久美子小姐的必要性便清楚地浮現了。於是先生重新下決心要奪回久美子小姐，他盡了力，實際上也成功了。至於用什麼手段，我不清楚。不過在那拔河過程中，過去存在久美子小姐身上的什麼大概損壞了吧？我這樣想像。過去一直支撐著久美子小姐的支柱似的東西在什麼地方啪吱地折斷了吧？這終究只不過是我隨便推測而已。」

我沈默著。女服務生過來在玻璃杯加水，把空咖啡杯收下。在那之間牛河一面望著牆壁一面吹煙。

我看著牛河的臉。

「那麼，也就是說，你想說綿谷昇和久美子之間有類似性的關係嗎？」

「不，我沒有這樣說。」牛河手上拿著點著的香煙在空中搖了幾次。「不是說可以聞到這種氣味喲。先生和久美子小姐之間有過什麼，現在有什麼，我都完完全全不知道。只有這個是無法想像的。只是，其中似乎存在著什麼歪斜的東西，我這樣覺得。還有據說綿谷先生和離婚的太太之間完全沒有正常的性生活，這畢竟只是背後的傳言而已喲。」

牛河伸手要拿咖啡杯，但又作罷而喝水。然後用手摸摸肚子旁邊。

「唉，最近胃的情況不太好。非常不好。好像會隱隱抽痛。這個啊，其實是家族的毛病。我們家人大家都一定會胃痛。所謂DNA的玩意兒。我們家眞的是只遺傳一些沒什麼好處的東西喲。禿頭、蛀牙、胃痛、近視之類的。這簡直就像塞滿了詛咒的新年福袋一樣嘛。眞受不了。去看醫生一定沒有什麼好聽的話，所以就不去了。

不過岡田先生，也許我多管閒事，要從綿谷先生手中奪回久美子小姐也許沒有那麼簡單喏。首先第一現在這個階段久美子小姐並不想回到你那裏去。而且久美子小姐說不定已經和過去岡田先生所知道的久美子小姐不一樣了也不一定。也許有一點改變也不一定。而且呀，這說法也許眞的很失禮，不過假定岡田先生現在能夠找到久美子小姐，而且順利帶回去，那時候所要接受的事態，恐怕也不是你的力量所能承受的吧，我總覺得是這樣。那麼這種半途而廢的事做了也沒用。久美子自己不回去你那裏，說不定也是爲了這個。」

我沈默著。

「噢，雖然經過各種事情，不過能遇到岡田先生眞的很有意思。我覺得你有某種不可思議的人格似的東西。如果岡田先生那一天要寫自傳的話，我願意爲岡田先生奮發努力讓我也能分到一章，不過眞可惜這種事情大概不太可能。那麼就在這裏高高興興分手，就這樣結束好嗎？」

牛河好像很疲倦的樣子，背靠在椅子上，安靜地搖幾次頭。

「唉呀，我又有點說太多了。很抱歉我這份咖啡也請一起付。因爲我現在是個失業者啊……這麼說來岡田先生也是失業者啊。彼此好好幹吧。祈禱你幸運噢。岡田先生如果心血來潮的時候也請爲牛河祈禱幸運啊。」

牛河站起來，一轉身背對著我走出喫茶店去。

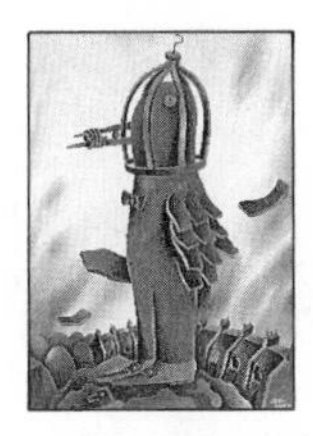

32

加納馬爾他的尾巴，剝皮的波利斯

在夢中（雖然這麼說，正在做夢的我，當然不知道那是夢）我和加納馬爾他面對面喝著茶。長方形的房間從一端到另一端看不見邊那樣又寬又長，那裏面整齊地排列著數目可能超過五百張的正四方形桌子。我們坐在正中央一帶桌子中的一張。那地方除了我們之外沒有別人。令人聯想到寺院的那種高高天花板下橫架著無數粗樑，從樑上到處垂下像盆栽植物般的什麼東西。那看來像假髮。但仔細看則是眞正人類的頭皮。從內側黏著變黑的血可以知道。一定是一剝下來就從樑上垂下來風乾著吧。我們喝的茶裏會不會滴下還沒乾透的血來呢？我提心弔膽。實際上許多地方都有血滴落的聲音，聽來簡直像漏雨似的。那在空曠的房間裏聲音必要以上地響。不過我們桌子上方垂掛的頭皮似乎血已經乾了，好像並沒有血滴下來的跡象。

茶像開水般熱，碟子上的湯匙旁邊各放有三塊顏色極濃艷的綠色方糖。加納馬爾他放了兩個到杯子裏，慢慢用湯匙攪拌。但怎麼攪拌方糖都不溶解。不知道從什麼地方走出一隻狗來，坐在我們桌子旁邊。但仔細一看那狗的臉是牛河。身體是矮矮胖胖圓嘟嘟的大黑狗，但從脖子以上是牛河。不過那頭和身體所被覆的則同樣是長了捲捲亂亂的黑色短毛。「唉呀呀，這不是岡田先生嗎？」樣子像狗的牛河說。「你看哪，怎麼樣，頭上毛髮很茂盛吧？其實我一變成狗之後就長出毛來了。唉呀呀眞不得了。連睪丸也比以前大，胃也不再隱隱抽痛。眼鏡沒戴了吧？衣服也不用穿了。沒有比這更開心的事了。一想到爲什麼以前沒想到時就覺得好不可思議喲。要是能更早變成狗就好了。怎麼樣，岡田先生，你要不要變成狗啊？」

加納馬爾他拿起剩下的一塊綠色方糖，往狗的臉上使勁丟過去。方糖打中牛河的額頭發出聲音，從那裏流出血來把牛河的臉染黑了。那血像墨一般漆黑。但牛河好像並不痛的樣子。他就那樣笑嘻嘻地立起尾巴，什麼也沒說地走到什麼地方去了。他的睪丸確實異樣的大。

加納馬爾他穿著運動外套。她把領子在前面密密合攏重疊起來，但我知道那裏面什麼也沒穿。輕微聞得到女人裸體皮膚的氣味。而且當然她戴著紅色塑膠帽子。我拿起杯子喝一口茶。但沒有味道。只有熱而已。

「啊，你在呀，眞好。」加納馬爾他以一副鬆了一口氣的聲音說。好久沒聽見她的聲音了，聽起來覺得好像比以前明朗幾分的樣子。「這幾天，我打了好幾次電話給你，但你好像一直不在家，不知道發生了什麼事，前後的情況也不清楚，我還正擔心著呢。你看起來很好，眞是再好不過了，聽到你的聲音我鬆了一口氣，但不管怎麼樣，眞的是好久沒有問候了。要一一詳細談起經過情形太長了，因爲在電話上我就大概簡單說吧，其實這麼長的期間我去旅行了，正好一星期前好不容易才剛回來。喂喂，岡田先生……聽得見嗎？」

「喂喂。」我說。一留神時不知道什麼時候我已經拿著聽筒抵在耳朵上。而加納馬爾他則在桌子對面拿著聽筒。電話聲音簡直像情況不佳的國際電話一樣，聽起來好遙遠。

「我在那之間一直離開日本，在地中海的馬爾他島上。有一天我忽然感覺到『對了，我必須回到馬爾他島上去再一次置身於那水邊才行。那個時期來到了。』那是我最後跟岡田先生在電話上談過之後。你還記得嗎？

我說不知道克里特去哪裏了，打電話給你的時候？不過老實說我沒有打算離開日本這麼久的。我想大概兩星期左右就回來的。所以也沒有特地跟岡田先生聯絡。幾乎沒有告訴誰，也沒帶什麼就上了飛機。但實際到了當地看看之後，我卻離不開那裏了。岡田先生去過馬爾他島嗎？」

沒有，我說。和這大概相同的對話，我記得幾年前和同一個對象交談過。

「喂喂。」加納馬爾他說。

「喂喂。」我也說。

我覺得應該有什麼要對加納馬爾他說的。但卻不太想得起來。動了一下腦筋之後好不容易才想起來。我重新握好聽筒。「對了，我一直有事想跟妳聯絡。老實說貓回來了。」

加納馬爾他沈默了四秒或五秒。「貓回來了？」

「是的。妳跟我一開始是爲了找貓而見面的，所以我想還是告訴妳比較好吧。」

「貓是什麼時候回來的？」

「今年初春。然後一直在我家。」

「那隻貓外表看來沒有什麼特別的改變嗎？你沒覺得和失蹤前有什麼不一樣的地方嗎？」

不一樣的地方？

「這麼說來，我覺得尾巴的形狀跟以前好像有一點不一樣……」我說。「當我撫摸回來的貓時，忽然想到以前尾巴好像彎曲得更深似的吧。不過也許是我弄錯了。因爲已經失蹤接近一年了啊。」

「但不會錯是同一隻貓對嗎？」

「不會錯。因爲是養了很久的貓，總會知道是不是同一隻。」

「原來如此。」加納馬爾他說。「不過我老實說，很抱歉那隻貓眞正的尾巴在這裏。」

這樣說著，加納馬爾他把聽筒放在桌上，滑溜溜地脫下外套赤裸著身體。她外套裏面果然什麼也沒穿。她擁有和加納克里特大小差不多相同的乳房，長著形狀差不多相同的陰毛。但她沒有拿下塑膠帽子。然後加納馬爾他一轉身背對著我。她的屁股上確實附著貓的尾巴。那是配合她身體大小而比實物大很多，但形狀本身則和沙哇啦的尾巴一樣。而且那尖端也有同樣確實的彎曲，仔細看那彎曲方式時，確實比現在沙哇啦的尾巴更眞實而有說服力。

「請你仔細看看。這是眞正失蹤的貓的尾巴。現在那個是後來做的。看來好像一樣，但仔細看是不同的。」

我想伸手摸摸那尾巴時，她很快地搖著尾巴躲開我的手。她依然赤裸著便跳上一張桌子。我伸到空中的手掌上，噗哧一聲從天花板上滴落一滴血來。那是和加納馬爾他的塑膠帽一樣鮮艷的紅色。

「岡田先生，加納克里特生的孩子名字叫做科西嘉。」加納馬爾他從桌上對我說。那尾巴銳利地搖擺著。

「科西嘉？」我說。

「人家說人不是島嶼喲。」不知道從什麼地方黑狗牛河中途插進來攪局。

加納克里特的孩子？

我在這裏渾身是汗地醒了過來。

眞的是很久沒做過這麼鮮明而又連續的長夢了。而且也很久沒有做過這麼奇怪的夢了。從醒過來之後有一陣子我胸口還怦怦地發出很大的聲音。我沖了個熱水澡，拿出新睡衣換上。時刻是半夜一點過後，但已經不睏了。爲了讓心情放輕鬆，我從廚房櫃子深處拿出陳年白蘭地酒注入玻璃杯喝。

然後我走到寢室尋找沙哇啦的蹤影。貓在棉被裏縮成一團熟睡著。我掀開棉被用手拿出貓的尾巴仔細檢查那形狀看看。我一面回想那尾巴尖端的彎曲情形一面用手指確認時，貓一度嫌麻煩地伸伸腰，隨即又立刻沈沈睡著了。那是不是和過去叫做綿谷昇時代的沙哇啦的尾巴完全一樣呢？或者不一樣呢？我變得沒有確實的信心了。但附在加納馬爾他屁股上的尾巴，確實像是眞正的綿谷昇的尾巴。我還能歷歷記得在夢中出現的那顏色和形狀。

加納克里特所生的小孩名字叫做科西嘉。加納馬爾他在夢中說。

第二天我沒有到遠地。早晨到車站附近的超級市場，一次買了許多食品，站在廚房做午餐。餵貓吃了大尾的生鰯魚。下午到好久沒去的區營游泳池游泳。也許是接近年底的關係，游泳池人並不太多。可以聽見從天花板擴音機播出的聖誕音樂。慢慢游完一千公尺時，腳背開始抽筋，因此決定停下來。游泳池牆上有大型聖誕裝飾。

回到家，信箱很稀奇地有厚厚的信在裏面。那是誰的來信呢？不用翻到背面看寄信人名字。用那樣氣派的毛筆字寫信封的人除了間宮中尉之外沒有別人。

許久沒有問候，眞是十分過意不去，間宮中尉寫的。照例是非常客氣非常有禮地寫的。讀著信時反倒讓我覺得過意不去。

一面想著這件事非寫不可、非說不可，但卻因爲種種原因實在鼓不起面對書桌提筆的力氣。拖拖拉拉之間轉眼又到了今年將近歲暮時節了。然而自己年歲已高，不知何時即將迎接死亡之身，總不能永久往後拖延下去。也許這封信會比預料的長也不一定，但願不會給你添痲煩。

去年夏天，我送本田先生的紀念遺物到府上時，向岡田先生談起蒙古行的長話，其實尙有後續存在。可以說是後日談吧。我去年談起時，這繼續的部分保留起來完全沒有對岡田先生提起，是有幾個原因。第一因爲要全部一次說完有點太長，不知你是否記得，當時我不巧有急事，沒有說完的時間餘裕。但同時那時候的我，還沒有將那繼續的部分坦白說給誰聽的心理準備。

但和岡田先生分別之後，我開始想道，眼前的事擱一邊也罷，眞正的結尾沒有必要隱藏，應該坦白告訴岡田先生的。

*

我在一九四五年八月十三日的海拉爾郊外激烈攻防戰中被機關槍擊中，倒在地上時被蘇聯軍的T34戰車車輪輾過失去左腕。並在意識不明下被移送赤塔的蘇聯軍醫院接受手術，總算留住一條命。正如我以前說過的那樣，我屬於新京參謀本部兵要地誌班，本來蘇聯參戰後決定立刻撤退到後方。但我打算一死而志願調到離國界近的海拉爾部隊，站在部隊的先頭，拿著地雷準備對蘇聯戰車隊來個肉彈攻擊挑戰。但正如本田先生過去在哈爾哈河畔對我預言的那樣，我沒有那麼容易死。沒有喪命只失去左腕。我想我所率領部隊的士兵可能全體在那裏戰死了。雖說是接受上級命令所做的事，但那眞的是空虛的自殺行爲。我們所用的可憐攜帶式地雷對大型T34來說實在是起不了作用。

我之所以能夠接受蘇聯軍那樣優厚的治療，是因爲我在意識不明時用俄語說了囈語的關係。這是後來聽說的。前面也說過，我有俄語基礎知識，在那之後我在新京閒暇的參謀總部服勤期間也努力磨練，在戰爭接近末期時已經可以說流暢的俄語會話了。新京城裏住著許多白俄人，也有俄國女孩當女服務生，不缺練習會話的對象。失去意識之間那自然順口而出。

蘇聯軍從一開始，占領滿洲之後，就打算把俘虜的日本士兵送到西伯利亞去強制勞動。就像歐洲戰爭結束後對德軍士兵所做的一樣。雖然以勝利收場，但由於長期戰爭蘇聯經濟正瀕臨嚴重危機，所有的地方都有人手不足問題。做爲成人男性勞動力是確保俘虜的最優先事項之一。因此需要很多翻譯，而那人數卻壓倒性不足。因此能說俄語的我便免於一死，被最優先送進赤塔醫院。如果我沒有用俄語說囈語的話，也會被丟棄在那裏，很乾脆地死掉也不一定，並在海拉爾的河岸連墓碑都沒有地被埋葬掉吧。命運這東西眞是不可思議。

然後我便以翻譯要員身分接受嚴格身分調查，歷時數月接受思想教育，之後被送到西伯利亞的炭坑。在那之間的事情我就省略不細述了。我在學生時代曾經偷偷藏著讀過幾本馬克思的著作，對共產主義思想的基本精神並不全然不贊同，但對現在的我，卻因爲看過太多事情，而無法再熱心投入。我所屬的部署因爲和情報部有關，對史達林和那傀儡獨裁者在蒙古國內實施怎麼樣的血腥鎮壓，我非常淸楚。他們自從革命以來，已經將數以萬計的喇嘛僧和地主，還有反對勢力送進收容所冷酷地予以抹殺了。和那完全一樣的事，也在蘇維埃國內進行。我就算可以相信那思想本身，但對將那思想或大義付諸實行的人們和組織已經無法信任。對我們日本人在滿洲所做的事也一樣。在建設海拉爾祕密要塞過程中，以及爲了保守該設計祕密，不知道多少中國勞動者爲了滅口而被殺，你一定無法想像。

而我，則目擊俄國軍官和蒙古人所做的地獄般的剝皮光景，之後又被丟落蒙古的深井底下，在那奇異的鮮烈光線中，絲毫不保留地喪失了生之熱情。那樣的人如何能相信思想和政治這東西呢？

我以翻譯身分，擔任淪爲俘虜在炭坑從事勞動的日本兵和蘇聯方面的聯絡人。在西伯利亞其他收容所狀況如何，我不知道。但我所在的炭坑每天都有人死掉。在那裏人們死去是不缺原因的。有營養失調、有勞動過度、有落盤事件、出水事件、有因衛生設施不足所發生的傳染病、有難以相信的嚴寒冬天、有看守者發起的暴動、有輕微的抵抗和因而引起的強烈鎭壓，也有日本人自己之間的私刑殺人。人們有時候互相憎恨、懷疑，有時恐怖、絕望。

死者數目增加，勞動者數量逐漸減少之後，便從什麼地方用鐵道悄悄運來新的士兵。他們穿著破破爛爛的衣服消瘦衰弱，其中有兩成受不了嚴酷的炭坑勞動，在最初數週之間便死掉了。死掉的人全都丟進深深的豎穴廢坑裏。就算要挖墓地，也因爲幾乎所有季節地面都結凍，鏟子的刃完全使不上力。廢坑當做墓穴是最恰當的場所。又深又暗，因爲寒冷又沒有氣味。我們常常在那裏從上面撒石灰。穴漸漸埋滿之後，上面並像蓋上蓋子般被覆泥土和石頭，再移到下一個豎穴。

不只死掉的人而已，有時連還活著的人也爲了殺雞儆猴而丟進那裏去。蘇聯軍的看守們會把採取反抗態度的日本兵帶到外面，裝進袋子裏打，把手腳打得骨折，然後丟進那黑暗的無底洞裏。我這耳朵還可以聽見他們悲痛的喊叫聲。那眞是人間地獄。

炭坑做爲重要戰略設施，由黨中央派遣局員指導，由軍隊實施嚴厲警備。位於頂端的政治局員據說是史達林的同鄉出身，但還年輕，充滿野心，而且是個冷酷而嚴厲的人，他的行動只放在提高炭坑產量數字的念頭上。勞動人數的消耗則完全不在他的考慮範圍。只要生產量數字提高，黨中央便承認該處爲優良炭坑，會優先增派更多勞動力過來做爲獎賞。因此就算死者人數多，相對的要多少都能夠補充。他們爲了提高成績，而逐一去開採普通不會出手的危險礦脈。當然事故數目也更增加了，但他們對這種事卻毫不在意。

冷酷的並不只是上面的人而已。現場看守的人幾乎自己都是囚犯出身，既沒受教育，又令人吃驚地固執而殘忍。從他們身上幾乎看不到同情心或情愛之類的東西。我甚至感到大地盡頭般的西伯利亞的寒氣，在長久之下是否已經把他們改變成人類以外的別種生物了呢？他們不知道在什麼地方犯了罪，被送到西伯利亞監獄，在那裏服完長久懲役，現在已經無家可歸也沒有家人了，就那樣在當地娶妻生子，在西伯利亞落地生根了。

被送到炭坑來的不只是日本兵而已，還有許多俄國囚犯也被送到這裏來。他們多半是史達林所肅清的政治犯和原來的將校們。他們之中有受過高等教育的，包括不少看來相當高尙的人。其中雖然人數不多，但也夾雜有女人和小孩。可能是各自離散的政治犯家族吧。女孩子們做些煮飯、打掃、洗衣服的工作。年輕女孩則也有被迫做類似賣春工作的。此外不僅是俄國人，還有波蘭人、匈牙利人和其他膚色略黑的外國人（想像大概是亞美尼亞人或科威特人吧），被用鐵路送來。居住區分爲三區。一區是聚集日本兵俘虜的最大居住區，另一區是聚集其他囚犯和俘虜的居住區。此外還有囚犯以外的人住的地區。在炭坑工作的一般坑夫和專家、警備部隊的軍官、看守和他們的家族，或普通俄國市民住在那裏。另外車站附近有軍隊的大駐屯地。俘虜或囚犯禁止在那裏往來。地區和地區之間隔有厚厚的鐵絲網，有持機關槍的士兵在巡邏著。

只是我因爲擁有翻譯聯絡員的資格，因此平日有時有事會造訪總部，只要亮出許可證，基本上可以在地區之間自由往來。總部附近有鐵路車站，在那前面勉強形成一條街。有幾家賣日用品的商店、飲食店、從中央來的官員和高級軍官住的住宿所，有讓馬喝水的地方，廣場上飄揚著蘇維埃聯邦的大紅旗，旗下停著一輛裝甲車，全副武裝的年輕士兵無事可做，總是懶洋洋地靠在機關槍上。在那前方有一棟新蓋的軍醫院，大門口照例建立著史達林的大雕像。

我遇見那個人是在一九四七年春天。雪終於溶解的季節，我想大概是五月初左右。我被送到那裏之後很快已經過了一年半的歲月。那個男人身上穿著俄國囚犯的衣服，和十個左右的同伴正在做著車站修補工程。用鐵鎚敲碎石頭，用那碎石舖著道路，鐵鎚敲打堅硬石頭所發出的吭吭聲響徹周遭。我從管理炭坑總部報告回來時，正經過車站前面。被擔任工程監督的下士官叫住，說通行證拿出來。我從口袋拿出通行證交給他。身材高大的軍曹疑心頗重地看了一會兒，顯然不識字。他把正在勞動的一個囚犯叫來，讓他讀出許可證上的文字。那個囚犯和正在周圍工作的一夥人不同，看來像是受過教育的樣子。但那竟然是那個人。我一看到他的臉時，忽然臉色蒼白，不禁快要窒息。我好像眞的快要溺水時一樣變得無法呼吸。

那是誰呢？就是在哈爾哈河對岸讓蒙古人剝山本皮那個俄國軍官。他瘦巴巴的，頭禿到頂上，缺了一顆門牙。而且身上代替一塵不染的軍服穿的是滿是污垢的囚犯服，代替閃閃發亮的長靴穿的是有破洞的布鞋。眼鏡鏡片骯髒而瑕疵累累，鏡架也彎曲了。但沒錯就是那個軍官。不會看錯。那個男人也重新注視我的臉。大概因爲我太茫然地呆立住了所以覺得奇怪吧。我想我跟九年前比起來，也和他一樣地消瘦、蒼老。頭髮也夾雜了些白髮。但他似乎也想起我了。臉上露出驚愕的神色。他以爲我已經在蒙古的井底腐爛了吧。而對我來說，竟然會在這西伯利亞的炭坑鎭上遇見穿囚犯服的軍官，簡直做夢也沒想到。

但他立刻把驚訝收斂起來，以鎭靜的聲音向那個脖子上掛著機關槍的文盲軍曹讀出許可證內容。我的名字，職務是翻譯，有可以越區移動的資格。軍曹把許可證還給我，抬起下顎說我可以走了。我走一會兒之後回過頭來。男人也正在看著我這邊。看來他臉上似乎輕微露出微笑。不過那也許只是我的錯覺也不一定。我的腳顫抖了一陣子無法好好走路。那時候的恐怖一瞬之間又在我心中歷歷地甦醒了。

那個男人也許因爲什麼事情而失足，成了囚犯被送到西伯利亞來？我想像。那在當時的蘇維埃絕不是稀奇的事。在政府內部、黨內、軍隊中，熾烈的抗爭極多，在史達林病態猜疑心下一一被追討。喪失地位的人在簡易裁判中不是立即被槍殺，就是被送進收容所，結果那一種比較幸運只有神才知道。免於死刑的，結果都只是苛酷地被勞役至死。我們日本兵是戰時俘虜，只要能活下去還有回到祖國的希望。但被放逐的俄國人幾乎毫無這種希望。那個男人很可能也會在這西伯利亞地方空虛地腐朽掉。

但只有一件事令我擔心。那就是他現在掌握住我的姓名和住的地方了。而且在戰爭結束前，雖說是在自己也不知情的狀況下，但和山本一起參加過祕密作戰，渡過哈爾哈河，進入蒙古領土做過諜報活動。如果那個事實由他口中漏到誰耳裏的話，我將處於很糟糕的立場。但他終究沒有密告我。後來才知道，其實那時候他正在悄悄擬定一個很大的計劃。

一星期後我又在車站前看見他。他穿著同樣髒的囚犯服，腳上繫著鐵鍊，用鐵鎚敲碎著石頭。我看他的臉，他也看我的臉。他把鐵鎚放在地上，像穿軍服時一樣把背挺得筆直地朝向我。這次他臉上絲毫不遲疑地露出微笑。那是極輕淡的微笑，但笑還是笑。只是那笑裏藏著令人背脊凍僵似的冷酷。那是在觀望著山本被剝皮時的眼神。我無言地通過那裏。

蘇聯軍司令部裏，只有一個我熟悉，可以問他話的軍官。他在列寧格勒大學和我一樣專攻地理學，年齡也和我相同。他一樣對製作地圖的工作感興趣，我們因此經常會找些藉口，兩個人聊一些地圖製作有關的專門話題來消磨時間。他對關東軍所製作的滿洲作戰地圖個人私下擁有興趣。當然他的長官在旁邊時不能談這個。只有趁他們不在的時候才能做專家同好的輕鬆對話。他有時會給我食物。也會讓我看他留在基輔的妻子相片。他是我被拘留在蘇聯那段時期稍微有一點親密感的唯一俄國人。

我有一次若無其事地試著問他，在車站從事勞動的一群囚犯的事。我說我看見其中有一個看來氣質不像普通囚犯的男人，會不會以前曾經擁有過很高的地位。於是我把他的外貌特徵詳細描述出來。他名字叫尼可拉，臉色有點難看地看著我。

「人家叫他剝皮的波利斯。」他說。「爲了你設想，最好不要對那個人有興趣。」

我問爲什麼呢？這件事尼可拉好像不太願意講。但因爲我平常想到的時候會給他一些便宜，尼可拉終於有點爲難地告訴我剝皮的波利斯被送到炭坑來的原因。「我說的話你不要告訴任何人噢。」尼可拉說。「那個男人不開玩笑，一本正經。我絲毫都不想跟他有關。」

據尼可拉說是這樣的。剝皮的波利斯本名叫波利斯葛洛莫夫，果然正如我想像的是內務省的祕密警察，N

KGB的少校。喬巴山(Choi Balsan)掌握實權就任外蒙古首相的一九三八年，被派遣到烏蘭巴托擔任軍事顧問，在那裏以貝里亞所率領的蘇維埃祕密警察爲模範，組織蒙古祕密警察，彈壓反革命勢力，顯露了不凡手腕。人們經由他們之手被驅集、被送進收容所，受到拷問。稍微有點嫌疑的人，稍微有一點可疑餘地的人，便一個也不留地毫不容情地被抹殺。

在諾門罕戰爭結束，東方危機已暫時迴避之後，他立刻被召回中央。這次被派到蘇聯佔領下的東部波蘭，在那裏進行舊波蘭軍的肅清工作。他在那裏得到「剝皮的波利斯」的綽號。因爲他用從蒙古帶來的男人，實施活剝人皮的拷問。當然波蘭人到死都怕他。被迫目睹別人被剝皮的人一一都自白招供。德軍突然突破國境，俄國開始對德戰爭時，他從舊波蘭退回莫斯科。許多人被懷疑與希特勒組織暗通而被逮捕，糊裏糊塗地被處刑送進收容所，這時波利斯依然是貝里亞的心腹，用他最得意的拷問令人矚目地活躍著。史達林和貝里亞爲了模糊未能事先預測納粹入侵的責任，並確立指導體制，不得不挖掘那些內部陰謀說。在殘暴拷問階段多數人無意義地被殺。雖然不清楚是眞是假，但據說那時期波利斯和他的部下蒙古人至少剝了五個人的皮。傳言說他把那些皮誇耀地掛在屋裏當做裝飾。

波利斯在殘酷的另一方面，也是個非常小心謹愼的人。他以那小心謹愼而能禁得起所有謀略和肅清活了下來。貝里亞把這樣的他簡直當兒子般疼愛。但也許有些得意忘形吧，有一次他做得太過份了。那失敗是致命的。他把某個戰車部隊隊長，以在烏克蘭戰鬥之際和德國親衛隊戰車部隊內通的嫌疑逮捕調查，並在那途中把他殺掉了。烙熱鐵鉗插進身體各處致死。耳洞、鼻孔、肛門和陰莖，所有的地方。然而那位軍官卻是某位高階共產黨幹部的姪子。而且在那之後經過赤軍參謀總部細密調查，確定那位軍官完全清白。當然那位黨幹部極爲憤怒，丟了面子的赤軍可不沈默退縮。這下子連貝里亞也沒辦法再庇護他了。波利斯即刻被解任，受到審判，和那蒙古副官一起被宣判死刑。但NKGB盡全力爲他減刑成功（蒙古人被絞首），波利斯被送到西伯利亞收容所接受強制勞動。據說貝里亞那時悄悄對獄中的波利斯傳信說，你要想辦法在那裏自力更生待一年，一年裏我會運動赤軍和黨，一定讓你恢復原來的地位。至少依尼可拉說是這樣。

「你知道嗎，宮間。」尼可拉悄悄地說。「在這裏很多人普遍都相信波利斯總有一天會重返中央。貝里亞一定會在不久之後把他從這裏救出去。確實這收容所現在是由黨中央和赤軍在管理著，所以貝里亞也不會冒失地出手。但不能就此安心。風向轉眼會改變。如果現在那個傢伙在這裏受到什麼小委屈的話，到時候，世人一定可以看到可怕的復仇行動。世間傻瓜雖然很多，但沒有一個傻瓜會在自己的死刑執行命令書上自己簽名。所以他在這裏是被當做腫瘤般小心翼翼伺候的客人。總不能讓他帶傭人住飯店，表面上還照樣給他套上鎖鍊派給他輕一點的勞動。但現在私下也給他單獨的房間，煙酒隨他高興地供應。要是讓我說的話，那種傢伙像毒蛇一樣。讓他活著對國家對誰都沒有好處，最好有人半夜把他喉嚨割了算了。」

有一天我在車站附近走著，上次那個大個子軍曹又把我叫住。我拿出許可證正要給他看時，他卻搖搖頭沒拿。並對我說立刻到站長室去。我莫名其妙地走到站長室看看，那裏沒有站長的蹤影，只見穿著囚犯服的波利斯葛洛莫夫在等著我。他坐在站長的桌子喝著茶。我就那樣站定在門口。波利斯腳上已經沒有腳鐐了。他用手示意要我進去。

「嗨，間宮中尉，好久不見了啊。」他一面咧著嘴很開心地笑著一面說。他向我敬煙，我搖頭拒絕。他自己叼起煙用火柴點著。「不知不覺已經過了九年。或八年了呢。總之你還活得好好的眞是再好不過了。

能再遇見老朋友眞的很高興。尤其在這大屠殺的戰爭之後，不是嗎？不過你到底是怎麼從那可憐的井裏出來的？」

我一直緊閉著嘴沈默不語。

「那算了，總之你總算好好逃出那裏，而且在什麼地方失去了手臂。又不知道什麼時候變成俄語流暢。眞是再好不過了。一隻手臂算什麼，重要的是還活著。」

自己不是想活而活著的，我回答。

聽見這話波利斯大笑。

「間宮中尉，你眞是個有意思的男人。不想活的人竟然這樣平安無事地活著。唉呀，眞有意思。但我的眼睛可沒那麼容易上當噢。能夠一個人獨自從那口深井裏逃出來，還渡過河回到滿洲，不是普通人能辦到的。不過你不用擔心，我不會對誰說出來。

「但我現在，很不幸失去了原來的地位，正如你所見到的以一介囚犯被收容在這裏。不過我並不打算永久在這世界盡頭拿著鐵錘敲石頭。我現在雖然這個樣子，但在中央還顯然儲備著實力喲，利用那力量在這裏我也一天天在增加力量。所以我剖開心胸坦白告訴你，其實我想跟你們日本兵俘虜保持良好關係。再怎麼說這炭坑的業績總要依賴多數勤勉日本兵俘虜諸君的勞動力。我想不管做什麼都不能忽視你們的力量而前進。而且爲了事情順利進展，我想借重一下你的力量。你曾經屬於關東軍諜報機構，也有膽識，俄語又通，如果你能幫我當仲介人的話，我會盡可能給你和你的同胞方便，這絕不是壞事噢。」

「我到目前爲止從來沒有做過一次間諜，以後也不打算當間諜。」我明白地回答。

「我並沒有叫你當間諜。」波利斯好像在安慰我似地說。「讓你誤解也傷腦筋，你聽淸楚噢，我說我是爲了你們好要盡量給你們方便喏。我提出建立良好關係的建議，而且只是拜託你方便的話爲我介紹一下。間宮中尉你聽好噢，我可以把那沒什麼了不起的喬治亞人臭政治局員，從椅子上整下來，不是說謊噢。怎麼樣？你們應該恨死了那個傢伙吧。而且把那傢伙趕走之後，第二天破曉你們就可以得到部分的自治了。你們可以成立委員會，營運自主的組織，那麼至少，就不必再像目前爲止那樣受看守者無意義的虐待了。你們不是從老早以前就這樣希望了嗎？」

確實如波利斯所說的。我們長久之間就向當局這樣提出請求，然而卻被不屑一顧地拒絕了。

「那麼你會要求什麼回報？」我問道。

「沒什麼大不了的。」他笑笑地兩手一攤說。「我所要求的是和你們日軍俘虜諸君保持緊密關係。爲了把幾個我覺得很難交心的同志驅逐出這裏，我需要你們日本兵的協助。而且我們的利害有幾個部分是共通的噢，怎麼樣？你們跟我聯手起來不好嗎？美國人常說的 give and take。跟我合作沒有壞處，我也絕沒有打算欺騙你們。當然我知道我沒有立場請你喜歡我，我們之間也有一點點不幸的回憶。但我是這樣一個看得出講信用的老實人，一旦約定的事我一定會做到，所以過去的事這次就讓它付諸流水好嗎？

「在這幾天內，我希望這個提案能得到確實的答案。這有一試的價値，因爲你們應該已經沒什麼可擔心會失去的，對嗎？你聽我說，間宮中尉，這件事請你一定要保密，只告訴可以信任的人。老實說在你們之中，有幾個幫助政治局員的告密者在裏面臥底，你要注意絕對不能傳進他們耳裏，如果被知道的話可能會很糟糕。在這裏我的力量還不能算十分周全。」

我回到收容所，試著把這話悄悄跟一個男人說了。他原來是中校，腦筋好又有膽量。鎮守興安嶺要塞一直到終戰最後都沒有舉白旗的部隊隊長，現在是日軍俘虜集團背後的指導者，連俄國人對他的存在都不得不另眼看待。我把在哈爾哈河和山本的那件事隱藏沒說，只對他說明波利斯是以前祕密警察高級將領，並說明他所提出的提案。中校似乎對放逐政治局員，讓日軍俘虜勝利取得自治權的可能性感到興趣。我強調波利斯是個殘忍而危險的男人，長於權謀策術，不能隨便疏忽地信任他。「也許是這樣，但確實如那個人說的，我們已經沒有任何可以失去的東西了不是嗎？」中校對我說。被他這樣一說，我也沒話回答。確實這交易不管發生什麼，都不可能比現在更糟糕吧。但結果，那是我大錯特錯，所謂地獄這東西眞是沒有底的。

幾天後，我總算安排好讓中校和波利斯兩個人避開眾人耳目單獨見面的場所，並一起同席擔任翻譯。經過三十分鐘的會談結果成立祕密協約，他們握了手。那以後經過情形怎麼樣，我並不清楚。他們爲了不引起注意而避免直接接觸，似乎以頻繁的暗號文來往做爲祕密聯絡手段。因此我也沒有機會再站在他們之間了。中校和波利斯在那期間都採取徹底祕密主義。但那對我來說是求之不得的，我可能的話並不願意再和波利斯有任何關聯，當然後來才知道，那種事情是不可能的。

大約一個月後，波利斯依照跟我約定的那樣把喬治亞人政治局員依中央指示調到別的地方，兩天後另外從莫斯科送了別的局員進來。而且在那兩天後，三個日軍俘虜在一夜之間被人勒死。他們表面上做成是自殺的樣子，早晨被發現時是從屋樑上用繩子上吊的，但無疑卻是被同樣日軍俘虜伙伴間的集體暴力殺害的。他們可能就是波利斯所說的密告者吧。但關於那事件沒有任何追究或處分便不了了之地結束。那時候，波利斯手中已經幾乎掌握了收容所的所有實權。

33

消失的球棒，回來的「鵲賊」

我穿著毛衣和短外套，把毛線帽拉到深及眼睛，翻過後院的圍牆，落腳在安靜無人的後巷。離天亮還有一段時間，人們還沒有起牀。我躡著腳悄聲走過後巷來到「宅院」。

屋裏還和我六天前離開時一樣。廚房流理台用過的餐具還原樣留在水槽裏。既沒有留言條，電話答錄機也沒錄留言。西那蒙房間電腦畫面還是冷冷地死著。空調設備像平常那樣保持一定室溫。我脫下外套、拿下手套，然後燒開水泡紅茶喝。吃了幾片加乳酪的餅乾代替早餐。然後把水槽裏的餐具洗了，收進櫃子裏。到九點，西那蒙依然不見踪影。

我走出庭院打開井蓋，彎身往裏面探望。裏面是和平常一樣的深深黑暗。我現在對這口井已經像對自己身體的延長般，知道得一淸二楚了。那黑暗、氣味、安靜都變成我的一部分。在某種意義上，我對那口井所知道的比我對久美子所知道的還詳細。我當然還記得很淸楚久美子的事。一閉上眼睛就可以想起那聲音、臉孔、身體，直到動作細微的地方爲止。因爲畢竟六年之間，和她在同一個屋子裏生活過來。但和那同時，我也覺得對久美子好像有些部分記得不是那麼鮮明了。或者對自己所記得的事，沒有以前那麼有明確信心了。就和無法正確記得回來的貓尾巴的彎曲法一樣。

我在井邊坐下，雙手插進外套口袋裏，試著重新環視四周一圈。好像立刻就要下起冷雨和降雪了似的。雖然沒風，但空氣是冷冷的。成群的小鳥像在畫暗號圖文般以複雜的類型在空中飛舞幾次，然後迅速飛走消失。終於傳來大型噴射機隱約的引擎聲，但被厚厚的雪遮住完全看不見踪影。這麼陰暗的話，就是白天進入井底，也不必擔心上來時太陽光刺眼。

但在那之後，我依然有一會兒沒有做什麼特別的事，只一直安靜坐在那裏。不急。一天才剛開始，連中午都還沒到。我依然坐在井邊。任隨自己漫無目的地讓各種思緒浮上頭腦。以前在這裏的鳥雕像到底被運到什麼地方去了？那現在是否被裝飾在別家的庭園，依然身不由己地任那想要飛上青天的無益的永久衝動所支配呢？或者在宮脇先生的空屋去年夏天被拆毀時也被當垃圾丟棄了呢？我好懷念那鳥的雕像。由於沒有了那雕像，我覺得和這個庭園像失去了過去那種微妙的呼應感似的。

過了十一點，再想腦子也浮不出什麼之後，我下到井底。沿著梯子一步步下到井底，跟平常一樣做深呼吸，確定周圍空氣的樣子。空氣沒有改變。有點黴臭但氧氣沒問題。然後我伸手探索立在牆邊的棒球棒。但到處都找不到球棒。它消失了。完全不留痕跡地消失了。

我在井底的地面坐下，背靠著牆壁。

我嘆了幾次氣。像迷迷糊糊吹過沒有名字的乾涸山谷的風一樣，漫無目標的空虛嘆息。連嘆氣都累了時，我用雙手試著一直來回摩擦自己的臉頰。到底是誰把那球棒拿走了?西那蒙嗎?那是我所想到的唯一可能性。除了他之外沒有人知道那球棒的存在,而且應該也沒有人會下到這井底來。但爲什麼西那蒙非要把我的球棒拿走不可呢?我在黑暗中空虛地搖頭。那是我所不能理解的事。不,那是我所不能理解的許多事之一。

總之今天只好沒有球棒地做,我想。沒辦法。球棒本來也只像是護身符一樣的東西而已,沒問題。那東西沒有也完全沒問題。剛開始時,我什麼也沒帶還是好好到達那個房間哪。我這樣說服自己後,拉起繩子把井蓋閉起來。並把雙手合抱在膝蓋上,在深沈的黑暗中安靜閉上眼睛。

但和上次一樣,意識不太能集中,很多思緒悄悄潛進我腦子裏,妨礙集中。我爲了把這些趕出思想之外,決定只想游泳池的事。我所經常去的區營二十五公尺室內游泳池的事。我試著想像自己正在那游泳池以自由式來回游著的情景。忘記了速度,只是安靜地慢慢一直繼續游著。爲了不發出多餘的聲音,不濺起多餘的水花,將手肘安靜地從水中抽出由指尖輕輕揷入。像在水中呼吸一樣,把水含入口中慢慢吐出。游了一會兒之後,感覺自己的身體好像搭乘著緩慢的風一樣,自然地在水中流著。傳進耳裏的只有我呼吸的規則聲音。我像在空中飛的鳥一樣浮在風中,安靜地俯視地上的光景。看見遠處城市小小的人影和河的流水。我被包圍在安穩的心情中。甚至可以說很陶醉。游泳這件事,是我人生中所發生的最棒的事之一。那雖然沒有解決我所抱有的任何問題,但也沒有破壞任何事。而且不會被任何事情破壞。游泳。

聽得見什麼,我忽然感覺到。

一留神時,在黑暗中我耳朶聽得見像蟲子的羽音般嗡嗡嗡嗡嗡的低沈單調的吟聲。但和眞正蟲子的羽音不同。是更機械式人工的東西。那波長就像短波的調子忽高忽低似的微妙變化。我屛住氣息傾聽,試著判斷那是從什麼地方傳來的。那聲音好像從黑暗中的某一點傳來，同時又像從我自己的頭腦裏傳來。深深的黑暗中非常難以發現那區別境界。

當我集中精神在聲音時，不知不覺落入睡眠。其中完全沒有所謂「睏」這個階段性認知。就像不經意地走在走廊時，身體便迅速被一抓拉進不認識的房間裏去似的，我眞是唐突地落入睡眠。那一如深沈泥層般的昏睡到底抓住我包圍我有多長久？我不知道。我想不是很長。也許是一瞬間。但當我因什麼動靜而忽然恢復意識時，我知道自己已經在別的黑暗中了。空氣不同，溫暖不同，黑暗的深度和質不同。那黑暗混合著幽微而不透明的光。而且鼻子聞到熟悉的花粉尖銳刺鼻的氣味。我已在那奇異的飯店房間裏。

我抬起頭，看看周圍一圈，倒吸一口氣。

我穿過牆壁了。

我坐在鋪了地毯的地上，靠在貼了壁紙的牆上。雙手交叉放在膝上。就像那睡眠深得可怕一樣，我完全鮮明地醒過來。由於那對比太極端了，因此稍微花了一點時間才適應自己的覺醒。心臟發出很大的聲音快速地反覆收縮。**沒錯，我在這裏**。我終於能夠到達這裏。

在被好幾層網所覆蓋的細密黑暗中，房間的樣子看來和我記憶中的樣子完全沒有改變。但隨著眼睛逐漸習慣黑暗之後，細微部分逐漸看出各有一些不同。首先電話機位置變了，從牀頭櫃上移到枕頭上，悄悄埋身在枕頭上。然後酒瓶裏威士忌減少了許多，現在只有底部剩下一點而已。冰桶裏的冰也完全融解，變成混濁的舊水。玻璃杯裏乾乾的，手指一碰便發現黏上一層白色灰塵。走到牀邊拿起電話機，把聽筒貼在耳朵上聽看看。但那完全死了。房間似乎長久被捨棄、遺忘了似的，完全感覺不到人的氣息。只有花瓶的花還同樣保持著奇怪的鮮度。

牀上還留著有人躺過的痕跡。牀單、被子和枕頭的形狀有些凌亂。我伸手到被子裏檢查看看，但已經沒有餘溫，也沒留下化粧品的氣味。我感覺有人離開這張牀後似乎已經經過很長時間。我坐在牀邊，慢慢再看一次周圍一圈，側耳傾聽。但什麼也聽不見，看起來就像被盜墓者運走屍體後的古代墳墓一樣。

這時出其不意地電話鈴響了。我的心臟簡直像驚懼的貓般就那樣依原形凍僵了。空氣銳利地震動，浮在那裏的花粉塵像被打撲似地醒過來。在黑暗中花瓣微微抬起臉。電話？但電話剛才還像深埋土裏的石頭般死著。我調整呼吸壓抑心臟的鼓動，確認自己確實是在這房間裏，沒有移動到任何地方。伸手輕輕接觸那聽筒，停了一會兒，然後慢慢拿起來。鈴聲總共響了三次或四次吧。

「喂喂。」但我手拿起來的同時電話已經死了。那種無法復原的死的沈重像砂袋般留在手中。「喂喂。」我反覆著乾乾的聲音。但我的聲音被厚厚的牆壁似的東西反彈回來，就那樣彈回來了。我把聽筒放回原位，再一次拿起來抵在耳邊聽看看。聽不見聲音。我坐在牀邊，屏著氣等候電話鈴再度響起。鈴聲沒有再響。我望著空中的灰塵又再像原來那樣失去意識，昏倒在黑暗中沈潛下去的樣子。腦子裏試著讓鈴聲再現。那是在現實中發生的事嗎？現在已經不太有信心了。但要是這樣的話，可就沒完沒了。必須在什麼地方畫一條線才行。要不然連在這裏的我的存在都變不確實了。**鈴聲確實響了**，沒錯。而且在下一個瞬間又死了。我試著輕輕乾咳。但那乾咳的聲音，也在轉瞬之間死在空中。

我站起來，試著在房間裏再走一次。看看腳邊的地，抬頭看天花板，在桌子旁坐下，輕輕靠著牆壁看看。無意義地轉轉門把，試著撥撥立燈的開關。但當然門絲毫不動，照明依然是死的。窗戶由外面封閉起來。我試著仔細傾聽。那沈默像光滑的高牆一樣。雖然如此，還是可以感覺到那裏有什麼好像要欺騙我的跡象。全都屏著氣息，緊緊貼著牆壁，消掉皮膚顏色，讓我察覺不出那存在似的。所以我也假裝沒留意到那個。我們各自巧妙地矇騙著對方。我試著再乾咳一次。用手指試著觸摸嘴唇。

我決定再檢查一次房間。試著再撥弄一次立燈開關。燈沒亮。打開威士忌蓋子，試著聞聞留下的氣味。和平常一樣的氣味。是Cutty Sark。蓋上蓋子，把那放回桌上原來的位置。爲了愼重起見再拿起聽筒貼在耳邊。那簡直無法更死的堅固死著。在地毯上慢慢走，確認鞋底的感觸。耳朵貼在牆上，集中精神看能不能聽見什麼。當然什麼也沒聽見。然後我站在門前，一面想著不行吧，一面試著旋轉把手。門把簡單地往右旋轉。但我對那事實，有一陣子還無法接受。剛才還像水泥般固定著絲毫不動的。我把一切回歸爲一張白紙，試著從頭開始再確認一次。手放開，手伸出去，把門把往左右旋轉。那在我手中滑順地左右旋轉著。有一種像舌頭在口中膨脹下去似的奇怪感觸。

門開了。

我把旋轉的把手往前輕輕一拉，眩眼的光從門縫間射進屋裏。我想到棒球棒。如果有那球棒的話我就可以比較鎮定，**算了，忘記那球棒吧**。我乾脆放膽把門大大地打開。並往左右探看，確定沒有任何人後，走出外面。舖了地毯的長走廊。在那稍微前面一點看得見花插得滿滿的大花瓶。那個吹口哨的服務生敲門時，我躲在那後面藏身的花瓶。記憶中，走廊相當長，中途有幾度轉彎和分岔。我碰巧遇到吹口哨的服務生，跟在他後面才能來到這裏。房間的門上掛著208的號碼牌。

我一面確認著腳下，一面朝花瓶的方向走出去。但願能到達綿谷昇映在電視上的那個門廳就好了，我想。那裏有很多人而且也在活動著。如果順利的話，或許可以在那裏找到什麼線索也不一定。但那就像沒有羅盤而踏進廣大沙漠裏一般。如果不能到達門廳，也回不到208室的話，我也許將被關閉在這迷宮的飯店裏，也回不了現實世界去。但我沒有閒工夫迷路。這也許是最後的機會了。半年來每天在這井底繼續等待，終於門在我前面打開了。而且井不久後將被別人從我手中奪走。現在一猶豫退縮的話，到目前爲止的努力和歲月都將無謂地浪費了。

轉過幾個彎。我骯髒的網球鞋無聲地踏在舖滿地毯的走廊。聽不見人聲、音樂和電視聲，也聽不見空調換氣扇或電梯的聲音。飯店簡直像被時間遺忘的廢墟般深沉死寂。我轉了許多彎，經過許多門。有幾處岔路，但我每次都選擇右側。這樣的話想折回來時，只要往左往左繼續走的話，應該可以回到原來的房間。但方向感已經完全消失，無法掌握自己是朝什麼方向前進。門的號碼是不照順序隨意亂排的，無從捉摸，沒有一點幫助。那些號碼在要記住之前已經紛紛掉落到意識之外消失了。偶爾覺得看見和剛才見過的相同號碼。我站定在走廊正中央調整呼吸。我好像在森林裏迷了路似的，難道只是在同樣的地方團團轉著圈子嗎？

正當我不知如何是好地站定下來時，聽見遠遠有熟悉的聲音傳來。是吹口哨的服務生，音程確實的清晰口哨。沒有別人能吹這麼棒的口哨。他和以前一樣吹著羅西尼的「鵲賊」序曲。雖然是用口哨不容易吹的旋律，但他一點也不辛苦地吹得完美純熟。我朝著口哨的方向往走廊前進。口哨逐漸變大聲清晰起來。他似乎正走在走廊往這邊來的樣子。我找到柱子背後，躲藏起來。

吹口哨的服務生手上端著銀托盤，上面依然放著Cutty Sark酒瓶、冰桶和兩個玻璃杯。服務生朝正前方，臉上表情好像聽自己的口哨聲聽得著了迷似的，快步從我前面通過，並沒有眼看這邊。好像在說正在趕時間連一秒鐘也不能浪費似的。**一切都一樣**。我想。肉體好像會被時間的逆流推回去似的。

我立刻跟蹤在服務生後面。銀色托盤隨著口哨聲舒服地輕輕搖擺著，炫亮地反射著天花板的燈光。「鵲賊」旋律像咒語或什麼似的反覆好幾次又好幾次。所謂「鵲賊」到底是怎麼樣的歌劇呢？我想。對那歌劇我所知道的，只有序曲單純的旋律和那不可思議的題名。小時候我家有托斯卡尼尼(Arturo Toscanini)指揮的那序曲唱片。比起克勞迪阿巴多(Claudio Abbado)年輕現代而流麗的演奏來，那就像激烈格鬥後，將強敵制伏，正準備開始慢慢勒死似的血湧肉躍的演奏。但「鵲賊」眞的是偷東西的鵲鳥的故事嗎？如果各種事情都有個著落之後，我要到圖書館去查查音樂辭典，我想。如果有出全曲盤的唱片的話也不妨買來聽。不，怎麼樣呢？那時候也許我已經不會想知道這種事了也不一定。

吹口哨的服務生像機器人一樣腳步不亂地確實繼續走，我稍微隔一段距離在那後面跟蹤。不過我不用想也知道，服務生在往什麼地方走。他似乎正要送新的Cutty Sark、冰塊和玻璃杯到２０８號室。而且服務生實際停下來的，就是２０８室前面。他把托盤移到左手，確認門上的號碼，挺直背脊端正姿勢後，事務性地敲門。三次，然後又三次。

裏面對敲門是否有反應我聽不見。我躲在花瓶後面，窺視著服務生的樣子。時間經過著，但服務生簡直像在挑戰忍耐力的極限一般，保持直立在門前的姿勢沒有改變。也沒有再敲門，只是安靜地等候開門而已。終於，簡直像祈禱被聽見了似的，門從內側打開一條小縫。

34

讓別人想像的工作
（剝皮的波利斯續）

波利斯遵守約定，他給我們部分自治，新設立了以日軍俘虜代表所組成的委員會。中校成為領導。過去蘇聯人看守和警衛兵所做的那種橫暴行為現在也禁止了，所內治安改由委員會負責維持。為了不引起爭執，並達成目標生產量，其他事情不再揷嘴，這是新政治局員（也就是波利斯）表面上的姿勢。這種猛一看顯得民主的改革，對我們俘虜來說應該是一個大好消息。

然而事情卻沒這麼簡單，在歡迎新改革之餘，包括我在內，都疏忽了沒能看穿那背後所隱藏的波利斯設計好的狡猾陰謀。

新上任的政治局員，在祕密警察為後盾的波利斯前面完全抬不起頭，這對波利斯很方便。他將收容所和炭坑鎮改變成依照自己意思的地方。於是陰謀和恐怖轉眼間已變成家常便飯了。波利斯從囚犯和看守中選出體格高大殘忍的傢伙加以訓練。（這地方是不缺這些人才的）。組織類似親衛隊的團體。他們以槍、刀和十字鎬為武器，在波利斯命令下脅迫、傷害對立的人，有時甚至帶出去凌虐致死。但誰也沒辦法對他們出手。軍方派遣一個中隊來當炭坑警備的士兵，對那些傢伙的胡作非為，也睜一隻眼閉一隻眼地假裝沒看見。那時連軍隊都對波利斯疏忽而變得無法出手了。軍方決定退到後面悠哉地只在車站和軍營附近警備，基本上對炭坑和收容所裏所發生的事裝作不知道。

在那親衛隊組織裏有一個特別得波利斯寵愛的蒙古囚犯，大家叫他「韃靼」。他經常如影隨形地跟在波利斯後面。據說「韃靼」過去是蒙古角力大賽的冠軍，右臉頰上有一塊拉扯變形的火傷大疤，據說是拷問的傷痕。波利斯現在已經脫掉囚犯服住進雅致官舍裏，拿女囚犯當女傭使用著。

根據尼可拉的說法（他已經越來越少說話了），他所認識的幾個俄國人在夜裏人不知鬼不覺地消失了。表面上當做行踪不明或事故處理，其實都是被波利斯的手下悄悄「解決掉」了不會錯。只因不服從波利斯的意向或命令，人們便會面臨生命危機。幾個人想把這裏所進行的不當行爲直接向黨中央陳訴，結果卻失敗，被抹消了。「聽說那些傢伙故意示狠連七歲小孩也殺。」尼可拉蒼白著臉悄悄告訴我。「而且是在父母眼前集體毆打死的。」

波利斯剛開始時，在日本人地區出手還沒那麼露骨。他首先完全掌握在那裏的俄國人，全力傾注，在自己的地盤上牢牢站穩。在那期間，好像打算把日本人的事交給日本人管似的。因此改革後最初幾個月間，我們嚐到了短暫的平穩滋味。那對我們來說簡直像是風箏般平穩安靜的日子。應委員會的要求，勞動的苛酷情形比以前稍微有一點改善，也不必再恐懼看守的暴力。在我們之間甚至是來到這裏之後，第一次產生類似希望之類的感覺。人們以爲從此以後事情會逐漸變好。

其實波利斯在那幾個月蜜月期間，並不是完全沒有對我們做什麼。他在悄悄佈棋。他將日本人委員會的成員，一個一個或威脅或收買，在水面之下逐漸收歸他的旗下。但因爲他避免露骨的暴力，非常愼重地進行，因此我們完全沒發現他的那種企圖。而當發現的時候，已經太遲了。也就是說波利斯在所謂自治的名目下，讓人們鬆懈下來，其實則在建立起更有效率的鋼鐵支配體制。他的計算如同惡魔般綿密而冷靜。我們周圍確實不再看到無意義而無用的暴力影子。但代替的卻產生了新一類單憑冷酷計算所生的暴力。

他花了大約半年確立固若磐石的支配體系，其次方向一轉便開始壓制我們日本俘虜。當時為止曾經是委員會核心存在的中校，首先成為犧牲者。中校因為幾個問題，當代言人為爭取日本兵俘虜的利益，和波利斯正面對立，結果被抹殺了。那時委員會裏還沒有被波利斯拉攏的，只剩中校和他的幾個伙伴而已。中校在夜間被壓住手腳，悶住聲音，用濕毛巾蒙在臉上窒息致死。那當然是依波利斯的命令做的。波利斯殺日本人時，絕不會玷污自己的手。而是命令委員會指使日本人殺，中校的死被當做病死簡單處理掉。是誰直接下手的我們大家都知道，但卻不能開口。那時候我們知道我們之中已經有波利斯的間諜混在裏面了，狀態變成不能在人前疏忽大意地開口說話。中校被殺之後，日本人委員會的首長，由委員會互選，讓波利斯所指派的人就任。

由於委員會的變質，勞動環境又逐漸惡化了，結果還是恢復原來的惡劣狀態。我們為了換得自治，而承諾波利斯增加產量，那結果對我們卻逐漸成為重大負擔。以達成目標產量為名目，階段性往上提高，結果我們反而被迫從事比以前更苛酷的勞動。事故件數增加，許多士兵成為無謀採煤的犧牲而客死異鄉，空虛地化為白骨。所謂自治，結果只是過去由俄國人所做的勞務管理換成由日本人自己接收而已。

當然俘虜之間引起了不滿。過去曾經互相平分苦難的小社會裏，現在產生了不公平感，產生了深刻的憎恨和猜疑。供波利斯指使的傢伙被分派較輕的勞動並獲得較多的小惠，其他人則不得不過著與死為鄰的苛酷生活。然而卻不能大聲抱不平。因為公然反抗就意味著死。或許會被丟進極寒冷的懲罰房，因凍傷和營養失調而喪命也不一定。或許半夜睡覺的時候，會被「暗殺隊」以濕毛巾蒙死也不一定。或在炭坑工作時被從背後用十字鎬砍頭，丟進豎穴裏也不一定。誰也不知道在黑暗的炭坑深處發生了什麼事。只在不知不覺之間又消失了一個人而已。

我對引介中校給波利斯不得不感到有責任。當然就算我不介入，波利斯也會從別的管道侵蝕進我們之間來吧，遲早總會發生同樣的狀況吧。但並不因此就能稍減我心中的痛苦。我那時下了錯誤的判斷，以為出於好心，卻做錯了事情。

有一天，我突然被叫到波利斯用來當事務所的建築物去。很久沒有跟波利斯見面了。他和在站長室見面時一樣坐在桌子前喝著茶。他背後和平常一樣，像屛風般站著腰佩大型自動手槍的韃靼人。我一進屋裏，波利斯便轉向後面示意韃靼人出去。於是我們剩下兩個人單獨相處。

「怎麼樣間宮中尉，我很守約定吧。對嗎？」

是啊，我回答。確實是守約。很遺憾那不是謊話。他對我約定的事確實實現了。就像跟惡魔訂的契約一樣。

「你們得到了自治。而我得到了權力。」波利斯雙手大大地攤開笑笑地說。「彼此得到各自要的東西。採煤量比以前增加，莫斯科也高興。八方圓滿，沒得話說。就因為這樣，我對你這個介紹人非常感謝。而且我想非要報答你不可噢，眞的。」

不用感謝，也不必答禮，我回答。

「我們是老交情了，你也不必這樣不領情。」波利斯一面笑著一面說。「我就有話直說好了，我考慮把你當我的部下，放在身邊。也就是說在這裏幫我工作。在這塊土地上很遺憾能思考事情的人極端不足。在我看來，你雖然只有一隻手臂，但頭腦似乎很靈光。所以如果你願意做我祕書之類的工作，對我非常有幫助，我會盡量給你方便，讓你在這裏生活過得輕鬆愉快。你一定可以活著回到日本。在這裏跟在我身邊絕不會有損失。」

如果是平常的話，這種事我可能會當下拒絕。我並不打算變成波利斯的手下，出賣伙伴，只有自己過得好。如果拒絕他的提議而被波利斯殺掉的話，那勿寧是我所希望的。但那時候我腦子裏有了一個計劃。

「那麼我要做什麼樣的工作才好呢？」我說。

波利斯要求我做的工作並不簡單。不得不解決的雜務堆積如山。最大的工作，是波利斯個人儲蓄財產的管理。波利斯把從莫斯科或國際紅十字會送來的食品、衣物、醫藥品的一部分（大約全體的四成之多）納入私囊放進祕密倉庫，再把那分別賣到各地。他又把採掘的煤炭一部分用貨車運到別的地方，經由黑市流出去。燃料慢性不足，需求不斷。他買通鐵路人員和站長，爲了自己的生意幾乎爲所欲爲地調動列車。對負責警備的軍方士兵，也給他們食物和錢讓他們睜一隻眼閉一隻眼。由於那樣的「營業」他已經儲蓄了驚人的財產金額。他對我說明那些全都轉爲祕密警察的運用資金。他們的活動需要不留公開紀錄的大量資金，而自己在這裏則祕密地暗中調度那些資金。但那是謊言。當然其中有若干做爲往上繳納的資金送到莫斯科吧。但我深信一半以上應該都變成他個人的資產。我雖然不清楚詳細情形，但他那些金錢似乎透過祕密管道匯到外國銀行帳戶，或換成黃金。

不知道爲什麼他似乎從頭信任我這個人。現在想起來很不可思議，但他似乎沒有想過我會對外洩漏他的那個祕密。他對俄國人或其他白人經常都懷著滿腹猜疑似的，以嚴厲冷酷的態度面對他們，但對蒙古人或日本人似乎反而懷有可以放手不管的信賴感。或許他想我就算洩漏祕密也沒什麼害處吧。根本上我到底要向誰坦白供出那祕密才好呢？我周圍已經只剩波利斯的同夥或手下而已了。而且那些傢伙都分別得到波利斯不正行爲的多餘利益。他爲了私利私欲而橫流的食物、衣服、醫藥品，另一方面所造成的不足則導致毫無任何力量的囚犯和俘虜飽受塗炭之苦，並因而紛紛死去。而且所有的郵件都被檢查，禁止和外界的人接觸。

我總之熱心而忠實地爲波利斯擔任祕書任務。我從頭開始爲他重新整理他那混亂到極點的帳簿和庫存目錄，將物資和金錢流動有系統而條理井然地整理得一目了然。什麼東西在什麼地方有多少，這些有什麼樣的價值變動，都可以立刻查得出來地分別作成各種類別的帳簿。作成收買者長長的名單，算出那「必要經費」。我從早到晚不休息地爲他工作。而那結果，使得我完全失去原來就不多的朋友。當然被這樣想也是不得已的，人們把我當做變成波利斯手下令人輕蔑的卑鄙小人（可悲的是，現在他們可能還這樣認定我吧）。尼可拉也已經不再跟我說一句話。以前親密的兩、三個日本俘虜，現在看到我的影子也都迴避開。相反的也有因爲波利斯喜歡我而來接近我的人，但這些傢伙我這邊倒不敢領教。就這樣我在收容所裏逐漸變得更孤立、更孤獨了。我之所以沒有被殺掉，是因爲有波利斯這個後盾。我是波利斯眼中重要的寶，人們都很清楚如果我被殺的話輕易饒不了。必要時波利斯會變得多麼殘酷。他有名的剝皮伎倆在這裏也成爲傳說。

但我這樣在收容所裏越孤立，波利斯變得越信任我。他對我條理分明的工作狀況感到非常滿足，也不惜稱讚。

「眞是太了不起了。如果有很多像你這樣的日本人的話，日本遲早會從這戰敗的混亂中再度站起來。但蘇維埃卻不行。很遺憾幾乎沒有什麼前途。甚至皇帝時代還比較好。至少皇帝陛下對麻煩的理論不必一一去傷腦筋。我們列寧從馬克思的理論中只把自己能理解的部分方便地提出來，我們史達林又從列寧的理論中只把自己能理解的部分——那只是極少量——方便地提出來。於是在這個國家，變成能理解的範圍越狹窄的傢伙掌握越大的權力。那是越狹窄越好。你聽好噢，間宮中尉，要在這個國家生存下去只有一個手段。那就是不要去想像什麼。想像的俄國人一定會破滅。我當然才不去想像。我的工作是讓別人去想像。那是我吃飯的本錢。這個你最好也記住。至少在這裏的期間，如果想要想像什麼時，就想起我的臉吧。然後想這樣不行，想像是會要命的噢。這是我的黃金忠告。想像就交給別人去做吧。」

就這樣一轉眼之間半年多過去了。一九四七年迎接秋天的結尾時，我變成對他來說不可或缺的存在。我接下他活動的實務性部分，「韃靼人」和親衛隊接下暴力的部分。波利斯還沒被莫斯科祕密警察叫回去。但那時他似乎已經不再那麼想回莫斯科了。他似乎已經在那收容所和炭坑建立起他自己堅固的領土，又在那裏生活得很舒服，被強有力的私設軍隊保護著，又逐漸累積起財富。或許莫斯科的高階層，也覺得與其把波利斯叫回莫斯科，不如把他放在那裏以堅固支配西伯利亞地盤也不一定。莫斯科和波利斯之間有頻繁的書信來往。雖然這麼說，但並不是透過郵件遞送。而是由密使一一經由鐵路運來的。個子高高，擁有像冰一般冷的眼睛的人們。他們進入他的房間之後，室內溫度便會一下子降低似的。

另一方面，從事勞動的囚犯們則依然以高機率繼續死去，他們的屍體和前面所述的一樣一一丟進豎穴裏去。波利斯嚴格檢定囚犯的能力，肉體弱的人在最初階段徹底被酷使，減少營養量，讓他們消耗至死以減少人口。然後把那食物轉分給強壯的人們，以提高生產力。收容所徹底變成效率萬能、弱肉強食的世界。強者搶奪更多，弱者一一倒下。勞動力不足時，又從別的地方把囚犯像家畜般用載貨列車塞滿運來。糟糕的時候在運送途中已經死掉二成左右，但這誰也不在乎。新來的大多是從西邊運來的俄國人或東歐人。對波利斯來說值得慶幸的是，西方依然繼續進行著史達林任性的暴力政治。

我的計劃是殺波利斯。當然抹殺他一個人，我們所處的狀況並沒有保證會好轉。也許依然是半斤八兩的地獄繼續吧，但不管怎麼樣，我不能容許波利斯這種人存在這個世界。正如尼可拉預言的那樣，他簡直就像毒蛇一樣的存在。必須有誰去割斷他的脖子。

我不惜自己的生命。如果刺不成波利斯而死的話，那是我本來的願望。但我不許失敗。必須等到確定確實殺得了的瞬間來臨，毫無差錯地一舉斷了他的氣根才行。我以他祕書的身分一面裝成忠誠地工作著，一面虎視眈眈地瞄準那機會。但前面已經提過波利斯是個極小心謹慎的人。他旁邊白天晚上都緊緊跟著那個韃靼人。而且就算波利斯一個人在的時候，沒有武器又獨臂的我又怎麼能殺他呢？但我很有耐心地等待時機來臨。如果什麼地方有神在的話，我相信遲早機會總是應該會來的。

這是一九四八年初的事，日軍俘虜終於可以回國的傳聞傳遍收容所裏。到春天就會有船來接我們回去了。我試著問波利斯這件事。

「沒錯。間宮中尉。」波利斯說。「這傳言是眞的。你們全體，在不久的將來就可以歸還日本了。國際輿論高張，總不能永遠使役你們。但怎麼樣，中尉，我有一個提案，不是以俘虜，而是以一個自由的蘇維埃市民，你想不想留在這個國家？你爲我做了很多事，你不在之後要找後繼的人很困難。你回日本也是身無分文，與其辛辛苦苦過，不如跟在我身邊一定可以比較輕鬆。聽說日本沒什麼東西可吃，好多人都陸續餓死呢。要是留在這邊，金錢、女人、權力，什麼都齊全。」

波利斯的提案是認眞的。我對他個人的祕密知道太多了，他也許也想到這種人從身邊放走是有些危險吧。如果拒絕的話，他也許爲了滅口而消除我也不一定。但我並不害怕。他提的事固然值得感謝，但留在故鄉的雙親和妹妹也令我掛念，我說自己還是想回國。波利斯只聳聳肩，沒再多說什麼。

回國日逐漸接近的三月某一夜，適合殺他的機會終於來到我眼前。那時房間裏只有我和波利斯，平常跟著他的韃靼人離開座位。夜晚九點前，我和平常一樣正在整理帳簿，波利斯正在書桌寫信。他很少這麼晚還在辦公室。他一面啜著玻璃杯的白蘭地，一面用鋼筆在信紙上運筆。大衣架上掛著他的皮大衣和帽子，裝手槍的皮套子也一起掛著。手槍不是配給蘇聯軍的大型手槍，而是德國製 Walther PPK。據說波利斯是在多瑙河渡河戰之後，從俘虜的納粹親衛隊中校取得那把槍的。手槍擦得很漂亮，槍把上有閃電般 SS 的 Mark。他在保養擦拭那把槍的時候，我每次都很用心注意地觀察，知道那彈匣裏總是裝有八發實彈。

他把那支槍那樣掛在衣帽架上是絕對稀奇的。因爲小心謹愼的波利斯面對書桌工作時，總是把它藏在立刻可以拿出來的右手邊抽屜裏。但那一夜他不知道爲什麼很高興而且饒舌，也許因爲這樣吧，竟疏忽了平日的用心。那對我來說是求之不得的機會。過去我在腦子裏反覆想過好幾次那個動作，怎麼樣可以用單手撥開安全裝置，怎麼樣可以快速把第一發子彈送進彈藥室。我下定決心站了起來，假裝要去拿文件而通過那衣帽架前。波利斯正熱心地寫著信，並沒有看我這邊。我快步走過去時悄悄從槍套拔出槍來。不是很大的槍。那服帖地收進我的手中。握起來很舒服，安定性很好，光拿在手上就知道是一把很優越的手槍。我站在他前面，撥開安全裝置，把槍夾在兩腿中間，用右手把遊底滑到前面子彈送進彈藥室。由於輕微乾脆的聲音，波利斯終於抬起臉來。

我把槍口筆直對著他的臉。

波利斯搖頭嘆氣。

「對你很抱歉，不過那槍裏沒有裝子彈。」他把鋼筆蓋起來之後這樣說，「有沒有裝從重量就知道。你可以上下輕輕搖看看。七・六五釐米的子彈八發大約有80公克的自重。」

我不相信他的話。我迅速瞄準他的額頭，毫不猶豫地扣了扳機。但只有咔嚓一聲脆脆的聲音。正如他說的那並沒有裝子彈。我把槍放下，咬著嘴唇。已經什麼都不能思考了。波利斯打開書桌的抽屜，從那裏抓出一把子彈，放在手掌上給我看。他預先把子彈從手槍的彈匣取出。他對我設計了陷阱。一切只是一齣滑稽劇。

「我老早就知道你想殺我。」波利斯安靜地說。「你在腦子裏想像過無數次自己在殺我的情景。對嗎？我以前應該對你說過，想像是會要命的。不過算了。因爲不管怎麼樣你都殺不了我。」

然後波利斯拿起手掌中的兩顆子彈丟到我腳邊。兩顆子彈分別滾落我腳旁。

「那是實彈喏。」他說。「不是騙你的。你可以裝上射我。這對你是最後機會。如果你眞想殺我的話，就好好瞄準。要不然如果失敗的話，我在這裏做過的事，我的祕密，請不要告訴世界上的任何人。請你跟我約定。這是我們的交易。」

我點點頭。我跟他約定了。

我把槍夾在兩腿之間，按下釋放鈕拔出彈匣，將兩發子彈裝進去。用單手做這個並不簡單，而且我的手又在微微抖顫著。波利斯以冷漠的臉色望著我那一連串的動作。他的臉露出微笑。我把彈匣插入槍把後，確實地瞄準他兩眼正中央，壓抑住手指的顫抖後扣了扳機。巨大的槍聲在屋裏轟然響起。但子彈似乎掠過波利斯的身邊，穿進牆壁裏去了。白色塗漆化成粉末飛濺四周。雖然只從兩公尺外的距離射擊，但我卻沒射中。我的射擊絕不差勁。駐屯新京時還相當熱心地練過射擊。就算只有獨臂，但我的右手握力比別人強，而且那把 Walther 在手中很吻合，應該是瞄準很安定的槍。我無法相信自己沒命中。我舉起槍，再一次瞄準。並深深吸入一口氣。我非殺這個人不可，我對自己說。殺了這個人，我這一向活下來才有意義。

「好好瞄準噢，間宮中尉，因爲那是最後一顆子彈。」波利斯臉上依然浮著微笑。

這時韃靼人聽見槍聲手上端著大型手槍衝進屋裏來。波利斯制止韃靼人。

「不要出手。」他以銳利的聲音說。「我讓間宮射我。如果他能順利殺了我，那時候就隨你的便。」

韃靼人點點頭，把槍口一直對著我。

我用右手握著 Walther 槍，筆直伸出去，瞄準像看透人似地冷冷微笑的雙眼正中央，冷靜地按下扳機。我確實鎮定手中的反動，射出完美的一發。但子彈還是緊緊貼著他的頭掠過，只粉碎後方的檯鐘而已。波利斯連眉毛都沒動一下。他依舊靠在椅背上，以那蛇般的眼睛始終凝視著我的臉。手槍發出巨響滾落地上。

有一陣子誰也沒開口，誰也沒移動。但過一會兒波利斯從椅子上站起來，慢慢彎下身從地上撿起我掉落的 Walther 手槍。深思地望著手中的槍，然後安靜地搖頭，把它放回衣帽架上的槍套裏。然後好像表示安慰似地輕輕拍兩次我的手臂。

「我說過你殺不了我吧？」波利斯這樣對我說。然後從口袋拿出駱駝牌香煙盒叼一根煙在嘴上，用打火機點著。「不是你的射擊不行。只是你無法殺我。你沒有那種資格。所以你讓機會溜走了。雖然很可憐，但你必須帶著我的詛咒回故鄉。你聽好噢，你到哪裏都得不到幸福。你往後既無法愛人，也無法被愛。那是我的詛咒。

我不殺你喲。但那不是基於好意。我到目前爲止殺了很多人，往後還會再殺很多人。但我不會不必要地殺。再見間宮中尉，一星期後你可以離開這裏到海參威。祝你一帆風順。我大概不會跟你再見了。」

那是我最後一次見到剝皮的波利斯。第二週我離開了收容所，搭上火車被送到海參威，到那裏又再經過幾道複雜的轉運，於第二年年初終於回到了日本。

我這冗長的話，對岡田先生到底有什麼意義呢？老實說我並不知道。也許一切都只不過是老人語無倫次的重複嚕嗦而已。但我無論如何都想告訴你這些事。我覺得非說不行。正如你讀完信就會明白那樣，我是輸得體無完膚的人，一個失敗者。沒有任何資格的人。由於預言和詛咒，既不會愛上任何人，也不會被任何人愛上。我只是一具行屍走肉，從今而後也只有在黑暗中消失而去而已。但由於這件事終於能夠引渡給岡田先生，至少我覺得可以在懷著比較安穩的心情下消失而去了。

請不要掛念，勇敢地步上美好的人生吧。

35 危險場所，電視前的人們，空虛的男人

門朝內側打開一個小縫。服務生雙手端著托盤，輕輕行一個禮走進房間。我躲在走廊的花瓶後面，一面等他出來，一面尋思今後該怎麼辦才好。我可以跟服務生交錯地進到那個房間去。**208號室裏有人在**。而且如果這些一連串的事和上次一樣地進行的話（現在正在進行中），門應該沒有上鎖。或者把進入房間的事延後，而跟蹤服務生後面去也可以。**那麼我就可以到達他所屬的地方吧**。

我的心在這兩者之間搖擺著。結果決定跟蹤服務生。那208號室裏可能隱藏著什麼危險。而且是會帶來致命性結果的危險。我還記得很清楚黑暗中響起的堅硬敲門聲，和那刀子般白色暴力式閃光。我必須非常小心謹慎才行。首先看看那個服務生究竟到什麼地方去吧。然後再回到這裏來就好了。不過，怎麼回事？我伸手進去長褲口袋裏找看看。口袋裏放有皮夾、零錢、手巾和短原子筆。我拿出原子筆來，在手掌上畫一條線確定有墨水出來，於是在牆上做記號就好了，我想。那麼我就可以沿著那記號找回這裏來。應該可以，大概可以。

門開了，服務生走出來。出來時他手上沒有任何東西。連托盤一起放在房間裏了。他關上門後端正姿勢，一面再用口哨吹起「鵲賊」，一面空著手快步沿來時的路走回去。我從花瓶背後出來跟在他後面追蹤而上。來到岔路時，我用原子筆在奶油色牆壁上畫下小小的×記號。服務生一次也沒回頭，他走路有獨特的走法。好像在為「世界飯店服務生走法競賽」做示範表演似的。好像在說所謂飯店服務生就是要這樣走法似地，他抬著頭，收著下巴，挺直背，配合著「鵲賊」的旋律，手臂一面很有節奏地搖擺著，一面大步走過走廊。他轉過幾次彎，升降幾次短階梯。光線因場所的不同忽而變亮忽而變暗。許多處牆壁的凹陷地方，形成各種形狀的影子。我為了不讓他發現而隔著適當距離走，但跟在他後面並不是多困難的作業。因為即使在轉彎角有一瞬間會看不見他的蹤影，但卻不會聽不見那明朗的口哨聲。

服務生像溯流而上的魚終於來到安靜的水潭一般，穿過走廊進入寬廣的門廳。我曾經看過電視上有綿谷昇影像的那個人群擁擠的門廳。但門廳現在卻靜悄悄的，只有一小群人聚集在大型電視螢幕前而已。電視正播著NHK的新聞節目。吹口哨的服務生接近門廳時，為了不妨礙大家而停止吹口哨。並筆直橫越過大廳，消失到從業員用的門裏去了。

我假裝在消遣時間似的，在那門廳裏閒逛一下。在幾個空沙發之一坐下，抬頭看看天花板，試試腳下地毯的狀況。然後走到公共電話那邊去，試著投入零錢。但電話和房間的電話一樣是死的。然後我拿起飯店的內線電話，試著按208的按鍵。但那電話也是死的。

然後我在稍微離開的椅子上坐下，若無其事地觀察電視機前人們的樣子。總共有十二個人在那裏。九個男的，三個女的。大多是三十幾歲或四十幾歲的人，只有兩個是五十五歲左右。男的穿著西裝或上衣打著樸素的領帶，穿著皮靴。除了身高和體重的差別之外，看不出一個一個有什麼特徵性要素。女的全是三十五歲左右，三個都穿著類似的工整服裝，仔細地化了粧。簡直像剛從高中同學會的聚會回來似的，但從各別坐在分開的椅子上來看，卻又不像互相認識的樣子。看來在那裏的人是各別聚在那裏的，大家都只一直默默看著電視畫面出神。既沒有意見交換，沒有眼光交流，也沒有點頭示意。

我坐在離他們稍有一段距離的地方，看了一下那新聞節目。沒有什麼特別引人興趣的新聞。某個地方道路開通了，縣長剪綵。市面銷售的粉蠟筆發現含有有害物質，正在進行回收作業。旭川正下大雪，由於視線不良和道路結冰，觀光巴士和卡車相撞，卡車司機死亡，到溫泉旅行的團體觀光客有幾個在途中受傷。播報員以抑制的口氣，像在分發低點數撲克牌似地順序讀出這些新聞。我想起本田先生家的電視。這麼說來那電視總是轉在NHK的頻道上。

對我來說，那些新聞映象都極現實，而同時也完全不現實。我同情那個意外事故死亡的三十七歲卡車司機。維都不願意在下大雪的旭川內臟破裂地痛苦而死。不過我私下既不認識那個卡車司機，那個卡車司機私下也不認識我。所以我並不是同情他個人。只是對唐突降臨在一個人身上的暴力性死亡，感到一般性的同情而已。那種一般性對我而言可以說是現實的，也可以說是完全不現實的。眼睛離開電視畫面，試著再一次環視一周整個空曠的門廳。但沒看見那裏有什麼可以成為線索的東西。既看不見從業員的踪影，小酒吧也還沒開始營業。牆上只掛著一幅畫了什麼地方山景的大油畫而已。

視線轉回來時，電視畫面上大大地映出看過的男人的臉。**那就是綿谷昇的臉哪**。我在椅子上挺直身子側耳傾聽。**綿谷昇發生了什麼事**。但新聞的開頭部分我聽漏了。相片終於消失，畫面恢復男播報員的身影。他繫著領帶、穿著大衣，手上拿著麥克風。站在一棟大樓門口。

「經由……之手現在被送進東京女子醫大病院，正接受集中治療室的治療，但只知道因為頭蓋骨陷落的重傷而完全喪失意識。醫院方面對於有沒有生命危險的疑問，只重複回答目前的階段還無法說什麼。具體病況目前還需要花一段時間才能發表。記者從東京女子醫大病院正門口向您報導。」

於是畫面回到攝影棚裏的播報員上。他面對著鏡頭，讀出剛剛拿到手的原稿。「衆議院議員綿谷昇氏被暴徒襲擊身負重傷。根據剛剛得到的訊息，事件是在今天上午十一時半發生的，綿谷昇議員正在東京都港區辦公大樓內事務所的一室和人會面時，一個年輕人侵入，用棒球棒猛烈毆打他的頭部數次……」（這時映出綿谷昇事務所的大樓）「……而負重傷。男人假裝成訪客，用長製圖筒裝棒球棒帶進事務所，什麼也沒說地襲擊綿谷昇議員。」（畫面映出行兇的事務所房間。椅子倒在地上，附近看得見黑黑的血跡）「因爲事出突然，綿谷昇和周圍的人都沒有來得及抵抗，男人確認綿谷昇議員已經完全喪失意識之後，手上仍然拿著球棒離開現場而去。根據目擊者描述，犯人身穿深藍色短大衣，深藍色滑雪用毛線帽，戴深色太陽眼鏡，身高約一七五公分左右，臉頰右側有斑痕似的東西，年齡推測大約三十歲左右。警察雖然追踪犯人的去向，但犯人逃出後便混入人群中，後來行踪不明。」（警察正在查證現場。接著映出赤坂熱鬧的街頭）。

棒球棒？斑痕？我咬著嘴唇。

「綿谷昇氏以新進新銳經濟學家、政治評論家聞名，今年春天，接續伯父綿谷××氏的地盤當選衆議院議員，從此以後便以實力派年輕政治家、政論客身分受到很高評價，雖然是新任議員，但未來展望很受矚目。警察正從政治背景關係和個人恩怨雙方面可能性展開調查。再重複報告。衆議院議員綿谷昇氏今天上午被暴徒用棒球棒襲擊身負重傷，被送進醫院。詳細情形尚未明朗。那麼爲您報告下一件新聞……」

好像有人關掉電視電源。播報員的聲音噗哧地消失。沈默包圍了周圍。人們好像回過神來似地各別放鬆姿勢。他們似乎是爲了看那綿谷昇的新聞而聚集到電視前面的。電視一關掉並沒有人站起來。沒有嘆息也沒有咋舌，連乾咳的人都沒有。

到底是誰用球棒毆打綿谷昇呢？犯人外表的特徵和我一模一樣——穿深藍色短外套、戴深藍色毛線帽、太陽眼鏡。臉上有斑。還有身高、年齡。然後還有棒球棒。但我把那棒球棒一直放在井底，而那不知消失到什麼地方去了。如果讓綿谷昇的頭蓋骨陷落的是那根棒球棒的話，一定有人從井底帶走，再用那毆打綿谷昇的頭。

有一個女人忽然眼睛轉向我。瘦瘦的，頰骨上的眼睛像魚一樣的女人。長耳朵正中央戴著白色耳環。她朝向後面長久看著我。和我視線相遇也不避開，表情沒變。然後旁邊的禿頭男人也追隨著她的視線看到我這邊來。男的個子和車站前那洗衣店老闆相似。一個又一個地，人們轉向我這邊。他們似乎終於發現我在那裏和他們同席。被他們注視著時，我不得不意識到自己是穿著深藍色短外套、戴著深藍色毛線帽、身高一七五公分，年齡三十出頭。而且我臉的右側有斑痕。不知道爲什麼，他們已經知道我是綿谷昇的義弟，而且我跟他感情不好（甚至還憎恨他）。這些不知道爲什麼他們似乎已經都知道了。從他們的視線中可以看出來。我不知道該怎麼辦才好，緊緊握住椅子把手。我沒有用棒球棒毆打綿谷昇。我不是會做那種事的人，而且首先我已經沒有棒球棒了。但他們大概不會相信我的話吧。**他們會完全相信電視所說的**。

我慢慢站起來，就那樣往來時的走廊方向走去。最好快一點離開這裏。我在這裏不受任何人歡迎。我走了一會兒後回頭看後面，看見有幾個人站起來跟在我後面走過來。我加快步調筆直橫越過門廳，朝走廊走。我必須回去２０８號室。嘴裏乾乾渴渴的。

我終於穿過門廳腳踏進走廊時，館內的一切燈光便無聲地熄滅了。簡直像被斧頭猛烈一砍，使黑暗的厚重帳幕落到地上一樣，沒有任何預告，周圍便被漆黑的黑暗所覆蓋。後面有人發出驚嚇的聲音。那聲音聽來比想像中更近。那聲響的核心裏，有像石頭般堅硬的憎恨種子。

我朝黑暗中前進。一面用手摸索著牆壁，一面小心翼翼地慢慢走。我必須盡量遠離他們才行。但我碰撞到小桌子，把花瓶之類的東西打翻。發出巨大聲音滾落地上。我在那驚動下跌趴在地毯上。然後急忙站起來，用手探索著走廊的牆壁，再度前進。這時外套衣角像被釘子勾住般，被使勁往後一拉。一瞬間莫名其妙。然後我才明白過來。有人抓住我的外套下襬正想拉過去。我毫不遲疑地脫下外套，就那樣跌跌撞撞地穿過黑暗。用手探索著轉過轉彎角，一面跌撞著一面上下階梯，又再轉彎。途中碰到很多人的臉和肩膀，踩空階梯而撞到臉。但並不感覺痛。有時眼睛深處感覺到尖銳的暈眩而已。**不能在這裏被捕**。

周圍沒有一絲光線。也沒看見停電時應該會發生作用的非常用燈光。在那左右不分的黑暗中我拚命地穿過黑暗，終於站定下來調整呼吸，試著側耳傾聽後面的聲音。但什麼也聽不見。只聽見自己心臟強烈的鼓動。我嘆一口氣在那裏蹲下來。他們也許放棄追踪了吧。而且在黑暗中再往前進，可能只有陷入更深的迷魂陣中吧。我靠在牆上讓心情稍微鎮定下來。

但到底是誰關掉電燈的呢？我不認爲那是偶然。我一腳踏進走廊，人們逼近我的背後時，眞的就在那一瞬間電燈熄滅了。大概是在那裏的什麼人，爲了把我從危險中救出而這樣做的。我脫下毛線帽，用手帕擦擦臉上的汗，再度戴上帽子。身體各個部分彷彿想起來似地開始痛。但似乎並不到受傷的程度。然後我看一眼手錶的夜光針，但想起手錶停了。手錶在十一點半的地方停了。那是我下到井裏的時刻，同時也是綿谷昇在赤坂事務所被誰用球棒毆打的時刻。

或許我眞的用球棒毆打了綿谷昇呢？

在深沈的黑暗中，感覺那也似乎以一個理論上的「可能性」存在著似的。在實際的地上，我也許實際上用球棒毆打了綿谷昇使他身負重傷也不一定。**而且也許只有我沒留意到也不一定**。也許在我心中強烈的憎恨在我不知不覺之中擅自走到那裏去，用力揮棒也不一定。不，**不是走去的**，我想。要走去赤坂，必須搭小田急線電車，在新宿轉地下鐵才行。在自己不知不覺之間能做到這些嗎？那是不可能的——**除非有另一個我存在否則不可能**。

但如果綿谷昇眞的死了，或變成不能再起，那麼那個牛河眞是有先見之明。因爲他竟然在極稀罕的時間換馬他就了啊。我不得不佩服那動物性的敏銳嗅覺。牛河的聲音彷彿還在耳邊響著。「不是我自誇，岡田先生，我的鼻子很靈。鼻子聞一聞就知道了。」

「岡田先生。」就在身邊有人在叫我的名字。

我的心臟像被彈簧彈了起來似地跳到喉頭上來。那聲音是從什麼地方傳來的呢？我搞不清楚。我身體僵硬地環視周圍。但當然什麼也看不見。

「岡田先生。」那聲音重複道。是男人低沈的聲音。「你不用擔心。我是站在你這邊的。我們上次曾經在這裏見過一次。你記得嗎？」

那聲音我確實記得。是那個「沒有臉的男人」。但我很小心地沒有立刻回答。

男人說「你必須早一刻離開這裏。變亮之後他們一定會找到這裏來。我帶你走捷徑，請跟我來。」

男人打開手上鉛筆型袖珍手電筒。雖然是一道小光，但足夠照亮腳邊。「這邊。」男人催促似地說。我從地上站起來，趕緊跟在男人背後。

「一定是你在那個時候把燈光關掉的吧？」我朝男人背後問道。

他沒有回答，但也沒有否認。

「謝謝你。那正是危險的時候。」我說。

「他們是危險的人。」男人說。「可能比你想像中更危險。」

我問他。「綿谷昇眞的被毆打成重傷嗎？」

「電視上那樣說。」沒有臉的男人似乎小心翼翼地選著用語回答。

「但不是我做的。我那時候正一個人潛入井底。」我說。

「如果你這樣說的話一定是這樣吧。」男人好像在說當然的事似的。他打開門，一面用手電筒照著腳邊，一面小心地一級一級踏上那裏的階梯。我跟在他後面走。因爲是很長的階梯，因此在途中自己都搞不淸楚是在上升或在下降了。到底那眞的是階梯嗎？

「不過有人能證明那時候你在井裏嗎？」男人也不回頭地質問我。

我沈默著。到處都沒有這樣的人。

「那麼就什麼也別說地趕快逃走比較聰明。他們深信你就是犯人。」

「那些人是誰呢？到底？」

男人上到階梯盡頭後，轉向右邊，前進一會兒後打開門出到走廊。然後站住，安靜地側耳傾聽一會兒。「快點走吧。抓著我的上衣。」我依他說的抓住他上衣的下襬。

沒有臉的男人說「他們總是熱心地看電視。所以當然你在這裏會被討厭。他們最喜歡你太太的哥哥。」

「你知道我是誰噢？」我說。

「當然知道。」

「那麼久美子現在在哪裏，你也知道嗎？」

男人沈默。我好像在玩什麼遊戲似地緊緊抓著他的上衣下襬，轉過黑漆漆的彎角，快步下了短階梯，打開一扇祕密小門穿過天花板很低的過道般的路，又走出別的長走廊。沒有臉的男人所繼續走過的複雜而不可思議的路程，對我來說感覺像是無限延伸的胎內巡迴似的。

「你聽好噢，這裏發生的事我並不是全部都知道。因爲這是個非常廣大的地方。門廳是我所負責的中心。有很多事我不知道。」

「你知道吹口哨的服務生嗎？」

「不知道。」男人立刻說。「這裏沒有一個服務生。沒有吹口哨的，也沒有不吹口哨的。如果你在什麼地方看見服務生的話，那並不是服務生，而是裝成服務生的什麼。我忘了問你想去208號室吧？不是嗎？」

「是啊。我要去見在那裏的女的。」

男人對這個沒說什麼意見。既沒問對方是誰，也沒問有什麼事。他只以熟練的腳步在走廊往前走，我則像被領航船引導著一般，穿過黑暗中複雜的水路。

終於男人在沒有任何預告之下，突然站定在一扇門前。我從後面撞上他的身體差一點跌倒。撞上時，對方肉體的感觸奇怪地輕而稀薄。感覺簡直像碰到空殼子似的。但他立刻調整姿勢站直，用袖珍手電筒的光照出貼在門上的房間號碼。那裏浮出208的數字。

「沒有鎖。」男人說。「這燈你拿著。我在黑暗中也能走回去。進到房間之後把門鎖上，誰來了都不能打開。有事就快點辦完，趕快回到原來的地方去。這裏很危險。你是侵入者，能算得上友方的只有我一個人。請記住。」

「你是誰？」

沒有臉的男人好像把什麼移交給我似的輕輕把手電筒放在我手中。「我是空虛的人。」男人說。於是在黑暗中把沒有臉的臉一直不動地朝向我，等著我說話。但我那時候怎麼也無法找到正確的語言。男人終於無聲地從我面前消失了。他剛剛還在那裏，下一個瞬間已經被吸進黑暗中了。我試著用手電筒燈光朝那邊照看看。但只有白牆壁模糊地浮在黑暗中而已。

正如男人所說的那樣，208號室的門沒有上鎖。門把無聲地在我手中旋轉。爲了愼重起見，我把手電筒的燈熄掉，躡著腳步悄聲踏進房間裏，在黑暗中探視室內的樣子。但房間裏和以前一樣，靜悄悄的。也完全沒有動的東西的跡象。只聽見冰桶中冰塊移動發出小小的咔啷一聲而已。然後我打開手電筒的開關，把背後的門鎖上。脆脆的金屬聲在房間裏必要以上地大聲回響。房間正中央桌子上放著新的尚未開封的Cutty Sark威士忌酒瓶、新的玻璃杯和裝了冰塊的新冰桶。銀色托盤在花瓶旁邊，好像等了很久似地妖艷地反射著手電筒的燈光。彷彿和那呼應著般花粉的氣味瞬間增強。空氣變得濃密，我感覺周圍的引力好像增強了幾分。我背靠著門，讓光照著空中，有一會兒就那樣窺視著周圍的動靜。

這裏是危險的地方。你是侵入者。要說是友方只有我一個人而已。請記住。

「請不要照我。」從後面房間傳來女人的聲音。「你答應我不要用那燈光照我好嗎？」

「我答應。」我說。

36 螢之光，解除魔法的方法，早晨醒來鬧鐘會響的世界

「我答應。」我說。但我的聲音聽起來就像聽錄音裏自己的聲音似的，說不上什麼地方有點生疏的響法。

「請你好好說你不照我的臉好嗎？」

「我不照你的臉。我答應你。」我說。

「眞的答應？沒有騙我？」

「我不說謊。會守諾言。」

「那麼，你可以調兩份威士忌加冰塊拿來嗎？放很多冰塊。」

話音雖然有點甜，像少女般舌尖稍微縮緊的響法，但聲音本身則是性感成熟的女人聲。我把手電筒橫著放在桌上，調整呼吸，在那光中調酒。打開Cutty Sark酒瓶，用冰夾把冰塊夾進玻璃杯，然後注入威士忌。自己的手現在在做什麼？我不得不在腦子裏一一想著確認。配合著雙手動作，巨大的影子在牆上搖晃著。

我右手拿著兩杯威士忌加冰塊，左手拿著手電筒一面照著腳下，一面走進房間深處。感覺房間的空氣比剛才冷一些。我在黑暗中自己都不自覺地流著汗，那汗逐漸開始變冷似的。然後我想起在途中把外套脫下丟掉的事。

我依照約定的那樣，把手電筒熄掉放進長褲口袋裏，用手探索著把一個杯子放在牀邊桌上。並拿著自己的杯子，在稍微離開些的一張扶手椅上坐下。在漆黑之中我仍記得家具的大概擺設位置。

似乎聽見牀單摩擦的沙啦沙啦的聲音。她在黑暗中安靜坐起身子，靠在牀頭板上拿起玻璃杯。在空中輕輕搖一搖杯子發出冰塊的聲音，然後喝了一口酒。在黑暗中，那聽起來就像廣播劇的音效一般。我只把玻璃杯中的威士忌拿來聞一下氣味而已，但嘴巴沒有沾酒。

「相當久沒跟妳見面了。」我開口說。我的聲音比剛才稍微讓自己習慣一些了。

「是嗎？」她說。「我不太清楚。什麼相當啦，很久之類的。」

「在我記憶中應該有一年五個月不見了吧，正確說。」我說。

「哦？」女人沒什麼興趣地說。「我記不清楚，正確說。」

我把玻璃杯放在腳邊的地上，蹺起腿。「不過我剛才來的時候，妳不在這裏噢？」

「不，我是在這裏，像這樣躺在牀上啊。因爲我什麼時候都一直在這裏呀。」

「可是我沒搞錯是到208號室來。這是208號室吧？」

她把冰塊在玻璃杯中轉著圈子。並吃吃地笑著。「我想你一定是搞錯了。沒錯，是到什麼別的地方錯誤的208號室去了。一定的。沒錯，只能這樣想。」她說。

她的聲音裏有某種不安定的東西，那使我心情有點不安。也許這個女人喝醉了吧。我在黑暗中把毛線帽脫掉，放在膝上。

「電話死掉了噢?」我說。

「是啊。」她好像很倦怠似地說。「他們殺死了。我以前是喜歡打電話的。」

「是他們把妳關在這裏嗎?」

「不知道。我不太知道。」女人輕輕笑著。一笑起來，她的聲音在那空氣的撩亂中也搖晃著。

「自從上次來這裏之後，我有很長一段時間在想妳的事噢。」我朝著她所在的方向那樣說。「妳到底是誰?還有在這裏做什麼?」

「好像很有意思噢。」女人說。

「於是想像過很多事情，不過還沒有確實的信心。只是想像著而已喲。」

「哦?」她似乎很佩服似地說。「是嗎?沒有確實的信心，但是在想像著啊?」

「是啊。」我說。「老實說，我想妳就是久美子。雖然最初沒有發現，但逐漸這樣覺得了。」

「是嗎?」她稍微停頓一會兒然後以愉快的聲音說。「我眞的是久美子嗎?」

一瞬間我迷失了事物的方向。感覺自己好像做了完全錯誤的事情似的。覺得我來到錯誤的地方，對著錯誤的對象，說著錯誤的話。一切都是無謂的時間消耗，無意義的兜圈子。但我總算在黑暗中重新調正姿勢。我爲了確認現實而用雙手握緊膝上的帽子。

「也就是說，如果把妳當做是久美子的話，過去的種種事情才解釋得通。妳從這裏打過幾次電話給我。我想那時候妳可能想要告訴我什麼祕密。久美子所藏著的祕密。也許實際的久美子在實際的世界無論如何都不能對我說的事情，妳想在這個地方代替她告訴我。用簡直像暗號般的語言。」

她暫時沈默著。玻璃杯一傾斜又喝了一口酒，然後開口，「是嗎？嗯，如果你這樣想的話，也許是這樣也不一定。我其實可能是久美子也不一定。雖然我還不太清楚。那麼……如果是那樣的話，如果我是久美子小姐的話，我在這裏用久美子小姐的聲音，也就是透過她的聲音跟你說話也沒關係對嗎？是這樣嗎？雖然事情有一點複雜，沒關係嗎？」

「沒關係。」我說。我的聲音再度有點失去沈著和現實感。

女人在黑暗中乾咳。「那麼，不知道順利嗎？」她說。然後又吃吃地笑。「那不太簡單喏。你著急嗎？可以慢慢來嗎？」

「不知道。大概吧。」我說。

「等一下噢。對不起。嗯……我很快可以準備好。」

我等候。

「那麼，你是爲了找我而來這裏的嗎？爲了見我？」久美子那很認眞的聲音在黑暗中響起來。

最後一次聽見久美子的聲音，是我幫她拉上洋裝背後拉鏈的那個夏天早晨。久美子那時耳朶後面擦了不知道誰送的新香水。而且離家出走後就沒有再回來。黑暗中的聲音，像是眞的又像是裝的，把我一瞬間帶回到那個早晨。我可以聞到那香水的氣味，腦子裏浮現久美子背上白皙的肌膚。黑暗中記憶沈重而濃密。也許比現實更沈重而濃密吧。我用力握緊手中的帽子。

「正確地說，我不是爲了見妳而來到這裏的，是爲了帶妳回去而到這裏的。」我說。

她在黑暗中小聲嘆息。「爲什麼那麼想要帶我回去？」

「因為我愛妳。」我說。「而且妳也同樣愛著我，需要我。這個我知道。」

「你滿有自信的嘛？」久美子──久美子的聲音──說。那裏面沒有諷刺的意味。但同時也沒有溫暖。

聽得見相鄰房間冰桶裏冰塊變換位置的聲音。

「但為了帶妳回去，我必須解開幾個謎才行。」我說。

「你現在開始能慢慢地思考嗎？」她說。「你不是沒有多少時間的餘裕嗎？」

確實正如她說的。我沒有時間的餘裕，非思考不可的事情太多了。我用手背擦額上的汗。但總之這可能是最後的機會了，我對自己說。思考啊。

「這個我希望妳能幫我忙。」

「是嗎？」久美子的聲音說。「也許我辦不到也不一定。不過反正試試看吧。」

「首先第一個疑問，為什麼妳非要離家出走不可呢？為什麼非要離開我不可呢？我想知道那真正的理由。跟其他男人有關係的事，我從妳的來信中確實讀過。讀過好幾次又好幾次。那暫且可以當做一個說明。但我總覺得那不是真正的理由。我無法接受。雖然我不是說這是謊言，但……總之，我覺得那只不過是一種比喻似的而已吧。」

「比喻？」她好像真的很驚訝似地說。「我不太明白，不過跟別的男人睡覺這種事到底能成為什麼的比喻呢？例如？」

「我想說的是，那看來好像是為了說明而做的說明似的。那說明沒有任何結論……只是摸到了表面而已。越讀信我越這樣覺得。應該有什麼更根本性的真正理由。而且那可能牽涉到綿谷昇。」

我在黑暗中感覺到她的視線。這個女人看得見我的身影嗎？

「你說牽涉，是指怎麼樣？」久美子的聲音說。

「也就是說，這一連串發生的事很複雜，有很多人出現，陸續發生一件接一件不可思議的事，如果從頭順序思考的話會莫名其妙。但稍微離遠一點來看的話，事情的主幹卻很清楚。那就是妳從我的世界，移到綿谷昇的世界這麼回事。重要的是那轉變。如果妳真的和其他某個男人有肉體關係，那也只不過是附帶性的事而已。表面上裝出來給人看的而已。我想說的是這個。」

她在黑暗中安靜地傾斜玻璃杯。注視那聲音一帶時，覺得她身體的動作似乎可以模糊地看得出來。不過那當然是錯覺。

「人爲了傳達眞實，不一定會傳送訊息喲，岡田先生。」她這樣說。那已經不是久美子的聲音。但也不是最初甜甜的少女聲音。那是完全新的別的誰的聲音。那裏面含有鎮靜的略帶知性的響法。「就像人爲了顯示自己眞正的身影不一定要和誰見面一樣噢。我說的事你明白嗎？」

「不過久美子總之想向我傳達什麼。那不管是眞實也好，不是也好，她是想要說什麼的。那就是對我而言的眞實。」

我周圍黑暗的密度有些許加深的感覺。就像黃昏海潮無聲地逐漸漲滿一般，黑暗的比重正增加著。我必須趕快才行，我想。我的時間已經所剩不多了。如果電燈再亮起來，他們也許會找我找到這裏來。我把腦子裏慢慢成形的東西，放膽換成語言試試看。

「這雖然只是我的想像，不過綿谷家的血液中遺傳有某種傾向。那是什麼樣的傾向，我無法說明。但是某種傾向。這使妳害怕。所以妳才覺得對生孩子感到害怕。懷孕的時候驚慌起來，因爲妳擔心這個會出現在自己孩子身上而感到不安。但妳無法把這祕密向我坦白說出。事情就從這裏開始。」

她什麼也沒說，安靜地把玻璃杯放回桌上。我就那樣繼續說。「還有妳姊姊並不是食物中毒而死的。她是因爲別的原因死的，我想。是綿谷昇使她死的，而妳知道這個。妳姊姊在死以前，應該有對妳說什麼。應該有給妳留下類似警告的話。綿谷昇可能擁有什麼特別的力量。他對加納克里特可能相當暴力地使用了那力量。加納克里特總算能夠從那裏復原了。但妳姊姊卻不行。住在同一個屋子裏，沒地方可逃。妳姊姊無法忍受那個而選擇了死。而妳父母親一直隱瞞著她自殺的事。不是這樣嗎？」

沒有回答。她在黑暗中屏著氣息一直沈默著。

我繼續說「雖然不知道爲什麼，綿谷昇在某個階段由於某個契機飛躍地增強了那暴力性的能力。透過電視和各種媒體，變得可以將那擴大的力量轉向廣大社會。而現在他正使用那力量，將不特定多數人在黑暗中隱藏在潛意識中的東西，引出外面。他想把這個拿來爲政治家的自己去利用。那眞是很危險的事。他所引出來的東西，宿命性地混合著暴力和血。而且那和歷史深處最深的黑暗筆直聯繫著。那結果將傷害許多人，喪失很多東西。」

她在黑暗中嘆息。「請你再爲我調一杯酒好嗎？」她以安靜的聲音說。

我站起來走到牀頭桌去，拿起她變空的玻璃杯。在黑暗中我已經能夠不覺得不便地做到這些動作了。然後我走到有門的房間，打開手電筒調了一杯新的威士忌加冰塊。「那是你的想像噢？」

「是把想到的幾件事聯繫在一起的。」我說。「我無法證明。沒有任何根據說這是正確的。」

「不過我想繼續聽。如果還有繼續的話。」

我回到後面的房間，把那玻璃杯放在桌上。熄掉手電筒，坐回自己的椅子。並集中意識繼續說。

「妳對妳姊姊身上實際發生了什麼事，並不明確知道。妳知道姊姊在死前想要給自己什麼警告，但那時候妳還太小，無法理解詳細內容。但妳模糊地知道。綿谷昇以某種方法汚辱傷害妳姊姊的這件事。而且妳想自己的血統中隱藏著某種黑暗祕密似的東西，或許自己也不是和那無緣也不一定。所以妳在那家裏總是孤獨的、總是緊張的。在莫名其妙的潛在不安中悄悄過著日子。就像那水族館的水母一樣。

「大學畢業後，妳經過一番摩擦爭執終於跟我結婚，離開了綿谷家。而且在我們兩人過著平穩日子之間，妳逐漸一點一點忘記過去的黑暗不安。妳走出社會，逐漸慢慢恢復成一個新人。暫時看來一切都會很順利的樣子。但遺憾的是沒有那麼容易結束。有一天，妳感覺到自己在不知不覺之間又被應該已經擺脫的黑暗力量，逐漸拉近了。知道這個之後妳大概混亂了吧。不知道該怎麼辦才好。所以妳想知道眞相，而不顧一切地去綿谷昇那裏跟他談。並去見加納馬爾他請求援助。但只有對我卻無法坦白說出口。

「那大概是在懷孕後開始的吧。我這樣覺得。那一定是像轉捩點一樣的東西。所以，我在妳墮胎那夜在札幌街上，受到彈吉他的男人第一次警告。懷孕也許刺激喚醒了妳身上潛在的什麼。而綿谷昇可能一直在靜靜地等著那個在妳身上發生。因爲他可能，只能以那樣的形式和女性產生性的交流。所以想把那種傾向表面化後的妳，從我這邊強拉奪回自己那邊。他無論如何需要妳。綿谷昇需要妳繼承過去妳姊姊所扮演過的角色。」

我說完之後，深深的沈默塡滿了空白。那是我想像的全部。某些部分是在那之前模糊想到的，剩下的部分是在黑暗中一面說著時，浮上腦子裏來的。也許黑暗的力量爲我塡補起想像的空白也不一定。或者這個女人的存在幫助了我也不一定。但我的想像沒有任何根據則依然不變。

「相當有趣的話。」那個女人說。她的聲音又恢復成有點甜的少女聲音。聲音轉換的速度逐漸加快。「是嗎？哦。於是，我把被玷污的身體隱藏起來悄悄離你而去。魂斷藍橋、螢之光、勞勃泰勒和費雯麗……」

「我要把妳從這裏帶回去。」我打斷她的話說。「我要把妳帶回原來的世界。帶回有尾巴尖端彎曲的貓，有小小庭園、早上有鬧鐘會響的世界去。」

「怎麼做？」她問我。「怎麼把我從這裏帶出去，岡田先生？」

「跟童話一樣啊。只要解除魔法就行了。」我說。

「原來如此。」那聲音說。「不過，岡田先生，你以爲我是久美子小姐。想把我當久美子小姐帶回去。但是，如果我不是久美子小姐的話，那時候怎麼辦？你也許正要把完全不一樣的東西帶回家去喲。你的信心眞的確實嗎？是不是再好好愼重考慮一次比較好呢？」

我握緊口袋中的手電筒。在那裏的除了久美子之外不可能是別人，我想。但卻不能證明。那結果只是一個假設而已。口袋裏我的手黏黏地冒著汗。

「我要帶妳回去。」我以乾乾的聲音重複道。「我是爲了這個來到這裏的。」

聽得見輕輕的衣衫摩擦的聲音。她似乎在牀上變換著姿勢。

「沒有搞錯，你能明白地這樣說嗎？」她好像爲了愼重起見再度確認。

「我可以明白地這樣說。我要帶妳回去。」

「不用重新考慮嗎？」

「不用重新考慮。我已經下定決心了。」我說。

她好像在確定什麼似地長久沈默著。然後下了決定嘆一口大氣。

「我有一件禮物要送你。」她說。「雖然不是什麼了不起的禮物，不過也許有用處。你不要開燈，慢慢伸手過來。慢慢伸到桌上來。」

我從椅子上站起來，像在探索那裏虛無的深度似地，右手安靜地伸出黑暗中。手指可以感覺到空氣突出的刺激。於是我的手終於接觸到那個。當我知道那是什麼時，我喉嚨深處空氣像被壓縮的石綿般變硬。那個是棒球棒。

我握起那球棒把手的地方，筆直伸向空中看看。那似乎確實是我從提吉他盒的年輕男人那裏拿過來的球棒。我確認著那握的方式，和重量。大概沒錯。是那根球棒。但在探手仔細檢點之間，發現球棒的烙印稍上方一帶，有什麼髒東西附著在上面。那似乎是人的毛髮。我用手指抓看看。那粗細和軟硬不會錯是眞正的人的毛髮。血像漿糊般變硬的地方，似乎有幾根黑色頭髮黏在上面的樣子。有人用那球棒強烈地打擊誰的——可能是綿谷昇的——頭。我好不容易才把一直梗在喉嚨深處的空氣吐出來。

「那是你的球棒吧？」

「大概是。」我把感情壓制住說。我的聲音在深沈的黑暗中又開始帶有少許不同的聲響。簡直就像有人躲藏在黑暗中，代替我說的一樣。我輕輕乾咳。並且確認過在說話的眞的是我之後繼續說。「不過好像有人用這個毆打過人的樣子。」

她一直緊閉著嘴。我把球棒放下，夾在兩腳之間。

我說「妳應該知道得很清楚。有人用這球棒毆打了綿谷昇的頭。電視上的新聞報導是眞的。綿谷昇正陷入意識不明的狀態住院中，也許會死也不一定。」

「他不會死的。」久美子的聲音對我說。無感動地、簡直像在告知寫在書上的歷史事實一般。「但意識可能不會恢復了。也許會一直在黑暗中徘徊吧。那誰也不知道是什麼樣的黑暗。」

我伸手摸索著拿起腳邊的玻璃杯。並把那裏面的東西含進口中，什麼也沒想地喝進去。沒有味道的液體穿越我的喉嚨，下到食道。毫無理由地感到寒冷。在不遠的長長黑暗中，有什麼慢慢地接近這裏來似的討厭感觸。我的心臟像預感般加速鼓動。

「不太有時間了。如果有事情要告訴我的話，請快告訴我。這裏到底是哪裏？」我說。

「你來過好幾次了，也找到來這裏的方法了。而且你沒有受傷地活下來。你應該很清楚這裏是哪裏呀。而且這裏是哪裏這件事，到現在已經不是那麼重要的問題了。重要的是——」

這時，傳來敲門的聲音。像在牆上敲打釘子般，堅硬、乾脆的敲門聲。兩次。然後再兩次。和前次一樣的敲門聲。女人倒吸一口氣。

「快逃。」清楚的久美子的聲音對我說。「現在你還可以穿過牆壁。」

我所想的眞的是正確的嗎？我不知道。但在這地方的我非要勝過那個不行。這是對我而言的戰爭。

「我這次哪裏也不逃了。」我對久美子說。「我要帶妳回去。」

我放下玻璃杯，把毛線帽戴在頭上，拿起夾在兩腳間的球棒。並慢慢朝門走去。

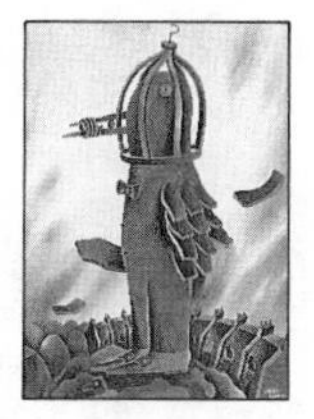

37 只是一把現實的刀，事先預言的事

我一面用手電筒照著腳下，一面無聲地朝門的方向前進。球棒握在我的右手。走著途中門再度被敲響。兩次，然後再兩次。比剛才更堅硬更強烈的敲法。我藏身在門附近的牆邊，在那裏屏息等待。

敲門聲消失後，周圍簡直像什麼事也沒發生過一般，再度被深深的沈默所覆蓋。但隔著門可以感覺到門另一側有人存在的動靜。那個人站在那裏，和我一樣地屏息傾聽。想要在沈默中聽取呼吸聲或心臟的鼓動聲，或思考的動向。我靜靜地不讓呼吸擾亂周圍的空氣。**我不在這裏**，我這樣告訴自己。我不在這裏，我不在任何地方。

終於門鎖打開了。那個什麼人一切動作都小心翼翼地花時間做。將接觸東西的聲響細細分解、延長成聽不出意思的程度。聽得見門把旋轉，然後門蝶輾轉的細微聲音。心臟在身體裏收縮的速度加快。我盡量努力鎮壓著。但並不順利。

有人進到房間裏來。空氣微微波動。將意識集中讓五感敏銳時，發現有一股輕微的異物氣味。身上穿的厚布料，屏息壓制的呼吸，浸在沈默中的興奮，混合爲一體的奇怪氣味。他帶著刀子嗎？大概帶著吧。我記得那鮮明泛白的閃光。我壓制著呼吸，一面消滅動靜一面用雙手緊緊握住球棒。

那個人進入屋裏後便把門關上，從內側上鎖。然後背著門，愼重地探視屋裏的樣子。握緊球棒把手的我雙手因流汗而濕濕黏黏。可能的話眞想把手掌在長褲上擦擦。但只要有一點多餘的動作，就難保不會帶來致命的結果。我想到宮脇先生空屋庭園裏的雕像。爲了消滅氣息我讓自己同化爲那隻鳥的姿勢。那裏是夏天的庭園，周圍滿溢著眩眼的陽光，我是鳥的雕像，安靜不動地一直靜靜凝視著天空，就那樣僵硬在那裏。

那個人準備了手電筒。他撥開開關，黑暗中射出一道細長筆直的光。不是很強的光。和我所帶的差不多一樣的小型袖珍手電筒。我安靜不動地等著那光從我前面移過去。但對方並不立刻從那裏行動。光像探照燈般一一順序照出房間裏所有的東西。花瓶的花、桌上的銀托盤（那還依然閃著妖艷的光）、沙發、立燈……，那光掠過我的鼻尖，照在我鞋子前方五公分左右的地上。光像蛇的舌尖般繞著舔著房間的每個角落。等待的時間彷彿將永遠繼續下去似的。恐怖和緊張化爲尖銳的疼痛，像錐子般刺著我的意識。

不能想任何事，我想。**不可以想像**。間宮中尉信上這樣寫著。**想像在這裏是會要命的**。

手電筒的光終於慢慢地，眞的是慢慢地開始往前進。男人好像要走到裏面的房間去的樣子。我把球棒握得更緊。一留神時手掌的汗不知什麼時候已經完全乾了。現在甚至反而是太乾的地步。

對方逐漸一點一點，一步一步確認著落腳點似地往我的方向接近過來。我吸進空氣，然後停止。還有兩步，而且那個應該會在那裏。還有兩步。於是我就可以制止那迴轉的惡夢了。但這時候我眼前的光熄滅了。一留神時，一切都已經被吞進原來的完全黑暗中了。他把手電筒的開關關掉了。我在那深深的黑暗中快速轉動頭腦。但頭腦不能動。只有一股記憶中有過的寒氣瞬間閃過身體而已。他可能已經發現我在這裏了。

不能不動了，我想。不可以一直在這裏不動。我想把重心往左邊移動。但腳動不了。我的兩腳像那鳥的雕像般緊緊貼在地上了。我彎下身子，勉強將僵硬的上半身往左傾斜。那個瞬間，右肩激烈地碰到什麼。然後像冰雨般堅硬冰冷的東西，刺進我的白骨。

像被那衝擊驚醒一般，腳的麻痺頓然消除。我立刻跳到左邊，在黑暗中伏下身探尋對方的動靜。全身的血管擴張，收縮。全身的肌肉和細胞渴求著新的氧氣。右肩有一股鈍重的麻痺般的感覺。但還沒痛。疼痛來臨是在那很久之後。我沒有動。對方也沒動。黑暗中我們彼此屏著氣息相對著。什麼也看不見，什麼也聽不見。

刀子沒有任何前兆地再一次揮來。那像飛上來的黃蜂般，迅速在我臉前掠過。銳利的刀尖從我右側臉頰擦過。正好在黑斑那一帶。有皮膚破裂的感觸。但大概不是很深的傷。對方也沒看到我的身影。如果看見的話應該老早就把我制住了。我揣摩出刀子過來的地方，在黑暗中使勁揮出球棒。但球棒沒有捉住什麼。只發出咻一聲切過空中而已。但那令人舒服的凌空揮棒聲音，讓我心情稍微放鬆一點。我們還在對峙中。我被刀子劃到兩個地方。但不是致命傷。雙方都看不見對方的身影。他拿著刀，我有球棒。

又開始盲目的互相探索。我們愼重地守候對方的出動。屏著氣息瞪著黑暗等對方動作。我發現血匯成一條快速流落我的臉頰。但我已經奇怪地不覺得恐怖了。**那只不過是一把刀子**，我想。**那只不過是受傷而已**。我靜靜等候。等候刀子再一次刺出我面前。我可以一直繼續等下去。我不發出聲音地吸氣、吐氣。喂，動吧！我想。我在這裏安靜不動。想刺的話就刺啊。我不怕。

刀子不知從哪裏飛來。把我毛衣領口強勁地割開。我喉嚨感到那刀尖的動向。但那還留下僅有的分毫空間，沒有傷到我的身體。我一扭身往橫向飛退，還來不及站穩姿勢便往空中揮棒。球棒可能打中對方的鎖骨一帶。

不是致命的地方。也不是能致骨折的強烈打擊。但似乎令對方疼痛的樣子。可以淸楚感覺到對方畏怯的反應。也聽得見呵一下大聲吸氣的聲音。我稍微舉起球棒擺好姿勢，然後再揮一次棒打中對方的身體。同樣的方向只是角度稍微調高，往聽得見氣息的那一帶。

完美的揮棒。球棒打中對方的頭一帶，聽得見類似骨頭破碎的討厭聲音。第三次揮棒命中頭，把對方彈了出去。男人發出奇怪的短促聲音，猛然倒在地上。他躺在那裏喉嚨稍微鳴響著，終於那也靜止了。我閉上眼睛，什麼也沒想，往那聲音一帶加上致命的一擊。我不想這樣做。但不能不這樣做。既不因爲憎恨也不因爲恐怖，而是以該做的事不得不做。在黑暗中有什麼像水果般啪咯地裂開了。簡直像西瓜一樣。我雙手握緊球棒，往前舉起，就那樣靜靜站定在那裏。一留神時我的身體正止不住地顫抖著。我無法停止那微細的顫抖。然後我往後退了一步，準備從口袋裏拿出手電筒來。

「不可以看。」有人大聲制止我。久美子的聲音從後面的房間這樣叫著。雖然如此，我左手還是握著手電筒。我想知道那個是什麼。在這黑暗中心的東西的身形，我現在在這裏打倒的東西的身形，我想用自己的眼睛看看。我意識的一部分理解久美子命令的事。那是我不可以看的東西。但另一方面，我的左手卻擅自動了起來。

「拜託，請你停下！」她再一次大聲叫著。「如果你想帶我回去的話，就不要看！」

我用力咬緊牙齒，好像推開沈重的窗戶似地，把積在肺裏深處的空氣靜靜吐出來。身體的顫抖還停不下來。周圍飄散著討厭的臭味。那是腦漿的臭味，是暴力的臭味，是死的臭味。這些全都是我製造出來的東西。我像倒下去般坐進就近的沙發上，一時胃裏翻騰著，和噁心想吐交戰。但噁心勝利了。我胃中所有的東西一古腦全湧上來吐出在腳邊的地毯上。吐不出東西之後，我吐了少許胃液。胃液也沒了之後吐空氣，吐唾液。吐著的途中，我把球棒丟落地上。球棒發出聲音滾到黑暗中的什麼地方。

胃的痙攣總算止住之後，我拿出手帕想擦嘴邊。但手不能動。也不能從沙發上站起來。「回家吧。」我往後方的黑暗深處說。「這下子已經結束了。一起回家吧。」

她沒有回答。

那裏已經沒有任何人了。我沈進沙發裏，靜靜閉上眼睛。

力量從我的手指、肩膀、脖子、腳，一一消失而去。和那同時傷口的痛也消失了。肉體的重量和質感無止境地無限量地繼續喪失著。但我並不因此而感到不安或恐怖。我沒有異議，讓身體任憑攤在那溫暖巨大而柔軟的東西裏，讓肉體完全解放。那是自然的事。當我一留神時，已經通過那果凍般的牆了。我只是任由身體隨著那和緩地流飄著。**再也不會回到這裏來了吧**，我一面通過那裏一面想。一切都結束了。**但久美子到底從那房間到什麼地方去了呢？**我必須把她從那裏帶回來才行。我因此而殺了他。對，我因此而不得不把他的頭像西瓜一樣用球棒打裂，我因此……但我什麼都不能再多想了。我的意識終於被吸進深深的虛無中了。

一留神時，我依然坐在黑暗底下，像每次那樣背貼著牆壁。我回到井底來了。

但那不是和每次一樣的井底。那裏有我所不記得有過的**什麼新東西**。我集中意識，努力掌握狀況。是什麼不一樣呢？但我肉體的感覺大多依然麻痺著，身體周圍所有的各種東西，還不完全地零零散散，無法感覺。只覺得自己好像爲某種錯誤而被裝進不對的容器裏似的。雖然如此，花了些時間後我總算可以理解了。

我周圍有水。

那已經不是乾涸的井了。我正坐在水裏。爲了鎮定情緒我深呼吸了幾次。這是怎麼回事，**水在湧出來**。水不冷。感覺上甚至不如說是溫暖的。簡直像泡在溫水游泳池裏一樣。然後忽然想起來摸摸長褲口袋。我想知道裏面是不是有手電筒。我是不是還帶著那個世界的手電筒回到這裏來呢？**在那邊發生的事是不是和這邊的現實互相聯繫著呢？**但手不能動。連手指都不能動。手腳的力氣完全喪失了。也不能站起來。

我冷靜地轉動頭腦。首先第一水還只深到我的臀部一帶。所以暫時還不必擔心溺死。雖然現在身體還不能動，但那大概是因爲我把力氣用盡了正虛弱吧。花一點時間休息，應該可以讓力氣恢復過來的。刀傷似乎也不是那麼深，至少身體麻痺了相對的也就不會感覺疼痛了。從臉頰流出來的血似乎已經硬化停止了。

我把頭靠在牆上，告訴自己。**沒問題，什麼都不用擔心**。大概一切都結束了。接下來只要在這裏讓身體休息一下，然後回到原來的世界去，回到滿溢著光的地上世界去就好了……**但爲什麼這裏會突然湧出水來呢？**井長久以來已經乾涸了、死掉了。而現在，井竟然唐突地復原了、取回生命了。那跟我在那裏所做的事有關係嗎？大概是這樣吧。塞住水脈的栓子之類的東西，因爲某種拍擊而鬆開了也不一定。

但稍微過一會兒之後，我想到一件不祥的事實。剛開始我盡量拚命不去接受這個事實。我爲了否定這個而試著在腦子裏排列出各種可能性，努力想成這是因爲黑暗和疲憊所帶來的錯覺，但最後卻不得不承認這是事實。不管怎麼巧妙地自圓其說，事實依然沒有消除。

水正在增漲。

那剛才只到臀部。但現在水已經達到我蹲坐彎曲的膝蓋下了。水位正緩慢，卻確實地升高著。我再一次試著讓身體動起來，集中精神拚命地擠出力氣，但都沒有用，只有脖子能稍微彎曲而已。我抬起頭仰望上方，井蓋依然緊緊地關閉著。想看左手腕上戴著的手錶，但辦不到。

水不知道從什麼地方的縫隙間湧出來。而且那速度似乎逐漸增加。最初感覺只是安靜滲出的程度，但現在卻已經變成快速地湧出了。仔細聽時甚至可以聽見那聲音。那已經到達我胸部一帶。水到底要深到什麼程度呢？

「你最好要注意水。」本田先生對我說過。我在那時候和那之後，都沒有去留意那種預言。雖然沒有忘記那話（那話的聲響太奇怪了而難以忘記），但也沒有因此而認眞去理會。本田先生對我和久美子來說，只是「無害的挿曲」而已。有什麼事情時，我常常會對久美子開玩笑地提到那句話。「你最好要注意水」，然後我們就笑了。我們還年輕，不需要什麼預言。活下去本身就像預言行爲一樣。但結果卻像本田先生所說的那樣。眞想大聲笑出來。出水了，我糟糕了。

我想到笠原 May。我想像她走過來爲我打開井蓋的情形。非常眞實地。非常清楚地。就像我可以走進那裏面去那麼眞實而清楚。即使身體不能動，還是能夠想像。除此之外我還能做什麼呢？

「嗨，發條鳥先生。」笠原 May 說。她的聲音在井裏滿滿地回響著。我雖然不知道，但漲滿水的井比沒有水的井回音更深。「你在那裏到底在做什麼？還在想事情嗎？」

「沒有特別做什麼啊。」我朝上面說。「說來話長，我身體不能動，而且水冒出來了。這裏已經不是從前那個乾涸的枯井了。我說不定會溺死呢。」

「可憐的發條鳥先生。」笠原 May 說。「你把自己都掏空了，拚命想要救失去的久美子。而且你也許眞的救了久美子。對嗎？而且你在那過程中救了很多人。但你卻救不了你自己。而且別人也救不了你。你因爲救別的一些人而把力氣和命運都耗盡了噢。那種子一粒也沒剩了，已經都播到別的地方去了。袋子裏已經什麼都不剩了。沒有比這更不公平的事了對嗎？我打心底同情發條鳥先生噢，我沒說謊。但那終究是你自己選擇的噢。嘿，我說的話你明白嗎？」

「我想我明白。」我說。

我忽然感到右肩口鈍鈍地疼。那是眞的發生過的事囉，我想。那刀子是以現實的刀子現實地刺傷我了。

「嘿，你怕死嗎？」笠原 May 問。

「當然。」我回答。我自己的耳朵都可以聽見那聲音的回音。那既是我的聲音又不是我的聲音。「一想到要像這樣在黑漆漆的井底漸漸死掉，當然可怕。」

「再見，可憐的發條鳥先生。」笠原 May 說。「很抱歉，但我什麼忙都幫不上。因爲我在非常遠的地方。」

「再見，笠原 May。」我說。「妳穿游泳衣很漂亮噢。」

笠原 May 以非常安靜的聲音說「再見，可憐的發條鳥先生。」

而井蓋依然和原來一樣地緊緊閉著。印象消失了。但在那之後什麼也沒發生。那印象沒有任何聯繫。我朝著井口大聲吼叫。**笠原 May。在重要關頭妳到底在什麼地方做什麼啊？**

水面已經高漲到喉頭了。水面像絞首刑的繩子般繞著我的脖子周圍一圈。我開始感覺到預感性的窒息感。心臟在水中，拚命地刻著剩餘的時間。水照這樣子繼續增加的話，再五分鐘左右水就會塞住我的嘴和鼻子，終於浸滿兩邊的肺不會錯。那樣一來我已經沒有勝算了。結果，我就這樣喚醒了井，卻在那覺醒中死去。**不是太**

壞的死法，我試著這樣說給自己聽。世上還有很多更慘的死法。

我閉上眼睛，盡可能安靜而平穩地接受正逐漸迫近的死亡。努力不要再畏怯害怕。至少我應該已經留下了幾件東西。那是微小的好消息。好消息總是被用小聲說的。我想起這句話來很想微笑。但不能順利做到。「不過死終究還是可怕的。」我小聲地自言自語。那終於變成我最後的語言。並不是多麼印象深刻的語言。但事到如今也不能改變了。水已經越過我的嘴巴，然後到達我的鼻子。我停止呼吸。我的肺拚著命想要吸進新的空氣。但那裏已經沒有空氣了。有的只是溫溫的水而已。

我準備一死。就像活在這個世界上其他所有的人一樣。

38

鴨子人們的事、影和淚
（笠原May的觀點7）

你好，發條鳥先生。

到底這封信能不能眞的寄到發條鳥先生的地方呢？

老實說，到目前爲止所寄出的許多信是不是已經寄到發條鳥先生那裏了，我眞的不太有自信。我所寫的收信人住址是相當隨便的「大概的東西」，寄件人住址也完全沒有寫。因此我的信也許被放在郵局「地址不詳的迷途信」架子上，就那樣在沒被任何人過目下，積滿灰塵地被堆在那裏吧。不過沒送到就沒送到吧，我過去想這樣也罷。換句話說，我只是想這樣子給發條鳥先生專心寫信，藉這樣把自己的想法化爲文字。只要想到以發條鳥先生爲對象，我就可以相當流暢地不停寫出文章來。不知道爲什麼。對呀……爲什麼噢？

不過這一封卻希望能順利寄到發條鳥先生手上。我祈禱能寄到。

非常突然，不過我想先寫一點有關鴨子人們的事。

前面好像已經說過，我工作的工廠基地非常廣大，裏面也有森林和水池。是個非常適合沒事散散步的地方。

水池相當大，裏面還住著水鴨子。數目全部大概有十二隻左右。那些鴨子人們是以什麼樣的家庭組成的，這個我就不知道了。不過也許有各種「我和那個傢伙感情很好」或者不好之類的，內部也許有各種情況也不一定，不過倒是還沒看見過他們吵架的樣子。

因爲已經十二月了，因此池面差不多也開始在結冰了，只是冰還不是很厚，寒冷的時候，仍然留有水鴨子可以稍微游泳的水面。如果變得更寒冷結成結實的冰之後，我們同一個宿舍的女孩子們說要到這裏來溜冰。那麼鴨子人們（這種表現法好像有點奇怪，不過我總是不知不覺就習慣這樣叫了）就不得不到別的地方去了。因爲我一點也不喜歡溜冰，所以心中暗自希望但願不要結什麼冰就好了，不過好像也不能這樣。因爲畢竟這裏是非常寒冷的土地，只要還住在這裏，鴨子人們也不能不覺悟到這種事情。

我這一陣子每到週末就會到這裏來，看鴨子人們消磨時間。看著這些人們時，兩小時、三小時都一轉眼就過去。我穿戴著緊身衣、帽子、圍巾、長統靴、附有毛皮的大衣、像獵白熊的獵人一樣全副「武裝」地來到，坐在石頭上一個人花好幾個鐘頭，只是呆呆看著那些鴨子人們的樣子。有時候也把放久的麵包餵他們。像這樣多管閒事閒得無聊的人，在這裏除了我之外當然沒有別人。

不過也許發條鳥先生不知道，所謂水鴨子是非常愉快的人們喏。一直注意看著一點都不會膩喲。爲什麼其他的人都對這些水鴨子沒什麼興趣，而要特地跑到老遠去花錢看什麼無聊電影呢？我實在眞不懂。就拿這些「人」們啪噠啪噠地飛到空中然後在冰上著地時，偶然腳會嗞——地打滑摔一跤，簡直像電視上的笑鬧節目一樣。我看著那樣子就會一個人咯咯咯地笑起來。當然鴨子的「人」們並不是爲了讓我笑而故意耍寶的。他們是很認眞拚命生活的，但卻偶然會滑一跤。這種事情好帥喲。

這裏的鴨子「人」們，長有像小學生的長統膠鞋一樣的橘紅色、扁平可愛的腳，而這好像沒有長成可以在冰上走路的樣子，我看他們全都經常滑倒呢。有時也會一屁股跌坐在冰上。一定是沒有止滑裝置吧。所以冬天對鴨子人們來說，似乎也不是多輕鬆愉快的季節。鴨子人們對冰這東西心裏到底怎麼想的，我不太淸楚。但或許其實並不覺得那麼壞也不一定。一直瞪著仔細看時總覺得有這種感覺。「又是冰啊，眞沒法子！」，一面這樣嘀嘀咕咕，一面似乎還滿樂在其中地過著冬的樣子。我很喜歡這樣的鴨子人們。

水池在樹林裏，離遠任何地方。除了相當溫暖的日子之外，這種季節也沒有人會特地到這裏來散步（當然除了這個我之外）。樹林裏還留下不久前下過的雪變成的冰，一走起來靴子下便發出啪哩啪哩的聲音。也可以偶爾在幾個地方看到鳥。於是把大衣領子立起來，把圍巾一圈圈地圍在脖子上，呵呵地往空中吐著白氣，口袋裏放著麵包，一面想著鴨子人們的種種事，一面走在林間的小路時，我覺得心情變得非常溫暖幸福。這麼說來我甚至深深感覺這種幸福的心情已經好久沒有經驗到了呢。

鴨子人們的事就暫且到這裏打住。

說實話，一小時左右前我夢見發條鳥先生，因而醒來。於是才面對書桌這樣寫著信。現在的時刻是……（我看了一下時鐘）上午二時十八分。我每次都十點前上牀，「各位，鴨子人們，晚安。」就沈沈睡著，而剛才卻吃了一驚醒過來。那是不是夢呢？我有一點不淸楚。因爲完全記不得夢的內容。或許完全沒有做什麼夢也不一定。但就算那不是夢也好，我耳邊卻淸楚地聽見發條鳥先生的聲音。發條鳥先生大聲地叫了我幾次。所以我忽然驚醒跳了起來。

醒過來時，房間裏並不是黑漆漆的。月光從窗外明亮地照進來。看得見非常大的月亮像銀色不鏽鋼盤子般孤伶伶地浮在山丘上。好像手一伸出去就可以在上面寫字那麼大的月亮。而且從窗外射進來的那月光，簡直像水窪一樣白白地積在地上。我從牀上坐起來，拚命思考到底發生了什麼。爲什麼發條鳥先生會用那麼淸淸楚楚的聲音，喊著我的名字呢？我的心一直不停地怦怦跳。如果我在自己家的話，就是在這種半夜裏也會啪一下穿起衣服，衝出後巷立刻跑到發條鳥先生家去的。但我現在卻在離那邊大概有五萬公里之遠的山中，不管怎麼想跑過去，也是辦不到的事。對嗎？

於是我做了什麼呢？

我脫光衣服。啊？爲什麼要脫光衣服呢？請不要問。因爲我也不太知道爲什麼。所以請你默默繼續聽吧。總之我把衣服很快地全部脫得光光的，下了牀。並且在白色月光下跪在地上。房間裏暖氣已經熄了，應該很冷的，但我完全不覺得冷。窗外照進來的月光中好像含有什麼特別的東西，像一層薄薄的膠膜般把我的身體完全吻合地包裹住保護著一樣，有這種感覺。我有一會兒之間，就那樣赤裸地呆在那裏，然後，試著讓自己身體的各個部分順序暴露在月光中。怎麼說呢，極自然地順其自然地那樣做。因爲月光眞的是難以相信的美麗呀，不能不試著那樣做。頭、肩膀、手臂、乳房、肚臍、腿，然後臀部，還有那裏，簡直像在洗身體一樣地，一一安靜地讓月光照看看喏。

如果有人從外面看見的話，那一定是非常非常奇怪的事吧。看起來也許像個因爲月光而使頭腦的箍環鬆掉的滿月變態者一樣吧。不過當然沒有任何人看見。不，說不定那個騎機車的男孩子在什麼地方看著也不一定。不過那也沒關係。那個男孩子已經死掉了，如果他想看的話，假如這樣的東西也可以的話，我倒覺得很樂意讓他看呢。

不過總而言之，那時候誰都沒看見我的身影。只有我一個人這樣在月光中。而且有時閉上眼睛，我就想起應該正在水池附近睡著的鴨子人們的事。並想到白天裏鴨子人們和我共同製造的那溫暖幸福的感覺。也就是說，鴨子人們對我來說就像是重要的符咒或護身符一樣的東西。

我從那之後很長一段時間，一直安靜地曲膝跪坐著。完全赤裸裸的，在月光中一個人孤伶伶地跪坐著。月光將我的身體染成不可思議的顏色，我身體的影子投在地板上，清晰地黑黑地拉長到牆壁的地方。那看起來並不像是我身體的影子。那看起來像是別的女人的身體。像別的，更成熟的女人的身體。那身體不像我這樣的處女，不像我這樣粗粗硬硬的，那顯得更豐滿，乳房和乳頭也更大。不過那怎麼說都是我所形成的我的影子。只是拉長了，變形了而已。我一動，那影子也同樣地動。我一時之間把身體做多種各樣的動作，我想更仔細地盯著察看那影子和我的關係。爲什麼顯得那麼不同呢？但我不太明白那理由。越看越覺得，還是很怪。

而且發條鳥先生，從那之後就是有一點難說明的地方了。我也沒有自信是不是能適當說明。

不過總之說快一點就是，我那時候突然哭出來了。如果是電影劇本的話，就是「笠原May，在這裏沒有任何預兆，就用雙手掩著臉，放聲激烈地痛哭起來」那種感覺。但是請不要太驚訝。我過去一直隱瞞著，不過我其實是很愛哭的。有一點什麼就會立刻哭起來。那是我祕密的弱點。所以沒有什麼特別原因就哇一聲哭起來本身，對我來說並不太奇怪。我每次適當地哭一下，然後想到「差不多可以了」就會停下來。雖然會立刻哭起來，但相對的也可以立刻停下來噢。就像民謠「哭過就笑的烏鴉」那樣。不過那時候，我卻沒能適當打住，停止哭泣。簡直就像扭開水龍頭一樣，怎麼也停不下來。因爲不知道大體上哭出來的原因是什麼，所以也不知道停止的方法。就像從大傷口流出血一樣，沒辦法處理，於是眼淚便不斷地接著流出來。我難以相信地嘩啦嘩啦流了大量的眼淚。這樣下去恐怕身體的水分都要流失光，變成乾巴巴的木乃伊吧，我甚至這樣認眞地擔心起來。

眼淚繼續不斷地發出，聲音滴落在白色的月光水窪中，好像原來就是光的一部分般咻地被吸進那裏面去。眼淚滴落時在空中浴著月光，像結晶般美麗地閃閃發光。而且忽然一看時，我的影子也在流著淚。連眼淚的影子都看得一淸二楚。發條鳥先生有沒有看過眼淚的影子？眼淚的影子和普通一般到處可見的影子不一樣，完全不一樣。那好像是從什麼別的遙遠世界，爲了我們的心而特地來到的東西。不，或者影子所流的眼淚是眞的東西，我們所流的眼淚只是影子而已也不一定，我那時這樣想。嘿，發條鳥先生，我想你一定不明白。十七歲的女孩子半夜裏赤裸裸地，在月光下潸潸流淚時，就算任何事情都有可能發生。眞的這樣噢。

那是大約一小時前在這個房間裏發生的事。然後我就這樣坐在書桌前，用鉛筆給發條鳥先生寫信。(當然現在已經好好穿上衣服了)。

再見，發條鳥先生。我不太會講，不過我和樹林裏的鴨子人們一起，祝福你能溫暖幸福。如果有什麼事的話，請不要客氣再大聲喊我吧。

晚安。

39

兩種不同的新聞，消失無蹤的東西

「是西那蒙把你送到這裏來的噢。」納姿梅格說。

我清醒過來時，首先第一個湧上來的是各式各樣歪曲形狀的疼痛。刀傷的痛、全身關節、筋骨、肌肉的痛。大概在黑暗中奔跑逃走時，身體使勁撞上各種地方吧。但那些痛還不是正當形狀的痛。雖然相當接近痛，但不能算是正確的痛。

其次我發現自己穿著沒看慣的深藍色新睡衣，躺在「宅院」的假縫室沙發上。我的身體蓋著毛毯。窗簾是拉開的，明亮的晨光從窗戶照進來。我推測是十點左右吧。那裏有新鮮的空氣，有往前進著的時間。但我不太能理解這些的存在原因。

「西那蒙把你帶到這裏來。」納姿梅格再重複說。「傷不很嚴重。肩膀的傷雖然不淺，但幸而避開血管，臉上的傷只是擦傷。爲了不留下傷痕，西那蒙用手頭有的針線爲你各個傷口縫合了。他這方面很靈巧噢。過幾天可以自己把線抽掉，或到醫院去讓人家拆線就行了。」

我想說什麼，但舌頭糾結在一起不太能出聲。我吸進一口氣，然後只能吐出礙耳的聲音而已。

「最好先別移動身體或說話。」納姿梅格說。她在旁邊的椅子上蹺腿坐著。「西那蒙說你在井裏時間太長。正是非常危險的時候。不過你不要問我各種事情。老實說我也什麼都不知道。只是半夜聯絡我，我叫了計程車，什麼也沒帶就立刻趕到這裏來。在那之前發生了什麼，詳細情形我也不知道。總之你穿的衣服全濕透，而且血淋淋的，所以全部都丟掉了。」

納姿梅格好像眞的是急忙趕來的，穿著比平常簡樸的服裝。奶油色喀什米爾毛衣，條紋男裝襯衫，和橄欖綠的毛裙子。沒有佩戴飾品，頭髮簡單地綁在後面，而且臉色有些睏倦。雖然如此，她依然看來像是廣告畫冊中的相片一樣。納姿梅格嘴上含著煙，像平常一樣用發出淸脆悅耳聲音的金色打火機點火。並瞇細眼睛，吸進香煙。我眞的沒有死，聽見那打火機的聲音時我重新這樣想。也許是在千鈞一髮的危急關頭被西那蒙從井底救出來的吧。

「西那蒙知道很多事情噢。」納姿梅格說。「而且這孩子，和你和我都不一樣，經常是很小心謹愼地思考事情的各種可能性活著的。不過這次似乎連他都沒有想到那口井竟然會像這樣突然湧出水來。那是不含在他思考可能性中的事。而且正因爲這樣，你差一點就送掉一條命了。這孩子也眞是慌了手腳，這是從來沒有過的事。」

她稍稍微笑一下。

「這孩子一定是很喜歡你喲。」納姿梅格說。

不過除此之外我就沒辦法再聽見她的話語了。眼球深處疼痛，眼瞼變成沈重極了。我閉上眼睛，像電梯下降一般，就那樣沈進黑暗中去了。

我的身體是在那之後又過了兩整天才恢復過來。在那之間納姿梅格陪在我身邊照顧我。我既無法一個人站起來，也沒辦法說話。什麼都沒吃。只偶爾喝些橘子汁，吃一點她為我切成薄片的罐頭桃子而已。她到晚上就回家去，早晨又再來。因為反正夜裏我也是昏昏沈睡而已。不只是夜裏，連一天的大半時間我都是昏睡著度過的。似乎沒有比睡眠對我的復元更需要了。

在那之間西那蒙一次也沒在我前面露面。不知道為什麼，但我覺得他似乎有意避免和我碰面。我聽得見他的車子進出大門的聲音 Porsche 獨特的波波波沈悶的引擎聲從窗外小聲地傳進來。他好像已經不開那部賓士車，而用自己的車子接送納姿梅格，送衣服、食品來的樣子。但西那蒙卻絕不進屋裏來。他只送納姿梅格到門口把東西交給她，就那樣回去了。

「這宅院不久就要處理掉了。」納姿梅格對我說。「她們還是由我來照顧。沒辦法。那件事我大概只好一直做到自己完全變成空殼子為止，繼續一個人做下去。那大概像是我的命運一樣吧。而且我想以後你大概也不會再跟我們有什麼關係了。這件事結束後，你身體康復，最好趕快把我們忘記。因為……對了，我忘了告訴你一件事。關於你哥哥。也就是你太太的哥哥。綿谷昇先生。」

納姿梅格從別的房間拿報紙過來放在桌上。「剛才西那蒙送了這份報紙過來。寫說你哥哥昨天夜裏昏倒，被送到長崎的醫院，然後一直意識不明。能不能復元還不清楚。」

長崎？我幾乎無法理解她說的話。我想說什麼。但話還是說不出口。綿谷昇倒下的地方應該是在赤坂。為什麼會是長崎呢？

「綿谷昇先生在長崎對眾多的人演講，然後跟關係者吃著飯的時候，突然崩潰般地倒下，就那樣被送到附近的醫院。是一種腦溢血。據說腦血管本來就有什麼問題。根據新聞報導，至少目前應該是不可能再起來了。即使意識能夠恢復，也可能無法順利說話。這樣一來，恐怕很難再做個政治家。年紀還輕眞令人惋惜。報紙我放在這裏，等你復元以後再自己看好了噢。」

那事實要當做事實來接受，我花了些時間。因爲在那飯店門廳所看到的電視新聞的映像實在太鮮明地烙印在我的意識裏了。赤坂綿谷昇事務所的光景、許多警察的身影、醫院的大門、播報員緊張的聲音。……但是逐漸地，我對自己說明，說給自己聽。那個**只不過是那個世界的新聞而已**。我並不是在現實上的這個世界裏用球棒毆打了綿谷昇，所以我也不會因爲那件事而現實上被警察調查，或被逮捕。他是在大家面前因爲腦溢血而倒下的，其中完全沒有犯罪的可能性。而我知道這件事後，總算能夠打心裏鬆一口氣。因爲電視播報員所描述的毆打犯人長相和我酷似，我要證明無辜又缺乏不在場證明。

我在那裏所毆打的東西，和綿谷昇的昏倒之間，一定有什麼相互關係才對。我把他內在的什麼，或者和他強烈聯繫著的什麼在那裏扎實地扼殺了。綿谷昇也許事先有了預感，而繼續做著惡夢。但我所做的事並沒有奪走綿谷昇的命。綿谷昇總算在最後關頭最後一步留住了性命。我其實**必須斷送那個男人的命根才行的**。那麼久美子又怎麼樣了呢？只要綿谷昇還活著，她是不是就沒辦法脫出那裏呢？從那潛意識的黑暗中，綿谷昇還在繼續咒縛著久美子嗎？

我只能想到這裏。意識又逐漸慢慢地變淡，我閉上眼睛睡覺。然後夢見許多切成零細片段的神經質的夢。在夢中加納克里特胸前抱著嬰兒。嬰兒的臉看不見。加納克里特頭髮短短的，沒有化粧。她對我說這孩子名字叫做科西嘉，父親一半是我，另一半是間宮中尉。還說她其實沒有到克里特島去而留在日本，生了孩子在養育孩子。自己在不久前才好不容易找到新的名字，現在正在廣島山中和間宮中尉一起，一面種菜一面過著和平安靜的生活。我聽了之後並沒有特別驚訝。因爲那至少在那夢中，正是我暗中預料到的事。

「加納馬爾他後來怎麼樣了？」我問她。

加納克里特對這沒有回答。只露出哀傷的表情。於是她就消失無蹤了。

第三天早晨，我總算可以靠自己的力量起來了。雖然走路還很困難，但至少可以說話了。納姿梅格爲我熬了稀飯。我吃那稀飯，吃了一點水果。

「貓怎麼樣了？」我問她。那一直是我擔心的事。

「西那蒙好好地照顧著貓，所以沒問題喲。他每天到你家去餵貓食，換水。你什麼都不用擔心，只要擔心自己就好了。」

「這棟宅院打算什麼時候處理呢？」

「有機會就盡快。對了，大概是下個月吧。我想有些錢可以回到你手上。因爲可能以比買價還低的價格處理掉，所以不是很大的金額，不過會依你到目前爲止所付貸款的比例分配，你暫時可以用那個生活吧。所以錢的事你也不必太擔心。你在這裏也滿努力工作，當然應該得到些回報。」

「這房子要拆掉嗎？」

「大概吧。房子拆掉，井也埋起來。好不容易才出水的，雖然覺得可惜，但現在這種時代已經沒有人想要舊式的井了啊。大家都在地面埋進管子，用馬達抽水。那樣又方便，又不佔地方。」

「這塊地應該不會再有什麼問題，會恢復成沒有什麼的普通地方。」我說。「這裏已經不是上弔屋了。」

「也許吧。」納姿梅格說。停了一會兒後輕咬著嘴唇。「不過那已經跟你跟我都沒關係了。對嗎？總之你暫時什麼都不用多想。在這裏好好休息吧。我想你還需要一些時間才能眞正復元。」

她把帶來的日報所刊登有關綿谷昇的報導給我看。是一篇小報導。綿谷昇在意識依然不明之下，被由長崎移到東京的醫大病院，正在那裏的集中治療室接受看護。病況並沒有變化。除此之外沒有說到什麼細節。那時候我想到的依然是久美子。久美子到底在什麼地方？我必須回家。但我還沒有恢復足夠的力氣可以走到家。

次日中午以前我走到洗手間，三天以來第一次站在鏡子前面看看。我的臉色眞的很難看。與其說是活著的疲倦的人，不如說是程度還好的死骸更接近。臉頰上的傷正如納姿梅格說的那樣，已經靈巧地被縫合起來了。白色的線將肉的裂痕適當地結合起來。長度大約二公分左右，但不是很深的傷。想做表情時臉頰還有些拉扯的感覺，但已經幾乎不再痛了。總之我刷了牙，用電刮鬍刀刮鬍子。我還沒有用普通剃刀的自信。然後我忽然一留神，並把電刮鬍刀放下，再一次注意凝視鏡中自己的臉。斑消失了。那個男人割破我右側臉頰。正好在有黑斑的地方。傷痕確實留在那裏，但斑卻沒有了，從我臉上不留痕跡地消失而去了。

第五天夜裏，我又聽見輕微的雪橇鈴聲。時刻是兩點過一點的時候。我從沙發上起身，在睡衣上披一件毛衣走出假縫室。並穿過廚房走到西那蒙的小房間去看看。我輕輕打開門往裏面探視。西那蒙在那裏又從畫面深處呼叫著我。我坐在書桌前，讀著浮在電腦畫面上的訊息。

你現在正在操作程式「發條鳥年代記」。

請從1至17的文書中選擇一個號碼。

我打進17的數字，按一下滑鼠。畫面打開，上面排出文章。

40

發條鳥年代記＃17
（久美子的信）

我從現在開始必須告訴你很多事情。不過要全部說完恐怕很花時間。也許要花幾年也不一定。我從更早以前，就應該全部向你坦白說出來才對的，但是很遺憾，我沒有那樣的勇氣。而且暗中不確定地期待著，也許事情不會變得那麼糟糕。而結果卻帶給我們這樣的惡夢。這一切都是我的責任。但不管怎麼說明都已經太遲了。而且也沒有那麼多時間。所以現在我在這裏，只想把最重要的事先對你說。

那就是我不得不必須把我哥哥綿谷昇殺死。

我現在要到他睡著的醫院去，打算把維持他生命裝置的電源線拔掉。我身爲他的親妹妹，夜晚可以代替護士陪在他身邊。我拔掉電源，暫時也沒有人會留意到。我昨天從主治醫師那裏聽說了那裝置的大概原理和結構，我會目送我哥哥死去，然後立刻到警察局去出面自首，說我故意讓哥哥致死。更詳細的事什麼都不說明。我大概會對他們說我只是做了自己認爲正確的事而已。我大概會當場被以殺人罪逮捕，然後送到法院裁判吧。媒體會湧來，各種人會說各種話。也許會提到尊嚴死如何如何之類的。但我可能會什麼也不說地只是閉嘴無言。我打算不做說明或辯護。我只是單純地想了斷綿谷昇這樣一個人的命根而已。那是唯一的眞實。我可能會進監獄服刑。但那種事我一點也不害怕。因為我再怎麼說都已經度過最惡劣的部分了。

如果沒有你的話，我可能在更早以前就瘋掉了。我可能已經完全放棄自己變成另外一個人，淪落到再也回不來的地步了。哥哥綿谷昇以前對我姊姊也做過同樣的事，而且姊姊自殺了。他污辱了我們。正確地說並不是肉體上污辱了。但他比那更嚴重地污辱了我們。

我做任何事的自由都被剝奪了，只是一個人躲在黑暗的房間裏。並不是腳被鎖鍊繫住，也不是有人看守著，但我卻逃不出那個地方。哥哥用更強有力的鎖和看守人把我繫在那裏。那就是我自己。我自己就是繫住我的腳的鎖鍊，不眠不休的嚴格看守人。我內在當然也有希望從那裏逃出去的我存在。但和那同時，也有另一個認為沒有可能逃得出去的放棄希望膽小而自我墮落的我存在。而且想逃出去的我，無論如何也無法克服另一個我。想逃出去的我之所以沒有力量，是因為我的心和肉體已經被玷污了。我已經沒有逃出去再回你身邊的資格了。我不只是被哥哥綿谷昇污辱了而已。我在那之前，自己已經把自己污辱到無法挽回的地步了。

我在上次給你的信中寫過和某個男人睡過。但那信的內容並不是眞實的。我在這裏必須告白眞正的事實。我所睡的對象並不是一個人，我和許多別的男人睡過。多到數不清的地步。到底是什麼使我這樣的？我自己也不瞭解。現在想起來，那或許是哥哥的影響力也不一定。他把我內在的類似某個抽屜的東西擅自打開了，從那裏擅自拉出莫名其妙的什麼東西來，讓我和其他男人無止境地相交吧。哥哥有這種力量，而且我雖然不願意承認，但我們兩人可能在某個黑暗的地方互相聯繫著。

不管怎麼樣，哥哥到我這裏來的時候，我已經把自己污辱得無法挽回了。我最後甚至得到性病。但我在那樣的日子裏，正如我在信中也寫過的那樣，無論怎麼樣都無法感覺對你做了壞事。我覺得那對我是極當然的事似的。我想那可能不是眞正的我吧。我只能這樣想。但終究那是眞的嗎？事情有那麼簡單嗎？那麼眞正的我到底是那一個我呢？現在正在寫這封信的這個我就是「眞正的我」，有這樣想的正當根據嗎？我對所謂自己已經不太有自信了，現在也還沒有。

我經常夢見你、那是非常清晰前後連貫的夢。夢中你經常在拚命尋找著我的下落。在像迷魂陣般的地方，你來到極接近我的旁邊。只差一點了，在這邊哪，我想大聲喊叫。而且我想只要你能發現我，緊緊擁抱我的話，惡夢一定就會結束，一切又恢復以前的樣子。但我無論如何都發不出聲音。而你總是在黑暗中看不見我的身影，就那樣通過，不知消失到什麼地方去了，每次一定都是這樣的夢。不過那夢對我是很大的幫助和鼓勵，至少我還有力氣做夢啊。那是哥哥也阻止不了的事。總之我感覺到你正盡全力來到接近我身邊了。我想總有一天你可能會在那裏找到我。並可能緊緊擁抱我，拂落我的汚泥，把我從這裏永久救出來。也許可以打破咒縛，把眞正的我封印起來，讓我不會遠離到什麼地方去。所以我才能夠在沒有出口的冰冷黑暗中，幾度繼續勉強燃起希望的微弱光焰。我才能夠繼續勉強保持自己微弱的聲音。

我在今天下午收到操作這電腦的祕密暗語。有人用快遞爲我送這個來。我用那祕密暗語，從哥哥事務所的電腦送出這訊息。但願能順利送到你的地方。

我已經沒有時間了。計程車在外面等著。我現在就必須去醫院了。我要在那裏殺了哥哥，而且不能不接受處罰。眞是不可思議，但我已經不恨哥哥了。現在的我只平靜地感覺到我不得不把這個人的生命從這個世界消除而已。我想爲了他自己好也不得不這樣做。那是我，爲了讓我的生命有意義，也無論如何不能不做的。

請好好珍惜貓。我眞的非常高興貓回來了。名字好像說叫做沙哇啦噢。我喜歡這個名字。我覺得那隻貓好像是我和你之間所產生的善的見證一樣的東西。我們那時候不該遺失貓的。

我已經無法再多寫了。再見。

41 再見

「很遺憾不能讓發條鳥先生看到鴨子人們。」笠原May一副很遺憾似地說。

我和她坐在水池前面，眺望著那裏厚厚的白冰。是個很大的水池。冰上留下溜冰鞋冰刀的痕跡，像無數傷痕般歷歷叫人心痛。那是星期一的下午，但笠原May特別爲我請了假。我原來打算星期日來的，但因爲有鐵道事故發生而延遲了一天。笠原May穿著有毛皮內裏的大衣，戴著色調鮮艷的藍色毛線帽。上面有用白色毛線織出的幾何圖形花紋，帽子尖端有個圓球裝飾。笠原May說那是自己織的。說下一個冬天來臨之前要爲我織一頂同樣的。她臉頰紅紅的，眼睛簡直像那裏的空氣一樣澄澈透明。我爲這感到高興。她十七歲，要怎麼變都還有可能。

「鴨子人們在水池完全結冰以後，就不知道一起遷移到什麼地方去了。我想如果發條鳥先生能看見那些人們，一定會喜歡的，好可惜。春天到了請你再來吧。下次我爲你介紹鴨子人們。」

我微笑著。我穿著不是很暖和的連帽粗呢大衣，把圍巾捲到下顎爲止，雙手揷在口袋裏。樹林裏冷冰冰的。地面積雪都堅硬地結凍了，我的運動鞋在雪上走起來很滑稽地光溜打滑。我應該在什麼地方買一雙有止滑刻紋的雪靴才是的。

「那麼妳還要在這裏待一陣子嗎?」我說。

「是啊，我想我還會在這裏待一陣子。等再過些時候，說不定我又會想好好去上學也不一定。或者不想，就跟什麼人很快地結婚也不一定——雖然我想還不至於這樣。」笠原 May 這樣說著，吐著白氣笑了。「不過總之我想暫時還會在這裏待一陣子。我還需要一點時間想事情。自己眞的想做什麼?眞的想去什麼地方?我想慢慢想一想這些事情。」

我點點頭。「或許這樣比較好。」我說。

「發條鳥先生，你在我這個年紀左右的時候，是不是也想這種事情呢?」

「這個嘛，我好像沒有很熱心地想過這種事的樣子。老實說，當然應該也想過一點，不過不記得有這麼認眞想過這麼多。我基本上好像覺得只要普普通通地活著，各種事情就會適當地順利進行下去似的。不過結果卻似乎沒那麼順利。眞遺憾。」

笠原 May 以平靜的表情注視著我的臉。然後把戴了手套的雙手重疊地放在膝上。

「久美子終於沒有保釋嗎?」

「她拒絕被保釋。」我說明。「她說與其出來外面被折騰，不如就這樣安靜地留在拘留所裏面。而且久美子也不想見我。不只是我，她誰都不見。雖然她是說在一切塵埃落定之前不見。」

「什麼時候開始審判?」

「應該是春天開始吧。因爲久美子明白地申告有罪，不管判決怎麼樣都打算就那樣服刑。審判大概不會很花時間吧。緩刑的可能性很大，假定判決出來，可能也不會判很重的刑吧。」

笠原 May 拾起腳邊的石頭往水池正中央一帶投出。石頭在冰上發出聲音彈落，滾向對岸而去。

「發條鳥先生還會一直等久美子小姐回來吧？回那裏的家？」

我點頭。

「很好啊……可以這樣說嗎？」笠原 May 說。

我也向空中吐出白色的大團空氣。「是啊。結果，我們大概就是希望這樣而把事情往這個方向推進的吧。」

事情也可能更糟，我想。

在圍著水池往外擴展的樹林裏，遙遠的地方，有鳥啼叫，我抬起頭，環視四周。但那只是一瞬間的事，事後什麼也沒聽見。什麼也沒看見。只是啄木鳥在樹幹鑽洞發出乾乾的聲音空虛地響著而已。

「如果我跟久美子之間能生小孩的話，我想叫做科西嘉這名字。」我說。

「很棒的名字嘛。」笠原 May 說。

在樹林裏並肩散步時，笠原 May 拿掉右手的手套，插進我大衣的口袋裏。我回想起久美子的動作來。她在冬天跟我一起走的時候常常會這樣做。在寒冷的日子裏共同分享一個口袋。我握住口袋裏笠原 May 的手。她的手小小的，好像深藏的靈魂般溫暖。

「嘿，發條鳥先生，大家大概會以為我們是一對情侶吧？」

「也許。」我說。

「嘿，你有沒有看過我全部的信？」

「妳的信？」我說。我莫名其妙。「很抱歉，我從來沒有收到過一封信哪。因爲沒有妳的音訊，所以我跟妳母親聯絡，才好不容易問到這裏的地址和電話號碼。爲了這個我還不得不說了各種無聊的謊呢。」

「要命，怎麼會這樣呢。我給發條鳥先生總共寫了五百封左右的信呢。」笠原 May 朝著天空說。

笠原 May 傍晚時特地送我到車站。我們搭巴士到街上，在車站附近的餐廳一起吃披薩，然後等三輛聯結的柴油電車來。車站的候車室燃燒著大暖爐，那周圍聚集了兩、三個人，但我們沒有加進那裏面，卻兩個人單獨站在冰冷的月台上。輪廓清晰的一輪冬天的月亮，像凍成冰似地浮在天空。像中國刀般銳利的弧形上弦月。在那月亮下面，笠原 May 伸直了背，輕輕在我臉頰親吻。我現在沒有黑斑的臉上可以感覺到她那冷冷的小巧薄唇。

「再見，發條鳥先生。」笠原 May 小聲說。「謝謝你特地來看我。」

我雙手還插在大衣口袋，一直注視著笠原 May。該說什麼才好呢？我不知道。

電車來了之後，她脫下帽子，退後一步對我說「發條鳥先生，如果有什麼事的話請大聲喊我的名字噢。喊我，還有鴨子人們噢。」

「再見，笠原 May。」我說。

電車發動後，上弦月還一直在我頭上。電車每轉過一次彎。月亮就忽而消失忽而出現。我眺望著那樣的月亮，月亮不見之後，就眺望窗外通過而去的幾個小村莊的燈火。我腦子裏浮現一個人搭巴士回到山中工廠去，戴著藍色毛線帽的笠原May的身影，並浮現不知睡在什麼地方草叢裏的鴨子人們的身影。然後我想現在自己要回去的世界。

「再見了，笠原May。」我說。再見，笠原May，我祈禱但願有什麼確實緊緊地守護著妳。

我閉上眼睛想睡覺。但眞的能睡著是在很久以後。在離任何地方任何人都很遠的地方，我落入安靜而短暫的睡眠。

參考文獻

「滿洲國的首都計劃　探討東京的現在與未來」　越澤明　日本經濟評論社　昭和63(1988)年

"BERIA STALIN'S FIRST LIEUTENANT" AMY KNIGHT, PRINCETON UNIVERSITY PRESS, 1993.

藍小說 912

發條鳥年代記——第三部 刺鳥人篇

作　者—村上春樹
譯　者—賴明珠
主　編—鄭麗娥
編　輯—黃嬿羽
校　對—陳錦生、賴明珠

董事長—趙政岷
出版者—時報文化出版企業股份有限公司
108019台北市和平西路三段二四〇號三樓
發行專線—（〇二）二三〇六—六八四二
讀者服務專線—〇八〇〇—二三一—七〇五
（〇二）二三〇四—七一〇三
讀者服務傳真—（〇二）二三〇四—六八五八
郵撥—一九三四四七二四時報文化出版公司
信箱—10899臺北華江橋郵局第九九信箱

時報悅讀網—http://www.readingtimes.com.tw
電子郵件信箱—liter@readingtimes.com.tw
法律顧問—理律法律事務所　陳長文律師、李念祖律師
印　刷—勁達印刷有限公司
初版一刷—一九九七年二月二十五日
初版二十五刷—二〇二四年九月十日
定　價—新台幣二五〇元
（缺頁或破損的書，請寄回更換）

時報文化出版公司成立於一九七五年，
並於一九九九年股票上櫃公開發行，於二〇〇八年脫離中時集團非屬旺中，
以「尊重智慧與創意的文化事業」為信念。

ISBN 957-13- 2246-6
ISBN 978-957-13-2246-9
Printed in Taiwan

國家圖書館出版品預行編目資料

發條鳥年代記 / 村上春樹著；賴明珠譯. -- 初版.
-- 臺北市：時報文化, 1995-1997〔民84-86〕
冊；　公分. --（藍小說；907, 908, 912）
（村上春樹作品集）
ISBN 957-13-1836-1（第一部：平裝）. -- ISBN 957-13-1837-X（第二部：平裝）. -- ISBN 957-13-2246-6（第三冊：平裝）.
ISBN 978-957-13-1836-3（第一部：平裝）. --
ISBN 978-957-13-1837-0（第二部：平裝）. --
ISBN 978-957-13-2246-9（第三冊：平裝）.

861.57　　84009973

編號：AI912	書名：發條鳥年代記：第三部　刺鳥人篇
姓名：	性別：________ 1.男　2.女
出生日期：　年　月　日	身份證字號：
________ 學歷：1.小學　2.國中　3.高中　4.大專　5.研究所（含以上）	
________ 職業：1.學生　2.公務（含軍警）　3.家管　4.服務　5.金融　6.製造　7.資訊　8.大衆傳播　9.自由業　10.農漁牧　11.退休　12.其他	
地址：________縣（市）________鄉鎮區________村________里________鄰________路（街）________段________巷________弄________號________樓　郵遞區號________	

（下列資料請以數字填在每題前之空格處）

________ **您從哪裡得知本書／**
1.書店　2.報紙廣告　3.報紙專欄　4.雜誌廣告　5.親友介紹
6.DM廣告傳單　7.其他________

________ **您希望我們爲您出版哪一類的作品／**
1.長篇小說　2.中、短篇小說　3.詩　4.戲劇　5.其他________

您對本書的意見／

________ 內　　容／1.滿意　2.尚可　3.應改進
________ 編　　輯／1.滿意　2.尚可　3.應改進
________ 封面設計／1.滿意　2.尚可　3.應改進
________ 校　　對／1.滿意　2.尚可　3.應改進
________ 翻　　譯／1.滿意　2.尚可　3.應改進
________ 定　　價／1.偏低　2.適中　3.偏高

您的建議／

____

____

____

請沿虛線撕下後對折裝訂寄回，謝謝！

請沿虛線摺下裝訂，謝謝！

廣告回信
台北郵局登記證
台北廣字第2218號

時報出版
CHINA TIMES PUBLISHING COMPANY
尊重智慧與創意的文化事業

地址：10803台北市和平西路三段240號3樓
讀者服務專線：0800-231-705・(02)2304-7103
讀者服務傳真：(02)2304-6858
郵撥：19344724 時報文化出版公司

請寄回這張服務卡（免貼郵票），您可以——
●隨時收到最新消息。
●參加專為您設計的各項回饋優惠活動。

寄回本卡，掌握藍小說系列的最新訊息

擺脫感性專欄：捕捉流行語調—淡藍的、海藍的、灰藍的……

藍小說

無限純粹藍色想像空間——無國界的小說新地帶。